MW01222938

Les arbres en parlent encore

Calixthe Beyala

Les arbres
en parlent encore

ROMAN

Albin Michel

IL A ÉTÉ TIRÉ DE CET OUVRAGE
VINGT EXEMPLAIRES
SUR VÉLIN BOUFFANT DES PAPETERIES SALZER
DONT DIX EXEMPLAIRES NUMÉROTÉS DE 1 À 10
ET DIX HORS COMMERCE NUMÉROTÉS DE I À X

© Éditions Albin Michel S.A., 2002
22, rue Huyghens, 75014 Paris

www.albin-michel.fr

ISBN 2-226-13096-9

Quand Assanga Djuli parlait, tout le monde pouvait croire que c'était lui, et non nos aïeux perdus dans les décomptes de notre généalogie, qui avait levé une armée de mille hommes pour combattre les Isselés lors de la guerre des Mekémezés qui avait vu s'entre-déchirer le peuple éton pendant plus de vingt ans. Il était haut comme un baobab et concentrait dans ses yeux noirs la force tranquille d'un pape romain. Il était un vieillard dans le sens éton du terme c'est-à-dire qu'une lumière magnétique lui conférait le pouvoir de masquer ses vraies pensées. Il pouvait aussi bien enseigner la religion, les sciences occultes que la médecine ou les sciences naturelles. Il était voyant avec une habile capacité à jauger les hommes et à lire les signes de la brousse. Il était l'héritage de tout ce que nos ancêtres connaissaient.

Moi Édène, sa fille, je vous raconterai son histoire qui n'est autre que celle de l'Afrique ramassée entre tradition et modernité. Au fil des nuits, je vous dirai comment il résista à l'envahisseur avec des bouts de ficelle ; comment ma mère si soumise réussit grâce au fiel de l'ironie à transcender sa condition. Je vous parlerai de Fondamento de

7

Plaisir, une beauté économe qui trouva un système pour s'en sortir ; comment Michel Ange de Montparnasse, un Français d'origine, échoua comme un poisson mort sur nos berges et nous donna des phantasmes de développement industriel. Au fil des terribles événements qui vont suivre, vous comprendrez peut-être pourquoi les Africains ne croient jamais en ce qu'ils voient et pourquoi, quarante ans après les indépendances, nos peuples ont toujours les pieds dans l'Antiquité et la tête dans le troisième millénaire.

Je vous dirai beaucoup, jamais trop, car le sage comme l'oracle ne répond pas aux questions avant qu'elles ne lui soient posées.

Aujourd'hui, je suis vieille, si vieille que même les astres ont oublié mon âge. Ce que je sais, c'est que, à cette époque-là, nos dieux étaient partout et les marmites de nos sorciers étaient encore chaudes ; nos esprits verts nous protégeaient et nos jeunes ne faisaient pas encore résonner nos chants rituels de manière si différente ; Assanga Djuli posait un pied sur le sol et surgissaient des fleurs, il regardait un bananier et des fruits jaunes tachetés de noir apparaissaient sous nos yeux émerveillés ; les rivières charriaient de l'or et les oiseaux comprenaient le langage des hommes. C'était une époque magique où les dieux parlaient aux hommes, où la parole était écriture et les tiges des maïs étaient d'argent.

C'était une époque prestigieuse où chaque Africain possédait encore un morceau d'humanité.

Première veillée

On disait que...
Que quoi ?

Une confession écrite dans une langue étrangère est toujours un mensonge. C'est dans la langue de Baudelaire que nous mentons. On racontera de préférence ce qui est facile à exprimer, on laissera de côté tel fait par paresse de recourir au dictionnaire. On comprendra aisément que cette histoire racontée dans notre dialecte n'aurait plus la même teneur.

Notre existence n'avait rien de spectaculaire. Mais mon émotion en vous transmettant ces souvenirs est sincère et intense.

Au moment où commence cette histoire, moi Édène B'Assanga Djuli, j'étais haute comme trois pommes. Un matin, alors que je traversais la clairière qui menait à la rivière, j'aperçus une forme mouvante qui me sembla être quelque gros animal. Je crus à un énorme cochon. J'adorais manger du porc et ma gourmandise tempéra ma frayeur. Je ramassai une pierre, m'approchai derrière l'animal qui rampait et l'assommai. C'est alors que je m'aperçus que c'était un homme. Il portait tout un équipement : sac à dos, deux pistolets, boîtes à cartouches à sa ceinture. Sa tenue léopard était en lambeaux et ses pieds étaient engoncés dans d'énormes bottes qui lui arrivaient jusqu'aux genoux. Son visage était barbouillé de terre. Je poussai un cri d'effroi et courus au hasard, en trébuchant, en appelant mes aïeux. Des ronces déchiraient ma peau et des épines s'accrochaient à mes cheveux. J'étais sur le point de m'effondrer lorsque des femmes qui allaient à la rivière se précipitèrent.

– Qu'est-ce qui se passe ?

Sans cesser de pleurer, je leur expliquai qu'il y avait un blancfantôme dans la forêt : « Petite menteuse ! » crièrent-elles pour endiguer leurs angoisses. J'insistai tant qu'elles furent contraintes de me suivre, marchant sur les pointes, regardant autour d'elles comme si elles craignaient de réveiller les monstres de la forêt.

Quand nous arrivâmes sur les lieux, trois lapins dressés sur leurs pattes arrière observaient ma victime. Des oiseaux chantaient joyeusement au-dessus de sa tête. Les femmes poussèrent des cris si assourdissants qu'ils alertèrent les hommes. Quelques minutes plus tard, ils se précipitèrent munis de houes, de coupe-coupe et de sagaies :

– Attention ou je tire ! hurlèrent-ils.

Et encore : « Écartez-vous ! » parce que c'était devenu une affaire d'hommes. Ils s'approchèrent à petits pas, méfiants comme trois chats prêts à déchiqueter l'ennemi. Soudain, le blancfantôme ouvrit les yeux, cria à son tour et provoqua une débandade générale. Nos guerriers s'enfuirent, suivis des femmes : « Au blancfantôme ! Au blancfantôme ! » Des grains de poussière dansaient dans la lumière. Nous traversâmes le village en courant et les gens que nous croisions nous regardaient, la moitié des yeux dans l'ombre tant ils étaient sonnés par notre panique. Nous n'attachions aucune importance aux éléments de la vie, trop préoccupés par notre survie. Pourtant nous étions à la saison où les odeurs étaient au plus fort de leurs senteurs, où les fruits, les légumes, les poissons fumés, les basses-cours, les cuisines formaient comme un voile invisible. « Au blancfantôme ! » Nous arrivâmes devant la case du chef, essoufflés, croyant être sauvés lorsque nous vîmes surgir des fourrés...

— Le voilà, chef ! criâmes-nous d'une seule voix en nous tournant vers la forêt.

C'était bien le blancfantôme. Du sang dégoulinait de ses cheveux blonds. Ses vêtements léopard pendouillaient sur son corps. Un silence s'abattit sur nos lèvres ; nos chairs se tétanisèrent et nos respirations se mirent à battre le tambour. Il s'avançait en clopinant et nos chiens inquiets tournaient autour de lui, le reniflaient. Dès qu'il fut assez proche, sans qu'on comprît pourquoi, il sortit un mouchoir qu'il agita. Nous ne bougeâmes pas, ramassés dans une étrange fascination.

— Pouce ! cria-t-il en levant ses bras. Je me rends !

— Vous avez entendu ? hurla une femme, hystérique. C'est un blancfantôme qui sait bredouiller notre langue !

Notre chef, Assanga Djuli, ne cilla pas. Il semblait ailleurs, comme si des phantasmes étaient venus s'imbriquer dans les événements présents. Mais quand le blancfantôme fut devant lui, qu'il déposa à ses pieds ses pistolets, notre chef bondit à son cou avec l'agilité d'un guépard et le jeta par terre. Des femmes se mirent à battre la mesure pour donner le rythme à ce combat de titans. Quand le fantôme n'eut plus la force de se remettre sur pied, qu'il s'effondra à chaque coup avec d'horribles gémissements, que son visage devint d'une blancheur cadavérique, qu'il s'agenouilla sur le sol en balbutiant des paroles incompréhensibles, Assanga recula en frissonnant.

– C'est pas un fantôme ! Occupez-vous de lui !

Les yeux du blessé se fermèrent lentement et un magnifique sourire illumina son visage :

– Je suppose que c'est ça la mort ! Tant mieux ! J'en ai assez de toute cette guerre !

Et il s'évanouit.

Tandis que les femmes le nettoyaient et pansaient ses blessures avec des feuilles de manioc, des hommes attroupés devant notre concession commencèrent à inventer l'histoire de la capture du blancfantôme. Chacun donnait des détails qui pouvaient souligner sa participation à l'événement. Quand ils eurent fini d'en rajouter, qu'ils étaient prêts à la renouveler, le soir tombait et elle n'intéressa plus les chats.

Le blancfantôme reprit connaissance. Deux femmes le soulevèrent et l'entraînèrent dans la cour à palabres. A l'exception de quelques bleus, de dizaines de contusions et d'un nez cassé, il était en parfait état. Nous nous attroupâmes autour d'un feu de camp. Dans le ciel, une étoile apparut et les troncs des arbres se teintèrent de gris. Les ombres comme d'énormes corbeaux envahirent les frondaisons.

– Quelle magnifique nuit ! s'exclama le blancfantôme comme s'il avait perdu toute perception de la situation dans laquelle il se trouvait.

Nos traits se convulsèrent de colère. Assanga sourit. Pour les astres et la terre, pour les chiens et les poissons, pour les arbres et les hommes à qui s'adressait pareil sourire, il n'y avait pas d'espoir.

— Je m'appelle Michel Ange de Montparnasse, dit le Blanc en tendant sa main.

— Quelle est votre mission ? demanda Assanga.

— Ma mission ? C'est le genre d'information qu'on ne transmet jamais qu'à son supérieur. Mon pays, la France, est en guerre avec l'Allemagne. Je suis sergent-chef dans l'armée régulière française, présentement basée au Gabon.

— Bravo mon garçon ! s'exclama Assanga. Vous ne manquez pas d'intelligence.

— Pas de jugement hâtif, mon ami. Peut-être que demain matin, avant que je ne sois égorgé et cuisiné par vos femmes, vous me trouverez passablement idiot.

— On ne mange pas des imbéciles.

— Je préférerais encore mijoter dans une sauce arachide. Quelle souffrance que d'être bouffé par la vermine !

— Je n'ai jamais reçu de confidences d'un mort à ce propos, dit Assanga. Et personnellement, je n'ai jamais été mort.

— C'est pas nécessaire d'être mort pour avoir des informations sur leurs tenants et leurs aboutissants, chef ! J'ai lutté contre des sauvages nus ; j'ai suivi le drapeau de mon pays jusqu'aux confins de l'antique Gabon. Les deux derniers jours, j'ai traversé des champs de bataille où s'étendaient des cadavres à perte de vue. Certains agonisaient encore lorsque les sangliers plongeaient leurs groins dans leurs chairs frémissantes. J'ai vu un gamin d'à peine vingt ans couché dans une prairie avec une énorme entaille à

13

l'abdomen. Sa blessure était maculée de boue et de feuilles mortes. Ses membres bougeaient par intervalles. Dans sa terrible agonie, il avait enfoncé ses mains dans la terre. Quand je m'accroupis auprès de lui, il ouvrit les yeux et j'y lus une prière. Je dégainai et tirai.

Michel Ange de Montparnasse se tut et un long silence s'ensuivit. Nous regardions l'homme comme s'il n'avait rien dit. Enfin, il poussa un long soupir et s'exclama sourdement :

— J'espère que demain matin vous aurez la gentillesse de m'accorder une mort propre et rapide.

Assanga Djuli semblait ne l'avoir pas écouté. Il croqua une noix de kola qu'il mâcha bruyamment. Ses lèvres se maculèrent de rouge. Il cracha, se leva et demanda :

— Tout est prêt ?

— Oui, chef ! répondit Gazolo, l'adjoint du chef.

— Emmenez-le et pendez-le !

Un cri d'horreur sortit de la gorge du prisonnier. Il se leva, se précipita sur Assanga, les yeux exorbités, le cou gonflé.

— Vous avez promis, vociféra-t-il. Vous avez promis de me pendre demain matin. J'ai quand même droit en tant que condamné à mort à quelques égards !

— La langue est le plus grand ennemi de l'homme. C'est vous qui avez parlé de demain. Et comme vous exigez par ailleurs une mort rapide, je ne fais que me plier à vos souhaits.

Assanga tourna les talons et disparut dans sa case. Des tam-tams résonnèrent et des cornes de bœuf gémirent. Deux hommes entraînèrent le prisonnier : « Je ne veux pas mourir cette nuit ! hurlait-il. Pas cette nuit ! » Dans les foyers, les mères bercèrent leurs bébés. Ceux qui s'aimaient se jetèrent dans les bras les uns des autres. Quant aux épouses bafouées, elles mirent leurs mains en conque sur leurs sexes et s'endormirent en sanglotant.

Plus tard, assis auprès d'un feu de bois, je demandai à mon père :

– Pourquoi lui as-tu dit qu'il allait être pendu alors que...

– Cette case, me répondit-il en m'indiquant la demeure où vivait Michel Ange de Montparnasse, est déjà une tombe. La mort, il la portait dans sa tête avant même de se perdre dans notre village.

– Il pourrait s'enfuir.

– Encore faudrait-il qu'il ait conscience de sa propre liberté.

Au commencement, était le monde,
il n'y avait pas de blanc, il n'y avait pas de noir,
juste quatre esprits aux quatre coins du monde
et le monde était complet sans blanc ni noir.
Il aurait pu continuer ainsi, il était plein,
il y avait tout
y compris les quatre esprits.
Ils n'étaient ni hommes, ni femmes,
ils n'étaient ni blancs, ni noirs.

Ils se réunissaient à la lune pleine, lorsque les chants
des montagnes se jetaient dans les arbres,
lorsque les feux des volcans irradiaient
les quatre versants de la terre.
Ils se jouaient des tours,

c'était à qui était le plus malin.
L'un avalait la lune, l'autre le soleil,
l'un engloutissait les mers, l'autre les forêts.
Ils se jouaient des tours et c'était très bien ainsi.

Il se passa un événement,
et l'ordre du monde en fut perturbé.

Un jour, un des esprits bouda la réunion.
Il n'étala pas ses charmes,
il refusa de jouer, ou de faire des tours de passe-passe
qui allégeaient la vie des esprits,
et rendit triste la fête.

Les autres esprits le questionnèrent :
– Pourquoi ne veux-tu pas nous montrer ta magie ?

Et il répondit :
– Mes talents sont à moi, je n'ai pas à les partager.

Les autres esprits conclurent que ces réunions n'avaient
plus d'intérêt,
si chacun allait vers soi,
rien que vers soi.
Ils se séparèrent et ne se revirent plus.

Ils s'ennuyèrent.
Chacun meubla ses jours comme il put.
Ils fabriquèrent des hommes et des femmes.
Ils firent autant d'âmes qu'il y avait d'hommes sur la terre.

Ils s'ennuyèrent encore.
Ils peignirent les humains sans se consulter.
Il y eut des Noirs
Il y eut des Blancs
Il y eut des Jaunes
Il y eut des Rouges.
Certains aux yeux bleus, d'autres bridés.
Certains aux cheveux lisses, d'autres bouclés ou crépus.
De l'ennui naquirent des races.
De l'égoïsme naîtront les guerres.

Michel Ange de Montparnasse était libre d'aller sur la lune si cela l'enchantait. D'ailleurs, c'est ce qu'il faisait. Il s'enfermait dans sa case et sortait de son baluchon des choses biscornues. On y trouvait pêle-mêle des pompes rouillées, des morceaux de ferrailles tordues, des tuyaux et des forceps. A longueur de journée, il tapait sur ses instruments, toc, toc toc, et les oiseaux s'envolaient parce qu'ils connaissaient les bruits des pilons dans le mortier, mais ça, non ! Les hommes soupiraient : « Il est fou ! » Puis, ils éclataient de rire parce qu'un Blanc fou, on n'en connaissait pas ! Quelquefois, il sortait de sa case et on pouvait le voir traîner dans sa culotte beige rétrécie par la saleté et d'où émergeaient ses poils roux. Des enfants s'enfuyaient à son approche : « Cannibale ! Cannibale ! » D'autres pinçaient leur nez : « Il pue plus qu'un manioc trempé ! » Les femmes chuchotaient des dégueulasseries sexuées à son propos et gloussaient en s'éventant. Espoir de Vie, une fille avec de grandes nattes enroulées sur la tête et une tache de naissance, grosse comme une pièce de cinquante francs, sur un

17

sein prenait sa défense : « Il est si seul ! Vous êtes
méchants ! » Les hommes jetaient leur regard en brousse :
« Le fou ! » Et personne n'aurait pu dire que Michel Ange
de Montparnasse n'était pas fou lorsqu'il domestiquait les
souris ou s'asseyait sous un arbre pour parler aux oiseaux.
Il était si inculte qu'il émiettait des grains de mil que des
pigeons venaient picorer, montrant ainsi qu'il ignorait que
les dieux nourrissaient les oiseaux du ciel. Tard le soir, il
s'accroupissait sur sa natte devant sa lampe-tempête, lisait
un livre ou dessinait des figures sur un papier et son attitude
était inquiétante. Jusqu'au jour où...

Je me réveillai et le soleil s'ouvrait à nous comme une
mangue mûre. Les toits de chaume luisaient. Les verts des
arbres dansaient dans la lumière matinale. Les chiens faisaient le dos rond sur les ordures. Les hommes partaient à
la chasse suivis de leur ombre. La vie était d'un équilibre
parfait car à une force correspondait son contraire : aux
larmes, le rire ; au deuil, une naissance ; au malheur, le
bonheur, et la place chaude laissée par maman dans notre
lit me rassura.

Je me levai et me penchai vers la fenêtre. Je constatai
que dans notre concession il y avait toujours quatre cases.
Face au portail s'élevait majestueuse la demeure d'Assanga
Djuli, avec ses briques de terre et ses petites fenêtres colo-
rées de rouge. Sur son toit de chaume se dressait un drapeau
d'écorce jaune, symbole de la puissance de notre peuple.
A gauche se trouvait la case de Fondamento de Plaisir, la
seconde épouse d'Assanga. A droite, la maison de ma mère.
Elle était constituée de deux pièces, dont l'une servait de
cuisine. Tout au fond, pas loin du puits, on pouvait voir
l'habitation de mes frères. Ils étaient dans la cour avec pour

seul vêtement un pagne attaché autour de leurs hanches. Ils se curaient les dents et se gaussaient avec des histoires de femmes qu'ils rêvaient de détrousser.

— Édène, tes seins ont poussé cette nuit ? me lança mon frère Beaud, en guise de bonjour.

Je mis mon cœur sous mes pieds pour ne pas lui lancer : « Imbécile ! » et m'attelai à l'ouvrage. Je balayai en chantant mais les entendis s'inquiéter sur ma croissance qui prenait son temps. Je fis la vaisselle en chansons et ils vociférèrent qu'ils seraient bien obligés de me cadeauter à n'importe quel couillon si mon corps ne se développait pas. J'approvisionnai les maisons en eau pour les bains et la cuisine : je chantais encore et ils racontèrent que j'étais une malchance. Quand j'eus fini mes tâches mon ventre gronda sa faim, cloc-cloc ! Je lorgnai vers le foyer désespérément froid. Je quittai notre concession en quête de nourriture.

Dans les ruelles hommes et femmes allaient, venaient, s'interpellaient : « Tes rêves ont été comment cette nuit ? » Ou encore : « T'as appris la nouvelle ? » Puis ils ragotaient ou me dévisageaient : « Cette enfant doit manger des mouches toute la journée pour être aussi maigre. » Puis, ils baissaient le ton : « On dirait un garçon. »

Soudain un grand silence s'abattit sur le village et le dépréoccupa de ma personne. Là-bas dans le ciel, le soleil cligna des yeux et un lion maugréa quelque part. Un éclair zébra la brousse. D'énormes frissons parcoururent nos orteils et nos cheveux en tressaillirent. D'abord, je ne vis qu'Opportune des Saintes Guinées, une gamine de mon village. On chuchotait qu'elle était ma sœur, née par les hasards des infidélités de mon père et je ne l'aimais pas.

19

On murmurait qu'elle avait marché à trois mois et, dans sa précipitation terrifiante, elle parlait dix langues africaines, mieux que les habitants de ces tribus, si bien qu'à dix ans, ses seins apparurent ; à douze, ils se balançaient comme deux énormes grelots au rythme de ses pas ; à quatorze saisons, ses yeux s'agrandirent et se remplirent d'un bleu profond qui absorbait le regard de loin et brouillait la lumière au point de rendre les autres comme aveugles. Ses cheveux étaient longs, épais et brillaient tels les pieds des fraisiers. Elle atteignit une taille qui laissait une ombre tranchante et vous coupait l'élan à trois cents mètres de distance.

– Viens avec moi, me dit-elle. On va avoir un miracle !

– T'es déjà en toi-même un miracle, dis-je. T'as pas de père, alors !

– Mais je suis ta sœur ! protesta-t-elle, et je vis deux larmes perler à ses yeux.

J'eus envie d'ajouter un peu de piment à mes propos, mais le temps me manqua. Un bruit étrange surgit et envahit mes oreilles. Je crus qu'un troupeau d'éléphants massacrait la forêt. Michel Ange apparut habillé de sa tenue léopard en lambeaux et les oiseaux s'envolèrent. Il s'avança à pas de guerre. Des hommes se précipitèrent derrière leurs cases. Ils en ressortirent, munis de sagaies, et se jetèrent à ses trousses. « A l'évasion ! A l'évasion ! » Michel Ange de Montparnasse traversa le village à pas égaux, puis s'immobilisa devant le grand palmier à l'orée de la forêt. Sans qu'un ordre fût donné, les villageois l'encerclèrent. Leurs figures menaçantes n'annonçaient rien qui vaille. Voilà que ce fou de Blanc entreprit de grimper au palmier. Il grimpa avec l'agilité d'un écureuil. Le temps que nous reprenions nos souffles, il était au sommet : « Dites-lui d'arrêter, cria quelqu'un. Il va se tuer ! » Nous voyions tous le danger et nous le criions. Michel Ange nous fit des manèges avec ses doigts, ouvrit un parapluie et se laissa tomber. Un horrible cri perça de nos gorges et plus d'une femme perdit connaissance. Cela se passait il y a plus d'un demi-siècle, mais je revois encore son image, celle d'un Blanc perdu dans l'immensité du ciel. Je vis le vent le pousser, pousser. Nous entendîmes l'impact d'un corps sur le sol. Et nous, peuple habitué à toutes les atrocités depuis la nuit des temps, blêmîmes. Un homme vomit sa nourriture de dix jours ; trois s'enfuirent à grandes enjambées et le reste s'appuya à des troncs d'arbres ou s'affaissa. Nous étions dans cet état d'hébétude lorsque Michel Ange de Montparnasse sortit d'une trouée au cœur des buissons. Il tenait emberlificoté sous son bras son parapluie magique. Nous en fûmes si étonnés que nous applaudîmes de toutes nos forces. Quatre jeunes gens le portèrent en triomphe : « Vive le grand sorcier blanc ! » Des femmes frappèrent dans leurs paumes pour donner la mesure. Nous l'accompagnâmes ainsi, l'éventant, essuyant ses pieds avec nos tresses, le caressant, jusqu'à la demeure de mon père.

Papa le reçut longtemps. Ils durent parler du nombre de mouches qui volaient à Issogo car le soleil était rouge à l'ouest et nous cuisions sous sa réverbération qu'ils bavardaient encore. Quand l'ombre et la lumière se mêlèrent dans un bleu uniforme, ils sortirent sur le perron. Papa leva les bras au ciel et s'exprima en ces termes :

– Très chers frères et très chères sœurs, époux et épouses, enfants chéris des Issogos, les dieux nous sont favorables (trois points de suspension – murmure d'approbation de

21

la foule) Ils ont envoyé un homme illuminé, philosophe et grand pourfendeur des connaissances pour nous permettre de devenir l'une des plus grandes nations du monde (point, remurmure d'approbation).

Papa promena un regard lourd de sens sur l'assistance, se racla abondamment la gorge avant de continuer :

– Je décrète dès à présent monsieur Michel Ange de Montparnasse, alias Badel, fils de Jean du même nom et de Marie-Antoinette sans importance, sujet fidèle de la république éton des Issogos.

Nous ovationnâmes à nous briser les mains et des mamas poussèrent des youyous glorieux. Assanga leva les bras et requit le silence.

– En conséquence, la case qu'il habite actuellement ainsi que les meubles qui la composent sont sa propriété. Et pour lui souhaiter définitivement la bienvenue, qu'il choisisse deux jeunes filles parmi celles du village pour réchauffer ses nuits.

Et ce fut le désordre. Des jeunes femmes, des éborgnées, des maigres, des pas assez mûres, des vieilles décrépites, de magnifiques beautés se précipitèrent afin d'être l'une des deux élues. Chacune laissait tomber ses pagnes et s'agenouillait devant le nouveau dieu du village. Michel Ange gonflait comme un crapaud qui voudrait devenir un bœuf. Il se penchait, lentement, détaillait les formes de celle qui s'offrait, puis fronçait son long nez : « Non ! » Honteuse, la refusée marchait à reculons jusqu'à se perdre dans la foule.

Moi aussi j'aurais aimé que le grand homme me choisisse. Mon cœur battait à tout rompre. Je croisai les doigts, mordis mille fois mes lèvres et priai si fort que les dieux semblaient peupler mes veines. Soudain, Michel Ange de Montparnasse descendit du perron, traversa la foule à grandes enjambées. Et, bien avant qu'une phrase logique ne s'attroupât sous nos crânes, il saisit mademoiselle Espoir de Vie, la jeta sur ses épaules comme un sac de macabo et disparut dans les futaies en criant : « Une femme, c'est déjà trop ! »

La foule se dispersa. Bien sûr qu'il y avait des déçues de mon espèce, mais ce n'était pas tous les jours qu'il était donné de rencontrer un homme qui défiait la mort, en ne lui accordant aucune concession. Aussi nous nous gaussâmes de l'événement pendant cent sept ans, en glorifiant les qualités exceptionnelles de notre frère blanc.

Plus tard, pourtant, il y eut quelques dégâts. Un garçon du village grimpa sur le palmier avec un parapluie. Il l'ouvrit et nous applaudîmes. Quand il s'écrasa sur le sol, que sa cervelle resta suspendue à une branche de manguier, que son abdomen éclata et que ses intestins se répandirent sur le sol, nous n'eûmes même pas le courage de vomir. Il n'y avait qu'un Michel Ange de Montparnasse pour réaliser de tels exploits. C'était couru d'avance.

Plus tard encore, lorsque des dizaines de bébés, couleur de lune ou de chocolat au lait naquirent chez nous, leurs mères se défendirent avant que des pensées amères comme des mauvaises herbes ne jaillissent du cerveau de leurs époux :

– Même le plus grand des imbéciles sait qu'un fœtus regarde derrière, clamèrent-elles. Nos enfants ressemblent à Michel Ange parce qu'il s'est tenu dans nos dos durant nos grossesses.

C'est de notre peuple qu'est née l'expression « faire un bébé dans le dos ».

Ce qui fut étrange c'est que, plus tard, ces enfants métis renièrent le noir. Ils se réunirent, ceux du Nord et ceux du Sud, ceux de l'Est et ceux de l'Ouest. Ils créèrent des clubs à eux où des Noirs domestiquaient. Ils nous broyèrent et nous crachèrent leur mépris sous les applaudissements des Blancs. Les filles devinrent les maîtresses des coopérants français et les garçons leurs collaborateurs. Longtemps, je m'interrogeai sur les raisons de cette négation d'une partie d'eux-mêmes. Parce qu'ils étaient nés dans l'insouciance des conventions ? De la quintessence de l'univers ? Ou encore de la cristallisation de toutes les peines et de toutes les joies les plus folles ? Aujourd'hui, au moment où je vous raconte cette histoire, alors que comme toute vieillarde je suis hantée d'avance par la mort, une scène me traverse l'esprit :

C'était à quelques années des indépendances bananières. Des groupes de patriotes bataillaient pour que s'installent la sécheresse, la corruption, la malnutrition avec la complicité des banques suisses. Je fus réveillée à l'aube par des hurlements et des bruits d'explosion. C'étaient les troupes de l'armée française qui organisaient des expéditions punitives. Elles détruisaient les maisons au fil de leur avancée et l'air était enflammé de balles. Une masse humaine prise au carrefour de la vie et de la mort s'enfuyait vers la brousse. Quand les militaires arrivèrent dans ma concession, un sourire éclaira mon visage : « Cousin ! » criai-je en me précipitant vers leur commandant. C'était Bob junior, comme il se faisait appeler, un des rejetons de Michel Ange de Montparnasse. Une langue de feu jaune et odorante brûla

24

dans ses yeux : « On se connaît ? » me demanda-t-il en fronçant son visage en forme de courge. Et sans me laisser attrouper trois phrases, il déchira brusquement mon pagne, laissant les faisceaux de lumière illuminer mes seins tandis que ses hommes entorchaient ma maison. Je défis mes tresses, ouvris grand la bouche et me mis à sauter comme une folle : « Baiser ! Baiser ! » J'étais comme un démon et les militaires s'arrêtèrent, stupéfaits. « Elle est complètement folle ! » Apeurés, ils s'en allèrent semer des catastrophes ailleurs. Je restai longtemps accroupie dans la poussière, ma tête entre mes mains. Puis mes yeux se perdirent là-bas où des corps d'hommes s'empilaient sous une avalanche de balles.

Deuxième veillée

Où sont vos oreilles ?
Dans ta bouche.

A l'époque, dit la grand-mère, j'étais une petite fille et les Allemands trônaient sur le Kamerun. Je trottinais entre les jambes de maman et les colons fessaient nos certitudes et nos croyances. Ils créaient des routes et purgeaient la forêt des bestioles. Ils s'escrimaient pour ôter de nos estomacs les derniers rots de la sauvagerie. Au-dessus d'eux, il n'y avait rien, ils égalaient le Seigneur. Sous leurs pieds le pays, ses humains et ses dieux. Ils apportaient l'ordre et la paix car, disaient-ils : « Tous les hommes naissent égaux, mais à la va-comme-je-te-pousse. » Les jours s'enroulaient dans leurs mains comme un manuscrit biblique. Quel éclat ! Quelle joie d'être inaltérable, tout-puissant et immortel, ainsi allaient leurs songes.

Ils triomphaient, bâtissaient des lois, des codes de ceci, des précis de cela auxquels nous ne comprenions rien... Ils s'amenaient dans leurs automs vrombissantes, plus rapides qu'un lièvre et que les chevaux des sultans que je connaissais. De quelles feuilles se nourrissaient-ils pour être si rutilants ? nous demandions-nous. Des badamiers, ces arbres grandioses aux feuilles d'un jaune flamboyant ? Des hibiscus d'un violet tirant sur le rouge ? A moins que ce ne soit du nectar des grands baobabs ventrus qui se miraient dans les flaques d'eau saumâtre. C'était à vous couper le souffle lorsqu'ils arrivaient avec leurs yeux plus perçants qu'un singe à museau de renard, en dégageant des odeurs plus entêtantes qu'une orchidée sauvage. Ils soulevaient des poussières et nous faisaient éternuer nos poumons. Les oiseaux s'envolaient, plus trouillards que ça, on crève ; les coqs s'enfuyaient dans les champs ; même les hommes vaillants prenaient le chemin de la cambrousse et les pans de leur cache-sexe rouge s'agitaient dans les futaies. Les femmes s'attroupaient sur la place du village, la poitraille à l'air, la bouche des bébés accrochée à leurs tétons. Des enfants à moitié nus s'incrustaient entre leurs jambes, tiraient leurs pagnes, le blanc des yeux encore plus blanc d'inquiétude : « Qu'est-ce qu'il veut le Blanc hein, Mâ ? » Et pour se débarrasser de la marmaille, elles rétorquaient : « Te manger, si tu ne m'obéis pas. » Puis encore : « Aïe ! il m'a mordu la mamelle ! » gémissaient-elles, et toc sur le crâne du bébé, suivi par un tac ! C'était le moteur du camion des Blancs qui s'essoufflait.

Il faisait beau ce matin-là lorsque le *Kommandant* Hans von Komer descendit de son autom. Ses yeux verts parcoururent avec dédain notre village. Pourtant, notre campagne n'avait rien de désolé : des oiseaux donnaient un air de quiétude, les chemins, les routes, les sentiers, les moindres bosquets, les cases rondes au toit de chaume et aux murs de terre rouge chantaient littéralement. Les poules et les coqs étaient enchantés, c'est ça, des animaux enchantés, car l'esprit des morts habitait le moindre chien.

Le *Kommandant* nous montra ses dents jaunies par le tabac : « *Ma souka !* » nous cria-t-il, en germanisant notre langue. « *Es gibt keinen Man !* » répondîmes-nous. « Il n'y a pas d'hommes », parce qu'à force de se faire baiser par-derrière, quelquefois par-devant, on n'allait pas en plus se laisser baiser le cœur ! « *Es gibt keinen Man !* »

Un escadron de Nègres en caleçon rouge, veste rouge, chéchia rouge, sautèrent à terre. L'un d'eux jouait du balafon et chantait : « *Impôt sur le revenu ! Impôt sur la terre ! Impôt par tête de bétail* », tandis que les autres s'alignaient derrière leurs collègues, portant sur le dos des sacs bourrés de paperasses ou de munitions. Ils parcouraient le village vidé de ses hommes, tête droite, poitrine bombée. « *Impôt sur le revenu ! Impôt sur la terre ! Impôt par tête de bétail !* »

Nous restions à contempler l'autom du *Kommandant* et par inadvertance nos yeux agrippaient ses cuisses boucanées qui dépassaient de sa culotte coloniale. Nous lui dédiions nos plus beaux sourires. Nous lui brûlions son temps, car selon ses pensées, nous n'étions que cela : d'honnêtes sujets de son Empire allemand pleins d'obédience.

Pour l'obéissance justement, l'escadron nègre revint sur ses pas, soucieux : « Patron, patron ! » Les militaires haussèrent les épaules : « *Es gibt keinen Man !* » Ils jetèrent leurs instruments et prirent leur tête dans leurs mains : « Pas d'hommes ! Disparus, flut ! »

Comme à son habitude, Assanga Djuli attendit cet instant pour sortir de sa case. Il essuya ses mains sur son
pagne. Ses cheveux crêpelés que le soleil décolorait de roux
luisaient et d'énormes gouttes de sueur perlaient à son
front. Il s'avança et la foule se fendit en deux comme la
mer Rouge devant le Christ :

— Comme vous pouvez le constater, dit notre chef, il n'y
a pas d'autre homme dans ce village en dehors de moi.

Le torse du *Kommandant* se redressa comme un tronc
d'arbre. Ses lèvres s'amincirent jusqu'à devenir une minuscule fente :

— Ces femmes ont des maris, n'est-ce pas ? Où sont-ils ?

— Ce sont mes épouses...

Sur un signe de tête, une troupaille de femmes bondirent
sur Assanga, soulevèrent leur pagne et essuyèrent son front ;
elles épongèrent ses joues et l'éventèrent. Elles étaient une
gourmandise si bonne pour qui aimait la sensualité que le
dos du Boche s'arrondit. On eût cru un vieux chat sur la
défensive : « Scandale de bordel ! » lança-t-il. Il lâcha une
flopée d'insultes auxquelles nous ne comprîmes rien.
Assanga mit la pureté là où il n'y avait que débauche :
« Stop ! » Les femmes s'écartèrent et se tinrent à distance
respectueuse.

— Que serait le monde sans la chaleur de la femme !
s'exclama Assanga Djuli, très théâtral.

— Et ces enfants ? demanda le *Kommandant*. Puis il dési-
gna les bébés si noirs de peau qu'ils en étaient bleus... D'où
sortent-ils ? T'as été cocu, mon ami ?

L'œil d'Assanga brilla. Les ailes de son nez palpitèrent.
Au moment où le Boche croyait l'avoir amené à sa plus
simple expression, celle de menteur ou pire de cocu,

Assanga Djuli regarda ses paumes crasseuses, puis les retourna pile-face, face-pile, si vitement que nous crûmes que c'étaient de minuscules soleils.

– Dites-moi si je me trompe, mon *Kommandant*... n'est-ce pas dans votre civilisation que l'essentiel ne consiste pas à se soucier de la provenance d'un bien, mais de le posséder ?

L'Allemand s'étrangla : les veines de son cou gonflèrent ; sa langue pendouilla et nous pensâmes qu'il allait vomir son cœur. Assanga lui frappa le dos à petits coups pour l'aider à retrouver sa respiration : « Ça va aller, mon vieux ! » Une femme lui apporta une calebasse de vin de palme : « Buvez ! » ordonna Assanga. D'un geste rageur, le *Kommandant* envoya valser la boisson : « Ne me touchez pas ! Espèce de... de... » Il arracha un bébé des bras de sa mère. Il mit le malheureux sous le nez d'Assanga : ses yeux biglèrent tandis que ses lèvres, elles, se rétrécissaient.

– Vous voulez dire que cet enfant qui ressemble à un Sénégalais est votre fils ? demanda le Blanc.

Un lièvre éperdu courut dans la foule et disparut au coin de la brousse. Une femme posa ses mains sur ses hanches : « Pourquoi pose-t-il cette question ? » La mère du bébé reprit son enfant et toisa le *Kommandant* : « T'es vraiment fou, toi ! Père ci ou père ça, une femme n'est pas obligée de le savoir ! »

Ce qui ne dispensa pas Assanga Djuli de s'embarquer dans des explications incroyables sur des gènes, des transmutations et des modifications de couleur vérifiables par la science et la civilisation devant lesquelles nous demeurâmes tous étonnés. Le Boche aussi était étonné. Sa tête pencha sur le côté comme un margouillat lorsqu'il pose son gros crâne rouge sur un caillou. Il se passa de longues minutes

31

avant qu'il ne secouât ses cheveux roux. Enfin, il trouva une stratégie pour coincer définitivement Assanga Djuli :

— Et c'est peut-être vous tout seul qui débroussaillez les champs ?

Assanga inspira, expira et, d'une voix aussi calme qu'une femme qui ment, il rétorqua :

— Je fais appel à de la main-d'œuvre étrangère.

— Où est-elle ? Où trouvez-vous ces hommes ?

Assanga n'en savait rien ! Ses longs doigts aux ongles sales désignèrent la forêt avec ses verts partout, son bois, du bois touffu, serré, où les lianes se disputaient l'existence avec des ronces et qui coupaient la vue à hauteur d'homme :

— Peut-être là...

— Vous vous foutez de moi ?

— Non, mon *Kommandant*, dit Assanga Djuli... Peut-être là-bas, ajouta-t-il en désignant le fleuve, la Sanaga.

D'un même mouvement, nous regardâmes ce fleuve qui avait connu et servi tous les hommes depuis notre peuple qui l'avait traversé sur le dos d'un serpent boa jusqu'aux navires des chercheurs d'or, des quêteurs de gloire. C'était extraordinaire, cette eau boueuse avec ses vaguelettes sur laquelle ils étaient venus ou partis avec leurs casques coloniaux, leurs fusils et leurs torches. Nous ne vîmes d'abord rien d'autre que la même eau perturbée, ce ciel, toujours le même gris, ces fougères vertes couchées dans le limon de la rivière.

Soudain, quelque chose attira notre attention. C'était un petit navire et nous entendîmes : boum-boum ! Une petite flamme jaillit, disparut. Une fumée blanche se dissipa. Ensuite plus rien. Nous crûmes rêver car l'action avait quelque chose d'irréel, comme ces pièces de théâtre jouées devant une toile de fond qui, une fois le rideau tombé, s'évanouissent, laissant au spectateur un souvenir vague.

— Y a personne dans cette brousse ! cria une voix lointaine.

— L'ennemi est caché quelque part, hors de vue !

De nouveau, les assaillants inconnus bombardèrent la brousse, s'escarmouchèrent tant et plus, puis s'en allèrent laissant l'eau épaissie en vase s'infiltrer parmi les palétuviers. Assanga Djuli se tourna vers le dictateur étranger et dit :

— Comme vous pouvez le constater, les hommes sont peut-être quelque part... Mais où ? Dieu seul le sait !

Fou de colère ou de folie curieuse, le Boche nous traita de chiens enragés, d'incarnations de démons, d'impies de son Empire germanique et annonça qu'il renonçait dès lors à nous apporter la civilisation, que nous n'étions que des sales rebelles !

— Rebelle, ta mère ! crièrent les femmes qui ne comprirent rien à ces mots, mais déduisirent, rien qu'à l'expression du *Kommandant*, que ce vocable était à vous exploser l'âme.

Elles levèrent des bras, tapèrent des pieds et répétèrent : « Rebelle, ta mère ! » Puis, elles s'avancèrent sur lui, en groupes serrés, jambe à jambe, coude à coude, les yeux comme des chimpanzés coléreux.

— Mais... mais..., bégaya le *Kommandant*. Il recula jusqu'à buter contre un manguier... Rappelez donc ces... ces... sauvageonnes.

Les femmes avancèrent. D'un même mouvement, elles levèrent les poings et crachèrent, floc. Le dégoût tordit les traits du Boche tandis que des tonnes de salive dégoulinaient de sa tête, sillonnaient son menton et s'affalaient dans la poussière. Je sentis mon cœur monter dans mon gosier, mais je ne vomis pas.

— Traîtres ! hurla le *Kommandant* en s'essuyant avec la manche de sa chemise si maladroitement qu'il s'en barbouilla.

Des enfants lui offrirent du sable pour se nettoyer : « Pour devenir propre très cher Monsieur », dirent-ils. D'un coup de pied dans la poussière, l'Allemand les envoya cueillir des fraises, mais il faisait trop chaud pour ce dessert sous nos latitudes : « *Raus !* » Il sauta dans son camion : « Et dire que vous êtes le chef ! cria-t-il à Assanga. Vous êtes une honte pour votre famille ! Un déshonneur pour votre patrie, le Kamerun qui n'est qu'une province de notre Empire germanique ! Je quitte cette terre maudite ! Vous aurez un nouveau *Kommandant* ! Vous allez me regretter, c'est moi qui vous le dis ! » Il tenta de faire démarrer son engin, mais il était si nerveux que son moteur fit vrout, mais refusa de tourner. Il fessa le volant : « *Scheise ! Scheise !* » Il répéta l'opération : « *Los, starte endlich !* » Un brin de bon sens se fraya un chemin dans la masse de sa colère et il se souvint de la présence de l'escadron nègre :

— Mais qu'est-ce que vous attendez pour pousser, bande de fainéants ?

L'escadron nègre se mit à pousser : « Ho-hisse ! » Leurs muscles noueux saillaient dans l'effort : « Ho-hisse ! » De la bave dégoulinait de leurs langues : « Ho-hisse ! » Le moteur glapit, gémit et l'engin démarra sur les chapeaux de roues. Déjà le camion s'éloignait. Les gars de l'escadron couraient derrière le véhicule : « Patron ! Patron ! Attendez-nous, patron ! » Mais le *Kommandant* les avait oubliés.

Pas sa haine qui eut le temps de bouillonner entre le bruit du moteur et les acclamations de joie des enfants comme une grosse marmite sur un feu de bois : « J'en référerai à Berlin ! Vous allez voir ce que vous allez voir avec les méthodes du nouveau *Kommandant* ! »

Nous applaudîmes parce que nous méritions notre réputation de sauvages et que nous ignorions alors que le *Kommandant* n° 2 était la pire chose qui pouvait nous arriver.

Alors que chez nos voisins les Isselés on germanisait les jeunes, que chez les Doualas, on se prenait pour des descendants du IIe Reich, que les Boulous avaient jeté aux orties leurs dieux et leurs croyances et fricotaient avec Luther, nous refusions la civilisation occidentale, sans préjugés aucun, comme ça, parce qu'après tout changer nos habitudes était un lourd fardeau.

Le calme revint et les hommes sortirent des broussailles. Ils étaient si nombreux que je finis par croire que certains arbres de la forêt s'étaient transformés en humains. « Bonjour chef ! » criaient-ils en bataillant avec les brindilles prises dans leurs cheveux. Les femmes les accueillaient en heureuses soumises : « Bouge pas ! » Et elles ôtaient les épines dans leurs tignasses : « Là, tranquille ! » Et elles touchaient comme par inadvertance leurs cache-sexe : « T'as vu ? Il y a un gros bébé qui veut qu'on le berce ! »

Tranquille ? Qui a dit tranquille ? Les hommes avaient le cœur gros et des hommages respectueux à présenter à Assanga Djuli : « Bravo chef ! T'es le meilleur ! D'entre les hommes, t'en es un ! » Assanga recevait ces compliments, les yeux fixés à l'horizon, soucieux comme un capitaine de bateau qui craint une nouvelle tempête. Il se cura les dents. « Je ne fais que mon devoir ! » Les gens insistaient et le flattaient : « T'es notre sauveur, celui que les dieux ont envoyé de leurs arbres, à travers des siècles ! » Assanga Djuli envoya un crachat dans la poussière.

— Vous feriez mieux de prendre votre destin en main.

C'était la première fois qu'Assanga nous parlait sur ce ton. Avait-il fumé le chanvre ? Même un fou le savait : le destin est affaire des dieux, pas des hommes. Voilà pourquoi nous demeurâmes ébahis, à nous liquéfier sous le soleil. Sans nous donner le temps d'attrouper nos pensées, il reprit :

— Ce que les yeux n'ont pas vu, l'esprit peut le créer.

— Ce qui signifie ? demanda Gazolo, son fidèle disciple.

Gazolo était gros, si gras que ses chairs boudinaient son pagne. A le voir, on pensait à une matrone à la retraite et dont le corset marquait la taille molle. Il avait d'autres bourrelets à la nuque et sous les joues. Son crâne était encroûté de cheveux fins. C'était un bon disciple à qui tout le monde reconnaissait des qualités pour succéder à Assanga Djuli non par le sang, mais par l'intelligence.

— Cela veut dire tout simplement qu'à force de faire leurs guerres tribales, les Blancs vont finir par nous détruire. Un grand malheur nous guette.

Certains villageois ne s'en émurent pas, estimant qu'il en allait ainsi du destin, que nul ne saurait s'y opposer. D'autres peignirent leurs visages d'indignité parce que, ciel, on n'avait rien à voir avec les guerres tribales blanches, nous ! On préférait continuer à vivre gentiment notre vie de suie que d'être mêlés, même en échange de dix mille tonnes de macabos, à cette histoire. Un chat eut la mauvaise idée de miauler et aggrava la tension. Là-bas sur le fleuve, le vent siffla monotone dans les branches grises des palétuviers sans que nul ne l'eût sonné.

— Chef, demanda Gazolo, savez-vous sous quelle forme viendra notre malheur et quand il se produira ?

— Qu'importe la forme ! s'exclama Assanga Djuli. Quant au temps...

A l'époque, le temps n'était pas un champ à mesurer en enjambées ou avec des lianes. Le temps, c'était le battement d'un cœur, l'espace d'un cillement. Assanga Djuli était un grand homme et, comme tout grand, il se qualifiait par ses positions extrêmes. Il fit un geste vague de la main pour prouver l'incongru de la question.

— Nous vivons en communion avec la nature, insista Gazolo. Nous la respectons et n'y prenons que le strict nécessaire à nos besoins. Pourquoi se fâcherait-elle et nous voudrait-elle malheur si comme tu le dis si justement ces guerres tribales entre Blancs ne sont pas de notre fait ?

— Vous semblez oublier, dit Assanga, que nous sommes un tout sur terre et que la faute commise par un homme, un seul, est payée par l'ensemble des humains.

— Les dieux verront qu'on n'a rien à voir dans tout ce désordre, protestèrent les villageois ! Ils nous épargneront !

— Le problème est que c'est au dieu des Blancs d'en décider !

Une fulgurance traversa notre esprit et nos yeux accrochèrent un Éton particulier : Michel Ange de Montparnasse. De stupéfaction, une horde de corbeaux arrêta son envol et l'observa. Ses cheveux blonds collaient à ses tempes. Ses épaules étaient voûtées sous son bleu de travail.

— Tu es blanc, donc nous sommes sauvés, criâmes-nous, confiants.

Michel Ange de Montparnasse tapa dans ses mains et en ôta de la poussière imaginaire.

– Il faut que je continue mon travail, dit-il.

– T'as bientôt fini de créer le soleil de la nuit ? demanda une femme.

– Ça avance, ça avance, dit Michel Ange.

– Et la marmite qui cuit les aliments sans feu ?

– Ça avance, ça avance, dit Michel Ange.

– Et la machine oiseau ? demanda une autre.

– Vous voyez pas que vous fatiguez notre frère ? demanda Gazolo, gentiment grondeur.

Cette réflexion dispensa Michel Ange des *ça avance, ça avance* auxquels il nous avait accoutumés. D'ailleurs, il répondait toujours à côté des questions, c'est sans doute pourquoi Assanga l'avait considéré comme le Blanc-sage et nous l'avait imposé... Il retourna dans son atelier d'expérimentation pour nous fabriquer des lumières sensationnelles, des ballons à volants, des radios électromagnétiques, tous ces trucs qui l'occupaient à longueur de temps, nous faisaient rêvasser et nous faisaient croire qu'un jour nous serions la civilisation la plus avancée de l'univers.

La foule se dispersa. Au pays éton, même si plus tard j'entendis Michel Ange discuter avec papa de stratégie de guerre et de défense du territoire, la vie reprit. Que s'était-il passé au fond ? J'allai nourrir notre volaille. Des femmes pilèrent le manioc devant leurs cases en s'envoyant des blagues ; une feuille jaune striée de vert tomba d'un gros manguier et des dindons gloussèrent ; les poules grattèrent le crottin dans les sentiers ; des enfants jouèrent dans les concessions ; des chèvres bêlèrent ; des hommes allèrent aux champs avec leurs houes suspendues sur leurs épaules et des fillettes prirent le chemin des puits. Fondamento de Plaisir, la deuxième épouse d'Assanga Djuli, revint s'asseoir devant ses marchandises et se mit à crier : « Quinze mangues, un centime ! » Ses mains tremblaient lorsqu'elle encaissait ses sous, son front luisait de transpiration. Je la regardais et me dis qu'il ne s'était rien passé qui puisse modifier le cours de notre existence.

Troisième veillée

Celui qui ne voit pas...
N'est pas forcément aveugle.

Certains disent que l'on devrait faire abstraction de cet instant, car dans la nuit les esprits de nos morts avaient interchangé nos âmes pour nous protéger des agressions extérieures.

D'autres jurent sur la tête de leur mère qu'au contraire nous naquîmes à la lumière à cet instant, qu'il y eut une éclipse et qu'au sommet du mont Cameroun, on vit la lune embrasser le soleil.

Quand nous nous réveillâmes ce matin-là, les militaires de l'Empire germanique cernaient notre village, de telle sorte que les hommes n'eurent pas le temps de disparaître dans les futaies. Même les femmes ne purent appeler leur plus jeune progéniture, cot! cot! D'un coup de crosse, les militaires nous demandèrent de mettre nos mains sur nos têtes ; d'une bottée au cul, ils nous poussèrent jusqu'à la place du village. Nous n'étions pas tout à fait réveillés. Nous nous étirions, tiraillés par des envies de petit coin.

41

Des enfants frottaient leurs cuisses l'une contre l'autre et leurs cache-sexe se gondolaient de pisse. Nous tentions d'expliquer la situation du mieux que nous pouvions : « Mais on n'a rien entendu, nous ! » s'exclamaient les femmes. « Comment qu'ils sont arrivés ici, sans qu'on les ait vus venir ? » s'étonnaient les hommes. On haussait les épaules : « Avec les Blancs, va savoir ! » Seul Michel Ange de Montparnasse ne se trouvait pas parmi les prisonniers. Pourquoi ? Mystère. Néanmoins, il y eut trois versions qui occupèrent notre temps tandis que le groupe des personnes appréhendées grossissait à vue d'œil : ça puait !

Certains prétendirent *qu'ils* étaient arrivés sur des parapluies largués depuis le ciel et *qu'ils* étaient tombés sans bruit comme des grains de sable portés par le vent et nous en étions fascinés.

D'autres soutinrent *qu'ils* s'étaient transformés en corbeaux qui avaient volé jusque chez nous et n'avaient retrouvé forme humaine que devant nos portes. Ça alors ! Et ce fut tout.

Quant à ceux qui affirmèrent qu'ils nous avaient espionnés, rampé dans la broussaille, s'étaient cachés dans les fourrés pour nous prendre dans leurs filets comme des vulgaires poissons, ils furent hués... Nous n'étions pas en Galilée !

Ce qui était certain, c'est qu'ils étaient bien là, six colonnes de soldats parfaitement constituées et leurs bottes martelaient le sol, ploum ploum tchac, et les cordons de leurs chéchias rouges se balançaient en rythme. Le *Kommandant,* que nous ne connaissions pas, criait sans cesse : « *Marsch ! Schneller !* » Nous le regardions avec ahurissement. Ses cheveux blonds étaient implantés en V au sommet de son crâne. Ses sourcils barraient son front comme les lignes de l'horizon et ses yeux s'élevaient sous eux tels deux soleils bleus.

– Où est le chef de ce village ? gronda le *Kommandant* n° 2. Où est-il ? répéta-t-il. Ramenez-le-moi ici !

Les manguiers tremblèrent. Par crainte, les chéchias des militaires se balancèrent au vent. Leurs yeux sortirent de leurs orbites. Tous savaient qu'un des pouvoirs d'Assanga résidait dans sa capacité à se métamorphoser. Parfois, on entrait dans sa case et on se trouvait nez à nez avec un gorille.

– Mais c'est le chef Assanga Djuli, patron ! Il a des pouvoirs magiques ! Personne ne peut l'arrêter !

– Allez me chercher ce vaurien et amenez-le-moi tout de suite !

Les militaires se regardèrent : « Vas-y toi, moi j'ai des enfants en bas âge ! » « Mais pourquoi que tu n'y vas pas toi-même, t'as rien, même pas un champ de cacao à surveiller ! » « C'est toi qui dois y aller, t'es le plus vieux. » Et, entre les vas-y toi, ils s'entre-gueulaient, s'insultaient, à tel point que les cheveux du *Kommandant* s'agitèrent. Il sortit son revolver, tira en l'air et dit : « C'est qu'un traître de sauvage, merde ! Ramenez-le-moi tout de suite ! »

Les femmes reculèrent en désordre. Les enfants pleurèrent et les chiens, qui commençaient à s'ennuyer, se mirent à se battre entre eux. Et avant qu'un militaire n'eût le courage de bouger, Assanga Djuli apparut, traînant des tiges de cannes à sucre. Dès qu'il vit les soldats, il jeta ses lots par terre, s'avança en Majesté et les accueillit comme on accueille les premières lueurs du soleil après trois mois de tornade : « Bienvenue ! » dit Assanga. Il se baissa, se releva au rythme de son incantation : « Bienvenue ! Ma maison est la vôtre. »

Il s'avança vers le nouveau *Kommandant* et lui tendit sa main. Celui-ci s'en détourna, fit claquer ses paumes et donna des ordres d'un ton bourru. Les militaires qui l'accompagnaient braquèrent leurs fusils sur nous. Un petit Nègre à visage d'écureuil se détacha du contingent, se tint au garde-à-vous et cria : « Gaard-gaard-gaardavous ! » Il était si bègue que j'eus envie de rire, mais m'abstins. Son visage noisette brillait, son crâne luisait de transpiration. Il se tenait raide, les bras collés au corps, la tête droite. Le *Kommandant* dit en allemand :

– *Frag diesem Wilden, ob er ein Feind des Volkes ist !*

Sans rompre, le Nègre répéta à Assanga en butant tant sur les mots que les oiseaux s'envolèrent :

– Le pa-patron de-de-demande sss-si t'es un een-en-nnemi de son em-pire.

– J'ai un cœur vaillant, dit Assanga, et ses traits menacèrent de fuir son visage. Je déteste la destruction et je vis dans le respect des traditions.

– Le pa-patron de-de-mande si tu es l'a-l'ami de nos e-e-e-ennemis, les Français, à qui-qui-qui on a déclaré la guerre.

– Un Blanc est un Blanc. Je suis pas fou pour mettre mon doigt entre l'écorce et l'arbre !

– Le pa-patron veut sa-savoir sss-si vous avez vu des es-es-espions français traî-traîner dans les pa-parages.

– Un Blanc est un Blanc ! répéta Assanga.

Assanga se tut, attendant que le Nègre traduise. Le Nègre fouilla la poussière de ses orteils. Ses sourcils se froncèrent

44

comme s'il résolvait une équation de chimie. Puis sa bou-che bâilla telle celle d'un enfant :

— Je peux-peux-peux pas tra-tra-traduire cela, de-devant lui, chef! dit-il à Assanga. Il va-va-va se fâ-fâ-fâ-fâcher et...

— Dis-le-lui, ordonna Assanga.

A son patron, il dit :

— *Sie gehören einem k-k-kräftigen Staat. Frank-k-kreich wird vernichtet worden, das schwört Ihnen ein Stammeshäuptling* (Vous ê-ê-tes une na-na-nation forte. La Fran-Fran-France sera é-é-écrasée, pa-pa-parole de chef!)

A ces mots, les joues du *Kommandant* prirent la couleur des flammes. Il sembla sur le point de s'embraser, mais sua abondamment sous le coup de son émotion.

« *Es lebe Deutschland!* (Vive l'Allemagne!) » cria-t-il. Puis, il s'approcha d'Assanga, lui serra la main et tapa sur ses épaules comme s'ils étaient de vieux copains : « Je n'ai jamais douté de vous malgré le mauvais rapport qu'a fait sur votre compte mon prédécesseur! Jamais! Vous avez toujours su nous résister, pourtant, c'est dans les moments difficiles qu'on reconnaît ses véritables amis. C'eût été si facile pour vous de vous associer aux Français pour nous combattre! Au lieu de quoi... Ah, Assanga! Assanga! Vous êtes un véritable Seigneur! »

La voix du *Kommandant* se brisa. Les larmes tombaient de ses yeux et arrosaient sa moustache.

— Merci de me donner à voir votre noblesse, ajouta-t-il.

Les femmes sentirent un mépris transpercer leurs cœurs : « C'est vraiment drôle ces Blancs, dirent-elles en pouffant. Un homme qui pleure devant tout le monde! » Et comme il fallait trouver une justification à l'absurde, elles clamè-rent : « C'est parce que notre chef est un homme parmi les hommes. » Puis elles se mirent à chanter et à danser. Maman évoluait au milieu de ses condisciples, frêle et timide, noyée dans l'enthousiasme de leurs voix. Les militaires, voyant la tournure que prenaient les événements, baissèrent leurs fusils. Ils se laissèrent tomber en cercle. Certains coururent derrière d'altières femelles. Nos hommes s'enhardirent : « Mes respects mon colonel », disaient-ils en se mettant au garde-à-vous. « Si on avait su que vous nous rendriez visite, nous vous aurions tué une bonne chèvre ! » Ils se laissèrent tomber à leur tour aux côtés des militaires. Ils burent, mangèrent des cacahuètes que des adolescentes aux seins pas tout à fait sortis faisaient circuler dans de petites calebasses. Quelques instants plus tard, le *Kommandant* dit quelque chose et les militaires à moitié abrutis nous ordonnèrent de nous mettre en rang. Puis le traducteur s'assit sous le baobab. Il sortit des feuilles jaunes de sa besace et un crayon de derrière son oreille. Nous passâmes à tour de rôle devant lui.

— No-no-nom, pré-pré-prénom.

Puis, il inscrivait ces informations sur sa feuille.

— C'est ça mon nom ? demandions-nous.

Nous étions fiers de voir nos noms inscrits sur une feuille en lettres européennes, et ce fut toute une aventure. Nous en parlâmes durant plusieurs lunes, des syllabes et des voyelles, en essayant de deviner le E d'Édène ou le S d'Assanga. Mais papa n'était pas content : « C'est scandaleux ! Qu'est-ce qu'un homme à qui on enlève son identité de cette façon, hein ? »

Mais la scène suivante fut si désagréable qu'on oublia la précédente. Ils comptèrent nos dents. Ils nous firent passer un bras par-dessus nos têtes.

46

– C'est pou-pou-pour vous do-do-donner un â-â-âge, dit le traducteur.

Une femme se retrouva âgée de seize ans et son fils de vingt-huit. Nous rîmes beaucoup. Assanga Djuli intervint et dit :

– Pourquoi, monsieur, ne voulez-vous pas inscrire nos âges en saisons ?

– Les B-b-b-b-blancs com-com-comptent en a-a-a-années, chef ! dit le traducteur.

– Ils se trompent pour l'âge des Noirs, dit papa. Cette femme a plus de saisons que son fils et...

– Les cho-cho-choses des Bl-bl-bl-blancs, dit le traducteur avec une moue de mépris, ceux-ci s-ss-ssont bons, ceux-ci s-ss-ssont mau-mauvais. Va donc faire un ch-ch-ch-choix là-dedans !

– Vous savez que j'ai raison pour l'âge, n'est-ce pas ? demanda papa. Pourquoi ne pas le dire à votre patron ?

Le traducteur fit une grimace comme si Assanga venait de marcher sur ses orteils.

– Qu-qu-que vou-vou-voulez-vous, chef ! Ces gens-là di-di-disent que la te-te-terre est ron-ron-ronde et tou-tour-tourne au-au-autour d'elle-même.

Puis, il nous parla du pôle Nord. L'image des humains marchant la tête en bas me donna la nausée. Papa, à qui le traducteur donna trente-deux ans au lieu des cinquante saisons et des poussières, alla s'asseoir sous sa véranda. Le *Kommandant* fit de même et un militaire ouvrit un parasol qu'il tint au sommet de sa tête. Un paresseux s'arrêta devant le Boche, hocha deux fois la tête avant de s'en aller. Il palabra avec papa comme s'ils étaient des vieilles connaissances. Je voyais sa couleur crème virer au rouge. Je m'at-

tendais à ce qu'il s'enflamme, qu'il brûle jusqu'à se transformer en cendres. Nous le regardions attentivement tandis
qu'il parlait. Un gros lézard vert poursuivit sa petite femelle
grise entre ses jambes. Il prit peur et les enfants éclatèrent
de rire. Il donna l'ordre aux militaires de nous chasser. Je
conçus pour lui une vive antipathie et lui envoyai en pleine
figure quelques insultes dans le vent. Les militaires s'avancèrent dans notre direction. Nous courûmes aussi vite que
nous pûmes. Nous nous réfugiâmes dans la broussaille et
continuâmes à les regarder avec intensité. Quelques minutes plus tard, l'Allemand échangea une poignée de main
avec Assanga Djuli. Papa brisa une kola et donna la moitié
au Blanc pour sceller la paix. Le *Kommandant* croqua la
sienne. Je vis papa rouler sa noix entre ses doigts, puis la
jeter subrepticement dans la poussière. Aujourd'hui encore,
on peut lire dans les soi-disant archives du IIe Reich :

Peuple éton, tribu Issogo, l'an 1914 :
Deux cents personnes, dont quatre-vingt-six hommes vaillants, représentés par le chef tribal Assanga Djuli, environ
trente-deux ans. Par traité en cette date, le chef tribal Assanga
Djuli transmet son droit de souveraineté, de législation et
d'administration aux autorités allemandes sous les cinq réserves suivantes : – Le territoire ne peut être cédé à une tierce
puissance ; – Les traités d'amitié et de commerce qui ont été
conclus avec d'autres gouvernements étrangers sont invali-
des ; – Les terrains cultivés par les autochtones et les empla-
cements sur lesquels se trouvent leurs villages doivent rester
la propriété des possesseurs actuels et de leurs descendants ;
– Les péages doivent être versés annuellement aux rois et aux
chefs ; – Pendant les premiers temps de l'établissement d'une

administration ici, leurs coutumes et leurs traditions doivent être respectées.

Le *Kommandant* se leva et les militaires firent de même, déjà un peu ivres. Au moment de s'en aller, il cria quelque chose, et deux militaires disparurent par le sentier d'où ils étaient venus. Ils réapparurent quelques minutes plus tard tenant par les bras un Nègre. Ses vêtements étaient déchirés. Il saignait des oreilles. Ses jambes étaient entaillées par douze profondes blessures et son visage était contusionné. Il suppliait faiblement :

— Je ne recommencerai plus, je vous le promets ! J'étais aveugle ! Pitié !

— Tais-toi, voleur ! cria l'un des militaires.

Puis, dans un même mouvement, ils l'envoyèrent rouler aux pieds de l'Allemand.

— Qu'a-t-il fait ? demanda papa.

Le *Kommandant* posa ses bottes sur la tête de l'homme, se tourna vers papa et dit :

— C'est un traître.

Assanga se mit à plaider la cause de l'inconnu. Il parla de pitié, d'amour, de pardon, et des dieux qui aiment à châtier eux-mêmes les fautifs. Les Étons acquiesçaient à tout ce que disait papa.

— Vous n'allez quand-quand-quand mê-mê-même pas dé-dé-défendre un a-a-a-assassin ! s'insurgea le traducteur.

— Assassin, ta mère ! criâmes-nous.

Le traducteur nous dit que ce Nègre n'était pas un homme, qu'il avait abandonné ses parents, refusé de la nourriture à ses tantes, chassé ses enfants de sa maison et que sa femme en était morte de chagrin. Qu'il avait monté une armée pour tuer le Boche et qu'il méritait son châtiment. En entendant les récits des méfaits de l'inconnu, les Étons furent pris d'une violente colère. Des enfants lui lancèrent des cailloux. Des femmes l'abreuvèrent d'injures et lui crachèrent dessus.

– Ça suffit ! cria Assanga Djuli, sans grande conviction. Cette histoire ne nous regarde pas !

L'homme continuait à supplier : « Pardon, s'il vous plaît, pitié ! » Un chat gris se frotta à la jambe du *Kommandant*, qui se baissa pour caresser l'animal. A peine l'eut-il effleuré, que le chat lui griffa les mains avec une rare méchanceté. Il poussa un cri de douleur. Je riais, les gens autour de moi riaient de bon cœur aussi. Le *Kommandant* sortit son revolver et tira. L'inconnu hurla et sa tête s'affaissa.

– Ces chats nègres sont mal élevés, dit le très Haut Représentant du IIe Reich en rangeant son revolver dans sa ceinture.

– Les animaux sentent bien les choses, dit Assanga. Je prends toujours mes décisions en fonction de leur comportement.

– Un chat allemand n'aurait jamais fait ça ! rajouta le très Haut Représentant. Reconnaissons-le, mon ami.

Sans plus l'écouter, Assanga lui tourna le dos, tandis que les militaires entraînaient leur prisonnier mort vers la brousse. Quand ils eurent disparu, les Étons restèrent sans bouger, avec l'ignorance plein la tête et l'angoisse dans le ventre. Ils se tenaient devant la case du chef, regardant vers la forêt comme si elle allait leur révéler quelques secrets perdus de la nature. On ne bougea même pas lorsqu'on entendit un militaire crier : « Pendons-le ! » Il fallut toute la hargne de Fondamento de Plaisir pour me sortir de ma stupéfaction car elle dit :

— Voilà ce qui arrive lorsqu'on ne respecte pas les préceptes de son peuple.

Puis, elle s'en alla couper du bois et nous nous éparpillâmes.

Plus tard, lorsque la touffeur oppressante du crépuscule s'abattit sur la forêt et que la première étoile apparut dans le ciel mauve, j'allai m'asseoir à côté de papa. Je voulais qu'il m'explique certaines choses : pourquoi n'avait-il pas aidé le Nègre ? Il regarda droit devant lui et me questionna :

— Tu n'as jamais assisté à une telle violence, n'est-ce pas ?

— Non, dis-je en pensant aux petites misères que nous faisions subir aux animaux.

— Tu as eu mal au cœur ?

— Oui.

— Tu as vu ce que la vie peut faire d'un être humain ?

— Oui.

— Tu as vu combien un homme peut être méchant ?

— Oui.

— Tu as eu envie de les empêcher de le tuer ?

— Oui.

— Tu aurais pu les tuer pour les empêcher de le faire ?

— Je crois.

— Tu vois, c'est ainsi qu'un homme peut devenir un assassin.

Le lendemain, je fus réveillée par un étrange bruit, comme le grondement sourd d'une mer lointaine. Je sortis et je vis un grand pan de ciel bleu au-dessus des arbres. Puis, une masse sombre faite d'un enchevêtrement confus qui s'approchait. Je distinguai d'abord quelques figures noires vêtues d'apparat. Il n'y avait pas de doute : c'étaient des militaires allemands. Certains étaient montés à dos d'âne et transpiraient ; d'autres étaient à pied et leurs bottes rutilantes se couvraient de poussière. Ils avaient des mines de chrétiens devant une relique sainte. Des chiens galeux, excités par leur présence, aboyaient au soleil. Des chats miaulaient.

– On fête quoi, mes amis ? leur demanda un vieillard assis sur le pas de sa porte et qui fumait sa pipe.

Un militaire dont l'âne récalcitrant refusait de s'avancer se retourna et dit :

– C'est le *Kommandant.* Il est mort dans son sommeil.

– C'est bien triste, triste et honteux pour un combattant, lâcha le vieillard. De mon temps...

Plus tard, lorsque nous entendîmes des clairons et des coups de canon parce qu'on enterrait le Grand Dignitaire du IIe Reich avec les honneurs militaires, que sa femme agenouillée sur sa tombe ajoutait son poids à celui du cercueil qui l'oppressait, Assanga Djuli nous fit observer une minute de silence. A l'instant où les enfants du Kommandant tirèrent leur mère en arrière pour la ramener à la maison, un léger sourire illumina les lèvres d'Assanga :

– Un guerrier ne doit jamais abaisser sa garde, dit-il simplement.

Et je pensai à la noix qu'Assanga avait offerte au chef militaire allemand.

Quatrième veillée

Qui en a assez d'écouter...
Peut quitter le monde.

On a beau dire : chaque être humain possède au fond de son mécanisme fonctionnel un défaut de fabrication, placé là par les dieux. C'est sa faiblesse, mais aussi sa force. S'il en prenait conscience, il pourrait alors puiser des ressources au plus profond de ses entrailles pour la combattre. Dans le cas contraire, il serait prisonnier de ces brumes qui assombriraient son destin.

Ma mère était une femme menue au petit nez épaté et qui ne se mettait jamais en avant. Elle ne vantait pas ses mérites. Elle se contentait d'être assise quelque part dans le village, point à la ligne. Ses grandes nattes traînaient souplement sur ses épaules, mais semblaient absentes, tels ces nuages apportés par le vent en pleine saison sèche. Alors que chez la plupart des humains les yeux fixaient et transperçaient les choses, ceux de maman flottaient. Elle avait l'air inexistante face aux événements, ce qui lui valut le surnom de « petite nature ».

Sa coépouse, Fondamento de Plaisir, pesait deux fois plus qu'elle, elle avait six centimètres de cheveux de plus. Tout le monde fut surpris de voir le ventre de maman exploser littéralement en mettant bas six enfants, alors que celui de Fondamento demeura stérile malgré de nombreux traitements qu'elle avait subis : administration de purges draconiennes, faites de racines de quinquina additionnées à du savon ; breuvages à base de feuilles de ndolé mélangées au piment rouge ; décoctions de fleurs d'ousang, d'épines de roses, ou de noyaux de prunes. Rien n'y fit, sa stérilité fut définitive.

— Elle est née stérile, disaient les femmes, qui n'étaient jamais à court de méchanceté.

— Ses intestins sont crottés, disaient les vieilles. Nous l'avions vu dès sa naissance. Son caca était rempli d'œufs de boa.

Assanga l'avait personnellement abreuvée de toutes sortes d'herbes et d'onguents pour la fertilité, sans succès. Quant à l'acte par lequel se perpétuait la race humaine, maman me dit que papa avait mis en branle tous les stratagèmes, de la routine bornée du missionnaire aux techniques les plus sophistiquées, pour provoquer l'étonnant prodige. Tous les mois, Fondamento de Plaisir allait se cacher dans un coin de sa case alors que l'horloge sanguinolente sonnait, sans une minute de retard. Personne ne fut surpris lorsqu'elle se lança dans des aventures commerciales avec brio car elle était la seule à vendre des objets qu'on ne connaissait pas : des savons de Marseille, des talcs *Douceur de Lune*, des parfums *Rêves du soir* et d'autres dont on ignorait jusqu'au nom, des espèces de pinces dont j'apprendrais plus tard qu'elles servaient à s'épiler les sourcils, des tuyaux, des batteries, des pneus et d'autres ferrailles qui pourrissaient sur place, mais suffisaient à créer parmi nous un tel complexe d'infériorité à son égard que tout le village se mit d'accord : « Fondamento de Plaisir a donné sa fertilité à la sorcellerie en échange de la richesse. »

A ces réflexions, Fondamento de Plaisir éclatait de rire. Sa situation de femme qui ne comptait pas l'indifférait. Elle se polarisait sur l'argent et sa sexualité à seule fin de ne pas reconnaître ce qu'il en était vraiment. Cent cinquante fois, elle tomba amoureuse folle, se releva et tomba ailleurs. La nuit, elle s'encanaillait sous les palmiers, entre les bruits des peuples coasseurs. Le jour, elle invitait ses amants dans sa case, et ensemble ils fondaient dans la sueur. Elle les choisissait de préférence jeunes, pauvres et les constellait de cadeaux.

En ce début d'après-midi, il faisait si chaud que je m'assis sous un manguier, le dos appuyé au tronc de l'arbre. Plus loin, étalés sur une natte, des grains de maïs séchaient et j'étais chargée d'en chasser les poules. Au-dessus de ma tête, un oiseau chantait. Dans les buissons alentour, des insectes bourdonnaient. A trois pas de moi, deux souris se battaient. Il y avait une telle plénitude, une telle paix que j'oubliai les intérêts économiques de la maisonnée et m'assoupis, quitte à m'exposer à une éventuelle réprobation.

Je fis un rêve, à moins que le temps n'ait fini par entremêler mes souvenirs. Soudain, une voix enfla au loin, passa dans la gamme des cris et des hurlements, déboucha dans la concession. Je me levai en sursaut et regardai autour de moi. De loin, j'aperçus maman. Sa bouche était grande ouverte et ses cordes vocales tendues. Elle hurlait comme un chien battu à mort. Elle était accroupie par terre dans une position qui lui coupait le souffle, sous la véranda de Fondamento de Plaisir. Certes, elle avait toujours eu quelque chose d'évanescent. Mais ce jour-là, dans le halo du soleil, avec sa bouche béante, ses yeux exagérément élargis, on eût cru une statue.

Quelques villageois débarquèrent dans notre concession : « Qui a crié ? Qui est mort ? » demandèrent-ils. D'autres villageois leur emboîtèrent le pas : des éclopés, des vieillards, des enfants, des femmes valides, des hommes guerriers et sur leur visage la même interrogation : « Qui a crié ? Qui est mort ? » L'instant d'après, ils formaient un mur autour de maman et la soustrayaient à mon regard.

— Qu'est-ce que t'as à crier comme ça, Andela ? lui demanda-t-on.

Sans un mot et sans se retourner, elle jeta un bras dans son dos, indiqua la case de sa coépouse et demeura prostrée.

Le temps que tous réagissent, un homme nu comme un ver jaillit de la maison, traversa la concession en courant. Il tenait ses vêtements sous son bras. Nous nous jetâmes à sa poursuite en criant : « A l'assassin de bonnes mœurs ! A l'assassin de la dignité ! » Assanga Djuli poussa un soupir et retourna dans sa case. Le fugitif était déjà à l'orée du bois alors que nous nous trouvions encore sur la place du village. Son avance était grande et il aurait pu s'échapper. Et puis là, à gauche de la rivière, sans qu'on sût pourquoi, il s'arrêta. Un instant, il regarda derrière lui tel un animal traqué et je vis nettement le blanc de ses yeux. Il leva ses bras et je compris qu'il cherchait son équilibre. Je crus halluciner, mais ses chevilles disparaissaient dans le sable ; il se débattit et ses jambes s'y enfoncèrent jusqu'aux cuisses. Nous ne bougions plus et regardions, fascinés, cette scène violente. Quand le sable eut englouti ses épaules, son cou, son nez et recouvert ses cheveux et qu'il redevint calme et plat comme à son habitude, je crus avoir rêvé. Sans un mot, nous retournâmes au village et trouvâmes maman dans un état qui la coupait d'elle-même et du reste du monde. Et alors que personne ne semblait plus rien attendre d'elle, elle lança, bouleversée :

– Viens donc fricoter avec nous ! m'a dit Fondamento de Plaisir.

Ses doigts attrapèrent ses pagnes qu'elle tordit, puis elle s'expliqua : A l'heure de la sieste, croyant que sa coépouse reposait seule, maman était entrée dans sa case et avait trouvé Fondamento de Plaisir nue, qui baisait à même le sol. Maman en fut si médusée que le choc ne vint qu'après.

– Viens donc fricoter avec nous, qu'elle m'a dit, répéta maman. Reste pas là comme un morceau de bois mort ! elle m'a encore dit. Vous vous rendez compte, me sortir une chose pareille, à moi !

J'essayai de me représenter la scène, je n'y vis rien de scandaleux. Au fond, Fondamento de Plaisir s'était montrée généreuse : elle avait voulu associer maman à son orgasme.

Des hommes gloussèrent et se mirent par petits groupes pour comploter. Les femmes retroussèrent leurs babines : « Une chienne ! », et envoyèrent de longs crachats dans la poussière. Penchée à sa fenêtre, Fondamento de Plaisir mangeait des bananes et souriait. N'eussent été ses yeux froids, on eût cru que cette histoire ne la concernait pas.

Un petit Nègre au corps replet leva ses bras et scanda : « La dignité d'un homme passe par le respect de sa femme ! Qu'est-ce qu'un homme qui laisse sa femme marcher avec ses pagnes sur sa tête ? » Mes compatriotes rétorquèrent : « Rien du tout ! » Un villageois long comme un bambou franchit la foule et cria : « Et encore moins un grand chef comme Assanga Djuli ! » Il semblait hors de lui et je compris à demi-mot qu'il y avait quelques semaines de cela une délégation de villageois étaient venus se plaindre à Assanga Djuli du comportement scandaleux de Fondamento de Plaisir.

– Vous vous rendez compte qu'Assanga Djuli nous a tourné le dos : « Sortez d'ici, mauvaise langue ! » C'est tout ce qu'il a dit. Je vous jure que j'ai cru rêver.

– Moi aussi, confirma un homme aux yeux comme des lentilles. J'ai cru être aveugle et sourd jusqu'à ce qu'Assanga Djuli ait ajouté : « Je ne veux rien savoir ! Sortez de ma case ! »

– C'est proprement scandaleux ! cria un gros lard en essuyant la sueur qui perlait de son front, et il répéta : Proprement !

Un pied-bot suggéra que c'était l'influence de Michel Ange de Montparnasse. Que les femmes en France portaient la culotte et les hommes le reste, c'est-à-dire rien ! Un vieillard confirma qu'en Europe les femmes faisaient les bébés toutes seules, qu'elles s'allongeaient sous la lune et que leurs ventres grossissaient. Une femme surgie brusquement au milieu du cercle fit tournoyer ses pagnes.

– Que voulez-vous qu'il fasse ? demanda-t-elle avec défiance.

— Il n'a qu'à l'attacher au pied du lit avec une corde au cou...

— Il n'a qu'à lui faire un môme ! Ça calmera ses ardeurs.

Cette nuit-là, je m'assis devant la fenêtre. Maman vint s'asseoir à mes côtés. Nous regardâmes la nuit où les étoiles grosses comme des plats festoyaient.

— Elle va finir par me rendre folle, dit maman, comme pour elle-même et elle me prit la main.

Une chouette hurla et j'ôtai ma main.

— Qui va te rendre folle, maman ? Qui ? demandai-je, inquiète.

— Fondamento de Plaisir, bien sûr !

Et les yeux de maman luisirent dans l'obscurité parce qu'une ombre se profila, imposante comme le fantôme qui tire les pieds des enfants dans leur sommeil : c'était Fondamento de Plaisir... c'était bien elle. La voilà qui s'approchait, vêtue comme lorsqu'on s'acquitte d'une obligation mondaine : pagne noir, cheveux entortillés en boule au sommet de son crâne. Ses vêtements puaient les senteurs des parfums capiteux qu'elle s'offrait sur les bateaux. Elle regarda intensément maman.

— Je suis venue m'excuser pour tout à l'heure, dit-elle. Je voulais sincèrement partager ces plaisirs interdits avec toi !

— Tu ferais mieux de t'excuser auprès de ton mari, dit maman. As-tu l'intention de le faire ?

Fondamento de Plaisir regarda maman et une férocité éclaira ses pupilles.

— Tu te figures que parce que nous partageons le même mari, nous sommes égales ? En dehors de faire des enfants, prout, prout, tu te contentes de manger et de dormir. Tu te figures que tes maternités te donnent une supériorité sur moi, c'est ça ? Je te le dis en vérité, les enfants, je peux en avoir par brouettes entières.

Sa bouche était tordue par une grimace comme si elle s'était rabaissée en s'excusant auprès de maman. Elle tourna les talons, mais arrêta sa progression comme quelqu'un qui vient d'oublier quelque chose.

– Cet après-midi, tu as ameuté le village pour me calomnier. Je te pardonne. Mais si tu recommences ta petite comédie, à gueuler pour rien, il t'arrivera des choses horribles, conclut-elle.

Fondamento de Plaisir s'en alla et nous n'eûmes plus envie d'observer les étoiles. Maman alluma un feu. Elle souffla sur les braises. Lorsque les flammes entreprirent leur danse rougeoyante, elle se mordit les lèvres : « On peut fermer sa bouche, mais, hélas ! on n'en pense pas moins ! »

Dès le lendemain, le village reprit sa mine souriante, sous un soleil éclatant. Au pas des portes, les femmes pilaient le manioc ; des hommes se curaient les dents sous les manguiers ; les chiens faméliques fouinaient dans les tas d'ordures à la recherche de quelque os. Du lointain, nous parvenaient les bourdonnements de la guerre. Nous entendions des cris et les hourras des combattants, ponctués par les sifflements des balles. Quelquefois, ils traversaient notre village, par petits groupes, soutenant des camarades plus durement amochés et disparaissaient. Il fallait plus qu'une guerre entre les tribus blanches et plus qu'une infidélité pour changer le cours de notre existence.

J'étais à trier le maïs pour le dîner lorsque Fondamento de Plaisir fit une entrée triomphale dans la cour. Elle tenait dans ses mains un baluchon et était en sueur. Dès qu'elle fut au centre de la concession, elle s'arrêta :

– Assanga Djuli ! cria-t-elle. Assanga Djuli !

Papa apparut sur le perron, suivi de maman et de mes frères. Ils posèrent leur main en visière sur leur front, battirent des paupières.

– Qui est mort ? demanda papa.

Sans un mot, Fondamento de Plaisir déposa le baluchon à ses pieds, l'ouvrit et nous crûmes rêver.

Un bébé nu et joufflu gigotait. L'instant d'après, il poussa des cris si stridents que nous comprîmes que c'était du solide comme la terre : « C'est mon fils, dit Fondamento de Plaisir d'une voix brisée. Mon fils ! » Deux larmes perlèrent à ses yeux : « Les dieux ont exaucé mes prières », gémit-elle. Maman mordit fortement ses lèvres et rentra dans sa case. Papa s'approcha et ausculta le bébé : « C'est bien un fils », constata-t-il. Puis il ajouta comme pour lui-même : « J'espère que tu seras une bonne mère ! »

Ce qui est certain dans ce pays écrasé sous mille tonnes de soleil, où la pluie arrive sur son cheval ailé puis s'arrête brusquement comme par magie, où le vent porte la voix des esprits, où les hommes ont des peaux de chien et les chats celle des humains, où les morts habitent dans les fleurs et se nourrissent des plus belles mangues, ce qui est certain, c'est que personne ne trouva à redire à propos de cette étonnante maternité. Nous étions si émerveillés qu'on ne songea pas à donner un nom à l'enfant et il se prénomma Lenfant.

Fondamento de Plaisir se montra une mère exemplaire et le village ne se lassait pas d'en parler. On raconta l'histoire de la maman et du fils, des nuits entières passées par

Fondamento de Plaisir, agenouillée, à veiller sur son sommeil, ses lèvres à elle posées sur ses joues. Dans la journée, elle ne supportait pas qu'une main étrangère s'occupât de Lenfant. Elle le bourrait de confitures, de gâteaux écrasés et de miel sauvage. Lenfant était un beau bébé : ses petits yeux pétillaient au fond des bourrelets de graisse qui environnaient sa petite figure ; les plis de ses cuisses et de ses bras lui donnaient l'air d'un porcin. Plus d'une fois des vieillards, à le voir si dodu et luisant, se léchèrent les babines : « Je vous interdis de manger mon enfant à la sorcellerie ! » menaçait Fondamento de Plaisir. Quand Lenfant était si gavé qu'il en vomissait, Fondamento de Plaisir ramassait ses vomissures avec ses doigts : « Quel merveilleux petit ! » s'extasiait-elle. Elle s'allongeait sur la natte, le posait sur son ventre nu et c'était un voyage. Bout de caresse qui transportait au large la femme stérile et Lenfant. Morceau de tendresse et de gazouillis, et rien ne nous semblait caractériser davantage le début d'un changement de comportement que ces moments-là.

Papa était sceptique. Dès qu'il entendait les gazouillis de Lenfant et les rires clairs de Fondamento, il croquait une noix de kola. « Est-ce possible que la maternité change une femme à ce point-là ? ! » s'exclamait-il. Néanmoins, il était heureux : heureux de se promener dans la forêt sans s'encombrer de ses cornes de cocu qui le faisaient buter sur les arbres. Heureux d'avoir un fils sans tracasserie ! Heureux pour l'avenir de sa descendance, de cette main-d'œuvre supplémentaire pour les travaux des champs ! Heureux du bonheur de Fondamento de Plaisir comme on l'est toujours pour ceux qu'on aime ! Un soir pourtant...

La nuit était dense. La lune là-haut brillait comme si elle était seule au monde. Dans les marais, les crapauds coassaient, rien que pour donner de l'ampleur à cette *prima donna*. Une chouette gémit quelque part. J'entendis un éclat de rire strident. Des serpents s'agitèrent dans les fourrés. Je reconnus le rire déployé de Fondamento. Je regardai par la fenêtre de notre case et je vis papa sortir de chez sa seconde épouse, le vent en poupe comme s'il venait de rencontrer un fantôme : « Seigneur ! Seigneur ! » gémissait-il. Sans prendre le temps d'une respiration, j'attachai mon pagne sur ma poitrine et me précipitai chez Fondamento de Plaisir. Ce que je vis par le trou de la serrure rendit ma langue aride comme celle d'un reptile.

Fondamento de Plaisir était assise au bord de son lit, avec ses pagnes roulés à sa taille. Elle avait négligemment jeté ses jambes de part et d'autre. Agenouillés entre ses cuisses, deux hommes, qui tenaient plutôt de hamsters roulés en boule, léchaient goulûment ses seins. Fondamento de Plaisir riait, riait, riait, baignée dans un univers insolite. Je frottai violemment mes yeux et quittai mon observatoire, la nausée au cœur.

Assanga, dans son atelier, était assis à même le sol et clouait un cercueil en tôle ondulée. Il avait le dos voûté, les phalanges si crispées que je crus que du sang allait en jaillir, de grosses gouttes de transpiration perlaient de ses cheveux. Il poussa soudain un gémissement et porta son doigt meurtri à sa bouche. Tout en le suçotant, il s'aperçut que je l'espionnais. Il me montra son doigt qui déjà grossissait, enflait et se violaçait. Je courus chercher de l'eau et de l'argile en poudre. Il trempa son doigt dans le liquide tandis que je mettais une aiguille à chauffer sur les flammes

63

de la lampe. Il me regarda planter l'aiguille dans son doigt, puis, sans savoir quelle mouche était entrée dans son nez, il dit :

— Réponds-moi franchement, Édène... Qu'est-ce que tu éprouves à m'espionner alors que tu sais que c'est mal ?

Sans l'ombre d'une hésitation, je répondis :

— De l'excitation, père !

— Va te coucher, m'ordonna-t-il.

Dès le lendemain, des choses curieuses se passèrent. Papa, d'habitude si solitaire, ne cessa d'inviter des étrangers chez nous. Je le vis recevoir de vieux boutonneux et de jeunes hommes prétentieux qui croyaient tenir leur destinée serrée entre leurs dents. Il fit ami-ami avec des maigres fortunés à l'allure de mendiants et des gros pauvres. Assanga Djuli s'asseyait sur son trône et parlait du nombre de serpents dans la broussaille. Quelquefois, ils parlaient négro-political, négro-économical, négro-décolonisation. Il partageait sa kola, puis sonnait Fondamento de Plaisir :

— Occupe-toi donc de notre invité.

C'était étrange. Même un aveugle voyait clairement de quelle manière la coépouse de ma mère s'occupait des invités de mon père. Ses gémissements de plaisir secouaient les arbres, vifs et intenses : « Dieu du ciel ! criaient les villageois. Un homme qui offre des amants à sa femme ! Assanga est devenu fou ! » Les yeux de maman ne flottaient même plus. Elle n'avait plus d'yeux. Seul Michel Ange de Montparnasse trouvait la situation délicieusement perverse : « Quel bonheur, chers amis ! Quel raffinement ! Quel libertinage ! » Il portait une main à sa poitrine, feignait une forte émotion : « Un dix-huitiémiste en pleine cambrousse ! » Puis, une soudaine inquiétude plissait son front. Il regardait la forêt sans fin. « Vous pensez que la France va gagner cette guerre ? » On s'en foutait.

Je ne comprenais rien à la stratégie de papa. Mais plus tard, lorsque Fondamento de Plaisir eut tant d'amants que chacun d'eux planta en elle mille véroles, cent mille gonocoques, que des champignons prirent racine dans son utérus et poussèrent jusque sur ses cuisses, qu'elle ne put plus marcher, que la vue d'un homme lui inspira du dégoût et que maman fut obligée d'accueillir Lenfant parce que Fondamento de Plaisir avait crié : « Hors de ma vue, chenapan ! Je t'ai acheté à une mendiante au marché. Déguerpis ! » parce que finalement ce n'était qu'un homme – alors, je compris qu'Assanga Djuli avait choisi de l'amener à cette extrémité de son défaut, afin qu'elle prenne conscience qu'il était le plus grand danger pour sa vie. Et quand je m'aperçus du mal que papa se donna pour la guérir, du sourire qui éclaira son visage lorsqu'elle fut sur pied, je compris que derrière chaque humaniste se cachait un monstre d'égoïsme : « Seules des expériences amoureuses de Fondamento de Plaisir avec d'autres individus pouvaient confirmer qu'elle était stérile et me mettre définitivement hors de cause », me dira-t-il des années plus tard.

Cinquième veillée

L'homme sage perd sa sagesse...
Lorsqu'il court derrière un fou.

L'enfance est un orage. On sait quand il commence, mais jamais quand il s'arrête. Ce n'est qu'après qu'on découvre ses conséquences. Mais pendant toute une vie, on enfonce les pieds dans ses flaques et quelles que soient les chaussures que l'on porte, on est trempé.

Je ressemblais à mon frère Billongo. Mon visage était carré et mon ventre ballonné. Je pinçais à longueur de temps mon nez pour l'allonger, mais ses ailes demeuraient désespérément larges. J'étais grande pour mon âge, assez musclée pour une fille. Mes cheveux étaient coupés à ras, d'ailleurs ils ne poussaient pas. Si un hasardeux donnait cette description de mon physique, mon orgueil lui faisait mordre la poussière.

Ce jour-là, je ne fis pas attention à la médiocre médisance sur ma laideur. Je bifurquai dans la ruelle principale.

Des vendeuses étaient assises derrière leurs marchandises, disposées en petits tas sur des toiles cirées bleues. Je passai successivement devant les marchandes de ngombo : « Bonjour Édène ! » me lancèrent-elles. Puis elles rirent sous cape. Les détailleuses de bipacka retroussèrent leur nez en me voyant et je me dis que c'était à cause de l'odeur nauséabonde de leurs poissons fumés. Celles de tapioca furent les plus gentilles, l'une d'elles me dit : « J'ai réfléchi à ton problème cette nuit, Édène ! Il faut que tu boives du jus de coco. C'est une excellente thérapie pour se gonfler les seins ! » Je la remerciai et une femme à la poitrine couverte d'urticaire ajouta : « Il faut que tu cueilles une feuille de manguier et que tu t'oignes le bout des seins de sa sève. » Je remerciai encore, promis de m'y mettre le plus tôt possible. Je passai en salivant devant les bassines de beignets où des mouches à grosse tête verte faisaient frétiller leurs pattes. Plus loin, j'aperçus Fondamento de Plaisir assise derrière son commerce. Elle entassait ses sous et était plongée dans des calculs compliqués. Elle ne me vit pas car, lorsqu'elle faisait de l'expertise comptable, le monde s'évanouissait, son front se plissait tandis que la sueur partait de sa tête et s'affalait dans le sable. Je ne l'avais jamais autant admirée qu'en ces instants-là. De légers tremblements agitèrent soudain ses chairs : je venais d'apparaître à ses yeux comme par magie. Elle cacha son argent n'importe comment dans ses pagnes.

– Mais qu'est-ce que tu fous là, toi ?

– Je...

– Tu ne comprends pas qu'il faut pas me déranger... Ah, ces Nègres, alors ! A force de ne pas savoir qu'un rendez-vous est un rendez-vous, vous allez toujours rester derrière comme des fesses.

Et ces fesses, justement, retrouvèrent confortablement leur position initiale. Puis, sans plus faire attention à moi, elle se mit à dévorer tout ce qui lui passait sous la main.

– Je venais te dire, Mâ, que j'ai balayé ta case.

– C'est très bien, ma fille.

Mes yeux, instinctivement, allaient de ses mains à sa bouche et je sentais des paquets de salive remonter dans mon gosier.

– Je t'ai puisé de l'eau, Mâ.

– C'est très bien, ma fille.

Elle sortit une longue tige de canne à sucre qu'elle mâchouilla jusqu'à la rendre filandreuse.

– J'ai refait ton lit !

Cette phrase taquina ses plaisirs passés. Une clarté intérieure mit en lumière les souvenirs de ses coucheries d'antan et illumina son visage de bonheur : « Ah, quand j'étais jeune ! » Elle sourit et sortit d'un sac en papier sulfurisé des beignets aux bananes qu'elle me donna : « Pourquoi Dieu n'a pas fait que tu sois ma véritable mère ! » m'exclamai-je, désolée. Ses yeux brillèrent de larmes : « T'es vraiment, vraiment adorable », ajoutai-je d'une voix câline parce que ventre vide est prêt à vendre jusqu'à son âme. « C'est la volonté des esprits ! » pleurnicha-t-elle, mais en réalité ses états d'âme ne m'intéressaient pas. Pourtant, avant que je ne disparaisse là au bout de la ruelle, je me retournai et la vis : son corps et son esprit se confondaient, ils planaient au-dessus de Dieu seul sait quelles montagnes.

Je marchais vite et le soleil donnait sur mon crâne. Des poux se promenaient dans l'ombre prismatique de mon cou. J'étais en proie à un tumulte intérieur. A l'époque, nous n'avions pas ces gâteries de pierre à sucer dont vous, jeunes, vous gavez et qui vous pourrissent la bouche. J'étais dans un cercle magique avec mes beignets aux bananes. Soudain, je tressaillis et mes jambes devinrent froides jusqu'aux cuisses. C'était Ékani, un garçon avec des yeux d'albinos, qui sortait des fourrés.

— Viens jouer avec nous, me proposa-t-il parce que j'avais de bons muscles.

— Pas le temps, répondis-je.

— Pas le temps ? demanda Ékani en secouant sa tête. Vraiment pas le temps ?

— Plus tard, dis-je.

Je m'avançais dans la clairière à grandes enjambées, courant presque, me retournant de temps à autre pour observer des mouvements suspects dans mon dos. Quand il me parut clair que cet avocatier me séparait des quémanderies des autres enfants, j'ouvris mon paquet. Je humai mes beignets et en mordis un. « Égoïste ! » crièrent des voix au-dessus de ma tête. Je sursautai, parce qu'il y a des situations dans la vie où l'on prévoit ce qui pourrait arriver mais l'incident n'en est pas moins violent.

Cinq paires d'yeux vengeurs me fixaient. Un morceau de beignet resta coincé dans ma gorge : « Sale Boche ! » Puis : « Sale Nègre ! » J'étouffais et mes globes oculaires sortaient de leurs orbites. Des mômes, Ékani, Éboué, Djibril, Obang, Opportune des Saintes Guinées faisaient les Indiens autour de moi. Ces cinq jeunes gens appartenaient à ce qu'on appelle avec nostalgie « le royaume de mon enfance » ou plus intellectuellement « le pays de mon enfance ». Ils étaient brigands comme dix gardiens vénézuéliens, violents comme quatre camionneurs allemands, avec une propension à arracher des territoires, à donner des ordres tels des dictateurs africains, mais c'étaient des enfants.

– Je le savais qu'elle cachait quelque chose ! dit Ékani, avec l'assurance d'un président de cour martiale.

– T'aurais pas pu le dire plus tôt ? l'accusèrent les autres.

– C'est pas moi le malfaiteur, clama-t-il. Il me doigta vengeur et ajouta : C'est elle !

– Elle est avare comme dix reines canadiennes, dit Opportune des Saintes Guinées en faisant une apparition théâtrale. On a le même père, elle refuse de le partager, alors !

Je tentai de me justifier. Mes pieds fouillaient la poussière et écrasaient tout ce qui grouillait : vers, cloportes, fourmis. A l'époque, j'étais déjà lâche et un peu menteuse. Je le serai encore plus tard, lorsqu'il s'agira de sauver ma peau.

– Je viens juste de trouver ces beignets dans un coin, dis-je.

– Tu veux faire croire que c'est un esprit qui les a posés dans un coin exclusivement pour toi ?

– Tu mens ! cria Opportune des Saintes Guinées, méchante.

– C'est pour passer outre à sa punition !

– Tu vas voir ce qu'on va te faire !

– Faut la punir ! Elle ignore ce que c'est que le partage !

Ils m'attrapèrent les deux mains, m'allongèrent dans la broussaille et m'ôtèrent mon cache-sexe.

– Lâchez-moi, criai-je en me débattant. Je vais le dire à mon père !

C'était comme si je leur demandais de boire la mer ! Ils écartèrent mes jambes, humilièrent mon sexe de leur regard sous les applaudissements d'Opportune des Saintes Gui-

71

nées : « Oh, que c'est laid ! » Ils le recouvrirent de terre : « Affreux ! » Ils le débarrassèrent de tout ce qu'ils y avaient mis et crachèrent : « C'est la malchance, ça ! » Ils se partagèrent mes beignets et s'en allèrent.

Je me rhabillai et les suivis. « Fous le camp, me dirent-ils. T'es plus des nôtres ! » C'était une belle journée et le soleil était de plomb. « C'est moi qui refuse d'être ta demi-sœur ! dit Opportune des Saintes Guinées. Fous le camp ! » Je persistai et signai à telle enseigne qu'ils furent bien obligés de m'intégrer.

Nous traversâmes la place du village en quête de nouvelles occupations. Nous trouvâmes deux chiens galeux et les incitâmes à se battre : « Allez, charge Lulu... » – « Mets-le en pièces Mozart ! » Notre excitation atteignit des sommets lorsque les deux bêtes retroussèrent leurs babines, montrant leurs gencives rouges et leurs dents carnassières. Nous trépignions, tapions des pieds lorsque des grognements féroces sortaient de leurs gorges. Ils bondirent l'un sur l'autre, se mordirent le cou et ce fut l'apothéose.

Puis nous nous lassâmes de cette violence. Nous séparâmes les animaux à coups de bâton. Ils s'éloignèrent en gémissant dans des directions opposées. Qu'allions-nous faire maintenant ? Nous avisâmes un poulailler. En rampant, nous nous y glissâmes et enlevâmes des œufs sous les pondeuses. Une femme qui passait par là nous vit. Elle posa ses mains sur son crâne et poussa les hauts cris :

– Seigneur ! les voyous ! Foutez le camp ! Tsss !

Comme nous étions des enfants et que nous devions obéissance aux adultes, nous tirâmes la langue et prîmes la poudre d'escampette. Nous nous dirigeâmes vers les champs, au-delà des vastes étendues où nous ne perturbions plus les grandes personnes. Nous cherchions des terriers de lièvres que nous noyions d'eau jusqu'à ce que l'animal sorte de sa cachette. Nous le cernions de toute part et lui lancions des pierres. Il ouvrait son museau ensanglanté et, après une ultime tentative, s'effondrait. Nous riions beaucoup, mais nous n'étions que des enfants.

Alors que nous étions occupés à terroriser un écureuil, des cris fusèrent. Bien avant que nous ne comprenions ce qui se passait, des dizaines de garçons musculeux jaillirent des taillis et nous encerclèrent. A la peinture jaune sur leurs visages, nous comprîmes que c'étaient des Isselés, nos ennemis voisins.

— Que faites-vous sur notre territoire ? demandèrent-ils.

— Nous nous sommes perdus, répondit Ékani.

— Nous nous sommes perdus, singea un gaillard au nez écrasé et au crâne rasé, qui semblait être leur chef.

Je m'étais légèrement écartée. Pourtant, je vis un éclair noir traverser l'air à une vitesse vertigineuse. Le garçon venait d'envoyer son poing dans la figure d'Ékani. L'instant d'après la bagarre s'était généralisée. Ils étaient plus nombreux et nous nous défendîmes comme nous pûmes. Ils nous fouettèrent et nous tabassèrent à qui mieux-mieux. Quand ils en eurent assez, ils nous traînèrent comme des régimes de plantains jusqu'à la frontière de notre village. Ils nous crachèrent dessus :

— Ça vous apprendra à ne pas respecter notre territoire !

Nous étions ensanglantés. Du sang jaillissait à flots de mon nez. Mes yeux étaient enflés et ma bouche fendillée. Malgré tous ces désagréments, une pensée limpide me traversa : à l'époque, existait une coutume qui consistait à traîner des jeunes du village jusqu'à la limite de nos frontières, à les fouetter jusqu'au sang pour qu'ils ne puissent plus jamais oublier où commençait leur terre, où elle s'arrêtait. Nous l'avions oubliée, mais nous n'étions que des enfants.

Un cri d'effroi accueillit notre arrivée. Partout, des gens sortaient de leurs cases ébahis : « Qu'est-ce qui vous est arrivé ? » Quand nous eûmes expliqué l'agression et la lâcheté dont nous avions été les victimes, mes compatriotes perdirent leurs mots comme quelqu'un perd une allumette au fond de son pantalon. Assanga Djuli fut saisi d'un violent courroux. Il nous dit d'une voix forte qu'il crevait d'envie de nous envoyer une bonne paire de claques pour ces gamineries qui auraient pu avoir des conséquences fâcheuses. Là-dessus, il nous envoya cueillir des avocats et se tourna vers Gazolo :

— Va dire au chef isselé que demain nous lui déclarons la guerre, à onze heures, cinquante-neuf minutes et soixante secondes, précisément.

— Mais c'est inconcevable ! s'insurgea Michel Ange de Montparnasse. On ne va pas faire une guerre pour une bagarre entre enfants !

Il était aussi étonné qu'un chien devant une écrevisse. « C'est pas un jeu d'enfants, une guerre ! » insista-t-il. Il détachait distinctement les syllabes comme si nous étions bêtes ou sourds. « C'est une sale histoire, la guerre ! » Papa, qui l'avait intégré dans notre société mais gardait sur lui un œil méfiant, détailla sa silhouette désordonnée.

— Pourquoi faites-vous la guerre vous autres, les Blancs ? demanda-t-il.

— Pour l'honneur de la patrie, mon ami ! dégoisa Michel

Ange de Montparnasse. Il leva les poings. Pour raison d'État.

— Connais-tu la signification du mot Afrique ? demanda papa.

— Sais pas.

Papa lui expliqua que cela signifiait concession et qu'une concession était constituée de cinq personnes. Dès lors, on pouvait constituer un État et notre village était une Afrique.

Maman m'entraîna dans sa case et soigna mes blessures. De là où j'étais, je voyais papa discuter avec Michel Ange de Montparnasse. Je pensais que c'était absurde parce qu'ils pouvaient s'écouter sans se comprendre.

— Mais quel besoin avais-tu à aller te foutre dans un guêpier pareil ! gémit maman.

— J'avais envie de faire le tour du monde, dis-je pour faire diversion tant le sel brûlait mes plaies.

— A pied ? se moqua maman.

— En esprit, dis-je. Le plus drôle, c'est que j'ai rencontré ton fantôme.

— Il était comment ? demanda maman.

— Parle à voix basse. Les esprits pourraient t'entendre. As-tu un peu de tapioca ?

— Regarde sur la commode.

Je sortis d'une étagère un petit sac de tapioca. J'en versai une petite quantité dans un bol. J'y mis de l'eau, un peu de sel et des cacahuètes grillées. Je mangeai tandis que deux oiseaux se battaient dans le ciel en faisant des bruits étranges.

— Alors ? demanda maman. Il avait l'air de quoi, mon fantôme ?

— De rien.

– Comment ça ? s'étonna maman, ahurie.

– Mais, il parle.

– Ah oui ?

Je hochai la tête, me mordis les lèvres pour jeter un peu de sérieux dans ma propre image, et achevai :

– Ton fantôme m'a dit que t'étais une vraie chiffe molle.

Les doigts de maman s'abattirent sur mes joues. J'avais été méchante, mais je n'étais qu'une enfant. Je courus me réfugier dans ma chambre.

Ce soir-là, à l'heure où les gosses sont assis dans l'obscurité, qu'ils écoutent la musique des veillées, de mon lit de paille, j'écoutai la voix de papa et le chant des enfants. J'écoutai les histoires traditionnelles. Les doigts de la lune éclairaient les temps d'autrefois, j'écoutai des légendes qui contaient les aventures des héros invincibles qui se transformaient en dieux vengeurs. Puis je m'endormis.

Le lendemain, nous formâmes un cortège de guerre. En fin de file les enfants portaient le trône d'Assanga et chantaient notre hymne tribal pour encourager nos vaillants guerriers. Devant eux, s'avançaient les femmes. Elles frappaient dans des cymbales et des marmites trouées. Elles poussaient des youyous et leurs foulards bigarrés s'agitaient dans les airs comme des queues de paons. Plus devant encore allaient des combattants armés de coupe-coupe, de haches et de flèches. Leurs peaux enrobées d'huile de noix et peinturlurées luisaient dans le soleil. Ils marchaient au pas, le visage renfrogné comme l'exigeait l'usage. En tête de cortège, Assanga Djuli, nimbé de sa royauté, portait un grand boubou rouge brodé d'or. Il avançait tête haute, poitrine bombée, agitait ses mains et balançait ses fesses : « Une, deux ! » Puis, là-bas, là où la rivière tourne à gauche, où les galets se transforment en gros cailloux aux bordures coupantes, vous apercevez un chemin menant à une colline. Quand vous avez grimpé à son sommet après avoir bataillé avec des ronces et des lianes, que mille singes vous ont hué en sautant de branche en branche, applaudissant votre passage, vous apercevez un immense terrain au feuillage bas et épais : c'était notre champ de bataille.

Nous descendions le versant de la colline lorsque je vis nos ennemis émerger de celle d'en face. Le bronze de leurs armes captait le soleil. De loin, on eût cru des dizaines d'animaux étranges qui déferlaient. Nous progressions aussi. Puis, baissant brusquement les yeux, je m'aperçus que notre terrain de guerre était rempli de cadavres. Certains n'avaient plus leur tête. D'autres étaient morts depuis si longtemps qu'ils s'étaient momifiés, les dents dehors. D'autres encore étaient gonflés et dégageaient de la puanteur. Des corbeaux et des hyènes s'enfuyaient à notre approche. Michel Ange de Montparnasse se précipita sur papa :

– Je t'en prie, dit-il en saisissant le bras d'Assanga Djuli. Je t'en prie, il y a assez de morts comme ça dans le monde !

D'un coup de pied, Assanga l'envoya pourrir sur des cadavres.

– Ce ne sont pas nos morts !

Assanga Djuli s'avança. Et le spectacle sous nos yeux était si horrible qu'il n'avait plus de réalité. Nous aurions pu danser sur les cadavres en imitant les flammes mouvantes, mais nous nous contentâmes de pousser une série de cris inarticulés, quelque chose entre le coassement du crapaud et le caquètement du singe. Quand Assanga se retrouva à mi-distance du chef isselé, il s'arrêta. On déposa son trône et en dessous se trouvait le cadavre d'un homme à la figure blême, tournée vers le ciel. Il serrait dans ses mains une touffe d'herbe. Ses vêtements étaient déchirés. Sa chevelure noire était emmêlée et pleine de caillots de sang.

D'abord, Assanga ne bougea pas. Son visage ne trahissait aucune émotion. Il porta ses yeux au loin, vers la colline en face, puis tourna la tête à gauche. Un guerrier se détacha de notre groupe, lance en l'air. Il courut jusqu'au centre du terrain et s'y arrêta. Venant en sens inverse, un combattant isselé exécutait les mêmes gestes et j'eus quelque peine à réprimer un léger frisson. Dès qu'ils furent face à face, ils se jaugèrent. Puis j'entendis un grand bruit d'air froissé comme produit par les ailes d'un immense oiseau. Et, bien avant que j'aie compris quoi que ce soit, je vis leurs deux lances se croiser et s'enfoncer dans la terre. L'instant d'après, ils s'attrapaient à bras-le-corps et luttaient.

Les cris des femmes, les applaudissements des enfants, les battements des cœurs survolaient les coups que les adversaires se portaient et se réfléchissaient sur les armes. Michel Ange de Montparnasse s'esclaffait et battait des pieds comme un cheval épileptique : « C'est ça, la guerre ? Faut voir ça, pour le croire ! » Soudain, l'un des combattants tomba et une clameur s'éleva : « On a gagné ! » criâmes-nous. Nous venions de vaincre l'ennemi puisque le dos de leur guerrier avait touché le sol.

La guerre était finie et ce fut un tout autre raffut : « Qui titille l'honneur d'un Issogo mord la poussière ! » hurlions-nous. Nous nous embrassions et nous congratulions : « Vive le grand peuple issogo ! » Nos guerriers dansaient sur les cadavres. Les femmes applaudissaient et poussaient des youyous de victoire. Je vis nos adversaires faire demi-tour. Ils étaient tristes et honteux comme il se devait : « Peuple sans couilles ! » les huèrent nos femmes en riant. Michel Ange de Montparnasse s'esclaffait, se moquait aussi parce qu'il ne pouvait s'empêcher de faire une comparaison entre la guerre blanche et la nôtre. Il pensait aux milliers de morts que généraient les guerres occidentales et aux magnifiques parades en l'honneur des anciens combattants. « Qu'ils sont ridicules ! » songeait-il. Notre façon de procéder, je le sais aujourd'hui, n'avait rien d'extraordinaire. Il y avait matière à se moquer de nous. Mais comment jouir d'une victoire lorsqu'à vos pieds reposent tant de cadavres ? Je me le demande encore.

Des années plus tard, lorsque Ékani ouvrit le ventre de sa femme d'un coup de couteau, en sortit son bébé et le jeta aux orties, on le pendit. En quoi son geste était-il différent de celui qui consistait pour lui, enfant, à attraper un hérisson et à l'éplucher comme une banane ?

Sixième veillée

Quand la parole se tarit...
L'homme perd son sens.

On rit d'une sagesse qui vient après-coup. Mais celle qui vient tôt n'en est pas moins dérisoire quand elle ne sert à rien. Très vite, je compris que l'amour pouvait être une cruelle servitude et que pour s'en affranchir, il fallait avoir une volonté peu commune. Mais j'ignorais encore ce que c'était.

Les jours et les nuits passaient comme des éclairs blanc et noir. Ma vie se déroulait entre les travaux domestiques et des petits jeux là-bas, par-delà le ruisseau. Les affaires de Fondamento de Plaisir prospéraient. Elle ravitaillait le village en produits dont nous ignorions l'existence jusquelà. Dès qu'elle les ramenait enveloppés dans son pagne, elle faisait le tour du village en tapant dans une casserole : « Nouvelles nouveautés d'Urope ! Venez tous consulter les nouvelles nouveautés d'Urope ! » Hommes, femmes et enfants s'attroupaient devant sa case. Elle déballait ses marchandises en se mordillant les lèvres. Des grosses gouttes de sueur perlaient de son front. Ses doigts boudinés, nerveux et tremblants s'attaquaient au nœud de son pagne. Puis les marchandises apparaissaient à nos yeux émerveillés : des tissus couleur tueur d'oiseaux, du talc *Douceur de Lune*, des parfums et même du savon ! Les premiers soutiens-gorge firent sensation : les femmes s'en entourèrent la tête comme d'un fichu. Certaines y accrochèrent leur houe ; d'autres encore des tiges de maïs lorsqu'elles allaient aux champs. Et je puis dire sans attenter à la vérité que Fondamento de Plaisir fut sans doute durant cette époque la femme la plus enviée et la plus détestée de notre village. On la consultait pour des trois-fois-rien. Lorsqu'elle faisait preuve de mauvais goût, qu'elle portait ses boucles d'oreilles dans son nez, elle lançait tout simplement une mode. On s'assemblait sous sa véranda, on suivait ses conseils parce qu'elle avait de la quinine pour guérir du paludisme, du fibrome ou de la diarrhée.

– Rappelle-toi, ma fille, avait-elle coutume de me dire, l'argent donne la puissance. Il vous rend inaccessible, lointain, incontrôlable... Plus t'en auras, plus les gens te respecteront, plus tu pourras obtenir d'eux ce que tu veux !

Maman demeurait silencieuse. Dès qu'elle le pouvait, elle adressait des prières à nos ancêtres. Elle priait pour que ses enfants grandissent. Elle implorait pour que papa et elle vieillissent ensemble. Elle adressait des suppliques pour que nos champs connaissent la prospérité et que nous vivions assez vieux pour recueillir le fruit de notre labeur. Elle priait enfin pour que nous tirions de nos souffrances force et sagesse.

Ce matin-là, lorsqu'elle eut achevé de prier, elle se releva et vint s'asseoir à mes côtés. L'atmosphère de la case était dominée par la puissance de ses prières. Elle me demanda des nouvelles de ma nuit et je lui répondis que j'avais passé une nuit paisible. Je m'aperçus alors qu'elle ne m'avait pas écoutée. Son regard était comme perdu.

– C'est toi qui as ouvert la marmite cette nuit ?

– Quelle marmite ? demandai-je.

– Celle où j'ai cuit le saka hier soir.

– Non, bien sûr. Qu'est-ce qui se passe ?

– Va regarder toi-même.

J'entrai dans la cuisine en m'étirant et en bâillant. Par la fenêtre ouverte, je vis les habitants du village aller et venir tels des fantômes dans la lueur matinale. La marmite était posée sur le foyer. Une épaisse couche de moisissure s'était déposée sur la viande et l'odeur qui s'en dégageait me souleva le cœur. Je la refermai aussitôt et revins sur mes pas.

– La sauce a vite tourné ! constatai-je.

– On l'a tournée, dit maman.

– Qui peut avoir fait cela ?

– Fondamento de Plaisir, bien sûr !

– Comment le sais-tu ?

– Elle veut nous empoisonner.

Maman se tut un long moment. La lumière découpait son visage recouvert à moitié par un fichu. Je me rassis auprès d'elle.

– Méfie-toi de cette femme. Certains jours, elle se conduit avec toi comme si tu étais sa propre fille. Mais tu ne l'es pas et un jour tu découvriras qu'elle est notre ennemie.

– Oui, maman.

– Ce matin, quand je me suis levée, j'ai vu ma poule picorer son mil. J'ai dû revenir chercher quelque chose dans la maison. Quand je suis ressortie, elle avait une patte brisée.

Nous restâmes silencieuses quelques minutes, puis maman dit :

— Cette femme veut me tuer. J'en arrive à craindre de laisser ma marmite de nourriture sans surveillance de peur qu'elle n'y jette un poison.

J'eus peur à mon tour et attrapai le pan des pagnes de maman. Elle me caressa les cheveux. Je m'imaginais que Fondamento de Plaisir m'attendrait derrière notre case pour me couper la gorge et, pis encore, qu'elle profiterait d'un instant où je serais au puits pour m'y jeter.

— Pourquoi on ne retournerait pas chez tes parents, maman ?

Maman éclata de rire. Puis son sérieux revint. Pour la première fois, je m'aperçus combien maman avait dû être belle malgré la maigreur de ses bras et son ventre saillant. Ses traits étaient aigus comme coupés au couteau. Ses pommettes étaient hautes et son front proéminent. Ses yeux étaient rétrécis à chaque coin parce qu'ils refusaient de voir la plupart des scènes qui se déroulaient devant eux.

— Les dieux nous protégeront, dit-elle. Ne crains rien, fillette. Un être humain ne peut faire pire que de vous tuer.

Elle se tut et son regard se perdit à travers le chemin qui menait vers les marécages.

— De toute façon, dit-elle, j'ai fait tout ce qui était nécessaire sur cette terre. J'ai eu mes enfants. Vous êtes en train de devenir des hommes et des femmes responsables. Maintenant, je peux attendre sereinement ma mort.

Maman n'avait que quarante saisons. Elle me paraissait très vieille, sans doute parce que les adultes paraissent toujours très vieux aux enfants. Mais la représentation de sa mort me laissait perplexe. J'aimais maman, quoique sa bouche vivait pleine d'ordres et de commérages à propos de tout et de trois-fois-rien. Quelquefois, à la voir si abattue, je me promettais de vivre et de devenir forte pour la rendre heureuse. J'avais choisi d'être une petite fille modèle pour elle, voilà qu'elle souhaitait mourir. Je me mis à pleurer. Maman essaya de me prendre dans ses bras.

– Pourquoi pleures-tu ? Là, là, fillette...

Elle ne pouvait pas me calmer car elle ignorait les raisons de ma tristesse.

– C'est à cause de cette femme, dis ? Tu as peur d'elle, c'est ça ? Je peux te jurer que je ne laisserai jamais personne te faire du mal !

Ces paroles n'eurent aucun effet sur moi, tout du moins elles arrivaient trop tard. Je pleurais d'avance sur les malheurs qui allaient fondre sur nous comme un corbeau sur un poussin. J'étais submergée de tristesse. Mes lèvres s'abreuvaient de mes larmes. Le chant de mes pleurs donnait à ma détresse une tonalité sublime. Au fil et à mesure de mes pleurs, je me sentais légère, comme en proie à un processus magique de dédoublement. Je sentais monter en moi comme une vague de rébellion de joie. Des mouches bourdonnaient dans la pièce. Maman, qui n'en pouvait plus de me câliner, changea de tactique :

– Essuie donc tes larmes et va aider Fondamento de Plaisir.

Deux gouttes de larmes s'arrêtèrent au bord de mes paupières et je les sentis trembloter.

– T'es pas sérieuse, maman !

Elle acquiesça.

– Elle va me tuer ! dis-je, outrée.

– Pas dans sa case.

– Je ne veux pas l'aider. Je ne veux plus balayer sa case.

– Ne désobéis pas, ma fille. Si tu continues à t'entêter, les dieux se fâcheront contre toi.

Ces dernières paroles éclairèrent mon esprit et je crus comprendre les raisons profondes de sa tristesse.

– T'es jalouse de Fondamento de Plaisir, maman ! Je me penchai jusqu'à avoir mon nez sur ses seins. Les jours pairs, tu dors avec papa. Cette nuit, papa était avec ta coépouse !

– T'occupe pas de ce que tu ne peux pas comprendre, dit maman. Et, surtout, fais attention à cette femme.

Ce jour-là, j'acceptai de rendre service à Fondamento de Plaisir. Alors que je balayais sa cour, je m'aperçus que je la détestais. Comment était-il permis à une seule personne de posséder autant de richesses et de bonheur ? J'avais envie de la punir, de l'obliger à vivre comme les autres femmes, à s'abîmer en accouchements, à traire, à cultiver. Lorsqu'elle me demanda un verre d'eau, je crachai dans le taitois que je lui présentai. Elle but, rota bruyamment.

– Elle est vraiment très bonne cette eau, me dit-elle. Peux-tu m'en resservir ?

– Bien sûr, Mâ. A ton service !

– T'es vraiment une gentille fille !

Ceci dit, ceci fait. Je contournai sa case et me dirigeai sous un bananier. Au loin, deux paysans éméchés riaient et jouaient à cache-cache. « Des grands gaillards comme vous, qui jouent comme des mômes ! hurlèrent leurs épouses. Vous devriez avoir honte. » Sans plus faire attention à eux, je m'accroupis dans la terre boueuse. J'entendis les derniers couinements d'une souris qu'une couleuvre avalait. Je dénichai deux mille-pattes rouges et poilus, les emballai précautionneusement dans une feuille de bananier et revins sur mes pas.

Fondamento de Plaisir s'empiffrait de son petit déjeuner : des arachides au caramel et un porc-épic grillé.

– Où vas-tu comme ça ? me demanda-t-elle. Viens donc manger quelque chose...

– Plus tard, Mâ. Je dois d'abord faire ton lit.

– T'es vraiment une gentille fille.

Sa chambre était tendue des plus beaux tissus et exhalait des parfums rares. Les murs étaient tapissés de foulards bigarrés et de robes à volants et à falbalas. Sous le lit, empilés les uns sur les autres, des casseroles, des assiettes, des seaux et autres breloques qu'elle revendait au marché. Je poussai un soupir devant ces richesses... Un jour... Je défis les draps, les lissai, puis cachai les mille-pattes sous ses oreillers. L'espace d'un moment, je regrettai mon geste. Ne m'avait-elle pas proposé de partager son repas ? Puis l'image de ma mère, cette poignée de malheurs, me tortura. Quand je ressortis, Fondamento de Plaisir avait terminé son repas et chantonnait en se balançant comme un chrysanthème dans le vent. Je me tins devant elle.

– Merci, ma fille, me dit-elle en rotant.

Je restai sans bouger.

– Merci, répéta-t-elle.

Je ne relâchai pas mes cordes vocales pour lui demander : « Où est ma part de petit déjeuner ? » Je ne bandai pas mes muscles pour lui briser le crâne telle une noix. Ma haine bouillonnait dans ma poitrine. « Tu verras dans quel état tu seras demain, vieille sorcière ! » me dis-je intérieurement.

Ce fut une excellente journée parce qu'en ce qui me concernait Fondamento de Plaisir devenait une histoire passée. Demain, elle sera couverte de cloques ! Elle deviendra une merde infectée ! Ses seins ressembleront à deux énormes pets. Sa beauté disparaîtra et papa pissera sur elle comme dans une vulgaire latrine. J'avais l'impression d'avoir arraché Fondamento de Plaisir des sphères du bonheur pour la plonger dans une fange d'horreur. J'en étais si heureuse que mon bonheur n'échappa pas à maman :

— Je ne sais pas d'où tu tiens ta joie d'aujourd'hui, me dit-elle. On peut la partager ?

— Demain, dis-je, mystérieuse. Demain.

Le lendemain, je me réveillai dès l'aube. J'avais hâte de voir les saccages de mes merveilleux mille-pattes. J'enfilai mon cache-sexe rouge. Je marchai vers la case de Fondamento comme ces criminels aux coups-de-poing américains faits d'acier ou ces maquereaux aux chevalières munies de lames. J'avais préparé des explications à lui fournir quant aux horribles excroissances sur sa peau. Quand j'arrivai chez elle, elle était à sa toilette.

— C'est toi, Édène ?

— Oui, Mâ.

— Je suis heureuse que tu sois là. Viens donc me frotter le dos.

Elle était assise sur un banc devant la bassine d'eau et se toilettait. Il n'y avait aucune aspérité sur sa peau douce et lisse comme celle d'un nouveau-né. J'étais désespérée. « Cette femme est aussi résistante que l'Allemagne », me dis-je tandis que je lui passais le kuscha. Dans ma colère grandissante, je frottai plus fort, désireuse de déchirer sa belle chair.

— Oh, que c'est bon, gloussa-t-elle. Encore, encore ! Encore !

Ma tentative d'empoisonnement avait échoué. Plus tard, je me promenai dans le village, tourmentée. C'était à devenir folle. Je faillis appeler à l'aide, mais qui ? Je tordis un bras à un gamin plus petit ; j'arrachai son casse-croûte à un autre ; j'encourageai Ékani à sodomiser un âne. Lorsque le soleil commença à se coucher, je revins à la maison. Fondamento de Plaisir était assise sous sa véranda et comptait son argent. Mon esprit lui souhaita d'insondables violences, avec étripement, assassinat, égorgement dans un bordel. Je voulais qu'elle perde quelque chose, peu importe quoi, ses amants ou papa, son nez ou son commerce. Elle leva brusquement la tête.

— Pourquoi me regardes-tu ainsi ? me demanda-t-elle.

— Parce que t'es méchante, dis-je. Tu fais du mal à maman.

— Attends de te marier avant de me juger.

— Je n'ai pas besoin d'être mariée pour savoir que ce que tu lui fais est mal. Je me demande pourquoi un boa ne t'a pas encore avalée.

— Quoi ?

— Tu seras engloutie par les bêtes.

— Les femmes comme moi ne meurent jamais. Je réussirai à me transformer en lion.

— On te tuera et de ta peau, on fera un tapis.

— Alors, je me transformerai en tapis.

— Laisse tomber, on marchera sur toi ; les chiens te pisseront dessus et les chats crotteront sur ton visage.

— Alors, je me transformerai en fantôme, ma voix s'élèvera dans la nuit, perturbant le sommeil des hommes, et ils se souviendront de moi.

Elle se désintéressa de ma personne et se préoccupa de réentasser ses sous. Les derniers rayons de soleil jetaient des flammes rouges sur ses cheveux. Rien ne saurait perturber l'existence de ce monstre, me dis-je. A l'époque, elle me semblait un être à part, insensible aux émotions et aux sentiments. Une nuée d'oiseaux envahit le ciel en répandant des ombres sur la terre brûlante. Les insectes commencèrent à bourdonner et les habitations se peuplèrent d'agitation secrète. Fondamento étouffa son argent dans un foulard qu'elle noua autour de sa hanche. Elle me jeta un regard terrible et l'ombre des arbres en trembla. Elle m'apostropha comme si j'étais sa domestique :

– Au lieu de dire des bêtises, va donc me chercher de l'eau pour ma cuisine !

Je ne bougeai pas. Elle se précipita sur moi et m'attrapa par la peau du cou : « Cours me chercher l'eau ! » Elle m'envoya manger de la poussière et cracha par terre. « Je veux avoir mon eau avant que mon crachat ne sèche ! » dit-elle, virulente. Puis, elle glissa vers sa case et claqua la porte.

Moi, moi qui vous raconte cette histoire, j'étais pétrifiée de rage. J'ignorais comment riposter face à autant de grandiloquence. Je bredouillais intérieurement des phrases de colère. J'attrapai un bâton et le tins au-dessus de ma tête. Un bébé hurla dans la nuit naissante. Des inconnus se retournaient pour reluquer. Au bout d'un moment, Fondamento de Plaisir sortit.

– T'es pas encore allée me chercher mon eau ?

– Fais-le toi-même. Ou alors demande à ta fille d'y aller.

Elle s'approcha et je tremblai de peur comme si elle allait me déchiqueter. Quand elle fut à ma hauteur, je fis faire une rotation à mon bâton.

— Bon, très bien, dit-elle.

Elle me jaugea avec une rare acuité. Le vent fit bruisser les branches. Froidement, elle ramassa un seau. Je la vis puiser l'eau avec une expression épuisée. Elle passa devant moi, me frôla les épaules. Ses yeux durs étaient fixés droit devant elle. L'eau débordait du seau et se renversait sur son passage. Elle pénétra dans sa case et ressortit remplir sa bassine. Quand elle eut fini, elle s'assit sous sa véranda, le dos droit. Elle se mordit la lèvre inférieure et se mit à trembler de plus en plus fort, à ma grande stupéfaction. Son visage était figé dans une expression hardie. Soudain, elle cacha sa figure dans ses mains et éclata en sanglots. Ses larmes roulaient sur ses joues et s'écrasaient sur le sol. Au bout d'un moment, elle essuya son visage avec son pagne. Quelque chose s'était brisé en elle, j'ignorais quoi. Quand elle s'aperçut que j'avais assisté à cette scène, ses yeux s'écarquillèrent d'horreur.

— Qu'est-ce que tu regardes, vilaine fille ? me demanda-t-elle, agressive.

— Rien.

— T'as jamais vu une femme pleurer ?

— Pas une femme qui n'a aucune raison de le faire. Tu peux tout acheter, n'est-ce pas ?

— Malheureusement, fillette ! Malheureusement !

Septième veillée

On s'imaginait que...
L'imagination est aussi une vérité. On t'écoute...

Cela se passa à une époque étrange qui répandait sur nous des fragments de boue rouges, des mauvais sorts et des mensonges amers comme des racines de quinquina. Ce fut un temps qui nous échappa comme toutes les époques qui se sont succédé sur terre, même si pour nous, les vaincus, une défaite de plus ne semblait guère avoir d'importance.

Nous nous levâmes ce matin-là dans une étrange semi-obscurité. La guerre tribale entre tribus blanches battait son plein. Des papillons de nuit gros comme des aigles survolaient les prairies. Une matinée curieuse où l'on ne voyait pas à plus d'un mètre. Vers dix heures, le ciel s'assombrit fortement. Des hommes sortirent de leur case et le regardèrent. Papa et mes frères l'observèrent aussi d'un air inquiet. Le vent, le vent royal, se leva et souffla, intrépide. Il tonna aux portes tandis que la foudre arrachait leurs branches aux arbres. Des enfants trépignaient, excités : « Le ciel va tomber, on va ramasser la lune, le soleil et les étoiles ! » criaient-ils, joyeux. Des adolescents barraient les sorties des enclos. Ils frappaient les cochons : « Tss ! Bouge pas ! » Ils chassaient les chèvres : « Interdiction de sortir, vu ? ! » Clopinant au milieu des feuilles tourbillonnantes, maman ramassait du bois mort et le mettait à l'abri. J'avais l'impression que cette aberration risquait de devenir permanente et je cachais ma peur en poussant des rires stridents. « Viens m'aider », hurlait maman. Ses tresses virevoltaient dans l'air, ses pagnes collaient à ses chairs et les feuilles jaunes s'envolaient vers les lointains.

L'orage éclata. Papa et mes frères se réfugièrent chez nous. Le ciel telle une chape laissait goutter de l'eau. Maman alluma le feu. Nous fîmes cercle autour des flammes dansantes pour nous réchauffer les mains. « Quelle existence ! » s'exclama-t-elle après un long temps. Elle fit cuire des alokos qu'elle nous servit sur un plateau en bois. Je regardais mon papa manger et l'inquiétude transparaissait de ses lèvres. De temps à autre, il se levait et regardait attentivement le ciel. Les autres villageois regardaient aussi le ciel. Je me demandais ce qui les tracassait lorsque j'entendis maman dire :

– C'est le signe. Je suis sûre que c'est le signe. C'est la fin du monde.

– Je ne sais pas. Peut-être bien !

Par intervalles, elle soupirait avec un sentiment de désespoir total et irrémédiable :

– Je suis sûre que c'est le signe ! Qu'allons-nous devenir ?

– Nous n'avons rien à craindre, disait papa. Nous avons toujours respecté nos ancêtres. Nous n'avons rien à craindre.

– T'as déjà vu une tempête pareille ? me demanda-t-elle.
Je fis non de la tête.

– Elle annonce la fin du monde. Aujourd'hui, le soleil
se lèvera à l'ouest.

Elle m'expliqua que des créatures viendraient, des créatures moitié hommes, moitié femmes, avec des barbes longues comme six serpents, et aussi grosses qu'une montagne.
Elles mangeraient la pierre et le fer, broieraient le feu et
vomiraient des laves incandescentes. Elles seraient condui-
tes par un borgne édenté monté sur un cheval blanc rejoint
par les rebelles de la terre, des femmes pour la plupart.
Elles s'avanceraient toutes nues et séduiraient le dernier
bataillon des hommes.

C'était donc cela la raison de cette obscurité ! Ce vent,
c'était la muraille que les dieux avaient construite autour
des mauvais esprits pour les emprisonner, voilà qu'elle
venait de s'effondrer !

– Je leur jetterai ma casserole à la figure, menaça maman.

– Calme-toi, rétorqua papa. Ce que tu dis vient de la
bouche du dieu des Blancs !

Maman se sentit gênée de la légèreté avec laquelle elle avait
osé parler. Cette remise en cause de son esprit la réconcilia
avec sa nature évanescente. Elle baissa la tête et ses yeux
s'assombrirent. Ce changement d'attitude nous rassura parce
qu'elle venait d'adopter un comportement qui nous était
familier.

– Nous nous banderons les yeux et les femmes ne nous
séduiront pas, crièrent néanmoins mes frères.

– Calmez-vous ! hurla Michel Ange de Montparnasse en
irruptant chez nous, trempé comme une soupe. Ce n'est
qu'une éclipse solaire accompagnée d'une tempête !

95

– Éclipse-toi toi-même, dit papa. T'es qu'un étranger ici !

Vexé, Michel Ange de Montparnasse sortit sous la pluie en maudissant l'ignorance des Nègres. Vers midi, le tonnerre se tut brusquement. L'orage s'éloigna. La brume se dissipa. Les cases apparurent comme sorties d'un lac souterrain. Les gens fixèrent les cieux. Le soleil transparaissait derrière un voile sombre, disque rouge et noir au milieu d'une tranche de ciel. Mais les villageois étaient intrigués : « Le soleil est-il sorti à l'est ou à l'ouest ? » s'interrogeaient-ils. Ils attendaient de voir dans quelle direction il se pencherait lorsque des chiens se mirent à aboyer. Ils semblaient très mortifiés et je sortis de notre case pour voir ce qui se passait, lorsque j'entendis une voix d'enfant : « Où sont vos beaux vêtements ? Votre grenier rempli de mil argenté ? Vos caves d'or ? » Un chœur rétorqua : « Au paradis ! »

Un Blanc maigre venait par le sentier. Ses cheveux tels des épis de maïs parsemaient le sommet de son crâne. Sa soutane noire tombait sans élégance depuis ses épaules si tordues qu'on eût dit un vautour aux ailes brisées. Je n'eus pas à chercher longtemps car ce Blanc, je le connaissais : c'était le père Wolfgang.

Le missionnaire parcourait seul la région sud du Kamerun pour évangéliser les peuplades. Sa venue chez nous trois fois l'an était signalée par des chiens. Ils se réfugiaient sous les vérandas et hurlaient à la mort. Avertis par leur attitude, les villageois peignaient leurs visages de kaolin. Ils bouchaient leurs oreilles à l'aide de pâte de ginseng. Puis l'accueillaient avec un sourire à étiquette où s'inscrivait en lettres d'or : AMUSEUR PUBLIC.

96

Ce jour-là, le père Wolfgang fit signe à tous de se rassembler autour de lui. L'instant d'après, l'espace se remplit de barbes, de cache-sexe et de pagnes. Les yeux du père Wolfgang lançaient des éclairs. Il leva les bras au ciel. A l'exception de la saleté sous ses ongles, ses mains étaient pâles comme des larves. Il nous dit dans son éton allemagnisé :

– Frères, écoutez-moi ! Ouvrez vos oreilles et vos cœurs ! L'esprit du Seigneur a fondu sur moi. Il m'a choisi pour vous apporter la bonne nouvelle.

– Nous sommes tout ouïe ! crièrent les villageois, moqueurs.

– Je suis envoyé par le Christ pour annoncer la liberté aux esclaves et la lumière aux aveugles ! Je suis ici pour proclamer la bonne nouvelle.

– Quelle joyeuse nouvelle ? demanda un vieillard doté de deux bosses comme un chameau.

– Le Royaume des Cieux est arrivé ! C'est un miracle, mes frères !

– Paroles en l'air, dit le vieillard. Chaque année, tu dis la même chose. Justice, liberté, cieux ! Tu parles de miracle. T'as que ce mot dans la bouche : miracle ! miracle ! Fais des miracles si tu veux que nous croyions en toi. Nous t'attendons.

– Jésus a dit : Tout est miracle. Pourquoi demandes-tu des miracles ? Baisse les yeux, le moindre brin d'herbe a un ange gardien qui l'assiste et l'aide à pousser. Lève les yeux très haut : quel miracle que le ciel étoilé !

Il se produisit alors un fait qui aurait dû nous alerter et nous sauver. Une petite fille avec deux couettes s'approcha du missionnaire. Elle leva sa frimousse, l'observa d'en dessous. Elle écarquilla ses yeux et s'exprima en ces termes :

— Il est fou, complètement fou !

— Tais-toi, Kolo ! gronda sa mère.

Mais cette intervention fut de piètre effet. La fillette se mit à crier plus fort :

— Il est fou ! Il dit des choses que même un nouveau-né connaît ! Il faut vite une corde pour l'attacher. Elle le doigta, menaçante : Tu vas voir, on va t'attacher !

Devant cette attaque inattendue, le missionnaire jura comme un vulgaire païen, puis resta court. Nous étions hébétés. L'impertinence de Kolo nous rendait coupables. Notre sens de l'hospitalité était bafoué. Selon nos préceptes, face à un étranger, nous devions sauver les apparences, faire montre d'un minimum de politesse, même si nous nous savions victimes d'une supercherie. Aussi, quand le missionnaire fit mine de s'en aller, papa l'obligea à rester encore un peu, ne souhaitant pas le voir s'éclipser avec l'impression d'avoir été dans une tribu de sauvages. La mine embarrassée, il proposa au missionnaire de partager son vin de palme.

— Pourquoi n'êtes-vous pas marié ? lui demanda papa.

— Pour servir le Seigneur.

Papa resta pensif un moment et dit :

— Il n'est pas trop charitable, ton dieu, puisqu'il ne veut pas te partager.

Le père Wolfgang s'alluma une cigarette et demanda à son tour :

— Pourquoi as-tu deux femmes ?

Papa hésita et dit :

— J'aime les femmes en détail. Par exemple chez l'une, je vais aimer les cheveux, chez l'autre le bout de ses orteils, chez l'autre encore ses doigts. Vous comprenez ?

— Une femme c'est un tout, dit le père Wolfgang. On l'embrasse toute, avec ses défauts et ses qualités.

A l'époque, papa n'avait pas encore connu pareil amour. Et plus tard, quand il le vécut, nous conclûmes qu'il était malade. Au moment de partir, les villageoises donnèrent au père Wolfgang des œufs, des mangues et des sourires. Elles l'accompagnèrent jusqu'à la sortie du village en criant : « A l'année prochaine ! »

Nous oubliâmes l'incident et notre existence reprit son cours habituel. Dès l'aube, des hommes s'en venaient chez les uns et les autres boire du vin de palme. A huit heures, ils étaient déjà un peu ivres. Des enfants criaillaient dans les cours et les poules s'entre-poursuivaient en caquetant. Les journées étaient chaudes et dès dix heures on n'entendait plus les oiseaux.

Cet après-midi-là, je coiffais maman et j'introduisais une mèche de cheveux dans une autre lorsqu'on entendit soudain un orage. Je vis venir un énorme nuage de poussière et crus que c'était l'apocalypse.

— Regarde ! dis-je à maman.

L'orage s'approchait par la route de terre. Des cailloux voletaient dans tous les sens. J'eus l'impression qu'il allait exploser dans nos cases. Des gens sortirent des maisons et des enfants restèrent paralysés. Les poules s'enfuirent et les chiens aboyèrent. Maman se jeta à genoux et se mit à prier. Je ne bougeai pas d'un pouce. Soudain, il vint s'immobiliser près de notre concession, se frottant légèrement à la palissade de bois, comme une chèvre contre le piquet auquel elle est attachée : ce n'était qu'un camion. Mais on en voyait si rarement !

Trois hommes en sortirent. Ils mirent tant d'ostentation dans leurs gestes lorsqu'ils posèrent pied à terre, que nous criâmes en chœur : « Visiteurs exceptionnels ! Visiteurs exceptionnels ! » Je reconnus le père Wolfgang et fus surprise de le revoir si tôt. Un Blanc vêtu de Reich que nous ne connaissions pas se tenait à ses côtés. Ses cheveux faisaient penser à un incendie. Derrière eux, se tenait un Nègre dont les réflexions intérieures étaient si flamboyantes qu'on pouvait lire sur son front : « *Je suis là moi aussi !* »

Nous étions des sauvages, mais nous avions du goût. Le Nègre portait un pantaculotte à bretelles jaunes. Ses mollets, tels d'énormes piquets, disparaissaient littéralement sous des touffes de poils cotonneux. Les rides profondes aux coins de ses yeux ne pouvaient qu'appartenir à un homme ayant depuis longtemps dépassé la cinquantaine. Nous le trouvions si laid qu'il ne nous intéressa pas. Le père Wolfgang, à l'inverse, était un véritable relief de beauté et nous sortit une flambée d'enthousiasme. Il portait une veste blanche et un haut-de-forme auréolait sa tête. Il s'était coupé les ongles et toute sa personne était dans un ordre si parfait que je crus qu'il s'agissait là de l'œuvre purificatrice de son dieu. Mes compatriotes l'entourèrent. On détaillait sa maigre silhouette. Nos cœurs battaient dans une violence transparente. Nos doigts tremblaient. Nous attrapions le pan de sa veste et une pluie de questions investissaient les oreilles du missionnaire comme les fracas d'une grosse cloche : « Comment as-tu fais mon père ? Qui t'a donné ces beaux vêtements, mon père ? » Des femmes lui trituraient les poils des bras et demandaient : « C'est une femelle qui t'a propreté comme ça ? » Le père Wolfgang s'offrait à nous comme la fleur d'un tournesol au soleil, sans dissimulation aucune, et nous désirions lui faire cracher le secret de sa mutation : « C'est ton dieu, hein, dis ? » Des hommes quémandaient : « Il t'en a pas par hasard offert pour nous, des beaux vêtements ? » A la fin, il y eut tant de questions que le père Wolfgang déprima :

– Fichez-moi la paix !

Il fit trois pas en arrière, se cacha derrière l'autre Blanc, puis le poussa devant nous.

– Je vous présente le nouveau *Kommandant*, dit le prêtre. Il enfonça le bout de ses souliers dans la poussière et se racla la gorge : Il a été spécialement envoyé d'Allemagne pour remplacer notre regretté *Kommandant* Hans – paix à son âme !

Le Haut Dignitaire n° 3 nous regardait à travers ses cils trop longs pour être naturels. A l'inverse de son prédécesseur, à peine avait-il posé le pied sur notre sol qu'il avait changé : la vermine entamait déjà sa peau et il cachait ses aspérités sous du talc. L'eau lui donnait les selles sanguinolentes et une silhouette diaphane. Les moustiques lui suçaient son sang. Sur la semaine, il grelottait de fièvre soixante-douze heures, délirait soixante-douze autres heures et ne se relevait que le septième jour pour attraper son pistolet : « Les Nègres sont-ils en révolte ? » Ou encore : « Où en est l'avancée de l'ennemi ? »

Là, sous notre soleil qui vous éclatait les os, il caressait la crosse de son revolver comme la croupe d'une femme, avec sensualité. Son regard nerveux paraissait en quête de beaux visages appartenant à sa race. Insatisfait, le *Kommandant* leva son pistolet, pan !

— *Ruhe !* cria-t-il d'une voix asexuée.

Nous le regardâmes, stupéfaits :

— La Grande Nation allemande a besoin de vous !

Puis il se tourna vers le Nègre qui les accompagnait :

— Je vous présente monsieur Taxes, dit le Boche. Il travaille pour le Reich. Il est chargé tous les six mois de percevoir des taxes : taxe sur les récoltes, taxe par tête d'animal, taxe par tête d'habitant, taxe sur l'eau et taxe sur l'effort de guerre !

Monsieur Taxes rayonnait. Sa grosse tête dodelinait sur son cou de poulet et ses yeux rouges virevoltaient dans leurs orbites.

— Je suis votre ami et je souhaite une collaboration honnête, dit le Nègre. Aujourd'hui, nous avons besoin d'hommes valides. Qui sont les volontaires ?

Un grand silence s'abattit et papa racla le sol de ses pieds.

— Nous ne sommes pas des esclaves !

— Alors vous payerez une taxe supplémentaire... Ça s'appelle... ça s'appelle taxe sur la paresse !

— Nous ne sommes pas des esclaves, répéta tranquillement papa.

Devant autant d'impertinence, nos visiteurs eurent le souffle coupé et des vagues violentes soulevèrent leur cœur. « Vous le regretterez ! » menaça monsieur Taxes. Le *Kommandant* n° 3 posa un doigt sur sa bouche. « Chut ! » fit-il à monsieur Taxes. Ce dernier obéit à l'injonction en un clin d'œil. L'Allemand s'approcha de papa et le regarda comme un malade regarde son bras décharné. Il alluma une cigarette, envoya une volute de fumée dans le visage de papa : « Ainsi, on me désobéit ! » Il éclata de rire comme s'il s'enivrait d'un plaisir charnel : « Tu commences à me plaire, vraiment ! » Comme par un tacite accord, les visiteurs exceptionnels nous tournèrent le dos et le moteur démarra au quart de tour.

Cette nuit-là papa organisa la danse des ancêtres. Il était angoissé et cela était perceptible au léger frémissement de ses lèvres. La nuit était chaude et odorante. Les rires d'une femme et de deux hommes ivres faisaient frémir les buissons. Les villageois se mirent autour d'un feu où des braises mourantes grésillaient comme des lucioles. Les hommes évitaient de se regarder pour ne pas donner à voir leurs mines renfrognées. De temps à autre, ils observaient vaguement les jambes des femmes qui, insouciantes presque, piapiataient.

– Qu'est-ce que vous avez à nous regarder comme ça ? demanda une femme un peu simplette. Vous devriez avoir honte, espèces de cochons !

Papa sortit de sa case et se tint sans la moindre discrétion au milieu de la scène. Son visage était peint d'argile rouge et blanche ; ses cheveux étaient dressés sur son crâne par de la boue séchée et leurs pointes suggéraient le défi. Il entrecroisa ses poignets et Gazolo les lia comme l'exigeait la tradition. Pendant qu'il s'activait, les mains de l'adjoint de mon père tremblaient. J'avais peur moi aussi. Et si papa ne revenait pas de ce voyage chez les morts ? « C'est nécessaire afin que nous nous retrouvions nous-mêmes », avait dit papa. Comment se retrouver soi ? En chassant l'autre ? En prenant des risques comme celui-ci ? Comment se mesure le soi ? Comme la mer ou comme un champ ? Ces questions me taraudaient l'esprit. La voix d'une trompette faite de corne de zébu s'éleva dans l'obscurité et mes réflexions devinrent inutiles. Une femme entonna un chant

103

d'un lyrisme poignant. La lune enflamma la brousse et fit irruption jusqu'à notre veillée. Assis sous le ciel étoilé nous frappions dans nos mains et criions pour réveiller l'âme endormie de nos morts. Nous étions si absorbés que nous ne vîmes pas nos esprits traverser nos rangs et s'asseoir au beau milieu du cercle. Papa dut les remarquer et entra en transe. Il parla des choses que nous ne comprenions pas mais néanmoins quelques phrases restèrent gravées dans nos esprits : « Il n'y a pas d'anges noirs dans le ciel, dit papa dans son délire. Si vous y montez avec vos ailes de corbeaux, le gardien du paradis vous chassera : Erreur, monsieur ! C'est des plumes de pigeons qu'il faut avoir. »

Soudain, à l'orée du village, un bouquet de feu éclaira la nuit. Nous ne bougeâmes pas parce que nous croyions que c'étaient les esprits de nos ancêtres qui s'emparaient de notre village pour illuminer nos moi enfouis dans les profondeurs des ténèbres. Mais lorsque le phénomène se propagea, que Michel Ange cria : « Au feu ! Au feu ! » presque toutes les maisons flambaient. La femme qui riait avec deux hommes dans les buissons courait en tous sens, enflammée comme une grande torche : « Au secours ! Je brûle ! » Là-bas, un enfant se transformait en étoile filante : « Je crame ! » Des cochons, des chiens, même les poules s'enfuyaient dans la broussaille. Nous entendîmes quelques détonations sèches, puis : « Ça vous apprendra à payer les taxes ! » Nous aperçûmes les hommes du Reich disparaître dans les forêts.

— Les salauds ! cria papa en s'extirpant de ses hallucinations.

Hommes, femmes et enfants ramassèrent ce qu'ils pouvaient : seaux, branches vertes ou vieilles couvertures. On batailla avec les flammes. Nos yeux brûlaient ; nos gorges s'asséchaient et de la cendre entrait dans nos nez. Quand l'aube pointa, notre village ressemblait à un étang asséché. Nous étions si hébétés, si épuisés qu'on enterra nos morts sans verser une larme. Çà et là, hommes, femmes et enfants se mordaient les lèvres et transportaient des épieux pour reconstruire le village. On prit du sable qu'on mélangeait à de la boue. On en fabriqua des briques. On coupa des lianes qu'on tressa et nos cases furent ainsi reconstruites. Quand du plus profond de notre inconscient, nos cœurs se tordirent de douleur, papa comprit qu'il était temps de s'occuper de nos agresseurs.

— Ceux qui ont détruit notre village sont des criminels et, comme tels, ils doivent être punis ! clama papa devant la foule réunie dans notre concession.

— Et comment ? se moqua Michel Ange de Montparnasse. En leur envoyant une déclaration de guerre en bonne et due forme peut-être ? Il passa de groupe en groupe, piaillant tel un oiseau : C'est pas un jeu d'enfants, la guerre ! Il faut de l'entraînement, c'est moi qui vous le dis ! Il louvoya dans le dos des femmes, frôla leurs fesses : Si vous n'incitez pas vos maris à se battre comme des gens civilisés, ils seront écrasés comme des mouches ! Il rejeta ses cheveux en arrière : Comme des mouches ! Et vous serez toutes veuves !

Les yeux de papa se perdirent sur la colline au loin, puis vers la forêt touffue. Il injuria le ciel, eut une révélation et décréta :

— Monsieur Michel Ange de Montparnasse, je vous nomme général de mon armée !

— A vos ordres, mon capitaine ! dit Michel Ange.

Et en bon fils d'une race héroïque, ce Blanc nous enseigna la guerre civilisée. Dans ce village perdu, nous retrouvions des postures de l'attaque et de la défense telles que Michel Ange de Montparnasse nous les montra sur ses gravures militaires.

Dès les premiers chants des coqs nos guerriers couraient dans les ruelles : « Une-deux ! Une-deux ! » sous les injonctions de Michel Ange de Montparnasse. Le capitaine-sergent-général courait aussi. Son torse boucané luisait dans le soleil et son visage barbouillé de suie donnait l'impression d'une image, née d'un phantasme nocturne. Ses cheveux collés à ses tempes étaient la preuve de l'effort consenti pour former nos soldats : « Une-deux, une-deux ! » De temps à autre, nous entendions des « présentez... armes ! » tonitruants. De mon poste, je voyais nos vaillants guerriers lever leurs bâtons – des « à gauche toute », et mes compatriotes allaient dans des directions opposées. Michel Ange de Montparnasse prenait sa tête entre ses mains : « Vraiment, avec ces Nègres ! Oh, mon Dieu ! » Mais, en bon aristocrate, il excellait dans l'art de la dissimulation. Il écartait ses bras comme un ange, s'encourageait lui-même avec des expressions grandiloquentes et paternalisantes qui flattaient agréablement nos oreilles : « C'est pas grave, les enfants ! On reprend ! » Ils repartaient et leurs larges pieds pétaient la gueule au lyrisme des fleurs. Les azalées gémissaient. Les bleuets se veuvéfiaient. Les flamboyants devenaient sourds. Seules les pensées échappaient à cette charpie. Ils s'arrêtaient à l'orée du bois, formaient trois colonnes comme six fois mon bras : « A mon commandement, tirez ! » ordonnait Michel Ange de Montparnasse. Sous le ciel bleu, nos soldats demeuraient inertes, engoncés dans

un nœud de pulsions contradictoires. « Mais tirez donc !
ordonnait le général-capitaine-sergent. Le travail d'un militaire, c'est de tuer ! » Ensuite, il les obligeait à ramper dans
la broussaille comme des cochons. Tout spectateur qui les
aurait vus embrocher l'air, couper la tête au vent ou lui
tordre le cou, aurait pensé à la représentation de jongleurs
dans un cirque. Ne vous illusionnez plus, cher spectateur !
Nos vaillants guerriers tuaient des Allemands invisibles.

Un mois plus tard, très tôt dans la matinée, nos hommes
étaient prêts car ils savaient où exactement pointer leur
arme pour avoir les meilleures chances de faire une veuve,
quelques orphelins et chagriner à vie une mère. « Le travail
d'un soldat, c'est de tuer ! » leur avait répété Michel Ange.
Nos hommes se peinturlurèrent de boue. Ils ceignirent
leurs hanches de lianes et y enfoncèrent leurs sagaies. Nos
femmes préparèrent des tonnes de bière de maïs pour les
désaltérer. Nos enfants accrochèrent leurs tambours sur
leurs épaules.

– Où vous allez comme ça ? demanda Michel Ange que
nos brouhahas arrachaient à son sommeil.

– A la guerre ! dit papa.

– C'est pas le moment, dit Michel Ange en ouvrant ses
grands yeux. Vous allez tous vous faire étriper ! Il faut
attendre la nuit.

– On va quand même pas pénétrer chez eux comme des
voleurs ! s'insurgea papa.

– La surprise, mon ami, dit Michel Ange, est la clef
d'une victoire sans souci !

Papa et les villageois se concertèrent mais rendu témé-
raire par des victoires remportées sur des ennemis fantômes,

107

papa se tourna vers Michel Ange et s'exprima en ces termes :

— D'accord ! Il regarda le soleil puis il ajouta : Nous prendrons position tant qu'il fait jour ! Il est hors de question de ramper dans les buissons la nuit. Nous ne sommes pas des cochons.

— C'est plus risqué, dit Michel Ange. Mais qu'à cela ne tienne...

Mais comme cela tenait, il s'assit sous sa véranda. Espoir de Vie se mit à le ventiler : « Bon courage, les gars ! nous dit-il. Et n'oubliez pas vos leçons. Moi, j'attends l'arrivée de nos troupes. »

On ignorait ce que signifiait « l'arrivée des troupes », d'ailleurs, cette guerre-là n'était point la nôtre. Nous avons pris des sentiers de brousse, là où nous ne risquions pas de croiser des hommes blancs, petits marchands de fil et d'almanachs venus faire fortune sous le soleil, mais aussi quelquefois du beau monde avec col droit empesé, veston léger d'alpaga et des femmes blanches à la taille serrée dans de grandes robes de soie, montées sur des chevaux. Nous avons grimpé des côtes ; nous avons bataillé avec les branches dans nos cheveux ; nous avons traversé des rivières et chacun de nos pas égrenait une vengeance sonore. Nous avons marché longtemps à travers la brousse et, plus nous nous rapprochions de Sâa, plus le pays devenait civilisé. Les arbres se clairsemaient, la terre changeait aussi. Elle devenait plus poussiéreuse. Même les dieux étaient comme les paysans, vêtus moitié comme des Européens, moitié comme des Africains. Nous sommes arrivés aux abords de Sâa. Ce n'était pas jour de marché, mais l'administration coloniale déployait une activité incessante : martèlements de sabots sur la terre meuble, ordres, contrordres. Les militaires allaient et venaient dans leurs vêtements flamboyants et scrutaient les visages. Les chances de notre peuple de disparaître d'une épidémie de choléra ou de variole étaient infimes, me dis-je ; celles de mourir sous les coups des flèches des tribus ennemies étaient endiguées ; les tempêtes successives n'avaient pas su profiter de maintes occasions qui leur étaient offertes pour nous décimer. Notre peuple ne disparaîtrait pas physiquement. Seul son esprit serait gangrené aussi bien dans quelques semaines que dans dix ans, ne pus-je m'empêcher de conclure.

Nous nous cachâmes dans les fourrés, à quelque distance à peine de la caserne des militaires. Il faisait si chaud que certains d'entre nous s'endormirent, roulés en boule. D'autres réclamaient sans cesse à boire. Quand la première étoile apparut, nombre d'entre nous étaient soûls. A telle enseigne que lorsqu'il y eut quelques mouvements dans la broussaille, nous crûmes que c'étaient d'énormes sangliers. Mais c'étaient des soldats blancs et noirs, sortis Dieu seul savait d'où, qui couraient d'abri en abri en regardant derrière eux jusqu'à disparaître de notre champ de vision. Sans doute était-il écrit qu'en cette magnifique nuit, nous ne devions pas tuer grand monde. Il semblait que depuis les temps ancestraux les événements s'étaient emberlificotés les uns dans les autres pour constituer cette magnifique mosaïque à laquelle nous attribuons pompeusement le nom d'Histoire, et que l'action que nous projetions de mener aurait perturbé son harmonie. Quand la lune monta et que papa ordonna l'attaque, nous entendîmes un effroyable bruit. Et avant que nous ne réagissions, un projectile faisait voler en éclats une aile de la

109

caserne et la transformait en nuage de poussière. Des canons gueulaient, la bouche en feu. Des tambours résonnaient en longues complaintes et les clairons sonnaient le rassemblement. Des hommes jaillissaient nus sous la lune, s'habillaient en courant et se mettaient en rang sur les brefs commandements d'un officier, tandis que des détonations redoublaient d'intensité.

– Qu'est-ce qu'on fait ? demanda Gazolo à papa.

– On observe. Probablement des Français.

Dans cet environnement de claquements de tirs, de coups de canons, de cases brûlées, de tourbillonnements d'obus, d'hommes à la peau fumante et éclaboussés de sang, il n'y avait rien d'autre à faire. Quand un combattant s'affalait, crevé-mort-sur-place, un autre tout aussi amoché par la guerre semblait sortir des entrailles de la terre pour le remplacer. Il en gisait çà et là entre les débris des maisons. D'autres rampaient sur leurs mains, estropiés et sanglants. D'autres s'enfuyaient dans la brousse et disparaissaient. Mes nerfs étaient sous tension et la nature venait à mon secours en m'offrant des instants d'hébétement. La bataille me sembla interminable. A la pointe du jour, l'ennemi se retira et le calme revint. Des brancardiers passaient et transportaient les blessés. Ceux des ennemis étaient enterrés vivants. Papa nous fit signe et nous le suivîmes. Nous bifurquâmes à travers des ruelles où des hommes aux visages blancs ou noirs, mais uniformément tachés de rouge, levaient les mains vers le ciel : « A l'aide ! » Nous jouâmes à saute-mouton sur des corps. Nous délestâmes quelques soldats morts pour la patrie de leurs fusils et entrâmes dans les quartiers où vivaient des Nègres blanchisés.

– Attendez-moi là ! ordonna papa.

Il sauta par-dessus une balustrade. Nous restâmes tapis dans l'ombre des feuillages et on ne voyait que le blanc de nos yeux. Quand papa revint quelques minutes plus tard, il nous dit simplement :

– C'est bon !

Je levai la tête et sursautai comme si je venais de recevoir une décharge électrique : monsieur Taxes était pendu à une corde ; il avait oublié d'avaler sa langue.

Huitième veillée

Si l'esprit prenait corps...
Il serait une femme.

De ce qui va suivre, dit Édène, je m'en lave les mains.
Je refuse d'assumer la maternité de cette histoire, par
mesure d'honnêteté et parce que je suis trop vieille, j'ai été
mariée et j'ai des petits-enfants. Après ces réserves envers
vous, mes enfants, je peux me permettre un brin de générosité. Je m'abstiendrai donc de critiquer ce que le joueur
de nvet en dit. Si vous me demandez pourquoi, je vous
répondrai que mes pensées ne sont pas encore fixées. Si
Biloa a fait tout ce qui va suivre, bravo ! Si nous avons tous
vécu un phantasme, je salue encore notre imagination ! Où
sont les preuves de notre bonne ou mauvaise foi ? Elle est
morte aujourd'hui et les incrédules n'ont qu'à aller retrouver son fantôme pour l'interroger. Où est-il ? L'adresse est
facile à retenir : n'importe où dans l'immense forêt tropicale, vu que les esprits se déplacent sans cesse, sans raison
apparente. Je vous donne ma parole de grand-mère qu'ils
vivent quelque part dans les limites de ces territoires.

Ce jour-là, j'accompagnais papa à Sâa. C'était jour de marché et on retrouvait tous ceux qui ont quelque chose à vendre, à gager, ou qui veulent entrer en service. On pouvait jouir gratuitement du spectacle de sculpturales Négresses à la peau luisante, au cache-sexe maintenu par une ceinture de perles blanches. Elles s'asseyaient, indolentes, mâchonnaient des tiges de roses qu'elles ôtaient dès qu'un homme s'approchait. Des bergers maigrichons couraient après des brebis avec leur long bâton : « Par ici ! par ici ! » Des garçons montés avec-ce-que-Dieu-peut-donner-de-mieux pour satisfaire une femme, passaient d'étalage en étalage montrer leurs muscles : « J'en dors plus, amour adoré », roucoulaient-ils, cupides, aux marchandes. Et tout autour, le tapage du marché, le brouhaha des voix, des piétinements, des criailleries de vendeuses attablées devant leurs marchandises : cinq pièces le tas de tomates ! dix pièces les mangues ! cinquante pièces les ngombos ! quinze pièces la tasse de manioc ! Des gens se retrouvaient et s'écriaient. D'autres s'embrassaient ou se tapaient dans les mains et, pour conclure, allaient ensemble boire du vin de palme sous le baobab. L'odeur du sang du mouton et du bœuf qu'on étripe, dont on écrase la tête, brise les côtes envahissait l'air. Tout autour du marché, dans des cabanons en tôles, des tailleurs, des finisseurs se tenaient penchés devant leurs outillages. Des fers à charbon lançaient des flammes sur le tissu blanc. Soudain, une musique sortit d'un balafon, si profonde, si chaude, qu'elle aurait pu faire bouillir les eaux de la Sanaga. Des jeunes gens faisaient cercle et frappaient leurs paumes l'une contre l'autre. Sous

114

leurs yeux se trémoussait une jeune fille belle comme l'extase, superbe telle l'illumination qui fait se décoller les corps et les poser dans les mains des nuages. Elle portait un simple collier de perles à la hanche pour tout vêtement et elle dansait avec qui la payait. On avait dû à plusieurs reprises rétablir l'ordre pour calmer l'ardeur de ses prétendants. A côté d'elle, le père Wolfgang gesticulait et criait : « Ne vous laissez pas séduire, mes frères ! Cette femme, c'est le démon ! Les feux du ciel descendront bientôt et vous dévoreront si vous vous laissez aller à vos instincts ! »

La jeune fille se pencha vers le père Wolfgang, jusqu'à ce que ses seins frôlent sa soutane : « Armagueddon ! cria le missionnaire en se signant. Jupiter ! Lucifer ! » Les Nègres éclatèrent de rire : « Vous allez tous finir en enfer, bande de Négros ! » menaça-t-il.

— Ne l'écoutez pas, frères ! dit papa en fendant la foule. Où sont vos beaux vêtements, vos caves et vos bijoux ?

— Je ne suis pas de ce monde, le ciel me remerciera, dit le missionnaire, outré. Rentrez chez vous ! Cette femme va vous perdre !

— Rentrez chez vous donner des ordres, dit papa.

Les spectateurs, ahuris, se regardèrent les uns les autres. Et sans leur laisser le temps d'épanouir leur surprise, papa s'approcha de la jeune fille :

— Combien coûtes-tu ?

— Une pièce la danse, dit la fille.

Papa la regarda d'un œil de fin connaisseur.

— A combien t'estiment tes parents ?

— Je suis libre et je me vends toute seule.

— Pas de mère ?

— Elle est partie.

115

– D'oncle ?

– Je suis partie.

– De quel village viens-tu ?

– Ça ne te dira pas grand-chose.

– Dis toujours.

– Boulam.

– Effectivement. Comment t'appelles-tu ?

– Biloa.

– Sais-tu cuisiner ?

– Ça s'apprend.

– Coudre ?

– Ça s'apprend aussi.

– A combien t'estimes-tu ?

– Six pagnes, dix dames-jeannes d'huile et douze sacs de sel.

– Mais vous n'allez pas..., commença le père Wolfgang en toussant comme quelqu'un qui vient d'avaler une arête de poisson.

Au même moment, une multitude d'enfants se mirent à taquiner le missionnaire avec des quolibets : « On te raccompagne en Allemagne, mon père ? » Ils tiraient sa soutane : « T'as besoin d'une femme, hein ? » Ils secouaient des fausses statuettes magiques sous son nez : « L'esprit va manger le bon Blanc. » Puis, sans plus faire attention au missionnaire qui s'en allait en maudissant les Nègres dans toutes les langues inconnues, papa conclut les tractations avec la jeune fille :

– Rien que pour te regarder, dit papa.

Maman fut surprise de voir papa rentrer si tôt et s'inquiéta : « T'as rencontré un problème mon époux ? »

Puis comme si elle venait de découvrir la présence de Biloa, elle demanda : « Qui c'est, celle-là ? » Papa mâchouilla une brindille d'herbe et dit : « C'est ma nouvelle femme. » Maman essuya ses inquiétudes en même temps que son chagrin : « C'était à prévoir. »

– T'as pas honte, Assanga ? minauda Fondamento de Plaisir en sortant de sa case. Épouser une gamine qui a presque l'âge de ta fille ! Tu devrais avoir honte !

– Si la honte tuait, dit papa, t'en serais morte !

Fondamento de Plaisir était si désemparée qu'elle l'insulta : « Salaud ! Fils de chien ! » Elle était si encolérée que son indignation soulevait ses énormes seins et sa féminité sortit d'elle comme la transpiration des aisselles.

– Viens plus embêter ma nouvelle femme, vu ? menaça papa.

Maman passa devant Fondamento de Plaisir, lui lança un regard oblique : « Qui trop embrasse, mal étreint », ricana-t-elle. Jamais je ne vis ma mère plus épanouie !

Dès le lendemain, on organisa des réjouissances en l'honneur des nouveaux mariés. A l'issue du banquet les hommes s'éclipsèrent. Les femmes préparèrent une bassine d'eau odorante et y trempèrent Biloa. Elles lavèrent ses cheveux et la massèrent à l'huile de karité. Quand la haute silhouette de papa apparut, elles l'installèrent sur une natte et l'abandonnèrent. J'allai derrière la case, collai mon œil à un trou et espionnai.

Papa ôta ses vêtements, montra le lit :

– Ceci est ma couche, dit-il. Tu peux dormir à l'autre bout si tu veux. Demain on envisagera.

L'instant d'après, il s'allongeait et ronflait. Biloa s'entoura d'un pagne et sortit sur la pointe des pieds. L'air sentait la pluie. Elle s'accroupit sous la véranda et je la vis prendre son visage entre ses mains. Je m'approchai d'elle à pas de loup. La lune dansait sur les toits des maisons et jetait une ombre inquiétante sur les choses. Elle sursauta et je vis ses yeux luire d'angoisse :

– N'aie pas peur, dis-je. C'est moi, Édène.

– Qu'est-ce que tu fous là, toi ?

– Je n'arrivais pas à dormir.

Je m'assis auprès d'elle, ramenai mes genoux sous mon menton et croisai mes bras autour de mes jambes.

– Pourquoi m'a-t-il épousée alors qu'il ne veut pas de moi ?

– J'en sais rien, moi ! D'ailleurs, les plaisirs sexuels ne sont que des grossièretés !

– Si c'est vraiment ce que tu penses, alors je me sens mieux. Je crois que j'ai besoin de sommeil.

Le lendemain matin, je fus surprise d'entendre papa déclarer devant le peuple : « J'ai accompli mon rôle. » Il prit son souffle, poussa Biloa vers maman : « C'est à toi à en faire une femme d'intérieur. »

Des hou ! hou ! accueillirent ses déclarations. Puis des hommes sortirent leurs haches et leurs coupe-coupe. Ils abattirent les arbres derrière la case de maman : « Que cette maison soit l'abri de ton bonheur ! » crièrent-ils à Biloa. Des femmes arrachèrent de l'herbe : « Qu'il y pousse autant d'enfants que d'herbe ! » chantonnèrent-elles. Bientôt le staccato des marteaux emplissait la forêt. Quand s'éleva la première poutre maîtresse, les hommes crièrent leur victoire, célébration à laquelle les femmes se joignirent : elles applaudirent. Plus tard, les enfants fredonnèrent des douces paroles de chaleur et de réconfort qui accompagnèrent la construction des murs en terre battue.

Tard dans l'après-midi, maman fixa attentivement la cabane de Biloa, puis se tourna vers la jeune fille :

— Maintenant, il faut que je fasse de toi une vraie femme.

Sitôt dit, sitôt fait. Dès l'aube, maman la réveillait : « Comment une femme peut-elle garder son mari si elle s'est jamais sali les mains ? » D'un doigt, elle lui montrait des piles d'assiettes à laver, des tonnes de casseroles à récurer, la cour où s'amoncelaient des feuilles mortes. Biloa obéissait. « Le plantain ne doit jamais être ni trop cuit, ni pas assez ! » criait maman en se prélassant sur une natte. « Biloa va, prends, porte ! » lui disait-elle en se curant les dents.

— Pourquoi la traites-tu comme une esclave ? demandai-je à maman un soir alors qu'elle était allongée dans l'obscurité de sa chambre.

— C'est pas moi qui la traite, dit maman. C'est le mariage.

— Elle a à peine dix-huit ans, dis-je. Elle pourrait être ta fille.

Maman éclata de rire tandis qu'au loin la forêt gémissait, terrifiante :

— Mais c'est ma coépouse ! Et tout se paye, ma fille ! Tout a un prix !

Trois mois plus tard, Biloa savait si bien cuisiner qu'elle pouvait sentir si un plat était assez salé, pimenté, poivré, sans y avoir goûté : elle tissait des nattes si fines que les motifs semblaient avoir été créés assemblés. Même maman

119

se plaignit de ce qu'elle avait à peine ôté un vêtement qu'il était déjà lavé.

Quand Biloa achevait ses corvées, je l'accompagnais au marigot. Opportune des Saintes Guinées rampait dans l'herbe pour nous suivre : « Va-t'en espèce de bâtarde ! » l'insultais-je dès que je la surprenais. Le visage d'Opportune se froissait comme un mouchoir : « Pourquoi ne m'aimes-tu pas ? Je suis ta sœur, après tout ! » Elle s'en retournait en larmoyant et nous l'oubliions.

Toutes vêtues, nous pénétrions dans l'eau, et les vagues soulevaient nos pagnes comme des ailes, et le soleil jetait des flammes d'or sur nos peaux. Nous riions, beaucoup, nous éclaboussions aussi. Quelquefois, des garçons du village nous guettaient. Quand nous les surprenions, ils attrapaient leurs sexes à pleines mains : « Vous en voulez ? » Nous leur lancions des cailloux. Ils disparaissaient dans les taillis en criant. Nous courions dans la forêt.

— Comment étaient tes parents ? lui demandai-je un jour.

— Je ne sais pas. Ils sont morts tous les deux au moment de ma naissance.

— T'es courageuse ! Je ne sais pas ce que j'aurais fait si je n'avais pas eu mes parents !

Nous ramassions des champignons ou récoltions des perles de couleur. Nos pas provoquaient des bruits considérables sur les branches mortes, crissaient sur l'herbe séchée. Une fin d'après-midi, alors que nous nous trouvions au bord du ruisseau à regarder le lit de sable sous l'eau limpide où des petits poissons multicolores nageaient et, plus haut, une collection de galets rouges, je lui demandai :

— Es-tu heureuse ?

Biloa éclata de rire :

– Oui ! Dix mille fois oui ! J'ai tellement changé que je me demande ce qu'il y a de vrai dans l'humain.

En effet, me dis-je, un brin envieuse. Quoi de plus réjouissant que de voir les villageois déguster les pousses de bambous ou les champignons qu'elle avait cuisinés ? Quoi de plus satisfaisant que de voir maman embrasser ses mains lorsqu'elle avait fini de la coiffer de petites nattes si minuscules qu'on l'eût crue née coiffée ainsi ? Je fixai attentivement le torrent à mes pieds, cette eau qu'aucun tronc n'arrêtait ni n'en changeait la direction et je pensai : « C'est ça, un destin de femme. »

Nous arrivâmes à la maison, l'ombre des arbres assombrissait déjà les allées. Çà et là, les premières lampes éclairaient les fenêtres des maisons. Papa était assis en tailleur sous sa véranda. Dès qu'il nous vit, ses yeux brillèrent, exprimant une jalousie manifeste. Il se dressa comme si son âme s'était affranchie de toute retenue artificielle.

– Où étais-tu ? demanda-t-il à Biloa avec rage.

– Je n'ai rien fait de mal, dit-elle en posant ses mains sur sa tête comme pour se protéger.

– Seigneur ! gémit papa, et ses bras tombèrent le long de son corps tels les mollusques des fonds marins. Tu ne crois tout de même pas que je vais te battre !

Il détourna le regard, pénétra dans sa case, en fuyant presque, qu'on eût cru qu'il était devant une abeille géante. Biloa me fit un geste des doigts qui exprimait sa crainte et disparut à son tour. J'allai me poster derrière la case à guetter et je vis papa s'agenouiller aux pieds de Biloa. Il saisit ses hanches étroites, poussa un gémissement que je qualifiai alors de gémissement de l'inachevé.

– J'ai besoin de toi, dit papa. J'ai besoin de te sentir en permanence à mes côtés.

– Pour quoi faire ? demanda Biloa. Tu ne veux pas de moi et...

Papa la lâcha aussitôt, se dressa sur ses jambes.

– Déshabille-toi ! ordonna papa. Ta beauté va m'immuniser contre des sollicitations trop grossières.

Biloa obtempéra, les yeux fixés au plafond où des lézards laiteux coursaient une araignée. Papa la contempla, s'émerveilla de la peau lisse qu'aucune ride ne déformait, de la bouche si ourlée sous son poids de délices. Il la prit dans ses bras et ses hanches étroites se trémoussèrent sous les mains poilues qui les enserraient. Ils tournoyèrent jusqu'à l'infini au rythme d'une musique imaginaire, jusqu'au point de s'écrouler, leurs lèvres réunies, donnant l'impression qu'ils avaient obéi à cette seule chanson, née de leurs phantasmes. « Tu es si belle, chuchota papa à son oreille. Tu es si magnifique que te toucher autrement serait sacrilège ! dit-il. Rhabille-toi. »

Puis, il se laissa tomber sur sa couche, brisé du dedans comme tout idéaliste qui sait d'emblée ses aspirations vaines.

Les jours suivants, Biloa alla rejoindre papa afin de vivre toutes sortes de fantasmes obscènes ou tendres, et je perdis mon amie. J'étais triste et je chantais des berceuses que maman m'avait apprises. Moi qui n'avais connu jusque-là de la tristesse que celle dont j'héritais de maman, je cueillais dans mes propres souvenirs des situations qui tordaient mon cœur comme un linge mouillé. Fondamento de Plai-

sir, que papa ne recevait plus, en devenait chienne enragée.
Elle débarquait à l'heure où le couple siestait, bombardait
de cailloux la case, brisait des noix sur la porte et hurlait
sa douleur :

— Salaud ! Dégueulasse !

Maman se réjouissait.

— Qui trop embrasse, mal étreint, ricanait-elle.

— Tu peux parler, toi ! lui lançait méchamment Fondamento de Plaisir. Même un canard ne voudrait pas de toi !

Puis, elle s'enfermait dans sa case, la cervelle éclatée. Elle
maudissait les hommes. Elle insultait les femmes. Si un
chat avait la mauvaise idée d'entrer dans sa case, il ressortait
échaudé. Maman cassait une noix de kola, qu'elle mâchait
à grand bruit, puis vomissait sa sentence : « Tout se paye
sur cette terre ! »

Puis, comme une modification de temps brusque, Fondamento de Plaisir changea de comportement. Son orgueil
prit le dessus : elle ne lança plus de cailloux ; elle n'insulta
plus personne et les chats purent à nouveau garder leurs
poils. Sa grosse silhouette devint toute molle. Elle distribuait un sourire par-ci, un sourire par-là aux femmes et
s'exprimait en ces termes : « Comme c'est étrange ! La nouvelle épouse d'Assanga n'est toujours pas enceinte ! » Elle
soupirait avant d'ajouter : « Pensez-vous que c'était par pur
vice que je couchais avec d'autres hommes ? »

C'était un secret si lourd à porter que chacune se hâtait
de s'en débarrasser comme d'un fardeau : « Paraît que le
sexe du chef est en panne ! » Au marché, entre deux éta-
lages, les marchandes chuchotaient : « Paraît que la pieuvre
d'Assanga est molle ! » Même un vieillard, qui souffrait de
la maladie du sommeil, entrouvrit ses yeux et ses lèvres :

« Assanga est un escargot ! » Le joueur de nvet du côté des Isselés inventa une chanson où il était question d'un chef impuissant. Elle fut reprise par les griots du Nord, du Sud et les tambours, sans faiblir, portèrent la chose jusqu'au royaume des morts.

Papa se fichait des moqueries de ceux qui considéraient la vie comme une orgie et de ceux qui étaient capables d'entrer dans une assemblée sans la prudence d'un bonjour. Maman pensa que ces calomnies pourraient avoir des conséquences graves pour notre réputation.

Ce jour-là, j'aidais Biloa à éplucher les plantains lorsqu'elle entra. Furieuse, elle attrapa Biloa par les cheveux et vociféra des diableries :

— Notre mari a planté en toi des milliards de graines pour des milliers de fils, accusa-t-elle. Où sont-ils ?

Biloa garda les yeux baissés. Je la vis trembler, à moins que ce ne fussent les rayons de soleil dansant sur son pagne serti de motifs dorés qui me donnèrent cette impression.

— Quelque chose ne va pas chez toi ! ajouta maman, puis elle l'envoya choir sur le sol.

Biloa sortit et je la vis disparaître derrière un manguier et réapparaître de l'autre côté de l'arbre. De la fenêtre où je me postai, la demeure de papa respirait comme un être vivant. Elle s'avança d'un pas décidé vers la case de papa, frappa. Il la reçut de mauvaise grâce, certain de rien trahir de la confusion de ses sentiments. Elle tourna autour du pot à telle enseigne que papa perdit patience :

— Si tu as quelque chose à me dire, dépêche-toi, sinon, laisse-moi à mon repos.

Plus tard, Biloa, cette fille qui était à peine plus âgée que moi, me raconta comment elle avait chevauché Assanga

Djuli et l'avait laissé tout pantelant ; comment elle l'avait ressuscité avec une ardeur qu'il n'aurait jamais cru posséder ; comment il avait promené ses doigts sur sa peau : « Je l'aime tant ! », et je lui avais trouvé des similitudes avec l'éclat et la vitalité de jeunes arbres baignant dans la lumière du soleil.

Les jours suivants, ils ne firent plus que cela, partout, dans la broussaille, à même le sol, et jusque dans la rivière. Un après-midi, ils se permirent des gâteries à l'ombre des manguiers, là dans la cour. Au-dessus d'eux, des oiseaux chantaient. Maman les aperçut et joignit à leur cadence des chansons grivoises qui les exaltèrent. Et, avant que je ne prenne réellement conscience du bouleversement autour de moi, Biloa me fit revenir sur terre en m'annonçant qu'elle attendait un bébé.

— Comment vas-tu faire ? lui demandai-je, terrifiée.

— Comme toutes les mères, dit-elle en levant les bras au ciel.

Papa accueillit la nouvelle froidement :

— J'avais promis aux dieux de ne jamais te toucher et de ne jamais te faire un enfant. J'ai rompu mon vœu et entends expier mes fautes.

— Dans ce cas, dit-elle, je les expierai avec toi.

L'année où Biloa tomba enceinte, aujourd'hui encore les feuilles, les arbres, les forêts et même les pierres s'en souviennent tant bêtes, plantes, hommes avaient souffert. Brusquement, il fit chaud. Une chaleur si âpre que les villageois disaient : « Ça tue ! » Pendant neuf mois et neuf jours, il ne fit rien d'autre. La terre craquelait et pleurait de soif. Les bois s'asséchaient et s'écroulaient. On ne les séchait plus pour allumer le feu. Les rivières perdaient leurs eaux. Des poissons pourrissaient sur la Sanaga dont le cours n'était plus qu'un amas boueux. Des navires de conquérants attendaient, enfoncés dans le rivage, et se recouvraient de rouille. Au village, les gens étaient si sonnés par la chaleur qu'ils en perdaient toute civilité. Il devenait extrêmement rare d'entendre quelqu'un lancer le « *Bebekiri* » et le « *Kiribeng* », salutations habituelles du matin. Et cela devenait un événement d'entendre : « As-tu bien dormi ? »

Dans les champs, les feuilles d'arachide s'étaient étiolées, les épis de maïs flétris. Face à cela, les mots n'avaient plus aucun sens. Les villageois se comprenaient d'un long regard. Par la suite, ils éprouvèrent le besoin d'accompagner ce regard d'un gros soupir jailli des entrailles. L'aspect des hommes changeait. Nos peaux se fendillaient telle la chaux. Même nos voix n'avaient plus l'intonation claire et chantante d'autrefois : elles s'étaient épaissies et éraillées. Nos iris s'étaient éclaircis.

— Ce n'est pas la sécheresse ! cria un jour Gazolo. C'est une malédiction !

C'était la première fois qu'on prononçait ouvertement ce mot.

Papa regarda le ciel :

— Il convient d'invoquer nos ancêtres.

Dès le lendemain, papa sacrifia un coq rouge, une poule et des œufs. Mais trois jours plus tard, la pluie ne tomba pas.

— Les dieux ont sans doute très faim, fit papa avec philosophie. Allez savoir si chez eux aussi, le soleil n'a pas tout brûlé.

On sacrifia un zébu. Puis on se regroupa devant la case de papa pour observer le ciel.

— Je viens de voir passer un nuage ! cria quelqu'un.

126

– Où ?

– Là.

– Mais je ne vois rien, moi !

– Si ! Puisque je te le dis.

– Alors, si tu l'as vu, où est-il donc passé ce putain de nuage ?

– Il s'est caché derrière le soleil.

– Ben, la prochaine fois que tu le vois, fais pas de bruit pour qu'il n'ait pas peur.

Dans le silence, on resta accroupi sous la véranda pendant trois semaines et trois jours à guetter le ciel. Dans la journée, les hommes mangeaient des cacahuètes, buvaient du vin de palme, les yeux fixés sur l'horizon. Le soir, on allumait un grand feu de bois. Dans l'obscurité les étoiles étaient de grosses calebasses. On commença à s'énerver.

– Quelqu'un a fait quelque chose que les dieux ne peuvent pardonner, dit Gazolo. On peut pas expliquer autrement cette calamité.

Ses yeux tels deux pistolets se braquèrent sur Biloa.

– Quand on pénètre certaines femmes, c'est comme entrer en enfer, dit Gazolo. Elles apportent la malédiction sur tout un peuple !

– Ouais, approuvèrent les villageois.

Biloa était assise sur une natte, et je vis sa silhouette se rapetisser. Je saisis ses mains, elles étaient froides comme le front d'un mort. Son ventre s'était arrondi. Mais j'avais remarqué autre chose : contrairement à nous, elle ne souffrait pas de la chaleur. En voyant sa peau si lisse, ses grands cheveux si brillants, et toujours ce quelque chose qui vous attirait irrésistiblement, maman soupira et proposa :

127

– Elle doit être sacrifiée. C'est de son sang dont les dieux ont besoin pour désaltérer nos terres.

A ces mots, papa se redressa comme un ressort qu'on tire.

– La haine perd ton cœur et ta raison, dit-il. Si quelqu'un doit être sacrifié, c'est moi !

Maman se roula par terre et poussa les gémissements de la veuve ; les autres femmes du village aussi pleurèrent. Seuls les hommes gardèrent la tête baissée et mâchouillèrent des brins d'herbe. Ils ne dissuadèrent pas papa de s'allonger sur une natte et d'attendre la mort. Cela leur paraissait juste.

Papa resta plusieurs semaines sans boire, ni manger. J'étais triste, angoissée aussi, mais je n'y pouvais rien. Maman rasa ses cheveux et mit le voile des veuves. Fondamento de Plaisir profita de cette accalmie pour se faire des cils d'odalisque, des lèvres mortelles, enfila ses plus beaux atours et reprit des amants : « C'est le juste retour des choses », disait-elle.

Les formes de Biloa s'épanouissaient, son ventre s'arrondissait. On n'en pouvait plus, à la voir douce brandissant sa grossesse telle la bannière d'une victoire. A tel point que Gazolo, promu au rang de chef en remplacement de papa, se déplaça jusqu'à sa case, décidé à lui faire avouer qu'elle était l'incarnation de la malédiction. Il s'était vêtu de soreau, une écorce rouge qu'on portait en temps de guerre, et prit sa lance. L'éclat du ciel était insoutenable. Le sang lui battait aux tempes. Pourtant, autour de lui c'était toujours la même brousse gorgée de soleil. Assis sous leur véranda, les villageois accompagnèrent ses pas graisseux d'encouragements :

128

— Faut lui parler sans la regarder dans les yeux, lui cria un vieillard édenté. Sa puissance est dans son regard.

— Il faut respirer trois fois avant d'ouvrir la bouche devant elle, lui conseilla un monsieur très digne. La respiration, c'est la vie.

— Il ne faut pas qu'elle te touche, lui conseilla une femme hémiplégique. La peau, c'est le danger.

Gazolo marcha le long des sentiers. Des chiens épuisés de chaleur geignaient sur son passage. J'aidais Biloa à refaire ses tresses lorsqu'elle le vit arriver dans sa glace.

— Que voulez-vous ? demanda-t-elle.

Il se concentra fortement pour donner à sa voix une intonation rude :

— Qui es-tu ?

— Personne, répondit-elle.

— Personne n'est personne ! Es-tu la malédiction ?

— Je n'ai rien à voir avec elle.

— Avec qui as-tu à voir, alors ?

— Avec toi. Avec toi et les autres.

Je vis son menton trembler alors qu'il aurait dû ne pas bouger : ses joues s'enflèrent. Biloa éclata de rire, découvrant les deux rangées de ses jolies dents. Elle rit tant que les bruits de sa joie résonnèrent jusque sous mon front y faisant apparaître de petites rides de souffrance. Gazolo fessa la terre de ses pieds.

— Tais-toi, fille de démon ! cria-t-il.

Il se jeta sur Biloa et ses mains rugueuses serrèrent sa gorge : « Je vais te tuer, fille de démon ! » Ses yeux sortaient de leurs orbites ; ses dents mordaient ses lèvres telles les scies d'un piège épouvantable sur la patte d'un animal.

– Arrête ! lui criai-je.

Je sautai dans son dos et m'agrippai à son soreau : « Arrête ! Tu vas la tuer ! » A l'extérieur, la forêt gémissait, aux prises avec des éléments démoniaques. Les seins de Biloa montaient et descendaient très vite. Son visage grouillait d'horribles tics. Instinctivement, je glissai les bras sous les aisselles de Gazolo et sentis ses poils rêches. « Guili-guili ! » fis-je, en le chatouillant. Il gloussa comme un bébé et la lâcha si brusquement que je tombai à la renverse. Biloa massa frénétiquement sa gorge, toussa, puis ricana cruellement, ce qui nous laissa désemparés.

– Seigneur ! gémit Gazolo. Cette femme, c'est vraiment le démon ! Il se tourna vers moi : Tu ferais mieux de ne pas fréquenter cette sorcière.

Il sortit au soleil d'un pas artificiel, qu'on eût cru une poupée mécanique dont on venait de remonter le ressort. Des villageois l'attendaient derrière notre clôture. Il y avait un ensemble flottant de murmures et d'inquiétudes comme la brume du soir. Dès qu'il fut à leur niveau, sa peur se répercuta sur tous.

– Il ne faut pas approcher cette femme, conseilla-t-il. Elle s'est faite invisible pour me confondre !

Dès cet instant, plus rien ne se passa dans le village qui ne fût attribué au mauvais œil de Biloa. Devant sa case, il régnait un va-et-vient permanent d'ombres, de chuchotements entrecoupés et de hâtes contenues. La présence d'une femme possédée dans notre village devenait une prodigieuse aventure. Les vieilles femmes déclarèrent qu'elles l'avaient vue voler avec des ailes bleues semblables à celles des rouges-gorges ; la rumeur courut que ses yeux avaient fait fuir un sanglier d'épouvante et qu'il était allé s'embourber dans la Sanaga ; on dit également que lorsque le vent soufflait, des mauvais esprits dansaient dans ses cheveux. Je ne sais qui eut l'idée le premier, mais le bruit courut qu'elle tenait sa puissance de l'empreinte de ses pieds. Dès lors, les gens balayèrent chaque trace de ses pas. Un jour, une femme qui se penchait pour effacer ses empreintes poussa un hurlement : « Seigneur ! » Elle venait de se déboîter les vertèbres. On décida de laisser Biloa tranquille avec sa sorcellerie.

A force de ne pas s'alimenter, le visage robuste de papa s'effondra sous des rides. La peau qui pendouillait à son cou respirait la tristesse. Quelquefois, je lui tenais compagnie. Il me racontait des histoires sombres. Il me parla des macabos noires, de squelettes d'enfants mangés par des fourmis carnivores, des longues marches à travers le désert du Nord et me fit le récit de la longue persécution des peuples étons par les envahisseurs successifs. Il s'inquiétait de la présence française dont les effets commençaient à se ressentir : « Jamais, je ne laisserai éduquer mes enfants dans la foi chrétienne, s'il est en mon pouvoir de l'empêcher. »

Dans sa colère, il se grattait la tête et fessait son front.

– Je doute de mes pouvoirs, me dit-il un jour. Que veulent exactement les dieux, d'après toi ?

– J'en sais rien, papa. Peut-être souhaitent-ils que tu te débarrasses de cette fille.

Il me jeta un regard froid qui signifiait « nous n'avons plus rien à nous dire ». Je m'en allai par-delà le ruisseau et mon cerveau travaillait. A mon insu, je commençais à percevoir Biloa d'un autre œil : et si elle était réellement l'incarnation du Mal ? Je me remémorais sa première rencontre avec papa et toutes les paroles qu'ils avaient échangées pour trouver des fissures dans lesquelles j'aurais pu introduire mes accusations. Qu'avait-elle fait, qu'avait-elle dit, pour rendre papa dingue fou ? La tête pleine de brouillard, je me demandais ce qui distinguait Biloa des autres femmes qu'il avait connues. De guerre lasse, je l'attaquai de front et je fus la première surprise de ma propre agressivité.

— Tu as ensorcelé mon père, lui criai-je ce soir-là.

Des chiens aboyèrent férocement. Un étrange petit vent se leva et fit tourbillonner des feuilles derrière la cour où nous nous trouvions. Des coqs chantèrent si violemment que, s'il avait fait nuit, on aurait pu voir leurs crêtes rouges.

— Je pensais que tu étais mon amie, dit-elle, et ses longs cheveux ondoyèrent au vent et se mêlèrent aux feuillages. Elle eut un sourire crispé : Je croyais que tu savais combien nous nous aimons !

— Jamais, il ne sacrifiera son peuple pour une femme, fût-elle en or !

Elle me tourna le dos à la fois souveraine et cynique.

— Va donc nous espionner ! Peut-être auras-tu la confirmation qu'il me préfère moi à quiconque !

Je m'assis sous le tronc d'un manguier et chassai cette absurdité de mon cœur : « Jamais papa ne se laisserait aller, me dis-je. Jamais ! C'est un grand homme. » Mes espoirs furent de courte durée car, à l'instant où le soleil bascula comme pour annoncer sa fatigue, papa sortit sur sa véranda et mon cœur bondit dans ma poitrine. Il alluma sa pipe et j'eus mal au ventre. Biloa était debout devant lui.

— Qu'as-tu femme ? demanda papa.

— Tu ne m'aimes pas, pleurnicha-t-elle.

– Que veux-tu que je fasse pour te prouver mon amour ?

– Que tu manges un rat vivant, dit Biloa avec une cruauté infantile.

D'un bond papa disparut dans les broussailles. L'instant d'après, il revenait, les doigts refermés sur la gorge d'un rat. Ses yeux étaient fous. Son visage exprimait une véhémente gaieté. Il se lança dans un mélange de sauts brusques et trancha la tête de l'animal d'un coup de dents. Quand je vis du sang dégouliner sur son menton, je sus qu'il se tenait désormais dans un monde incohérent. Que jamais plus personne ne le ramènerait à la réalité des projets, à la gestion du village, des programmes et de leur accomplissement.

Biloa bondit de terreur.

– Je te respecte trop, dit-elle, pour te laisser t'adonner à ce genre d'enfantillage.

Un papillon jaune oscillait dans l'herbe, je l'écrasai de mes pieds nus. Qu'avais-je espéré ? Qu'il aurait renié Biloa – « Va-t'en, je ne t'aime pas ! » – ? Biloa tourna les talons, me fit une révérence narquoise et disparut dans sa case.

Cette nuit-là, papa rompit son jeûne Personne ne l'interrogea sur les raisons de ce changement de comportement dépourvu à nos yeux de sens. « Il a perdu son âme », disaient nos compatriotes. Plus tard seulement, une pensée ténue traversa mon esprit. Qui se serait occupé de Biloa s'il s'était laissé mourir ? J'étais dans le vrai puisque toute bonne pensée succède aux faits comme pour les justifier. Ce qui est certain, c'est que tous se rendirent compte qu'il flottait dans un nuage où, hormis Biloa, rien de ce monde ou de celui des esprits n'avait d'importance :

– Que les cieux te pardonnent, Assanga Djuli, crièrent les Étons en chœur.

Ils le chassèrent de leur cœur. Ceux qui chantaient ses louanges le fuyaient comme s'il était atteint d'une maladie honteuse ; Gazolo lui adressait un salut lointain de la main ; maman était toujours occupée lorsqu'il pénétrait dans notre case. Quant à Fondamento de Plaisir, il y avait bien longtemps qu'elle avait oublié qu'elle était sa femme, à tel point qu'une nuit, alors qu'il venait lui rendre visite, qu'il la trouva dans l'entrelacs de trois paires de jambes, elle le nargua :

– Qu'est-ce que tu fous là toi ?

Il faisait beau sur la Sanaga. Les chiens aboyaient un peu partout dans les jardins. Le père Wolfgang arriva chez nous en sifflotant. Nous restâmes silencieux. Même nos chiens se turent. Ils se contentèrent de secouer la tête et de se rasseoir sur leur arrière-train. De ses doigts, le missionnaire effleurait les feuilles poussiéreuses des arbustes. Sa soutane était sale, déjà trempée de sueur. Une fine pellicule de boue recouvrait ses pieds. Ce calme dans le village le surprit tant que ses yeux étincelèrent.

– Qui est mort ? demanda-t-il.

Nous regardâmes le ciel, puis le sol craquelé sous nos pieds, sans un mot. Il renifla, capta notre état d'esprit dans l'atmosphère, se racla la gorge et nous parla de l'âme, du péché originel, de Sodome et Gomorrhe, de bien d'autres

134

choses que ma mémoire de vieille a oubliées comme on oublie certains objets dans un grenier.

– A demain mes frères ! nous dit-il.

Nous fixâmes à nouveau le ciel, puis le sol craquelé à nos pieds, sans un mot.

Mais comme les folies ont leur propre logique, le missionnaire écarta toute réflexion sensée sur notre comportement, du style : « Ils m'ont écouté parce qu'ils sont désemparés » – à moins que cette réflexion ne lui fît prendre conscience qu'il pouvait profiter de notre désarroi –, il s'incrusta dès lors dans nos réunions. Il prônait son Dieu, tandis que nous triturions notre douleur. Il tenait de grands discours sous nos regards hébétés. Il parcourait nos campagnes enflammées, faisait irruption dans les veillées mortuaires, bénissait des mariages, baptisait des enfants dans la blancheur de la foi. Et quand nous le surprîmes agrippé aux hanches d'une somptueuse Négresse, il eut une inspiration divine

– Prions, oh˙ mes frères ! Prions afin de chasser les démons de nos cœurs, de nos sens, de nos chairs. Prions pour que Dieu ait pitié de nous, pauvres mortels !

C'était si inattendu que les Étons s'agenouillèrent pour la première fois. Fondamento de Plaisir d'abord, maman ensuite, puis les autres villageois. Nos bouches irruptèrent des *Notre Père* et des *Je vous salue Marie*.

Papa ne se joignit pas à nous. Ce qu'il pensait de cette conversion au christianisme se lisait dans son regard fixé sur la rivière où stagnaient des herbes mortes. Il composait des poèmes à Biloa. Les amoureux les chantent encore de nos jours, lorsque les épis de maïs deviennent si jaunes que l'œil humain croit qu'il s'agit d'un croissant de soleil. Une nuit, je le surpris et mis quelque temps à le reconnaître. Il me montra ses mains ensanglantées.

— J'ai escaladé la fenêtre, me dit-il la voix rauque. Biloa est ma mort, gémit-il.

— Alors, dis-je en toute logique, quitte-la !

A ces mots, il érigea portes et murailles dans son esprit, clôtura certaines zones :

— Va te coucher, ma fille. Je vais rejoindre ma destinée.

Il était tôt, mais le soleil faisait déjà ce qu'il avait à faire : il brûlait les rétines, chauffait la terre jusqu'à la rendre craquante comme des brindilles. J'étais accroupie à même le sol, à manger des alokos chauds, lorsque papa entra brusquement chez nous.

— Biloa va accoucher, dit-il à ma mère. Elle a besoin de toi.

— Biloa n'a besoin de personne, rétorqua maman.

Je fus si choquée par l'attitude de maman que mes lèvres s'entrouvrirent laissant tomber un morceau d'aloko dans la poussière. Papa accepta cette sentence par un clignement de paupières. Je le vis s'éloigner là-bas, à la limite de notre concession : « Il ne va trouver personne pour l'aider », dit maman avec le regard doux d'un enfant en train de tuer un lézard. Elle se servit un thé et s'accouda à la fenêtre. La lumière éclairait violemment les bougainvilliers. On entendait faiblement les gémissements de Biloa : « Bouche-toi les oreilles ! » me conseilla maman.

Papa revint plus tard, marchant à grands pas, se tordant les mains et murmurant des choses à voix basse. Maman l'observa et poussa un soupir : « Qui tire le vin le boit jusqu'à la lie ! exulta-t-elle. Il n'a qu'à assumer ses choix. »

Papa assuma sa responsabilité et une fillette naquit. Lorsqu'elle poussa son premier cri, le feu se déclara dans notre case. « C'était à prévoir », dit maman en tentant d'éteindre les flammes avec des branchages. Papa emporta la nouveau-née et la laissa choir sur l'herbe. Chose étrange, le ciel se couvrit et l'eau se mit à tomber. Une clameur s'éleva du village : « La pluie de vie est là ! » Des enfants couraient sous les gouttes en chantant. Des adultes donnaient leurs visages au ciel pour les nettoyer. Papa titubait comme un homme ivre. Il se laissa tomber à genoux, les bras levés au ciel, le bébé à ses pieds. L'eau battait sur la tête du bébé. « Akouma ! cria papa. Je l'appellerai Akouma ! » Abondance.

Il plut tant qu'en une nuit les eaux de la Sanaga retrouvèrent leur niveau, que les bateaux se mirent à naviguer, le commerce de l'ivoire, des perles et de l'or reprit.

Dès le lendemain, des hommes et des femmes franchirent notre concession à la queue leu leu. Ils apportaient des offrandes à la nouveau-née. Même maman sortit son plus joli pagne, le jeta sur ses épaules : « Quand le vent tourne... », dit-elle, et elle l'offrit à Biloa. Gazolo s'agenouilla devant papa et lui rendit son bâton de commandement : « Puisque les choses sont rentrées dans l'ordre... » Mais on voyait à ses yeux que le cœur n'y était pas. Mensonges et bêtises s'étalaient sur nos fronts. L'hypocrisie perçait partout sous son aspect de servitude et de flagornerie. Même nos âmes véhiculaient l'intrigue et la duplicité.

Papa tourbillonnait dans sa case comme un météore. Il serrait en manière de bienvenue les mains de tous ceux qui entraient, tapait sur leurs épaules, ébouriffait les cheveux de ceux qui lui étaient chers mais qui, hier encore, lui tournaient le dos et, enfin, caressait distraitement les cuisses de Biloa. On mit à mort trois bœufs, six boucs et un nombre incalculable de poulets et de canards. Les hommes dînèrent assis, servis par les femmes qui demeuraient debout, les calebasses à la main. Les vieilles restèrent sur des bancs, au coin du feu, tandis que les jeunes vaquaient ou mangeaient sous les vérandas. La dernière rasade avalée, on se mit en rond. Les joueurs de tam-tam et de balafon accordèrent leurs instruments.

J'étais assise sur un banc, mes deux pieds repliés. Papa fit danser Biloa, que dis-je, ils atteignirent les cieux. Leurs pieds martelèrent le sol, leurs bras fendirent l'air comme des épées. Mille espiègleries s'attroupèrent dans les têtes des villageois et le feu prit dans leurs veines. Des hommes et des femmes se mirent à danser comme s'ils avaient fait corps avec les montagnes. La sueur ruisselait, bonne et chaude. On avançait des poitrines pour des tâtonnements précis ; on dérespectait le regard désapprobateur des vieillards ; on détendait l'inhibition des vierges et les nouveau-nés criaient sans émouvoir l'âme de personne.

Maman, qui vivait plus mal qu'on ne le croyait sa récalcitrante frigidité, s'avança gaillardement vers les couples et secoua frénétiquement son balai : « Allez faire vos saletés ailleurs ! » Elle cogna trois danseurs, ne s'excusa point, puis se laissa tomber sur le sol : « Quelle honte ! » gémit-elle, et une mauvaise sueur dégoulina de son front et s'écroula dans la poussière : « Où va notre société ? »

La fête s'acheva tard dans la nuit. Seuls quelques gourmands remangeaient debout, mâchant çà et là des morceaux de poulet, ou vidaient des calebasses de vin de palme. Des femmes allèrent chercher des feuilles mortes et firent une flambée. Papa s'assit devant la flamme et les cheveux de Biloa jetaient des tensions sur l'assemblée, lorsque je me souvins d'une légende qui voulait que l'enfant qui apportait l'abondance exigeât des morts. La même pensée traversat-elle les villageois ou était-ce uniquement mon état d'esprit qui fit tache d'huile ? Toujours est-il que les visages s'assombrirent et la veillée se passa très tristement.

Le lendemain de grandes rafales de vent hurlaient ; un épais brouillard montait de la terre et recouvrait les choses ; les arbres avaient l'aspect des grands sorciers blancs célébrant des messes obscures. Une force angoissante habitait l'espace torturé par d'invisibles présences. Je n'avais pas le cœur à quitter notre case, quand maman me dit soudain :
— Va donc réveiller Biloa. C'est à elle de préparer le repas aujourd'hui.

Quand je pénétrai chez Biloa, sa case était plongée dans l'obscurité et l'odeur du tabac de mon père me rassura. J'avançai en titubant et faillis trébucher sur l'amante attitrée de mon père. Elle était allongée sur son matelas de paille. Ses beaux cheveux s'éparpillaient comme des toiles d'araignées sur l'oreiller. Sa peau si noire était si luisante que je poussai un soupir : « La beauté de cette femme déchire toutes les respectabilités. » Je me penchai pour déguster du regard le nectar sublime de cette grâce, ses bras, ses jambes, les plis aigus de ses articulations, sa peau tendue sur les os fragiles, et c'était l'immense beauté des forêts étons qui m'étreignait de toute sa force. Je me sentis perdue. Je ne sais depuis combien de minutes je la contemplais lorsque maman surgit, mains sur ses hanches :

— Qu'est-ce qui se passe ici ? demanda-t-elle dans une folie furieuse. Debout, paresseuse ! cria-t-elle. Il y a autre chose dans la vie que...

Déjà, elle se précipitait, attrapait Biloa, la secouait et ses paumes blanches comme les sables de la Sanaga battaient l'air.

— Mais..., dit brusquement maman en la laissant retomber. Mais... elle est morte !

Elle recula et l'épouvante dans ses yeux éclaira mon esprit :

— C'est *impossible* ! criai-je.

Papa, qui à cette heure matinale faisait sa prière, entendit cette protestation : *Impossible*. Il sortit de sa case :

— Qu'est-ce qui se passe ? demanda-t-il.

Maman éclata en sanglots et se jeta dans les bras de papa :

— Tu dois être fort, mon homme. Fort !

Papa tomba en syncope. Alors seulement, je crus à la mort de Biloa.

Quand papa revint à lui, on venait d'installer Biloa sur une natte. Un ruban blanc entourait sa tête pour fermer sa bouche. Les premières mouches voletaient autour du cadavre, prêtes à se régaler de la viande à pourrir. Papa regarda autour de lui comme quelqu'un qui sort d'un cauchemar avec le blanc des yeux très blanc et, au centre, pas de couleur.

— Sortez ! cria-t-il. Sortez immédiatement d'ici. Je veux rester seul avec ma femme.

– Elle est morte ! hurla maman. Tu m'entends ? Elle est morte ! Morte !

Papa secoua la tête :

– La beauté ne meurt pas. Puis de nouveau : Dehors !

Les gens reculèrent. Papa referma la porte. On s'attroupa dans la cour. On regardait en direction de la case de Biloa en hochant la tête : « Quel malheur ! » Fondamento de Plaisir parla de sa beauté, d'un air sincèrement désolé parce qu'elle ne risquait plus rien ; maman chanta son obéissance ; les femmes gémissaient par nécessité, de crainte que l'âme de Biloa ne vienne les tourmenter ; les hommes se tordaient sur leurs chaises, jetaient un regard vers la case de la morte, puis détournaient les yeux : « Chienne de vie ! »

Deux jours plus tard, papa sortit le corps de Biloa enveloppé dans une natte faite de feuilles de palmier en psalmodiant : « Ô Biloa, fille venue de nulle part, pourquoi m'abandonnes-tu ? » On s'enferma à double tour. Nous regardâmes par les trous des fenêtres, tétanisés, à l'extrême degré de la fascination. Même les animaux restaient cois, sereins comme si la jungle s'était transformée en un tapis de soie. Une légère brise faisait flotter les cheveux de la morte et ses bras ballaient comme ceux d'un nourrisson endormi. Papa marchait seul dans le jour mourant, avec le soleil encore rouge qui dardait à l'horizon. Ses yeux se fixaient au loin, là-bas sur les berges. Il déposa la morte dans l'eau, là où naît la Sanaga, et la regarda dériver entre les flots. Quand son corps eut disparu, papa, ou ce qu'il en restait, revint sur ses pas. Ses pieds soulevaient de la poussière, ses cordes vocales s'enflaient et se dégonflaient.

– Que ceux à qui Biloa devait quelque chose, nourriture ou argent, se fassent connaître aujourd'hui même !

Personne ne bougea. Seule Fondamento de Plaisir cria, hystérique : « Je ne veux rien d'elle ! Je lui fais cadeau de tout ! Même de toi ! Je m'en vais ! »

Il se tourna alors, mais il fallut plusieurs secondes avant que ses yeux ne se fixent sur Fondamento de Plaisir au lieu de la traverser de part et d'autre.

– C'est tout ? demanda papa.

– *Elle* t'a jeté de la poudre dans la nourriture.

Les genoux de papa tremblèrent et ses mains les empoignèrent pour les maîtriser.

– Jamais, tu m'entends ? Jamais elle n'aurait fait ça. Elle était comme tout le monde, je le savais. Mais en même temps, elle était autre.

Sa voix décrut pour n'être plus qu'un murmure :

– C'était comme si elle connaissait tous nos secrets, mais que nous ne connaissions pas un seul des siens.

Il passa ses mains dans ses cheveux grisonnants et dit d'une voix rauque à Fondamento de Plaisir :

– Va, cours rejoindre ton destin. Mais je te demande une chose : ne prononce plus son nom.

Fondamento de Plaisir ramassa son baluchon et je la vis s'éloigner, pas à pas, dans les rayons lumineux qui partaient de ses cheveux avant de s'étendre sur ses épaules et former une ombre gigantesque dans la poussière rouge. Mon cœur se serra, mais j'eus assez de force pour affronter deux détresses en même temps.

Pour la première fois, je vis un sourire vrai éclairer les lèvres de maman. Sa patience, sa ténacité, cette lâcheté qui la poussait à ne jamais affronter les choses, venait de remporter une grande victoire. Plus tard, à l'heure où la nuit mange la nuit, je la vis assise à côté de papa sous la véranda. J'entendis maman développer une théorie étrange sur la souffrance et sur le sentiment exagéré qu'on en a : toute douleur s'exaspère et par cette exaspération se dégrade. « Peut-être, peut-être », dit papa. Pour donner une base plus solide à sa théorie, elle m'appela.

— Édène, me demanda-t-elle, souffres-tu encore des gifles que je t'ai données dans ta petite enfance ?

J'eus le regret de la contredire. Je déclarai que ma souffrance était morale.

— Ça c'est certain, dit papa.

— Moi, dit-elle à papa, j'ai déjà oublié toutes les humiliations que tu m'as fait subir.

Puis, elle se lova dans ses bras — Amen !

Neuvième veillée

On murmurait que...
Dis toujours.

Ceux qui ont peu de mépris pour les gens simples disent qu'ils ont en eux l'authenticité. Ils prétendent que nous avons la mémoire des choses passées. C'est vrai que nous en connaissons parfaitement une partie. Nous avons conscience des rythmes des jours et de la nuit. Nous savons repérer le temps des pluies et du vent, de même que les cycles du maïs et des arachides. Nous savons lire le défilé des heures en fonction de la position du soleil. Mais quand nous essayons de nous remémorer le temps passé, de retrouver une date, un événement, nous mélangeons ce qui s'est passé avec ce qui n'a jamais eu lieu. Il nous arrive de faire du présent l'aboutissement imaginaire des moissons du souvenir.

Pour toutes ces raisons, consciente des attentats possibles à la vérité, je puis affirmer sans me tromper qu'à l'époque déjà n'importe quel enfant de notre village aurait pu vous dessiner de mémoire « Christ », « Patrie », « Sang » et

« Chrétien ». Ces mots se déposaient comme un chancre au bout de nos âmes. Pour moi, le temps de certains jeux était derrière : je n'avais plus plaisir à courir les bois et les rivières ; les combats des chiens m'agaçaient ; j'entrais dans des langueurs féminines et je trouvais mes amis d'enfance trop jeunes et bien entendu, ennuyeux. Papa continuait à mâcher sa noix, tentait de reprendre le contrôle de notre village et j'étais amoureuse.

J'étais amoureuse de Chrétien n° 1, fils aîné de Gazolo. Il s'appelait ainsi parce qu'il fut le premier à se faire baptiser dans le village et qu'il servait la messe le dimanche, là-bas, à Sâa. Chrétien n° 1 était beau, des yeux d'un marron clair, et ses cheveux crêpelés lui donnaient l'air d'une brebis. Je ne pouvais le voir hors de sa famille sans que cela portât à jaser. Un matin, après avoir lessivé, cuisiné chez ma mère, je courus chez Gazolo.

La famille habitait une case ronde à toit de chaume à cinq cents pas de notre demeure. Sa mère était assise sous la véranda de derrière. Elle tressait des tiges d'ail, attachait les bulbes ensemble. Elle chantait une vieille chanson éton :

Quand j'étais chez mon père
J'étais une guerrière vêtue de robe rouge.
Quand j'étais chez mon père,
le soleil chantait dans mes cheveux

Sa voix était si forte qu'on pouvait douter qu'elle sorte d'une silhouette aussi fluette. Malgré ses maternités, Gono la Lune avait gardé le corps mince, un visage sans rides et, aujourd'hui encore, je me souviens d'elle assise sur un banc trop haut et trop grand pour elle, avec ses pieds qui ne

touchaient pas le sol. Dès qu'elle me vit, son chant resta
suspendu à ses lèvres :

— Qu'est-ce que tu fais là ? Ta mère n'a plus besoin de
toi ?

Je me grattai les cheveux :

— Je passais et...

— Quelle question, maman ! intervint Chrétienne n° 2,
la sœur cadette de Chrétien n° 1.

Elle traversa la cuisine d'une démarche digne et ses pas
soulevèrent de la poussière.

Chrétienne n° 2 avait le même âge que moi, était aussi
frêle que j'étais musclée et ses cheveux nattés collaient à
son crâne comme une seconde peau.

— Toujours pas de fiancé ? me demanda-t-elle en s'arrêtant pour enlever une écharde plantée sous son pied.

— A quoi lui servirait un homme, dit Gono la Lune. Elle
est aussi forte qu'eux !

— Justement ! s'écria Chrétienne. Viens donc m'aider à
ranger.

Le reste de la journée, je l'aidais à faire la vaisselle, à
lessiver, à sarcler. Je ne m'aperçus même pas qu'elle traî-
naillait, se curait les dents ou attrapait un pou qu'elle tuait
entre ses gencives :

— C'est si délicieux comme sensation que ça vaut le coup
d'en avoir, me dit-elle en me montrant un pou.

Plus tard, nous nous assîmes pour décortiquer des cacahuètes. Chrétienne n° 3, la dernière de la famille, se joignit
à nous. Je décortiquais en tremblant. Je voulais démontrer
que j'étais la plus rapide, la plus efficace aussi. Les écorces
d'arachides voletaient autour de moi, se posaient dans ma
tignasse et mes pagnes. Mes compagnes prenaient leur

temps. Chrétienne n° 2 bavardait gaiement : « Ah, j'aimerais tant avoir une belle-sœur comme toi ! » Gono la Lune travaillait en chantonnant, tout ça pour vous signifier qu'elle prenait son temps. Chrétienne n° 3 jetait furtivement dans sa bouche les grains qu'elle séparait de leur écorce. Ses yeux noirs s'arrondissaient de minute en minute, ils semblaient sur le point de s'écouler comme des œufs crus qu'on casse dans une assiette. Brusquement, elle me montra du doigt et dit :

– T'es d'une bêtise, toi alors ! Crois-tu qu'en te voyant travailler comme une esclave mon frère va t'aimer ?

Gono la Lune la gronda :

– Veux-tu t'excuser immédiatement ?

Je me levai, mais on m'obligea à me rasseoir.

– Tu ne vas pas prendre en compte les stupidités d'une enfant ! dit Gono la Lune. Combien de bêtises as-tu faites quand t'étais petite ?

Je pensais à ma petite enfance, à mes impertinences, et ris de bon cœur. Je dus leur sembler définitivement conne car, plus tard, je balayais la cour avec enthousiasme. Je visais un seul but : épouser Chrétien n° 1. J'étais convaincue que sa famille saurait apprécier les qualités que je possédais : celles d'une fille laide certes, mais forte et de bonne éducation.

Chrétien n° 1 revint de sa promenade alors que j'étais accroupie à écraser des tomates. Il passa devant moi comme si je n'existais pas. Il s'approcha de la véranda, posa le pied sur la première marche et me demanda :

– Ton père va bien ?

Je passai ma main sur mon front.

– Tout le monde est en bonne santé.

– Bon, très bien.

Et il s'en alla.

Dès ce jour, Gono la Lune me fit comprendre que la maison des Gazolo était aussi la mienne. Ce qui ne l'empêchait pas de m'interroger, haineuse : « Jusqu'à quand Assanga Djuli compte-t-il rester au pouvoir ? » Parce qu'elle se voyait déjà femme de chef. J'étais heureuse de balayer chez elle, de récurer, de caresser cette famille dans le bon sens. Gono la Lune m'observait attentivement, notant des choses incroyables pour une femme, mais que j'étais capable de faire : couper un arbre avec trois coups de hache ou arracher un pied de cacaotier à mains nues. Chrétienne nº 2 était heureuse de m'accueillir car je la déchargeais de ses corvées :

– T'es fantastique, toi alors !

J'avais conquis presque tout le monde, sauf Chrétienne nº 3. Je ne savais plus quoi faire pour qu'elle m'aimât. Je lui ramenais des gâteaux de maïs à la banane, des bâtons à sucer et je lui confectionnai même une poupée de chiffon !

Devant ses parents, elle me remerciait gentiment. Mais une fois qu'on se retrouvait en tête à tête, elle me faisait signe de me pencher et me soufflait à l'oreille :

– T'es encore plus bête que je ne le pensais.

Je ne voyais presque pas Chrétien nº 1. Il avait toujours quelque chose à faire : « Excusez-moi, je dois aller à la chasse. » Il me bousculait, ramassait ses flèches, se précipitait dans la cambrousse. Je mettais cet empressement sur le compte de la timidité et mon imagination à la torture me faisait croire qu'il n'osait pas m'avouer ses sentiments. L'ovale de son visage ne quittait pas mes pensées. Je triturais de la terre dans le jardin et, dans mon esprit, son contact doux était celui de ses épaules rondes qui glissaient entre mes doigts. Je caressais sa peau en cueillant des avocats et prononçais son nom traditionnel : « Ayissi. » Je creusais un arbre et implantais ce nom dans son écorce.

Un soir, après que j'eus été applaudie par Gono la Lune parce que j'avais sarclé son champ, que Gazolo eut félicité la dextérité de mes doigts parce que j'avais massé son dos, que Chrétienne n° 2 eut trouvé les tresses que je lui avais confectionnées superbes, je revins chez nous, les yeux glauques. Maman parut surprise de ma sale tête et son pilon resta en l'air.

— Qu'est-ce que t'as ? me demanda-t-elle.

— Rien.

— Ce n'est pas en devenant esclave chez des gens qu'on arrive à se faire aimer d'un homme, dit méchamment maman.

Et j'eus brusquement envie de la gifler. Ma langue gonfla dans ma bouche :

— Fous-moi la paix, merde !

Maman tressaillit, son pilon tomba et ce fut un moment épouvantable. J'eus l'impression que je venais de déchiqueter son âme à coups de bec.

Honteuse, je m'agenouillai à ses pieds.

— Pardon, mère.

— Se méprendre sur les sentiments d'un homme est la preuve d'une médiocre féminité, dit maman en me caressant doucement les cheveux. Cet enfantillage a assez duré, tu ne crois pas ?

J'enfonçai l'ongle de mon pouce dans mon genou. Elle sembla ne pas s'en apercevoir et ajouta :

— Le mariage est vers l'amour une voie large qui conduit tout près du but, mais non au but.

J'embrassai les pieds de ma mère, mais me dis dans mon for intérieur : « Demain, je lui ouvrirai mon cœur. »

J'attendis l'aube avec impatience. Je réchauffai du porc-épic sauce arachide que je mangeai du bout des lèvres. J'essuyai mes mains avec du sable, attachai un pagne à mes hanches et me dirigeai vers le marigot. C'était un passage obligé et Chrétien n° 1 l'avait emprunté, j'en étais certaine. Mes jambes tremblaient d'épuisement et ma gorge était si sèche que j'eus l'impression d'avaler des cailloux.

L'attente fut longue comme mon angoisse. Six femmes arrivèrent en caquetant : « Bonjour Édène », me lancèrent-elles gaiement. Puis elles pénétrèrent dans le marigot. Leurs vêtements flottaient sur l'eau lorsqu'elles s'immergeaient et se rabattaient sur elles, lentement, lorsqu'elles se relevaient. « Viens donc te baigner avec nous ! » me crièrent-elles. Je secouai la tête parce que j'avais l'âme très poétique. Je regardais des peupliers dont les feuillages se couchaient sur la rive en myriade de chevelures. « Qu'est-ce qu'elle a ? » se demandèrent-elles. « Un amoureux, sans doute ? » s'interrogèrent-elles. « La pauvre ! A jouer les bonniches toute la sainte journée ! » Et j'eus mal, si mal que lorsque Chrétien n° 1 s'amena enfin et que les femmes crièrent : « Nous sommes nues ! » je fus heureuse de leur panique. Elles se précipitèrent avec leurs vêtements derrière les man-guiers. Mes yeux se pâmèrent sur la peau de Chrétien n° 1 sur ses cheveux crêpelés et sur ses lèvres charnues. Il me regarda avec condescendance.

— Ça va Édène ? me demanda-t-il.

Et cela voulait dire qu'il se souciait de ma personne. Je

restais comme une idiote à contempler son torse, en tressaillant tel un lièvre à la vue d'une horde de rhinocéros. Il traversa le marigot à grandes enjambées. En vous en parlant, mes chers enfants, je retrouve encore les battements de mon cœur et, dans ma gorge nouée, la profondeur de l'émotion qui s'était emparée de moi. C'était la manifestation d'un trait de caractère tyrannique. Je n'en connais que trop aujourd'hui ses égarements. Mon besoin de possession s'éveilla. J'en acceptais d'avance toutes les soumissions.

— Ayissi Chrétien n° 1 ! criai-je.

Il se retourna d'un bloc. Et, sans lui laisser le temps d'attrouper ses pensées dans sa tête, je le rejoignis. L'eau voletait autour de mes chevilles, des algues se collaient sur mes cuisses. Je m'en fichais tout autant que des moqueries des femmes dans mon dos — « Elle va se cadeauter ou quoi ? » hurlèrent-elles. « Elle va se donner gratuitement » et puis : « Quel scandale ! » — ces méchancetés ne firent qu'accroître ma folie.

Quand je fus à son niveau, son regard investigateur se posa sur moi, puis se tourna vers la brousse.

— Qu'est-ce que tu veux ?

Je ne répondis rien et lui pris la main. Il recula, épouvanté, et cria :

— Mais qu'as-tu ?

Comme je restais silencieuse, il s'impatienta. Il se mit à marcher en prenant la route de la colline qui traversait les champs de cacao et je le suivis. Je me demandais pourquoi les Blancs aimaient tant ces arbustes dont les grains ne suffisaient pas à rassasier un oiselet. De loin, nous vîmes des gens penchés sur l'ouvrage. Ils transpiraient, bêchaient, sarclaient et semaient des plants.

– Je suis un homme honnête, dit Chrétien n° 1.

– Je sais.

– La femme que je toucherai sera la femme de ma vie, tel que c'est écrit dans la Bible.

– Très bien.

Nous continuâmes à marcher, l'un devant l'autre, jusqu'au cimetière de l'ancien village des Isselés, avant que notre peuple ne les oblige, à coups de sagaie, à l'abandonner pour s'installer plus loin. Les tombes ne portaient plus de marque et nous évitions de marcher dessus de peur de réveiller le courroux des morts. Nous évitions également les trous qu'on apercevait çà et là parce que s'y cachaient des animaux qui sortaient la nuit, mangeaient des cadavres et hurlaient leur joie à la lune.

Au sommet de la colline, au milieu des tombes qui se confondaient avec la terre meuble de sorte qu'on ne distinguait plus de traces, au cœur de ce silence épuisant, Chrétien n° 1 se laissa tomber. Je m'assis devant lui, jambes repliées. La sueur imbibait mes aisselles et mon front, dégoulinait le long de mes omoplates jusqu'aux reins. Au loin, l'anneau solaire brillait sur les feuillages, et les voix des Nègres montaient. La brousse crépitait et ruisselait de vert. « Je t'aime, lui dis-je. Puis j'ajoutai : Au revoir. »

Je me levai, m'avançai dans les arbres. Deux bras me saisirent à même le corps, je me retournai : c'était Chrétien n° 1. Je pris ses doigts entre mes lèvres l'un après l'autre. Je tins le lobe de ses oreilles dans ma bouche. Je soufflai sur son front. Chrétien n° 1 ne bougeait pas. Ses bras étaient si raides que j'eus l'impression de caresser une statue. Puis l'atmosphère se réchauffa et je défis moi-même mes pagnes. Ses yeux incolores au début se veinèrent de fils cramoisis et la puanteur du vin de palme montait de ses chairs par bouffées successives. Je parcourus son corps centimètre par centimètre, jusqu'à ce qu'il en souffrît.

– Édène, gémit-il.

Et c'est ainsi que tout commença. Un déferlement de désir, un remous, une noyade, une fièvre. Pour la première fois, je prenais conscience de moi-même : je ressemblais certes à un garçon, mais j'étais une femme. Une femme grande et forte, un vêtement ample dans lequel un être pouvait se nicher, se noyer sans s'étouffer. J'étais une couverture et, dans les froides nuits des moissons, je distillais de la chaleur. J'étais une montagne qui protégeait contre les rafales de vent et les tornades destructrices. J'étais tout simplement une femme.

Puis tout s'éboula.

Quand je repris conscience, Chrétien n° 1 s'était relevé et serrait son pagne contre son torse. Il semblait si désorienté qu'il marcha à reculons ; ses cheveux s'étaient ratatinés sur sa tête et sa peau noire s'était teintée de violet.

– Tu oublies ta sagaie, lui dis-je.

Il bondit sur son arme, l'accrocha presto sur ses épaules et tandis qu'il détalait par-delà le sentier, je lui criai :

– A demain !

– Je ne veux plus te voir ! Jamais plus ! Laisse-moi tranquille !

Néanmoins, j'étais heureuse d'avoir laissé tomber un mot qui présageait d'autres rencontres. Mes désirs satisfaits, je n'éprouvais aucune honte à retourner chez ma mère. Je pris le temps de mettre de l'ordre dans mes cheveux et me tins aussi droite que possible.

Les jours suivants, Chrétien n° 1 mit un soin scrupuleux à m'éviter. Il suffisait que j'entre dans une pièce, prenne part à une réunion pour qu'il quitte le lieu où je me trouvais. A force d'à force, je devenais la risée du village : « Qu'est-ce qu'une femme qui couraille après un homme ? » Les gens s'attrapaient les côtes : « Rien du tout ! » Plus ils dégoisaient, riaient de mes sentiments, plus j'aimais Chrétien n° 1 et plus je me jurais de devenir son épouse, vaille que vaille.

A l'extérieur, la nuit mangeait les derniers rayons du soleil et je ne dormis pas. J'établissais des plans de conquête dans ma tête et le sommeil me tirait la langue. Puis un soir, je compris qu'en moi le temps était devenu bref comme un battement de cœur : il me fallait agir.

Ce dimanche matin-là, je me levai tôt. Je lustrai mes chairs avec de l'huile de noix de palme, et fis de véritables gammes avec mes paupières, de magnifiques prouesses avec mes déhanchements.

– Où vas-tu ? demanda maman.

– A l'église !

– Ça alors ! et elle avala le reste.

Le père Wolfgang disait deux messes. Il catégorisait les pécheurs en ceux du purgatoire et en ceux de l'enfer. La messe des Blancs se déroulait aux heures matinales, lorsque le soleil porte queue basse, que la température est humaine, que les gens ont encore leurs esprits et qu'ils peuvent s'adresser à Dieu sans bafouiller. La messe des Nègres était sous le coup des onze heures trente. L'autel n'en pouvait plus de cuire sous la tôle ondulée ; le Christ bronzé en avait des yeux larmoyants de chaleur. Les bougainvilliers nichés dans des boîtes en ferraille s'épuisaient. A force d'à force, la messe devenait ennuyeuse, s'amaigrissait, perdait ses fidèles comme on perd ses dents ou ses amis et ressemblait à une mouche de cimetière, jusqu'à ce dimanche-là...

Ce dimanche, j'étais venue spécialement de mon village pour séduire Chrétien n° 1, qui était enfant de chœur. Il y avait là toutes sortes de Nègres : les malfamants, les honteux de quelque chose, les assassins, les scandaleuses, les entortillés du cœur, les confirmées et les renoncés, tous, absolument, étaient là pour défier le corps du Christ. Je pouvais y entrer faire ma roue de lumière à Chrétien n° 1 sans gêner personne. D'ailleurs, il était derrière le missionnaire, à lui tendre l'eau bénite ou à tenir son livre sacré. Je pris place sur un banc et Opportune des Saintes Guinées vint s'asseoir à côté de moi. Je la détestais toujours autant. « D'où vient cette mauvaise odeur ? lui demandai-je en reniflant ses vêtements. Je suis certaine que tu ne t'es pas lavée aujourd'hui. » Et avant qu'elle n'ait eu le temps de répondre, je vis Chrétien n° 1 lui faire des signes. Il souriait et j'en eus une bouffée de chaleur. « Il m'aime », ne puis-je m'empêcher de penser, puis je susurrai à ma voisine :

— C'est à moi qu'il sourit.

— Ah, oui ? demanda-t-elle, sceptique.

— Tu vois quelqu'un d'autre, toi ?

Elle haussa les épaules et des canards sauvages s'envolèrent au loin.

— Que t'ai-je fait ? demanda-t-elle.

J'aurais pu lui dire qu'elle me persécutait depuis l'enfance du simple fait de son existence. Que je savais que papa lui offrait des cadeaux qui auraient pu me revenir.

Que les gens disaient : « A Opportune la beauté. A Édène la force ! » Que j'avais surpris à maintes reprises les yeux de Chrétien n° 1 appuyés sur ses formes généreuses. Mais je n'eus pas ce loisir, car le père Wolfgang s'interrompit au beau milieu de son sermon, nous regarda droit au cœur et cria :

– Que ceux qui ont péché et ne se sont pas confessés quittent la maison de Dieu !

Son regard infernal brûla chaque rangée pour carboniser les impudents. Mais personne ne bougea, ni dans la rangée de la pègre, où sommeillaient des futurs assassins, ni chez les putes professionnelles qui continuaient à répandre autour d'elles des désirs capiteux. Des jeunes gens les guettaient parce qu'ils désiraient s'encanailler. Des vieillards observaient ces femmes et voulaient croire en la possible résurrection de leurs sexes morts.

« Chers frères, chères sœurs ! cria le père Wolfgang. Nous sommes là pour prier le Seigneur ! Nous... » Je fixais intensément Chrétien n° 1. La voix du prêcheur ronronnait dans mes oreilles comme les bourdonnements d'une mouche et je souriais benoîtement à mon amour. J'ignore ce qui se passa, mais je crois que je m'endormis lorsqu'un tam-tam résonna. Je me réveillai en sursaut et me frottai les yeux : « Quel jour sommes-nous ? » demandai-je à Opportune des Saintes Guinées. Elle me toisa et rit sous cape. Pas longtemps, je le reconnais. Comme un seul homme, les fidèles se retournèrent pour suivre le rythme de l'instrument. Il convient de dire qu'elle nous mettait en lévitation, déchirait nos bonnes croyances, s'infiltrait dans nos moelles et éclaboussait notre sang. Les femmes se mirent à remuer leurs arrières imperceptiblement. Les pieds des hommes raclèrent le plancher, crac-crac ! et le père Wolfgang vit tous les démons d'Afrique avec leurs griffes et leurs cornes.

– Mes frères ! hurla-t-il. Agenouillons-nous ! Ne nous laissons pas distraire dans nos prières. Montrons-nous unis, solidaires, et couvrons de nos voix spirituelles cette musique avec sa cohorte de mauvais esprits enracinés dans les ténèbres.

Je tentai en vain de me concentrer, d'adresser mes salutations et bénédictions à sainte Madeleine, à sainte Thérèse d'Avila, à sainte je-ne-sais-plus-quoi, à saint Georges, à saint Joseph, j'en passe, pour qu'ils transforment les sentiments de Chrétien n° 1 à mon égard, je n'y arrivai pas. Cette musique tourmentait la vertu et réglait ses comptes avec Dieu. Dans le café-bar de la ville, les gens abandonnèrent leurs taitois. Les enfants ramassèrent leurs billes. Les vieillards prirent leurs cannes. A mesure que le tam-tam grondait, les gens délaissaient leurs occupations et s'attroupaient devant l'église. Les eaux du fleuve s'agitèrent et je sus qu'il se passait quelque chose. Pour nous aider à nous concentrer, une vendeuse de beignets démarra un discours sur la qualité du prêche en six langues différentes qui sortirent d'elle, naturellement comme une rivière qui se jette dans la mer. On l'applaudit, mais nos cœurs n'y étaient pas. Nous sortîmes de l'église et fîmes cercle autour du joueur de tam-tam. Le missionnaire hurla : « Sodome et Gomorrhe ! Cet homme est Satan ! » Mais, comprenant qu'il risquait de perdre ses fidèles en s'attaquant frontalement au joueur, il croisa ses mains et s'en alla discourir avec lui pour qu'il anime les messes nègres chaque dimanche.

Le joueur ? Aligbatulé ! Qui ne connut dès lors Aligbatulé ? Même un aveugle vous aurait juré sur la tête de sa
mère qu'il avait vu de ses propres yeux ses deux jambes
maigres serrées dans un pantalon trop court, sa veste trois-
quarts dont les poches balayaient l'air, ses orteils enchicanés
dans des sans-confiance roses. Aligbatulé accueillit les propositions du père Wolfgang avec hauteur, parce que, dit-il,
« qui qu'on soit, on finira poussière, à égalité là sous la
terre, mon cher père ! Mécréant comme honnête
homme ! » Il insulta les Blancs, les Nègres-collaborateurs,
les Nègres-tout-court, leurs macaqueries, leurs singeries,
leurs chienneries. L'assistance absorbait tout cela comme
parole d'Évangile. Même le père Wolfgang taisait ses humiliations de crainte d'offenser celui qui comme le Christ
leva la foule du Seigneur.

Soudain, un homme d'une trentaine d'années, avec une
barbe vieille d'au moins dix jours, s'approcha. Il portait
une culotte kaki, une chemise débraillée et ses yeux étaient
méchants. Il transpirait tant qu'on l'eût cru né mouillé.
Des grelots et des cauris cascadaient le long de son torse
musculeux. Il fonça dans la foule, leva les bras au ciel et le
vent gonfla sa chemise.

– Chers frères, très chères sœurs, parents et amis,
connaissances et simples connaissances, l'heure est venue !
(Gros silence et ses mains battirent l'air.) Oui, j'entends les
trompettes de Jéricho.

A cet instant précis, Aligbatulé se mit à frapper sur son
tam-tam, sautilla à gauche, à droite, en faisant des bats-bats
avec ses jambes : « Victoire ! » L'orateur haussa ses sourcils
fournis et cria : « Stop ! » Avant de continuer :

– Il est temps, mes frères, de bouter l'ennemi hors de

nos frontières ! La France, pays allié dans cette guerre, aide les villes comme Douala, Yaoundé, Sangmelina à mettre définitivement les Allemands dehors ! Chez nous, il y a encore des poches de résistance allemande. La France nous accuse de collaborer avec l'ennemi. Nous sommes les seuls au monde à vivre sous une triple domination : allemande, française et anglaise. Nous devons arracher notre indépendance dans le sang, la souffrance et les privations. En ce moment, à travers notre pays, nos frères se battent comme des forcenés. Pour qui ?

Il n'y avait aucun moyen de tirer une valorisation de ce moment historique car les gens se demandaient : « Qu'est-ce qu'il raconte ? » L'indépendance on ignorait jusqu'à sa couleur. La Première Guerre mondiale s'était achevée. En dehors des morts, nous ignorions ses tenants et ses aboutissants. En outre, chasser quelqu'un d'une terre n'était pas dans nos habitudes. Quant au sang et à la souffrance...

L'orateur promena un doigt sur la foule et dit : « Pour vous ! Pour que vous retrouviez votre dignité bafouée ! Votre intégrité ! Votre statut d'êtres humains ! » Il faisait très chaud, on avait envie d'un grand taitois de vin de palme, mais cette interruption dans nos habitudes, même si l'orateur racontait n'importe quoi, nous apportait quelque distraction.

– Il y a le Christ, avança timidement une femme. Il n'est qu'amour !

– Pensez-vous que ce dieu blanc vous aime ? Puf ! Puf ! Mais jusqu'à quand, mes frères, continuerons-nous à ramasser les coups de pied des étrangers au derrière sans broncher ? Pouvez-vous me le dire ?

L'assistance demeura fauchée comme herbe sous coupe-coupe. Jamais on n'avait entendu un tel discours. On en était béat d'ahurissement. Mais l'orateur s'en fichait, du moins c'est ce qu'il recherchait : nous secouer jusqu'à la rébellion. Qu'on écharde ! Qu'on taille sans faire dans le détail ! Qu'on explose ! Qu'on projectile ! Qu'on chaparde ! Qu'on encolère contre l'occupant. Et comme personne ne voulait bouger, lui, le seul résistant au monde depuis qu'il était sorti du ventre de sa mère, vengerait notre honneur.

C'est alors que ce qu'il restait des garnisons allemandes déboucha. « *Zurück !* » crièrent-ils. Les gens s'écartèrent. Ils se mirent à genoux. « *Legtan !* » Des fusils brillèrent dans le soleil. « *Feuer !* » Il y eut des détonations. On vit des étincelles. Une odeur de fumée montait, on n'y voyait rien. Les gens couraient à la sauve-qui-peut. On entendait des Vroum, comme des bruits de pastèques écrasées, des cris, des hurlements à fendre les entrailles. Moi aussi, je criais et je courais : « Vous êtes fous ! Mais on n'a rien fait ! » Les militaires ne nous écoutaient pas. C'était pathétique. Une lame de colère nous tomba dessus, incandescente : « Vengeons nos enfants ! » criâmes-nous. Nos poitrines se soulevèrent d'indignation : « Vengeons nos enfants ! » Les haineux, les rancuniers, les commères, les âmes retournées, les vengeurs, les Zorro d'après l'Amérique, les élites intellectuelles sortirent leurs haches et leurs coupe-coupe. Même des vieillards dépoussiérèrent leurs vieux os. « Vengeons nos enfants ! » A cause d'un rien, des mots, les militaires venaient de déclencher une guerre, avec fusils, mitraillettes, chars d'assaut et de combat. « Vengeons nos enfants ! » Des hommes tombaient morts par balles, à la gloire des tribus !

161

Des femmes s'écroulaient. Des enfants mordaient la poussière et, de temps à autre, un militaire qui n'était pas sur ses gardes attrapait un coup de bâton en plein dos. Le sang coulait et désaltérait la terre. Ceux qui ne participaient pas aux combats suivaient les événements depuis leurs fenêtres comme s'ils étaient au spectacle. Eux aussi attrapaient leur part de balles perdues et tombaient. « Je n'ai rien fait moi ! »

Personne n'avait rien fait, mais il fallait payer la facture. « Une seule faute commise par un individu est payée par l'ensemble de l'humanité », avait dit papa. Dans la fumée noire, je cherchais Chrétien n° 1. Plusieurs fois, des balles sifflèrent à mes oreilles, mais je ne m'en souciais pas. Enfin, je le vis, là, au coin de la rue, accroupi devant Opportune des Saintes Guinées. Je me précipitai.

— Viens, dis-je en le tirant par son surplis. Tu vas te faire tuer !

— Je ne peux pas la laisser ici ! Elle s'est cassé une jambe, dit-il en entourant Opportune de ses bras.

Je considérai Opportune et vis un os jaillir de son genou gauche. Je posai ma haine sous mes pieds, déchirai un pan de sa belle robe blanche et, sans faire attention à ses hurlements, j'en fis un garrot. Je l'attrapai et la jetai sur mes épaules. Nous nous mîmes à courir. Autour de nous, les gens couraient aussi. Certains s'effondraient, d'autres, couverts de poussière et de sang, clopinaient. Moi aussi, j'étais couverte de sang et de boue. J'avais chaud et je transpirais. J'avisai un café-bar et nous nous y précipitâmes et refermâmes la porte.

Des gens hébétés étaient assis par terre, leur tête entre leurs mains. Une vieille femme chantait une romance

162

d'une voix douloureuse. Entre les gémissements des uns, le grelottement des autres, la propriétaire du café, une Négresse à la figure plate comme ma main – « Les salauds ! Ils me foutent mon commerce en l'air ! » –, allait et venait, s'éventait du bout de son kaba – « Je suis une honnête commerçante, moi ! » –, s'affalait sur une chaise et sa figure jetait une tristesse sans nom. « Quelle époque, Seigneur ! »

C'était une époque où quelque chose d'encore imperceptible avait changé nos manières de voir la terre des hommes. Oui, c'était une époque où nous découvrions que notre sang nègre valait son pesant d'humanité. Une époque étrange, car j'avais à peine déposé Opportune des Saintes Guinées sur le sol que Chrétien n° 1 se penchait sur elle, plein d'attentions. « N'aie pas peur, lui susurrat-il. Je suis là. » Mais également : « Tu veux boire quelque chose ? »

Moi aussi je tremblais et j'avais soif, mais Chrétien n° 1 s'en souciait autant que de la dernière pluie. Je sentis mon cœur se tordre comme un linge lorsqu'il me demanda :

– Peux-tu aller chercher un peu d'eau pour qu'on désinfecte la blessure d'Opportune ?

– J'ai peur tout autant qu'elle, lui dis-je.

– Toi ? se moqua-t-il. Mais t'es un homme !

L'insulte fut profonde et elle me coupa les jambes. Des larmes perlèrent à mes yeux, mais mon drame était si minuscule qu'il ne pouvait étouffer les cris des canons et des hommes : « Il m'a eu ! » et des « Il m'a arraché le bras, la vache ! » Par la fenêtre, je vis mon père et reconnus certains hommes de mon village. Michel Ange de Montparnasse les accompagnait. Ils s'étaient peint le visage de

guerre et portaient des fusils : « Où ont-ils pris ces armes ? »
me demandai-je. Puis, je me souvins du jour où on avait
dépouillé les morts de leurs fusils. J'étais si fatiguée que je
me laissai glisser sur le sol.

J'ouvris les yeux au moment où la nuit tombait brusquement. Elle accompagna la guerre dans sa chute. Les
étoiles s'allumèrent une à une et éclairèrent les larmes des
Étons. Les gémissements des familles éplorées foraient les
cases. Nous quittâmes Sâa et prîmes la route du village.
Chrétien n° 1 et moi portions Opportune des Saintes Guinées sur une civière confectionnée à l'aide des pagnes. Nous
croisâmes des unités militaires et nous cachâmes dans des
fourrés. L'heure où les quenouilles des grands-mères transforment les humains en fables avait sonné depuis belle
lurette lorsque nous déposâmes Opportune des Saintes
Guinées devant sa case.

– Qui est là ? demanda une voix de femme sans venir.
Si vous êtes des sorciers, sachez qu'ici il n'y a personne à
manger.

– C'est moi, maman ! cria Opportune des Saintes Guinées.

Nous entendîmes un bruit de pas et la porte s'entrouvrit.
Une femme apparut tenant dans ses mains une torche à
huile.

– Seigneur ! cria-t-elle en voyant Opportune des Saintes
Guinées.

Ses yeux s'écarquillèrent d'effroi et je crus que son fichu
blanc prenait feu.

– Seigneur ! Mais qu'est-ce qu'ils t'ont fait ?

– Rien de grave par rapport aux assassinés, sourit Opportune. Et puis Chrétien était là, n'est-ce pas ?

Et nous voilà largués, un peu comme ces entremetteurs

dont le rôle consiste uniquement à faire se rencontrer les gens. Déjà, elle entraînait sa fille vers l'intérieur en pestant et nous restâmes en arrière-plan comme un paysage. Elle l'allongea sur une natte et entreprit de soigner ses blessures. Il n'y avait plus rien à faire.

Nous reprîmes notre route. Un hibou chanta quelque part. Je marchais aux côtés de Chrétien n° 1, silencieuse. Je sentais sous mes pas comme un espace nouveau dont la présence exerçait une pression qui me soulevait à telle enseigne que j'avais l'impression d'être plus légère.

– Je l'aime, me dit simplement Chrétien n° 1. Je l'épouserai.

Un vent se leva et se mit à souffler dans les manguiers. J'étais si bouleversée, épuisée aussi, que je n'avais plus la hardiesse de le contredire. Je rôdaillais quelques secondes dans les impossibles – « C'est pas une femme pour toi. – Tu ne peux pas l'aimer puisque je t'aime. » – que j'aurais pu lui opposer mais j'abandonnai l'idée. J'avais déjà beaucoup trop lutté : cette bataille, je n'avais plus la force de la livrer.

– Bonne nuit, me dit-il.

Je demeurai sans bouger, à regarder les étoiles grosses comme un plat, et quand des moustiques vinrent bourdonner autour de mes jambes, je repris mon chemin.

Je pénétrai dans notre concession. Une lumière filtrait par les fissures des fenêtres de la demeure de papa. Il ne dormait pas et j'en conclus que j'étais la cause de son insomnie. Sans prendre le temps d'une respiration, j'entrai et je fus si effarée par la scène sous mes yeux que je fixai le sol.

Papa était assis en tailleur, un fusil dans la main droite, en position de tir. En face de lui, le *Kommandant* n° 3. Ses poings et ses pieds étaient liés. Du sang dégoulinait de sa tête et plaquait ses cheveux blonds. Il était si maigre que j'eus l'impression d'une chimère posée là, près de ce mur de terre humide. Plus loin, se tenait Michel Ange de Montparnasse, en culotte courte, bras croisés.

— Entre Édène, me dit papa sans se retourner.

— Qu'est-ce qu'il fout là, lui ? demandai-je.

— Il expérimente l'effet que cela fait de mourir, répondit papa en souriant.

— En l'absence des forces supérieures de la République française, intervint Michel Ange de Montparnasse, je suis son représentant légal. Ce Boche doit être livré au tribunal militaire de ma nation.

— Il est sur ma terre et c'est moi qui commande, dit papa.

— Le gouvernement français enverra ses forces rétablir l'ordre, dès demain.

— Ça, c'est votre problème. Cet homme a fait assassiner des habitants de mon village. Et je l'ai arrêté à ce titre et pour ces faits, je le condamne à mort.

— C'est un crime.

— Vos juges lui offriront peut-être des fleurs ? se moqua papa. Mon cher ami, un mort est un mort, quel que soit le procédé utilisé pour atteindre ce but.

— Si je puis me permettre, dit le condamné, et ses yeux mi-clos passèrent de papa à Michel Ange, j'ai été arrêté par le chef Assanga. C'est à lui de décider de mon sort.

— A quoi jouez-vous ? demanda Michel Ange, furieux.

— Au moins je mourrai en sachant pourquoi, dit le Boche. Je n'ai personnellement rien fait aux Français. J'ignore totalement de quoi il retourne. J'ai droit à une dernière volonté, n'est-ce pas ? Et c'est ma dernière volonté.

Michel Ange de Montparnasse observa le condamné

comme on observe une plante rare dans l'herbier. Ses yeux devinrent durs. Il écrasa sa cigarette et quitta la pièce. Nous restâmes silencieux. La lampe-tempête jetait des flammèches bleutées sur les cheveux d'Assanga, puis brusquement il se pencha en avant et dit au condamné :

— Reprenons notre conversation là où elle était restée.

Ses doigts tremblèrent sur la détente puis sa voix s'éleva, sèche et froide comme celle d'un inquisiteur :

— Selon toi, l'erreur de notre peuple est que nous aurions mieux fait de ne pas nous adapter à l'autre, mais de rester distants ?

— Oui, dit le condamné d'une voix hachée en regardant papa dans les yeux. Vos peuples, si vous me le permettez, ont le grand défaut d'ouvrir les bras au premier fou venu. D'emblée, ils se montrent compréhensifs, bienveillants... C'est la meilleure façon de se faire dominer.

— Nous aurions dû vous tuer tout de suite, donc ?

— Parfaitement. Mais je sais que ça serait trop vous demander. L'affectif chez le Nègre est d'ordre pathologique et je ne crois pas qu'on puisse arrêter par décret ce mécanisme émotionnel ancré chez lui.

Un vent imaginaire passa et papa grelotta. Ses lèvres tremblaient lorsqu'il dit :

— Je vais rattraper le temps perdu. Je vous tuerai moi-même.

Puis il rit à gorge déployée comme s'il venait de dire : « Bonne nouvelle ! on vient de décréter la paix dans le monde ! »

— J'en suis heureux, dit le condamné. Il ajouta : Au moins ma mort servira à vous empêcher de tomber la tête la première dans votre propre amertume.

Cet homme parlait avec la conscience de quelqu'un qui n'avait plus d'espoir. J'expérimentais pour la première fois quelque chose qui dépassait mon entendement sans que pour autant une porte de sortie s'ouvrît à mon indignation. Je leur souhaitai bonne nuit ou bonne mort et m'éclipsai.

Il était cinq heures du matin lorsqu'un bruit étrange me sortit de mon sommeil. Lentement, presque en hésitant, je me penchai vers la fenêtre. Dans la nuit grise, deux points noirs marquaient la courbe du manguier, là dans notre concession. Je reconnus la silhouette de papa et il me fallut une seconde supplémentaire pour définir l'autre : c'était le condamné, le *Kommandant* n° 3. Papa lui tendit un baluchon et chuchota quelque chose. L'instant d'après, l'Allemand traversa notre cour, bifurqua à droite, puis à gauche. Il se retourna plusieurs fois, regarda derrière lui comme une bête traquée.

Je ne pouvais rien dire, plus respirer, car ici, il n'y avait plus d'air. Cette ambivalence fondamentale des rapports entre le colonisateur et le colonisé, ces paroxysmes de tendresse et de haine, d'amour et de cruauté m'entravèrent longtemps. Je me suis souvent demandé si ceux qui écrivent leur vie dans les livres font comme moi qui vous raconte cette histoire, à savoir qu'ils glissent sur certains événements, en développent d'autres, gomment les outrages les plus insupportables, jusqu'à ce que l'ordre émerge de l'ambiguïté et qu'un récit fait avec discernement pare et modèle l'irrésolu, transforme l'incohérent et l'informe pour lui donner une continuité plastique.

Voilà pourquoi je ne saurais vous dire précisément ce que je ressentis.

Dixième veillée

Ce que le soleil a vu...
Les hommes finissent par en prendre connaissance.

Je suis contente que vous soyez là ce soir, à m'écouter. Si votre regard est cartésien, vous considérerez toujours que j'affabule, qu'il ne s'est rien passé à Issogo. Rien ne s'est réellement brisé, rien ne manque. La plupart de ceux de mon âge sont morts, il y a de cela un certain nombre de saisons et on les a enterrés, point à la ligne. On y parle toujours la même langue ; nos animaux sont potelés et les arbres dans nos forêts ont la vigueur des premiers soleils. Pourtant, il s'en est passé des choses pour ceux qui ont quatre yeux pour voir au-delà du réel ! Par exemple, en ce moment, nous ne sommes pas seuls. Tenez, à ma gauche est assis Assanga Djuli. Il est vêtu de son éternel boubou bleu, Biloa est lovée entre ses bras. Maman n'a pas changé. Sa souffrance palpite dans ses cheveux et gémit entre les feuillages. Certains matins, lorsque la beauté secrète du village se dévoile, que les maisons et les arbres acquièrent une pureté trop réelle, que la lumière et l'obscurité s'affrontent sans se mêler, dessinant des taches d'ombre et de clarté éblouissantes, alors, méfiez-vous de vos sens, prenez garde à vos émotions car les esprits prennent forme humaine et se mêlent aux vivants. Vous pouvez les voir se promener le long des ruelles, s'embrasser sur les doigts des étoiles, rieurs et farceurs, beaux comme les hommes de la première création.

Mon frère Gatama était de ces beautés qui trompent hommes et femmes sur la nature de leur désir : « On dirait une femme », murmuraient les hommes en serrant leurs cuisses l'une contre l'autre pour évacuer leurs démons. « Il a l'innocence d'un bébé ! » soupiraient les femmes, et elles sentaient leurs seins se gonfler de lait. Trois jeunes filles avaient tenté de l'entraîner dans les temps de l'amour. La première, Okala, avait des petits pieds, des mains tout aussi petites. Trois jours plus tard, on retrouva son corps pendu à un arbre. Ses yeux sortaient de leurs orbites, sa langue était tirée jusque derrière sa nuque. Ses parents la décrochèrent et jetèrent son corps aux lions sans pleurer : il était interdit de se donner la mort. La seconde, mademoiselle Ottou, disparut du village. Trois semaines plus tard, son cadavre flottait sur la Sanaga. Sa peau était comme du papier mouillé et son ventre explosa, dégageant une puanteur à chasser les mouches. On l'enterra à la hâte. La troisième, mademoiselle Ombala, piqua une crise de folie et alla s'installer chez les truies, là-bas dans les collines, et répéta jusqu'à ce que mort s'ensuive : « Je ne veux rien avoir à faire avec un homme mamiwater ! »

Le génie de l'eau était-il responsable de ces meurtres

passionnels ? A l'époque, nous n'avions pas une police capable de dénouer la vérité du nœud inextricable qui enserrait le réel et l'irréel. Nous ne possédions pas d'appareils capables de filmer un événement et de vous le restituer dans son intégralité. Notre réalité se situait entre songe et veille, entre dédoublement de soi et une matérialité aussi palpable que l'eau des pluies qui nourrissaient nos terres.

Ce qui est certain, c'est que Gatama était aussi beau que timide. Il était le dernier fils de mon père et marchait à petits pas horriblement courts. Jamais il ne changeait un objet de place, comme si les choses de ce monde ne le concernaient pas. Il fuyait les parties de chasse : « C'est sauvage de manger de la viande ! » grommelait-il. Jamais de notre courte existence, je ne l'entendis émettre une pensée qui aurait pu modifier un cours d'eau. Il n'allait pas en profitance des femmes. Il n'avait jamais jeté notre nom dans le panier de la honte, comme ces Nègres qui éparpillent des enfants tels des grains de sable. Il partait en félicité en sculptant des petits morceaux de bois très finement parce que les dieux lui avaient donné trois mains, dont l'une était invisible. C'était la fierté de mes parents. Il apparaissait et maman se transformait en abeille et fabriquait du miel : « T'as bien dormi mon soleil ! » Ou encore : « Quand est-ce que mon étoile me présente ma future belle-fille ? » Gatama baissait les yeux comme si attrait sexuel, passion, séduction, coquetteries érotiques n'étaient qu'un encombrement inutile. Maman, sans se décourager, lui parlait de la femme idéale si rare qu'elle règne comme une lune sur le monde, discrètement. Gatama l'abandon-

nait à ses parlotes phantasmagoriques et récupérait les figu-
rines qu'il sculptait.

Un matin où la perception des choses était si différente
que nous ne pouvions enregistrer que les lisières de secrets compliqués, un cri strident déchira l'air et éventra
la terre :

— Gatama a disparu !

Je dormais d'un sommeil lourd de montagne et n'ouvris
les yeux que lorsque maman tira mes tresses et me secoua
jusqu'à ce que je tombe sur le sol de terre battue.

— Qu'est-ce que tu racontes ?

— Tu oses dormir alors que Gatama a disparu !

— Il est peut-être allé pisser, dis-je.

— Depuis minuit, tu crois ?

— Peut-être bien qu'il y a une femme là-dessous, suggé-
rai-je.

— Il ne se préoccupe pas de ces choses-là... et tu le sais !

Agacée, elle sortit de la chambre, le cerveau en pertur-
bation douloureuse. Je m'habillai hâtivement parce qu'il
fallait démontrer que je me souciais de mon frère. « Où
peut-il bien être ? » me demandai-je en enfilant mes sandales. Je savais que quelque chose de grave avait dû arriver,
j'ignorais quoi. Gatama n'avait pas assez de légèreté pour
courir la forêt comme une déraison.

Je sortis dans la cour. Un groupe de souris dansaient en
se tenant par la queue. Des esprits jouaient à cache-cache
entre les arbres et nimbaient la vie d'un halo de lumière.
Certains se transformaient en bananiers immenses,
ondoyaient dans le vent, éclataient de rire, puis disparaissaient. D'autres faisaient surgir leurs visages à même
l'écorce, riaient puis se dissipaient. L'un d'eux, au visage

entouré de lauriers-roses, me fit signe de le suivre. Je le chassai d'un geste de la main. « Nous ne sommes pas du même monde ! » lui criai-je. Il s'étira, toucha le ciel et cracha une pluie de feu. « T'es pas gentille avec moi, méchante ! » Puis, il disparut en gémissant. Je fis remonter mon esprit jusqu'à un centre où il pût se situer dans un environnement reconnaissable. Je vis ma famille qui quittait notre concession. Papa ouvrait la procession et le pli de son front donnait à son visage une expression de sérieux. Mes frères posaient leurs pas dans ses traces et leurs lances étonnaient le soleil. Derrière eux, ma mère claudiquait et gémissait : « Où es-tu allé te fourvoyer, fils adoré ? » Papa s'arrêta et la regarda avec des yeux d'une méchanceté plus brûlante qu'un baiser de méduse : « Cesse d'attirer l'attention des mauvais esprits sur nous ! » gronda-t-il. Maman essuya ses larmes avec le dos de sa main et cessa de pleurer. Au loin des hommes allaient aux champs, leur houe suspendue sur leur épaule, mais personne n'avait vu Gatama. Des fillettes puisaient l'eau et le poids du seau était tel qu'elles en renversaient le contenu à chaque pas. Elles ne savaient pas où se trouvait Gatama. Des jeunes garçons trayaient des chèvres, ils n'avaient pas encore vu âme qui vive. Des femmes sarclaient leurs carrés de choux et personne n'avait entr'aperçu une silhouette qu'elles eussent pu imaginer être celle de Gatama. Nous parcourûmes les chemins, marchâmes dans des forêts qui cessèrent d'être des forêts pour se transformer en des villages grouillants de vie. « Ne vous arrêtez pas ! ordonna papa. Ne parlez à personne, car ce ne sont pas des humains. » Des esprits verts jaillissaient des feuillages et nous brouillaient les pistes à tel point que nous tournions en rond. Des oiseaux s'engueulaient

comme des humains : « C'est mon nid ici », mais aussi :
« Ce sont mes oiselets ! » Papa coupa de l'écorce d'akoumé
qu'il nous donna à manger, afin de tromper les esprits sur
notre nature terrestre. Ils finirent par abandonner ce jeu
stupide et nous continuâmes nos recherches dans cette forêt
compliquée : « Gatama où es-tu ? » Au fil au fil, les rides
sur le front de papa se creusaient et devenaient des ravins.
Ses joues et ses lèvres avaient perdu leur calme. La moitié
de son visage tremblait de découragement tandis que l'autre
était lisse, presque luisante d'espoir. Quand nous arrivâmes
au bord de la rivière, que nous vîmes les sandales et les
vêtements de Gatama rangés près de l'eau, maman se sentit
si oppressée qu'elle demanda :

— Est-ce que ça pourrait être un animal ?

— Non, dit papa en les ramassant, il y aurait eu du sang
partout.

— Alors, quoi ?

— C'est le soir où se croise la vérité, répliqua papa, mys-
térieux.

Nous prîmes le chemin du retour par un sentier sablon-
neux qui menait à une clairière. Des lapins couraient
devant nous et couinaient. Derrière nous des choses étaient
cachées dans la terre. A un carrefour qui conduisait d'un
côté vers la rivière, de l'autre vers le village, papa nous
demanda de l'attendre. Il disparut et revint quelques minutes plus tard chargé de lianes vertes et d'œufs d'oiseaux. Je
ne m'interrogeais pas sur ce qu'il allait en faire et un seul
nuage bas s'accrochait à la crête de la colline devant nous.
Les toits de nos cases apparurent. Les linges s'enflaient sur
les cordes avec le bruit sourd du tonnerre. Des vieilles
femmes solitaires, courbées sur l'âge et le deuil éternel,

nous interpellaient : « Vous l'avez retrouvé ? » Maman ritualisait sa souffrance. « Il m'a abandonnée ! » gémissait-elle. Au fil au fil, sa voix incitait nos concitoyens à abandonner leurs travaux. Ils arrivèrent chez nous, s'arrêtèrent entre le manguier et la véranda. Ils confrontèrent leurs craintes au sujet de Gatama, débattirent en anthropologues, en conteurs, en logiciens fous.

— Il y a une histoire de femme de mauvaise vie là-dessous, dirent-ils.

Au même moment, la lune se leva près du soleil derrière la colline. Tous étaient d'accord sur ce qui s'était passé : mon frère était victime de l'éclatement d'un désir violent. Il n'était plus maître de ses réactions. Monsieur Fokam, un marchand ambulant, raconta qu'il avait connu chez les gens du Nord un jeune homme qui avait égorgé ses parents comme des vulgaires moutons pour vivre sa passion.

— Il va revenir vers moi, disait maman, rétive.

— Personne ne peut oublier sa maman, la rassurait-on. C'est mauvais signe qu'un joli garçon n'ait même pas une génisse avec qui...

— La chose lui est montée à la tête comme du chanvre, ricana une femme étroite aux mains tachées de son.

— Sexe affamé n'a point de discernement, susurra une autre.

Mais comme tous avaient leur besogne qui réclamait d'être faite et qu'il n'y avait pas d'autres mots consolateurs, ils disparurent sans se faire remarquer de notre famille. J'aidai maman et, toute la journée, elle travailla comme une somnambule. Elle trouva même le moyen de sarcler son manioc. De temps en temps, elle s'arrêtait et restait parfaitement immobile. Puis, son visage tressaillait :

— Il va revenir vers moi, répétait-elle dans un refus défi-
nitif de notre réalité fondamentale. Il va revenir vers moi.

Mais quand la lumière du ciel déclina, maman éclata
en sanglots. Elle pleura tant que ses joues se recouvrirent
d'une croûte de sel. Une étoile apparut dans le ciel et
un chat miaula de douleur. Papa sortit une cuisse de
sanglier fumée. Il convia toute la famille dans sa case.
La nuit tomba. On alluma la lampe-tempête et des papillons de nuit vinrent s'y frotter tandis qu'on faisait cercle
autour du cuissot. Nous avalions des tranches entières
dans un craquement de mandibules, tels des loups parce
qu'il était nécessaire de satisfaire ce qu'il y avait d'animal
en nous. Pour endiguer notre tristesse, nous devînmes
organiques, circuits sanguins, digestions. Nous engloutis-
sions l'amertume de l'histoire qui nous entourait jusqu'à
ce qu'il n'en reste plus rien que nos cases, nos ruelles et
ces verts de bois partout. Papa rota bruyamment et un
vent fort se leva. Il parcourut le village en heurtant les
choses. Il les agita ou les emporta, les révélant comme
éphémères et sujettes à la folie. Une voix s'éleva dans les
airs avec la mystérieuse douceur d'un aperçu grave de
l'autre monde :

Ô dieux, voici venu le vent,
qui fait pousser les fleurs sur l'aile du papillon
habille la terre du rose-jaune de l'amour
Ô dieux ! voici venu le vent,
poussière de l'histoire, dissipe les mirages
et retiens le sens des temps.

Une clochette lointaine résonna comme un appel à la prière. Le vent souffla plus violemment et je sentis la présence muette des forces invisibles.

— Donnons-nous la main, ordonna papa. Et quoi qu'il se passe, ne nous lâchons pas.

Nous achevions à peine de former un enclos de nos bras que la porte de notre demeure s'ouvrit avec une grande violence. Le vent envoya ses rafales et souleva nos pagnes à tel point que le boubou de papa ressemblait à un immense voilier. Une femme qu'on ne connaissait pas apparut. Elle ne semblait pas pressée et examina minutieusement les étagères où trois poules dormaient, le long banc au fond où papa recevait ses invités, puis demanda :

— Suis-je chez Assanga Djuli ?

Elle zézayait très fortement, ce qui rendait son débit lent, presque solennel.

— Oui, dit papa sans se retourner.

Elle n'avait pas de cheveux. Elle dépassait de trois têtes tous les êtres humains que je connaissais. Elle portait attaché à l'épaule gauche un pagne pourpre. Sa peau couleur de banane mûre était si propre qu'elle semblait sortir d'une légende.

— Alors, tout est en ordre, dit-elle. J'ai soif.

— Il n'y a plus d'eau ici, répliqua papa, parce qu'il savait qu'il s'agissait d'un mauvais esprit avec qui il convenait de ne point tisser de liens.

— J'accepterai bien du lait.

— Il y a longtemps que nos bêtes ne produisent plus.

— J'aime le vin de palme.

— Je n'en bois jamais, dit papa.

— Je viens de si loin. Je suis fatiguée.

177

— Vous venez d'où ?

— Ça n'a pas de nom.

— Ce qui n'a pas de nom n'existe pas !

— Pourtant, je suis de la famille !

— Je n'ai rien à voir avec vous.

Elle s'avança et je m'aperçus que lorsqu'elle marchait ses pieds ne touchaient pas le sol. Ses yeux avaient l'éclat du verre. D'un bond de poisson, elle se posta au milieu du cercle que nous formions et éclata de rire. C'était un rire saccadé, qui se nourrissait de lui-même et se muait en un halètement rauque, comme nous n'en entendons qu'une fois dans notre existence.

— Que c'est drôle ! dit-elle sans cesser de rire. Je suis l'épouse de Gatama et tu prétends ne pas me reconnaître. Menteur !

Je sentis mes cheveux se dresser sur ma tête. Maman trembla et des grosses gouttes de sueur perlèrent du front de mes frères. Douze abeilles noires et luisantes se mirent à danser autour de nous, agressives.

— Je ne me souviens pas t'avoir achetée, dit papa.

— Moi, si. Je l'ai acheté.

— A qui l'as-tu acheté, menteuse ?

— Et tes pouvoirs ? D'où crois-tu qu'ils te viennent ?

— J'ai toujours su d'où je venais et où j'allais, dit papa. Tu n'as jamais fait partie de notre chemin.

— Tu oses me défier ? demanda-t-elle, et deux jets d'eau jaillirent de ses pupilles et trouèrent la terre.

La lampe-tempête s'éteignit brusquement et une sueur froide coula le long de mes vertèbres. Des milliers de souris grises surgirent de la terre battue. Elles couinaient, grim-

178

paient le long de nos cous, nous mordillaient les oreilles. C'était effroyable à voir et à sentir.

– Tu n'existes pas ! cria papa.

Les souris disparurent et notre case se peupla d'un souvenir de lumière. Elle était trop dense, trop concentrée pour rendre compte immédiatement des choses et portait en elle-même son histoire. C'était une lumière filtrée par la poussière du temps.

La femme regarda autour d'elle effrayée comme un chaton pris au piège. Elle tenta de sortir de notre cercle mais tomba sur le sol comme giflée par une tornade.

– Que cherches-tu à faire, malheureux ?

– Tu resteras notre prisonnière tant que tu ne m'auras pas rendu mon fils, rétorqua papa en envoyant un jet de salive dans la poussière.

– Comment oses-tu, pauvre mortel, me défier ? Sais-tu qui je suis ?

Des gerbes d'eau perlaient à ses cheveux et inondaient la pièce. Des poissons-chats sortaient de sa bouche pendant qu'elle parlait et glissaient autour de nous.

– T'es rien d'autre qu'une petite prostituée qui se fait appeler mamiwater et qui tente de pervertir d'innocents garçons.

Un tambour résonna dans le lointain. Quelqu'un entonna un chant triste qui fut repris aussitôt par un chœur. C'étaient les intonations de Gazolo. Hommes, femmes et enfants sortirent de leurs cases, tenant des torches d'une main et des gousses d'ail de l'autre. Le vent soufflait plus fort, brisant la tête des arbres. Des hiboux s'envolaient, apeurés. Les esprits de nos aïeux bousculaient des chats et ceux-ci se recroquevillaient dans les gouttières. Les villageois chantaient et s'avançaient en procession vers notre demeure. Des lutins verts ouvraient la marche et dansaient. Dès qu'ils furent devant notre porte, nous nous lâchâmes. Papa se leva dans un ample geste de son boubou, se tourna vers la mamiwater et s'exprima comme au théâtre :

— Tu peux t'en aller, maintenant.

Elle flotta vers la porte et recula en hurlant, se cachant le visage avec son pagne : « Vous n'avez pas le droit de me faire ça ! Je déteste l'ail et le feu ! » Elle se mit à tournoyer sur elle-même comme une folle : « Laissez-moi sortir, sup-plia-t-elle. Je n'ai rien à voir avec vous ! » Son visage se craquela tel un mur qu'on démolit. « Pitié ! » Elle se laissa tomber sur le sol et murmura :

— Pitié.

Mes compatriotes entrèrent et s'assirent en tailleur à même le sol. Leurs figures luisaient à la lueur des torches telles des flammèches bleues. Leurs nez palpitaient. Leurs bouches battaient sans qu'un son en sortît. Nous connais-sions des histoires de mamiwater, ces esprits de l'eau qui séduisaient les pêcheurs et les entraînaient dans les profon-deurs marines. Mais en rencontrer une de chair était un miracle si miraculeux qu'il fallut qu'elle s'explique.

La mamiwater commença son récit et nous n'en crûmes pas nos oreilles.

— Toute ma vie, je m'étais préparée à cela, sans le savoir. Je l'ignorais jusqu'au moment où je suis entrée ici. Savez-vous ce que j'ai laissé derrière moi ? Le bleu du monde, les couleurs pour peindre, du sel, de la coriandre, de la lavande et des vêtements aux couleurs de bougainvilliers. Vous voyez l'immensité du sacrifice que j'ai fait en venant dans ce village ? J'apportais la paix entre nos deux mondes. Dans ma bouche, des mots et des gestes de tendresse. Ma plus grande surprise est d'être en cet instant votre prisonnière. Je crois que vous ne connaissez plus rien de vos traditions, est-ce que je me trompe ? Si le croissant de lune forme une tasse, doit-on attendre la sécheresse ou la pluie ? Comment fait-on pour marcher sur les mers ? Lorsque l'on chante le visage tourné à l'est d'une rivière, doit-on s'attendre à voir surgir un mamiwater mâle ou femelle ?

Un long silence se fit. Un troupeau d'oies blanches se joignit à nous et la foule s'impatienta :

– Nous voulons des faits ! scanda-t-elle. Qu'as-tu fait de Gatama ? Montre-nous son visage et dis-nous ce qui s'est passé entre vous !

– Je vis parmi vous depuis des millénaires et vous ignorez ce qui s'est passé entre nous ?

– Tu expliques tout, menaça papa, sinon je jette de l'ail entre tes jambes.

– Ton fils est un vagabond, dit-elle. Son esprit est toujours ailleurs à rechercher l'infiniment petit, et ça tu le savais. T'aurais pu l'empêcher de venir dans notre monde. Pourquoi ne l'as-tu pas fait ? Parce que t'avais peur ? Parce que tu ne voulais pas reconnaître qu'un pacte liait ta famille aux génies des eaux ? T'es-tu jamais posé la question de comment a été conçu Gatama ? Quand tu abandonnais sa mère pour rejoindre ta seconde épouse, pensais-tu qu'elle n'avait aucun désir ?

– Toi et tous les tiens, vous n'êtes que des monstres !

– Que non ! Nous avons trouvé une solution pour combler la solitude de ta femme. Voilà pourquoi un des nôtres l'a possédée durant ces années.

– Salope !

– Elle y prenait du plaisir. Il l'a baisée de toutes les manières possibles en lui récitant les quatre-vingt-dix-neuf perversités.

– Menteuse !

– C'est ton orgueil et ton sens du destin personnel qui t'ont perdu, Assanga Djuli. Tu ne peux t'en prendre qu'à toi-même.

– J'aime ma femme et mon fils.

– Fais le calcul du nombre d'heures que tu leur as consacrées dans ta minable vie, ensuite on avisera.

Papa et la mamiwater se disputèrent comme un vieux couple. Ils vibraient de méchanceté et de mesquinerie. Leur engueulade semblait avoir une vie intérieure, distincte des problèmes soulevés : « Je croyais que ce n'était qu'un rêve ! gémissait maman. Jamais je n'aurais accepté qu'un autre homme me touche ! » Elle tentait de justifier son infidélité avec cet esprit des eaux qui apparaissait dans son sommeil. Le plus fabuleux, c'est qu'au cours de cette dispute, une autre dimension de Gatama nous apparut, se superposa et se confondit à celle, terrestre, que nous connaissions. Elle se composait de profondeurs érotiques, de festins aux vins fins, de câlins plus brûlants que les doigts du soleil et qui nous plongeaient dans une transe passionnelle... « Je suis célibataire, libre de tout engagement, cria une vieille en jetant des œillades horriblement aphrodisiaques aux étoiles. S'il y a un célibataire chez vous là-bas... » Nos pieds grattèrent la terre à l'unisson : n'eût été le prix à payer, trop élevé somme toute, nous aurions déserté le village pour ces contrées des eaux.

– Ton monde n'est qu'hypnose !

– T'es qu'un borné, Assanga Djuli, dit la mamiwater.

J'aurais dû me douter que cette rencontre ne servirait à rien. Laisse-moi m'en aller avant le lever du jour.

— Pas tant que mon fils ne sera pas revenu.

— Il est des nôtres !

— Dans ce cas, débrouille-toi toute seule, la nargua papa. Faut que j'aille me reposer les vertèbres. Je suis fatigué.

Mes compatriotes brandirent leurs torches et nous souhaitèrent une bonne nuit.

— T'es sûr que tu t'en sortiras seul ? murmura Gazolo à l'oreille de papa.

Je dénombrai dans le regard de papa cinquante nuances de gris, comme autant de tours de passe-passe :

— T'as bien mis des feuilles de manioc autour de la maison pour l'empêcher de partir ?

— Oui.

— Dans ce cas, il n'y a rien à craindre.

Mes compatriotes s'éloignèrent, silencieux, parce que ce qu'ils venaient de vivre, ce n'était pas le paludisme local, le choléra permanent ou la fièvre jaune des forêts. Non... Cette histoire relevait de la nature capricieuse des forces mystérieuses qui pouvaient frapper selon des règles ignorées des hommes. Personne n'était à l'abri de ces malheurs, alors on ne commenta pas l'événement.

Pendant trois jours et trois nuits, nous couvâmes ce drame et nos gestes le reniaient. Assis sur le pas des portes, des vieillards pipaient ; des maniocs séchaient sur des nattes dans la cour que des poules s'acharnaient à picorer. Nos enfants chassaient les volatiles ou leur brisaient les pattes avant de les envoyer choir dans la poussière dans un bruissement d'ailes. Nous ne parlions pas de la mamiwater comme si certaines cellules de notre cerveau avaient perdu le contact avec d'autres. Était-ce dû à l'odeur entêtante de la bière de maïs ? Était-ce dû à celle des bougainvilliers à fleurs rouges ? Non. Nous choisissions de l'oublier, point à la ligne. Nous échafaudions un contre-système d'oubli parce que la compréhension de ces forces occultes dépassait notre entendement. Et cela était facile, immergés comme nous l'étions dans l'immense peinture populaire des choses, des vêtements colorés, des cris stridents, des calebasses multicolores et des visages aux cent nuances de noir. Michel Ange de Montparnasse pourrait vous le confirmer, il ne semblait y avoir aucune anomalie dans notre village. De temps à autre, nos regards convergeaient vers la case de papa : « Si Assanga n'a pas réussi dans trois jours, murmurait Gazolo, je m'occuperai moi-même de ce monstre ! » En concert, nous poussions un large soupir. Mais, durant ces jours, on fêta six naissances. Plus tard, Michel Ange de Montparnasse témoignera, je cite : « Ils sont gentils, ces Nègres ! J'ai vécu avec eux pendant plusieurs années. Par moments j'oubliais que j'étais un Européen. Jamais un mot déplacé à mon encontre ! Je me suis promené dans leurs rues, à pied, sans qu'il me soit arrivé quoi que ce soit ! »

Il ne signala rien d'anormal pendant cet épisode parce que nous vivions dans des logiques différentes : la logique occidentale et la logique africaine. Elles cohabitaient sans se rencontrer, refermées étrangement sur elles-mêmes. Pour qu'il vécût cet extraordinaire événement, il eût fallu qu'il abandonnât un peu de son savoir, un bout des mathématiques, un morceau de sa langue, des bribes de ses lois physiques.

Pourtant, la mamiwater était dans la maison de mon père, recroquevillée sur une natte. Elle refusait toute nourriture mais n'avait pas l'air malheureuse. Elle s'endormait et ronflait. Quelquefois, elle s'éveillait et s'engueulait avec mon père. Elle le traitait de « sans couilles ! » Il se fâchait, la qualifiait de prostituée des eaux. Ils se battaient aussi et, aux cris qu'ils poussaient, nous nous précipitions chez papa et des chèvres qui broutaient s'enfuyaient à notre passage.

– Qu'est-ce qui se passe ? interrogeait Michel Ange de Montparnasse lorsqu'il nous voyait courir, hagards, le souffle court, perdant des kilos de sueur dans la poussière que soulevaient nos pas.

– C'est la femme mamiwater. Elle est en train de se battre avec le chef !

– Une sirène qui se bat avec le chef ? demandait-il en riant à gorge déployée. Il ramassait sa personne et courait à notre suite. En voilà de belles pages de littérature !

Nous nous attroupions silencieusement, dans le soleil brûlant et dans la poussière, et la case de mon père devenait une pause historique, un château fort hanté par des fantômes. D'énormes chats noirs festoyaient sur son toit en miaulant. Là dans ses sous-sols, papa frappait la mamiwater avec une enclume et nous entendions le bruit intolérable de l'instrument lorsqu'il fracassait son crâne. Des chauves-souris paniquaient et allaient se briser les ailes dans les étoiles. Papa devenait hystérique. Il explosait la tête de la mamiwater puis raclait sa cervelle avec un râteau. Nous la regardions sans un mot lorsqu'elle essayait de se relever en traînant ses jambes. Nous ne commentions pas la manière dont sa chair perdait tout éclat ou vigueur, dont ses fonctions organiques cessaient progressivement de vivre. Ou l'absence de sang, ce sang sacré qui ne coulait pas de ses blessures. Ou comment dans un bruit de ferraille ses organes reprenaient formes et fonctions originelles. Nous la regardions éclater de rire au nez de papa parce que nous savions qu'un maillon nous manquerait toujours dans la compréhension des mystères de ce monde.

— Où est donc cette femme-sirène que vous voyez et que je ne vois pas ? interrogeait Michel Ange de Montparnasse. D'ailleurs, où est le chef ?

— Là, là, disions-nous en lui indiquant les lutteurs épuisés.

Il posait une main en visière sur son front et ses yeux bleus fouillaient dans la semi-obscurité de la case de papa :

— Je ne vois rien.

Il marchait sur les pieds de la mamiwater qui, dans un mouvement de rage, lui ôtait sa culotte. « Il y a une oie blanche qui se promène, nous criait-il. C'est elle la mamiwater ? » En voyant ses fesses rouges dans la semi-pénombre, son sexe ballant entre ses cuisses, nous éclations de rire. Il passait devant papa sans le voir. « A moins que le chef se soit transformé en poule, il n'y a qu'une poule endormie sur l'étagère ! » La mamiwater se transformait en chat et pissait sur sa tête. Nous en riions tant que nous nous tenions les côtes.

— Quel besoin avez-vous de raconter des bobards ? demandait Michel Ange de Montparnasse, furieux.

Des gouttelettes de pisse de chat dégoulinaient de ses cheveux blonds et se répandaient sur le sol.

— Et ça vous fait rire ? Vous ne grandirez donc jamais !

Nous haussions les épaules parce que tant qu'il serait nécessaire à l'homme de s'asseoir sur des latrines pour chier, il ne saurait avoir la prétention de dominer l'univers et par extension la connaissance. Michel Ange de Montparnasse s'en retournait à ses travaux, émerveillé en fin de compte par l'extrême naïveté nègre. Selon les limites de sa perception du monde, nous n'étions que de grands enfants qui semaient des roses dans le vent.

Le matin du quatrième jour, il fit si chaud que le village était dense, immobile presque. Des hommes vêtus de blanc pour expulser le trop de chaleur s'agglutinèrent sous un baobab. De loin, leurs visages semblaient flotter. Ils mangeaient des pistaches et lorsque les femmes passaient avec leurs paniers à linge sur la tête, que l'ombre s'appuyait sur leurs hanches, ils restaient quelques secondes perdus, puis ils reprenaient vie et fureur :

— Pousse-toi !

— J'étais là avant !

— C'est pas juste !

— Qu'est-ce qui est juste selon toi ?

— Ce que les dieux estiment bon !

— Et les dieux estiment juste que tu me prennes ma place ?

— Tout à fait !

— Alors leur justice n'est qu'une farce !

— S'ils t'entendent, ils vont lancer des malédictions contre toi.

— Les dieux ne s'occupent des humains que lorsqu'ils s'ennuient ! Peut-être qu'en ce moment ils sont en train de baiser ? Dans ce cas, ils n'ont rien à foutre de la justice des hommes !

Ils mettaient la justice en accusation, comme ils auraient pu le faire du vent, de la maladie ou de n'importe quoi d'autre. Ils recherchaient une illusion ou une ivresse capable de mettre en sommeil ce quelque chose d'obscur qui broyait leur âme lorsque l'air dégageait les fragrances des dessous féminins.

Tandis qu'ils laissaient les montagnes enfermer le temps avec leurs bavardages inutiles, au bord de la rivière, les femmes battaient la lessive. Leurs mouvements dénotaient un labeur sans fin, une violence répétée. Quand le soleil se pointa au milieu des crânes, décupla les mille et une odeurs de mangues, de sueur et de poussière, les femmes remontèrent les sentiers et séchèrent leurs linges. Ils flottèrent comme des drapeaux sur des cordes. Elles pilèrent le manioc. Elles tamisèrent de la poudre de maïs et leurs visages furent recouverts d'une fine pellicule blanche qui les fit ressembler à des esprits. Les clochettes des chèvres tintèrent au-dessus des collines et ces mêmes femmes servirent aux hommes leurs repas dans de grandes calebasses. Ils ne remercièrent pas les femmes parce qu'elles ressemblaient aux esprits. Ils se courbèrent sur leur nourriture et mangèrent avec leurs doigts. Ils se partagèrent du poisson-chat à l'étouffée accompagné de bananes pilées ; du gâteau de maïs au crocodile fumé ; des bâtons de manioc avec de la sauce ngombo aux crevettes. Ils se poissèrent les mains qu'ils léchèrent goulûment et lampèrent du vin de palme. Quand leur estomac gonfla, que leur repas remonta dans leur gosier, ils rotèrent avec fracas et siestèrent sous les arbres.

Lorsqu'ils se réveillèrent, une tempête de poussière avait envahi nos ruelles. Elle s'infiltra dans nos gorges et rendit nos paroles incomplètes. Les gens commencèrent à parler, s'arrêtèrent brusquement, toussèrent et expectorèrent. Une lumière violette se glissa dans les arbres. Des oiseaux multicolores virevoltèrent comme des foulards tournoyant au vent. Papa, qui n'avait rien mangé ni bu durant ces trois jours, explora intensément la mamiwater pour scruter son âme. Il considéra sa peau douce et un chien jaune hurla à la mort. Mais lorsque ses yeux fixèrent ses paumes sans ligne de vie, son ventre sans nombril, il exhiba un sourire de cow-boy fatigué, puis lui tourna le dos.

— Où vas-tu si vite ? lui demanda la mamiwater, inquiète.

— Je n'ai plus envie de me battre avec toi, dit papa.

— Salaud !

— J'ai déjà entendu cela.

— Idiot du monde !

— Il faut une certaine envergure pour l'être.

Il la toisa et sortit au jour. Je le vis tituber dans le soleil comme un homme ivre. Il avait encore maigri. Ses cheveux semblaient plus cotonneux et une vieille barbe mangeait ses joues. J'eus du mal à le reconnaître sous cette tempête. Il se pencha brusquement, toussa, expectora à son tour. Et, bien avant qu'il ne se laissât tomber sous le manguier, des enfants qui jouaient à chat perché dans les arbres donnèrent l'alerte : « Assanga Djuli a terrassé la mamiwater ! » Mes compatriotes tournoyèrent dans le vent et l'air semblait vieux de plusieurs siècles. Ils traversèrent notre concession et s'échelonnèrent autour de papa.

— Tu l'as eue, hein, chef ? demanda un homme aux yeux de crapaud.

— Est-ce qu'elle a déjà préparé ses bagages pour s'en aller ?

— Quand est-ce que Gatama va rentrer ?

Les questions tombaient dru et exigeaient satisfaction

immédiate. Papa sortit une noix, la broya, puis cracha le jus rougeâtre dans la poussière.

— Faut changer de tactique, dit-il, parce qu'il n'y a que la vérité qui supporte la lumière. Elle est puissante, ajouta-t-il.

La déception frissonna sur les visages. De minuscules boursouflures s'y greffèrent comme des gouttelettes d'eau. Tous fixèrent papa, haineux. On eût dit des petits cailloux noirs, avec leur chassie, leurs veines sales, qui le transperçaient. Un sourire imperceptible éclaira la figure de Gazolo parce qu'il pouvait montrer son désir de devenir chef aux yeux du monde sans qu'on l'accusât de traîtrise.

— Tu es en train de nous faire comprendre que tu as échoué ? le nargua-t-il. Combien de temps penses-tu qu'on va vivre avec ce monstre dans les parages ?

— Faut changer de stratagème, insista papa.

Il fit semblant de ne pas l'écouter.

— Où allons-nous si un chef n'arrive pas à chasser une simple mamiwater de chez nous ?

— Dans l'eau ! scandèrent mes compatriotes, énervés.

— En enfer !

— Chez Sodome et Gomorrhe !

Gazolo gonflait de désirs inavoués. Cet homme que papa avait façonné se retournait subtilement contre lui : « Le pouvoir ne se prête pas, ne se reprend pas », dit l'adage et j'en vérifiais la véracité. Gazolo entrait dans les bonnes grâces de notre peuple sans qu'on devinât derrière ses paroles la couardise et une ambition dévorante. Papa ne disait rien qui vaille, comme si ce qu'il entendait participait d'un rêve. Un vieillard sans dents prit la parole et sauva papa en s'exprimant en ces termes :

– Il y a plus de solutions dans plusieurs têtes que dans une seule. Il se gratta les testicules puis ajouta : On doit tous aider le chef.

La jalousie altéra les grosses lèvres de Gazolo tandis que tombait un déluge de propositions des plus saugrenues. Un homme proposa de crucifier la mamiwater comme le Christ ; un autre suggéra qu'on la pende par les pieds tel Judas ; un troisième avait entendu dire qu'un pieu dans le cœur l'obligerait à se désamouracher de mon frère. Les femmes les écoutaient en faisant la moue de leurs lèvres violettes, car ce que leurs cerveaux contenaient n'intéressait personne ; les enfants avaient l'air heureux de qui avait le privilège de participer aux grands desseins des petits grands de ce vaste monde. Assanga, avec la force obstinée d'un homme pourtant usé, dama la terre de ses pieds, bam.

– Rien de tout cela !

Les mouches arrêtèrent de faire frétiller leurs pattes. Les chats se cambrèrent sur les toits. Les oiseaux du ciel firent une halte. Aujourd'hui encore, je ne peux évoquer cet épisode sans frémir à la pensée de ce magnétisme que dégageait Assanga Djuli et qui obligeait les humains comme les bêtes, les végétaux comme les pierres à oublier leurs projets et à se soumettre aux siens.

– Il ne faut plus être en contact avec elle.

– Ne pas lui parler ? s'insurgea Gazolo. Mais c'est pure folie ! Comment va-t-on déceler ses secrets, lire ses codes si on ne lui parle pas ? Mais cela n'a aucun sens !

– Elle se nourrit de notre parole, de nos actes et du fait qu'on s'intéresse à elle. Il faut l'en priver. Alors seulement, elle sera obligée de se nourrir d'elle-même, donc de se détruire.

191

Papa parlait et sa voix était d'une volubilité lasse. La fatigue l'étreignait d'une véritable frénésie de phrases faites de modulations et d'arpèges. Il nous expliqua la théorie de l'inertie dans la violence qui la retournait contre la personne qui l'exerçait ; il nous parla des cités perdues où les masques accrochés aux murs faisaient s'embourber les esprits malfaisants dans les lacs. Il parla d'autres choses plus singulières encore que je ne conserve pas en mémoire, c'est pourquoi cela ne figure pas ici.

– Si ta solution ne marche pas..., menaça Gazolo.

Papa eut un triste sourire.

– Sois pas pressé de me remplacer, lui dit-il. Conduire un peuple est un lourd fardeau et une énorme responsabilité.

Parce qu'à l'époque, à vingt ans, tout homme était établi, implanté à la terre, affecté à des habitudes, aux coutumes, à un cadre de vie, à une manière de marcher, de dire et de poser un certain nombre d'actes, rien d'étonnant à ce que la foule s'éparpillât et que chacun retrouvât ses activités. Mais ce qui se passa dès le lendemain où la femme mamiwater fut mise en quarantaine était à vous exploser les vertèbres. Elle hurlait et ses cris ébranlaient les bases des maisons : « Venez jouer avec moi ! » suppliait-elle. De guerre lasse, elle nous lançait des menaces qui secouaient les racines des arbres, amassaient les nuages dans le ciel et les faisaient crever sur nos têtes. Brusquement, nos poules se mirent à pondre des œufs noirs et à tuer leurs poussins à coups de bec. Elles déchiquetaient leur portée et des coquilles noires tombaient de leurs fesses... Elles étaient vides.

– C'est la furie de la mamiwater ! criions-nous, désemparés. Elle se venge sur nos poules. Qu'allons-nous devenir si nous n'avons plus de bêtes ?

– Du calme, disait papa. Elle va finir par s'épuiser.

– Quand ?

– Qu'importe le temps ? Il ne se mesure pas.

Mais les dégâts, oui ! Les plumes des poussins voletaient dans l'air. Elles tombaient dans la soupe que nous mangions, se mêlaient au manioc, à telle enseigne que nos plats avaient l'odeur nauséabonde d'une basse-cour. Vous aviez à peine le temps de sortir du bain qu'elles se posaient sur votre cou. Nous marchions et ces œufs noirs se craquelaient sous nos pieds. Nous sentions tous si fort que personne n'osait émettre une critique du genre : « Tu pues ! » Nos chiens et nos cochons, pensant qu'il s'agissait d'un nouveau mets, mordirent dans cette chose et furent pris d'une crise de folie. Ils se mirent à se battre entre eux ou à mordre à l'aveuglette. Michel Ange de Montparnasse courait parmi nous et criait :

– C'est une épidémie de rage ! Une épidémie de rage !

Ce qu'il disait n'avait aucun sens historique, aucune signification rituelle, tant il était tourné vers l'ère de la raison, vers les explications conventionnelles et leur manipulation telles qu'elles sont généralement admises dans les civilisations occidentales. Aussi, nous fîmes la seule chose à faire : dissimuler nos bêtes. Nous peignîmes les cornes des chèvres de bleu ; les chiens eurent droit à des museaux rouges et nous recouvrîmes les poules de vert. Et c'était si féerique, ces animaux colorés qui circulaient dans les ruelles du village qu'une vieille femme ramassa un balafon et n'arrêta plus de jouer. Quant aux cochons, ces êtres voraces, capables de forniquer avec les bons comme les mauvais esprits, nous coupâmes leurs queues, les fîmes cuire et les leur donnâmes en pâtée. Ils grognaient et les mangeaient, et du sang dégoulinait de leurs blessures.

193

Il fit nuit, il fit jour et les poules cessèrent de tuer leurs poussins ; il fit jour, il fit nuit et les chiens comme les choses adoptèrent leur comportement habituel ; il fit jour et il fit nuit et la mamiwater arrêta de gémir. « C'était une épidémie de rage passagère », dit Michel Ange de Montparnasse, et nous éclatâmes de rire, parce que nous n'avions rien à voir avec sa savante puérilité. La septième nuit, un vent se mit à souffler des collines. Le ciel nocturne semblait de la grenaille éclatée venant des mondes enflammés. On prit place autour d'un grand feu de bois. Il faisait chaud et nous grelottions. Des hommes frottaient leurs mains gelées puis les tendaient aux flammes. Les visages rougeoyaient et tous fixaient papa.

— Il est l'heure, dit soudain papa en regardant une montre imaginaire à son poignet.

Il fit déshabiller six jeunes vierges. On les entoura de cauris. Leurs peaux luisaient. Elles souriaient, assez fières parce qu'elles étaient chargées de nous débarrasser de nos guirlandes de soucis.

— Vous devez rentrer dans ma case, regarder attentivement la mamiwater et me faire un compte rendu de ce qu'elle fait, dit papa.

— Il ne faut pas la toucher ni lui parler, conseilla un vieillard en chiquant.

— Vous ne devez pas prendre d'initiative personnelle, reprit papa.

— Qu'elles sont belles ! gémit Michel Ange de Montparnasse. Mais que font-elles ?

Et parce qu'il était difficile de l'entremêler dans nos rituels, nos histoires à mi-chemin entre songe et réalité, on rétorqua :

194

– Elles s'amusent !

– C'est pas sérieux ! dit Michel Ange de Montparnasse.

– Alors, quand tu rejoindras ton pays, lui dit papa, je te suggère de raconter ton passage chez nous en commençant par : « Voici l'histoire d'un peuple pas sérieux ! »

– Je ne disais pas ça en ce sens, se défendit Michel Ange de Montparnasse. Je suis désolé !

– Pas de quoi, lui dit papa. Le monde est tellement grand ! Chaque jour, on y apprend quelque chose de nouveau et c'est ça qui le rend plus grand, plus compliqué. Il est si grand que chez toi, on va à l'école non seulement pour apprendre à lire et à écrire, mais également pour apprendre comment parler, s'asseoir, manger, je me trompe ?

Un silence s'établit et des femmes lui servirent des alcools de maïs afin qu'il puisse échapper à l'arrière-plan oppressant de notre quotidien avec ses morts qui marchaient, ses esprits qui couchaient avec des vivants. Les jeunes filles s'en allèrent à la queue leu leu, créant une attraction à la fois triviale et nécessaire. Une femme souffla dans une corne et nous commençâmes des incantations.

La mamiwater était assise sur un banc lorsque les six vierges entrèrent. Elle avait triplé de volume : ses seins dégoulinaient sur son gros ventre ; le lard pendait à ses joues et son cou n'était que boursouflures ; de la chair s'affaissait sous son avant-bras comme neige qui fond ; sa peau s'était fripée telles ces vieilles personnes qui avaient vu des générations s'en aller une à une de par le monde et connu tous ses dangers. Dès qu'elle vit les jeunes filles nues, elle plissa distraitement les yeux et fit bouger ses seins comme si elle invitait les enfants de l'univers à venir téter :

– Venez donc jouer avec moi, leur proposa-t-elle.

Un jet d'eau jaillit de ses oreilles et sa tête s'allongea jusqu'à toucher le plafond : « Venez donc jouer avec moi ! » Ses bras touchèrent le sol. Bien avant qu'elle ne répétât pour la troisième fois : « Venez donc jouer avec moi ! » les jeunes filles prirent peur et jetèrent leurs calebasses sur le sol. Elles sortirent en courant et dans une extension naturelle du désespoir, elles grimpèrent aux arbres : « Au secours ! »

Papa nous intima l'ordre de ne pas bouger, de ne pas les aider : « Si vous le faites, dit-il, la mamiwater va se repaître de nos cellules. » Les filles grelottaient dans les arbres et Assanga nous enfermait dans notre logique folle. Une femme entonna un chant contre la terreur écarlate qui envahissait nos âmes. Nos voix s'élevèrent, brisant la ligne de séparation entre l'ombre et la lumière. Nous nous levâmes et nous mîmes à danser autour d'un cercle. Nos pieds frappaient le sol avec vigueur, désireux de ne pas perdre totalement le réel. Nos yeux roulaient dans leurs orbites et nos dents, figées par un étrange sourire, étincelaient. De la sueur coulait le long de nos joues. La poussière volait sous nos pas. Des animaux perturbés s'enfuyaient en aplatissant les buissons. J'ignore combien de temps dura cette fête étrange. Je dus m'assoupir car j'ouvris les yeux avec la lumière dorée de l'aube, avec le chant d'un coq et l'odeur d'un feu de bois qui brûlait quelque part. Des gens dormaient amoncelés dans la cour dans un enchevêtrement de corps. Certains ronflaient d'épuisement, la bouche ouverte ; d'autres s'étaient couvert la tête de leurs pagnes. Papa était agenouillé sous sa véranda, buste penché en avant, fesses posées sur ses talons. Devant lui, gigotait un bébé aussi jaune qu'un soleil. Il regarda le ciel où les premiers rayons du jour pointaient à l'horizon et sa voix brisa le silence :

– La mamiwater nous a laissé son enfant en gage ! hurla-t-il.

Les gens se réveillèrent en sursaut : « Qu'est-ce qui se passe ? Mais qu'est-ce qu'on fait là ? » Leurs regards stupides étaient cocasses. Ils virent l'herbe : elle était verte. Ils virent nos toits de chaume : ils étaient là où ils avaient toujours été. Ils froncèrent leurs sourcils et la mamiwater revint à leur esprit comme une sorte de réminiscence embrouillée, le souvenir sélectif d'un rêve horrible : « Ça alors ! » s'exclamèrent-ils en concert. Ils s'en allèrent pisser dans les buissons : « Assanga est un grand chef sorcier », disaient-ils tandis que l'odeur de l'urine envahissait l'air. Puis, ils crachèrent sur leur pisse afin que des mauvais esprits ne s'y désaltèrent pas et se tournèrent vers papa :

– Qu'est-ce qu'on fait de l'enfant ?

Une immense solennité emplit l'air. Là-haut, les mouvements des nuages et l'aube naissante avaient une luminescence rougeâtre qui semblait moins révélatrice des choses qu'émanant d'elles. Les maisons commençaient à luire. Nous entendions les bêlements des chèvres et, plus loin, comme étouffés, nous parvenaient les sons d'une cloche. Un corbeau tournoya dans le ciel et fondit brusquement sur un poussin. Puis, dans un bruissement d'ailes, il s'envola tenant sa proie entre son bec.

– Suivons-le, dit papa. Il nous indiquera la demeure de la mamiwater.

Le bébé éclata de rire et je vis qu'il avait six dents. On le mit dans un panier. Il riait de plus belle et son rire se confondait avec les chants des rouges-gorges. On s'enveloppa de blanc ou de vert pour ressembler aux esprits. On fit brûler du charbon dans des récipients et on y jeta de l'encens. On prit la route en file indienne et nous suivîmes le corbeau. Chacun de nos pas nous éloignait du monde visible et l'odeur de l'encens nous rendait vaseux. « Nous ne sommes qu'innocence, psalmodiait papa. L'innocence et le mal ne coexistent pas. Nous laissons grandir l'enfant en nous et en l'enfant murmure le ruisseau merveilleux. » Michel Ange de Montparnasse ne nous demanda pas ce que nous trafiquions. Il était assis sous sa véranda et se saoulait à l'alcool de maïs. Il paraissait stupéfait d'être ce qu'il était, d'être vrai et d'être là.

Nous traversions des bois, des lièvres couraient devant nous. De temps à autre, nous nous baissions pour passer sous de petits arbres. Des serpents se cachaient dans les taillis et les voix de nos esprits se joignaient à celle de papa comme des pierres broyées. Elles rebondissaient dans nos têtes, nous remuaient et nous secouaient.

Quand nous arrivâmes aux abords d'une rivière, le corbeau se posa sur la berge et regarda dans notre direction en croassant, puis à tire-d'aile, il disparut à l'horizon. Papa, d'un geste emphatique, nous demanda de nous arrêter. Un silence extraordinaire se fit et le temps se suspendit. Papa s'avança seul, dans le soleil naissant, dans la profondeur du passé des hommes, et déposa l'enfant au bord du fleuve.

Nous le regardions fascinés, tandis qu'il reculait pas à pas, et nous reculions aussi dans une irruption de mouvements désordonnés. Des bouquets d'arbres élancés se découpaient dans le ciel. Le sol commençait à pâlir de sécheresse. Soudain, l'enfant se transforma en un gigantesque serpent boa. Il se redressa sur sa queue, regarda à droite, puis à gauche et plongea dans le fleuve. Nous nous écoutâmes respirer sans cesser de marcher à reculons, trouvant une cadence à nos pas, soufflant lourdement.

Nos cases apparurent enfin à nos yeux avec leurs toits de chaume, leurs murs de boue et d'herbes séchées. Le village était rouge de chaleur et de poussière. Nous rencontrâmes deux hommes qui partaient à la recherche de quelques brebis égarées à tuer : « Il est revenu », nous dirent-ils simplement. Ceux qui n'étaient pas de la procession se précipitaient à notre rencontre : « Gatama est de retour », disaient-ils. Ils nous donnaient à boire du vin de palme ou de l'eau fraîche : « Elle l'a rendu ! » On ramassa un bâton ou un pieu n'importe quoi qui pouvait exploser les vertèbres. Papa se mit à nommer les choses par leurs noms, comme pour nous renvoyer à une errance imaginaire. Herbe poison. Ousang. Poisson-chat. Piment. Cacapoule. Hibiscus. Le sapium à sève blanche. Et la foule le suivait et riait à gorge déployée.

Gatama était assis devant la case de papa, nu comme une naissance. Une poule fouillait la terre entre ses jambes en piapiatant. Il semblait être dépossédé de lui-même par quelque brutale rupture. Son regard était flou. Il y avait dans sa posture quelque chose de relâché. Maman s'accroupit dans la cour et dit d'une voix lente :

– Maintenant que cette chose est revenue, si elle est mon fils je prie les dieux de veiller sur lui. Si elle n'est pas mon fils, je prie les dieux de veiller sur lui.

Elle éparpilla autour d'elle de l'arachide que le volatile picora.

— D'où viens-tu ? lui demanda papa, les deux mains sur les hanches.

Il évita le regard de papa.

— J'ai toujours été là.

Des colombes poussèrent des cris lancinants. Les gens levèrent leur bâton au-dessus de la tête de mon frère, menaçants :

— D'où viens-tu ?

— J'ai toujours été là, répondit mon frère.

Papa sortit un couteau au bout pointu comme une aiguille. Une femme rajusta ses sandales. La lame scintilla et capta la lumière. Il la brandit et l'enfonça dans l'œil de Gatama qui creva dans un bruit de mangue écrasée. Du sang jaillit.

— Pourquoi fais-tu ça ? hurlèrent les villageois en doigtant papa, furieux.

Mon frère mutilé se taisait. Une femme déchira son pagne et entoura le trou béant, serrant très fort pour arrêter l'hémorragie. Des hommes firent des onguents d'herbes et les appliquèrent sur la blessure.

— Maintenant que tu es défiguré, dit papa, aucune mamiwater ne te voudra pour époux.

Il cracha sur l'œil vivant afin que celui-ci ne le reconnût point et ne se vengeât point. Il traversa la foule avec une moue de dédain. Maman cria son nom et beugla une série d'injures qui sonnaient exotique parce qu'elles étaient structurées et ne s'adaptaient pas à la configuration de notre monde.

Je rejoignis papa dans sa case et me tins debout, jambes

écartées. Au loin, un garçon armé d'une baguette faisait traverser le sentier à une douzaine de zébus. Des vautours perchés sur des arbres écoutaient un couple s'engueuler. Papa avait le regard grave. Il mâcha une noix et je l'empêchai d'en cracher le jus dans la poussière. Il l'avala de travers, toussa et l'amertume de la kola tordit ses traits.

– Je t'en veux, dis-je.

– Je sais.

– Tu aurais pu le tuer.

– Je sais ça aussi.

– Tu aurais pu juste lui taillader la joue.

– Je sais.

– Comment veux-tu que je raconte cet épisode à nos petits-enfants, demain ? Tu imagines ce qu'ils penseront de toi ?

– Leur réaction ne sera pas différente de celle qu'ils auront à écouter toutes nos autres histoires, dit-il.

Avec un haussement de l'âme, je compris que papa avait raison. Ma colère se dispersa comme grains de sable dans le vent – je scellai cet épisode de notre vie dans ma mémoire. Il ne différait en rien des récits sur nos généraux aux pouvoirs magiques, de nos guerriers volants ou des esprits des morts. Il était aussi vrai que ces anecdotes que les Blancs placeront plus tard dans leur version de notre quotidien.

Je marmonnai cette réflexion dans mon esprit. Un étrange rayonnement éclaira mon visage : il en est ainsi des cauchemars qui prennent racine dans les vraies choses, me dis-je. Ils sont difficiles à conter, mais fascinants. J'évaluai les années qui restaient à venir avant que je ne sois prête à raconter cette histoire. J'appris ainsi quand parler, comment le faire et nouai ma langue... jusqu'à ce soir.

Onzième veillée

On rêvait que...
Mais les rêves sont encore du domaine de la réalité.
On t'écoute.

A la sixième lune, dit Édène, les épis de maïs deviennent si jaunes qu'ils rendent limpide la pensée des hommes. Les eaux se reposent ; les serpents oublient de mordre ; les oiseaux ne construisent pas leurs nids ; les parents ne donnent pas d'ordres et les enfants peuvent briser tout ce qui leur tombe sous la main.

Et cette sixième lune-là, un éblouissement nous arriva. Il fut si intense que la plupart d'entre nous n'eurent plus envie de lever les yeux. Si je me souviens bien, cela se passa au moment où Michel Ange de Montparnasse décida de nous quitter : « Je dois servir la République française ! » nous avait-il dit. La veille de son départ, nous nous étions attroupés devant sa case. Le barbier lui avait rasé le crâne avec un tesson de bouteille : « Nous sommes pauvres, mais propres ! » avait dit le barbier en regardant méchamment un chat qui miaulait parce qu'il avait été une souris dans une vie antérieure et qu'un chat l'avait mangé. Un esprit bouscula le barbier qui fit un faux mouvement et blessa Michel Ange de Montparnasse : « Aïe, gémit-il. Tu m'as coupé ! »

Le barbier avait éclaté d'un rire saccadé : « La beauté n'est pas douloureuse. » L'esprit fit une cabriole et lampa le filet de sang qui dégoulinait le long de la nuque de Michel Ange de Montparnasse. A la fin, Michel Ange de Montparnasse ressemblait à un Blanc de France, et des vapeurs d'envie avaient surgi de nos lèvres. Sa culotte était rafistolée de haut en bas ; sa chemise avait perdu ses boutons et Espoir de Vie les avait remplacés par de minuscules noyaux de palme ; son casque colonial aux bords brisés penchait sur le côté, mais il souriait :

– Merci de votre accueil, chef ! ne cessait-il de clamer. Merci à tous pour votre sens de l'hospitalité !

Debout dans un coin, un pagne attaché sur sa poitrine, Espoir de Vie pleurnichait :

– Loin des yeux, loin du cœur ! Qu'est-ce que je vais devenir sans toi, mon petit Blanc adoré ?

Nous pleurions aussi, mais notre chagrin était teinté d'ambiguïté car les gestes de Michel Ange de Montparnasse, son souffle comme l'odeur qui s'exhalait de sa peau, changeaient de teneur et de substance au fur et à mesure que l'heure de son départ approchait. Il sentait déjà la cohue des grandes villes, les corps amassés dans les salles d'attente des gares et l'odeur des laboratoires pharmaceutiques pour avancées médicales universelles. D'ailleurs, il ne pleurait pas. Ses yeux étaient secs pendant qu'il triait ses affaires et quand il eut fini de séparer le vrai de l'ivraie, il jeta ce dont il n'avait plus besoin : « Qu'est-ce qu'on s'encombre de choses inutiles tout de même ! » murmurait-il. Des mômes se disputèrent ces reliques d'Europe avec une instinctive avidité. Michel Ange serra sa taille avec des lianes, jeta son sac sur son dos et dit d'une voix pétaradante :

– Le Cameroun appartient désormais à la France ! Il tourna six fois sa langue dans sa bouche pour nous faire apprécier les subtilités de la langue française, sans qu'aucun de nous n'émît une critique sur l'idéal colonial. Je puis vous garantir, mes chers amis, que nos méthodes n'ont rien à voir avec celles des Allemands ! Ce pays sera développé en un rien !

Dans le concret papa fit le dos rond, regarda ses pieds et doigta Espoir de Vie :

– Et ta femme ? Tu ne vas quand même pas nous la laisser ?

Michel Ange de Montparnasse fit un demi-tour sur lui-même, bondit vers Espoir de Vie avec l'élégance des danseurs et, dans un bourdonnement riche en civilisation, il la serra dans ses bras et s'exprima en ces termes :

– Je l'aime. (Grand silence.) Je l'aime tant ! (Gros soupir !) Mais le devoir m'appelle !

Il laissa tomber ces derniers mots sans que sa lèvre inférieure ne saille. Il y eut un piétinement humain confus et Espoir de Vie éclata en sanglots.

– Loin des yeux, loin du cœur ! Tu vas m'oublier et épouser une Blanche ! Elle posa ses mains sur sa tête et fit tomber brusquement ses pagnes : Que vais-je devenir, sans l'amour de mon petit Blanc ?

Ses cuisses musculeuses nous tétanisèrent et ses hanches, comme taillées dans du silex, accélérèrent quelques respirations. Papa se précipita et la recouvrit :

– Il ne te quitte pas tout de même ! Et puis empêcher son mari d'aller prendre des hautes fonctions est une indignité !

Ce qui est certain, c'est qu'à l'époque l'amour du clan ou celui de la tribu, nous connaissions. Il justifiait qu'on s'étripe, qu'on vomisse des nerfs même si en fin de compte nous devenions des vainqueurs sans lauriers d'une cause dont les martyres restaient sans couronne. Mais la passion entre un homme et une femme était suspecte. Nous haranguâmes Espoir de Vie :

« Mais qu'est-ce qui te prend à la fin ? T'es devenue une Blanche ou comment ? » Nous la secouâmes : « Quelles sont ces manières de bêtises ? Pleurer parce qu'un homme va prendre de hautes responsabilités est une indignité ! »

De honte, la douleur d'Espoir de Vie se rétracta pour ne devenir qu'un papillon noir à l'intérieur de son cœur. Michel Ange de Montparnasse nous regardait convaincre Espoir de Vie, bras croisés, un sourire distant voletant autour de ses lèvres.

– On t'amènera ta femme lorsque tu auras fini de mettre de l'ordre dans tes affaires, lui dit papa.

– Bien sûr, répondit-il.

Il nous dominait déjà et, déjà, il nous supériorisait. Je ressentis et évaluai ce malaise. J'en fus si malheureuse que je fis mine de n'avoir rien remarqué. Aussi, me contenterai-je ici de ne rapporter que les éléments de l'histoire telle qu'elle se déroula, à savoir la partie qui échappe à toute ambiguïté. Michel Ange de Montparnasse jeta son sac sur ses épaules. Il nous embrassa et prit le chemin de Sâa.

– A bientôt, mes amis !

– A bientôt, frère !

Les arbres en parlent encore

Nos esprits verts l'accompagnèrent à travers les sentiers jusqu'aux abords de la civilisation. Ils étaient tristes parce qu'ils n'avaient plus personne à qui jouer des tours pendables : comme enlever le banc alors qu'il s'apprête à s'asseoir ; comme le déshabiller en pleine rue sans qu'il s'en aperçoive ou tout simplement jouer à cochon pendu avec ses cheveux. Ils gémissaient dans le soleil tels des enfants capricieux qu'on privait de pierres à sucer. Espoir de Vie se courba, ramassa la poussière des pas de Michel Ange et l'enveloppa dans une feuille de bananier.

— Qu'est-ce que tu fais ? demandai-je en surgissant brusquement à ses côtés.

Elle me regarda et nos ombres allongées se croisèrent dans le crépuscule comme deux épées.

— Occupe-toi de te trouver un mari, dit-elle.

— Tu ne peux pas lui jeter un sort ! lui criai-je. C'est un Blanc et comme tel, tu ne connais pas la couleur de son âme !

— Je la chercherai.

— C'est interdit ! J'en parlerai à mon père.

Son rire résonna dans le vent, clair comme le son d'une cloche et plusieurs odeurs flottèrent dans l'air, en particulier celle du manioc. De ses deux mains, elle rejeta ses tresses en arrière :

— En voilà une qui a des choses à cacher et qui veut trahir le secret des autres. Ah, que c'est drôle ! Est-ce que ton père sait que t'es enceinte de Chrétien n° 1 ? Lui as-tu dit que tu as cadeauté ta virginité ?

Elle se mit à marcher lourdement, en zigzaguant, sans cesser de rire ni d'émettre des hoquets comme un ivrogne :

— Qu'est-ce qu'elle a à rire comme une folle ? demanda

le fils du forgeron, un garçon avec une maigre moustache et à la lèvre inférieure retroussée.

Le forgeron haussa ses épaules massives sans cesser de battre l'enclume.

– Va savoir ce que ce Blanc lui a mis dans la tête.

Dans chaque case, les gens arrêtaient leurs occupations et doigtaient Espoir de Vie : « Regardez ! Mais qu'est-ce qui lui arrive ? » Des femmes qui cuisaient leurs repas sur des feux de charbon ôtèrent trois kilos de sueur de leur front : « C'est l'amour comme chez les Blancs, dirent-elles simplement. Il fait perdre la tête ! »

Moi qui vous raconte cette histoire, je tremblais car je savais que si elle jetait un sort à ce Blanc dont elle ignorait tout des ancêtres, nous en subirions les conséquences. Ces forces du Mal se retourneraient contre nous. Mais je ne pouvais la trahir sans jeter l'opprobre sur ma personne. Nos esprits la suivaient, partageaient son rire, parce qu'ils s'ennuyaient. Pour eux, il s'agissait d'une occupation comme une autre. Des larmes ruisselaient de leurs yeux, à force.

J'étais enceinte de Chrétien n° 1, nos bons comme nos mauvais esprits le savaient. Il avait épousé Opportune des Saintes Guinées, même les humains avaient mangé la cuisse de sanglier que Gazolo avait jetée aux pieds de mon père en guise de dot. Ma grossesse n'était pas en soi un grand crime, mais les choses étant ce qu'elles étaient, ce faux pas privait ma force morale de son efficacité. Je baissai les yeux sur le sol et y enterrai les agissements d'Opportune des Saintes Guinées.

La nuit vint et le vent tomba. Une lune pleine envahit le ciel et paralysa les choses. Pas une branche ne bougeait.

Même les serpents, les lièvres se tenaient cois et aucun chat ne miaulait. Les ailes des insectes de nuit se fracassaient sans bruit autour des lampes-tempête et les hommes mangeaient, silencieux comme s'ils percevaient sans en être certains d'obscurs bouleversements.

Une étoile apparut et Espoir de Vie sortit dans la cour : « Prince des Ténèbres, écoutez-moi, répondez à ma prière », marmonna-t-elle. Elle se mit à tourner sur elle-même. Autour d'elle, nos esprits verts tournoyaient aussi comme des boules d'argent éclatées. Ils scintillaient et leurs voix plaintives flambaient dans les arbres majestueux. Le baobab sur la place du village ploya et se craquela. Des chats sortirent des maisons et le barbier se cacha sous un lit : « Poisse ! hurla-t-il. Poisse ! » Ils se mirent en rang et en procession, se dirigèrent chez Espoir de Vie. Ils se joignirent au cercle, tapèrent des pattes. De joie, leurs queues s'agitaient, droites comme des cordes que l'on tire. Des pensées inquiètes surgirent de la terre ; des choses impalpables grouillèrent ; les mauvais esprits entrèrent en mouvement et tourbillonnèrent dans l'air. Ils levèrent le vent et exacerbèrent les chiens. Ils se mirent à aboyer aux étoiles. Le tonnerre gronda. La foudre descendit du ciel et brisa un roseau qui n'était pas sur ses gardes.

« Que cette nuit est étrange ! » gémit papa en allumant sa pipe. Il sortit des cauris de son ample boubou et les jeta par terre. Ils tombèrent n'importe comment. Même eux semblaient s'être détraqués. « C'est curieux, dit-il. Les cauris ne veulent pas me parler. »

Il demeura perplexe tandis que les forces du Mal se cherchaient, se reconnaissaient, s'embrassaient et riaient aux ténèbres. Elles passaient en soulevant les feuilles mortes et leurs lanières en cuir fouettaient les maisons et les ébranlaient jusqu'à leur base. Derrière les fenêtres closes, on souffla sur les lampes-tempête. A tâtons, on rejoignit les couches. Les enfants se serrèrent sur leurs paillassons ; les hommes s'approchèrent des fesses de leurs femmes et les bébés s'endormirent en croquant les seins de leur mère.

Dans la turbulence des gestes silencieux, Espoir de Vie s'arrêta de tourner, s'humecta les lèvres. Chats, bons et mauvais esprits crachèrent et un grand feu de bois apparut. Elle se dénuda, s'approcha des flammes et y jeta la poussière des pas de Michel Ange de Montparnasse : « Ce que je brûle, Michel Ange de Montparnasse, c'est ton essence, ta puissance d'homme. Que les dieux enferment tes passions et que tu ne puisses désirer aucune autre avant que tu ne sois venu accomplir mes desseins ! Allez, forces de la nature ! Allez emprisonner l'âme de Michel Ange de Montparnasse et ramenez-la-moi. »

Une explosion se fit entendre. On eût cru des bataillons armés qui s'affrontaient. Des escarbilles de charbons ardents voletèrent dans l'air et envahirent le village. Les forces maléfiques enfourchèrent leurs chevaux de flammes et coururent à la recherche de l'âme de Michel Ange de Montparnasse. Elles chevauchèrent les montagnes et les sabots de leurs montures aiguisèrent les cailloux comme des couteaux. Elles s'en allèrent ainsi, brûlant les choses, tarissant les mers jusqu'aux confins du monde.

Elles revinrent sur leurs pas et la lune se rétrécit. Leurs visages déglorifiés n'étaient plus qu'un amas de déception.

– Où est-il ? demandèrent-elles à Espoir de Vie, si

furieuses que du feu jaillit de leurs langues. Quelle est la couleur de son âme ? Jaune, gris, noir, vert, orange ?

— J'en sais rien, dit Espoir de Vie en tremblant tant que ses poils se hérissèrent comme des piquants de porcs-épics.

— Comment s'appelle sa mère ?

— J'en sais rien !

— Elle est bien bonne celle-là ! hurlèrent les forces maléfiques en éclatant d'un mauvais rire : Tu nous as fait sortir des ténèbres et tu ne connais pas le nom de la mère de celui à qui tu veux jeter un sort !

Elles tournoyaient autour d'elle, la vertigeaient et ses cheveux volaient au vent.

— Tu nous as promis de nous donner l'âme de Michel Ange de Montparnasse. Nous voulons être satisfaites !

— Mangez-moi, si vous le voulez. Je n'ai rien d'autre à vous offrir.

— Te manger, toi ? Mais qu'est-ce qu'on ferait d'une femelle ? C'est des forces du mâle dont nous avons besoin pour nous revigorer et sauter dans le noir !

— Je croyais que...

— Qu'on allait repartir bredouilles ! Eh bien, très chère, sache que nous allons posséder les forces de tous les hommes du village pour compenser cette horrible infamie !

« Ooh ! » crièrent nos bons esprits, épouvantés. Ils se mirent à genoux : « Pitié ! Les hommes du village n'ont rien à voir avec les caprices de cette femme ! » Ils se traînèrent aux pieds des forces occultes : « Pardon ! »

Comme la compassion, la tendresse étaient en dehors des structures sociales des forces du Mal, elles les piétinèrent. « Tout travail mérite salaire ! » Elles jetèrent ce qu'il y avait à jeter, du chaos essentiellement. « On ne possède pas l'âme des choses sans savoir les nommer », dirent-elles en se moquant d'Espoir de Vie. « La prochaine fois, penses-y avant de nous convoquer ! »

Puis, les ténèbres les engloutirent. Les chats rentrèrent chez eux, heureux des tours pendables qu'ils avaient contribué à jouer à ces humains qui les empêchaient de chasser de la souris en toute tranquillité. Nos esprits verts se réfugièrent dans les forêts. Espoir de Vie alla se coucher, une main en conque sur son sexe, tandis que les cendres de la malédiction s'élevaient dans les airs et se posaient sur nos toits.

Un jour vint, suivi d'un autre jour et d'un autre encore. A voir notre soleil, toujours ce soleil à brûler le crâne des hommes, à faire se recroqueviller les belles-de-nuit, nul n'aurait pu se douter que des puissances occultes s'étaient mêlées à notre destinée. Le soir, les grenouilles tenaient chorale comme d'habitude et, toujours dans l'habituel, on pouvait écouter les diverses tonalités du silence. On ignorait que notre village marchait sur la tête. Les chats savaient. Ils se réfugièrent sur les arbres et les toits des maisons. Ils s'y léchèrent les babines et paressèrent. Ils avaient raison : quelque chose avait changé, mais quoi ? Nos hommes étaient étranges. Des veines saillaient de leurs fronts et de leurs cous lorsqu'ils piochaient. C'était normal. Mais elles demeuraient lorsqu'ils bavardaient entre eux, sous l'arbre à palabres ou lorsqu'ils mangeaient, buvaient ou tout simplement, parlaient à leurs femmes : « C'est curieux, répétait sans cesse papa. Mes cauris ne veulent plus me causer ! »

Un matin, nos hommes qui ne chassaient que le strict nécessaire à notre consommation se mirent à chasser pour tuer. Ils tuèrent des porcs-épics, des lièvres, des ratons laveurs et des pangolins. Au début, nos femmes les accueil-

laient comme les lumières du soleil qui déboutent la nuit :
« Il y a tellement longtemps que je rêvais de cuisiner un
porc-épic à l'étouffée ! » claironnaient-elles. Ces semai-
nes-là il y eut tant de viande que même les chiens mépri-
sèrent le gigot de singe. On en fit boucaner au feu de bois
et des mouches voletaient autour du gibier. « Que c'est
curieux ! gémissait papa devant ses cauris silencieux. Que
c'est curieux ! »

Mais le jour où nos hommes s'amenèrent avec des animaux qu'on ne mangeait pas, des lézards à tête rouge, des
mille-pattes, des rats des latrines, des mouches à queue
verte, des hyènes puantes et j'en passe, les femmes s'enflam-
mèrent et firent crépiter leurs colères :

– Vous êtes devenus fous !

Les hommes fixèrent les feuillages qui filtraient l'ombre
pour leur éviter la honte de regarder le soleil.

« C'est curieux ! répétait sans cesse papa, mes cauris ne
veulent plus discutailler avec moi. »

Les hommes abandonnèrent la chasse et traînèrent au
village. On voyait bien qu'ils tombaient en poussière. Leur
nervosité commença à se reporter sur les animaux domestiques. Ils donnèrent des coups de pied aux chiens. « Mais
qu'est-ce qu'ils ont à se mettre sur notre route ? » se justi-
fiaient-ils. Ils giflaient les bébés parce que leurs pleurs
détruisaient leur précaire équilibre mental. Puis leurs
regards se croisaient et ils s'approuvaient, complices d'une
même folie : « Qu'est-ce qu'ils ont donc à se mettre sur
notre chemin ! » On aurait pu les comprendre si nous
avions appartenu à ces civilisations dont les littératures
abondent en assassins de vagabonds, en étrangleurs de peti-

tes filles, en tueurs sodomites et meurtriers de veuves, etc. Mais ce n'était pas le cas.

« Que c'est curieux ! » gémissait papa, et ses cauris demeuraient silencieux.

Mais quand ils s'en prirent à leurs épouses, qu'ils les frappèrent, elles dévoilèrent leur pourrissement.

Cela se passa un matin, à l'heure mi-chaude de la journée. Les plantes pieuvres aux mille tentacules guettaient quelques proies à broyer ; les plantes-poisons attendaient des mains propices pour exécuter leurs sales besognes et les baobabs se protégeaient contre les assauts d'insectes à l'appétit si féroce qu'ils consentaient néanmoins à sacrifier quelques feuilles. Au village, il se passa tant de choses qu'elles semblaient survenir en même temps. Le barbier, qui détestait les chats parce qu'il avait été une souris dans une autre vie, s'engueulait avec le forgeron. La fumée surgissait d'une cuisine. Au loin, une femme interpellait son fils. Une fillette pilait du manioc. Dans l'étroitesse des ruelles la foule semblait fluide dans les boubous multicolores, caressée par les lumières du soleil. Une voix de femme transperça l'air et paralysa l'atmosphère :

– Arrête de me frapper, Biliématipe, tu entends ? T'es même pas foutu de me baiser, alors !

Cela résonna comme une maldisance et une accalmie se fit sur terre. Tout semblait s'être arrêté pour laisser se démultiplier la nouvelle dans l'entrelacs des oreilles. Puis un souffle collectif fora les tympans dans une suée d'émotions : « Comment ? » Dans un mouvement d'ensemble, on bouscula les corps : « Tous chez Biliématipe ! » On se mit en route à grands pas trébuchés dans un désordre africain, parce que des insolennités publiques, ce n'était pas permis.

214

On arriva devant la case du couple. Ils étaient face à face dans un duo d'opéra à s'aboyer dessus. Au milieu d'eux, un enfant accroupi dans la poussière pleurait. Leur engueulade coulait, inégale. Par moments, ils se lançaient des horreurs avec des criaillements subits. La foule applaudissait : « Outrage public ! Correction publique ! » braillait-elle. Par d'autres, les paroles s'amollissaient, se banalisaient et menaçaient de s'éteindre comme feu de bois vert. « Nous déranger pour écouter des absurdités pareilles », se plaignait la foule. Elle ne se dispersait pas au cas où des horreurs avec éventration viendraient à se produire.

Ce fut lors d'un de ces moments monotones que Bassek, un homme à la peau noire comme minuit, tisonna les feux du malparlé en invectivant Biliématipe :

– Qu'est-ce que t'as à embêter ton épouse si tu ne la baises même pas ? demanda-t-il.

Et, bien avant que la foule n'éclatât en applaudissements, Magrita, l'épouse de Bassek, une femme aux fesses aussi coulantes que les eaux de la Sanaga, aux seins insolents tel le soleil, brisa une bouche dédaigneuse vers son mari :

– Et toi ? Ça fait combien de jours que t'es plus mou qu'escargot, hein ?

Et avant que les chuchotis ne vinssent travailler sa réputation, une autre femme à l'odeur de scandale fendit la foule et souleva ses pagnes, découvrit ses cuisses qui firent pousser des cornes à trois chats et s'exprima en ces termes :

– Tout le monde peut témoigner : je n'ai aucune repoussitude sur mon corps. Pourtant ce connard me tourne le dos depuis quinze jours ! ajouta-t-elle en désignant son mari, un maigrichon avec une jambe plus longue que l'autre.

Ce fut comme un signal. De partout les voix des femmes s'élevèrent et se donnèrent sans restriction : « Ça fait quinze jours que... » En deux mots comme en trois, tous les hommes du village avaient perdu leur virilité. Les paroles qui étalaient leur impuissance montaient et descendaient. Même les oiseaux du ciel se mirent dans le sens du vent et les entendirent. Sur les toits, les chats ne s'en privèrent pas. Ils regrettèrent hypocritement les temps où les hommes avaient toute leur puissance et leur marchaient sur la queue. Les hommes, de honte, ne se cachèrent pas sous les tables, il n'y en avait pas. Ils baissèrent leurs crânes et marmonnèrent : « On nous a jeté un sort ! » Les femmes jacassèrent et quand leur salive devint si aigre qu'elle menaça de les empoisonner, elles se tournèrent les unes vers les autres : « Pauvres de nous ! Qu'a-t-on fait pour mériter des couilles molles d'impuissants ! »

— Assez dit ! hurla papa en surgissant brusquement comme un ouragan. Assez dit !

Les gens mirent leurs paroles en boule comme du linge sale. Papa fronça les sourcils et de la sueur perlait de ses paupières. Il se tint le dos bien droit et ses lèvres comme des ciseaux coupèrent les cancans en quatre :

— Quelqu'un a jeté un sort à nos hommes ! dit-il.

Les hommes ne bougèrent pas et ne dirent rien parce qu'ils étaient devenus des crabes sans pinces, des rhinocéros sans cornes, des lions dégriffés, des ngombos sans pépins.

— Va devant l'explication, écumèrent les femmes. Qui a jeté un sort à nos hommes ?

Papa passa devant chacune d'elles, les détailla grain par grain. Elles se tenaient raides. Leurs cœurs battaient dans leurs poitrines et l'odeur des suées diverses devenait irrespirable. D'un même mouvement, elles se braquèrent, tels des cobras :

— Tu ne penses pas qu'une de nous a pu... Elles tordirent leurs bouches et expulsèrent leurs mépris : On va pas s'amuser à briser nos cannes à sucre ! On n'est pas folles, nous !

C'était si logique que des étoiles dansèrent sous ses yeux car papa trébucha comme un homme ivre. Il pivota sur lui-même et s'en alla avec le déhanchement d'une mer en colère.

— Où vas-tu ainsi, chef ? demanda la foule.

— Voir la coupable !

— Ça alors !

Et nous voilà à courailler derrière papa. Les hommes au fil de leurs cases s'arrêtaient et ramassaient haches, coupe-coupe, râteaux : « On va découper le salaud qui a osé mettre notre orgueil en poudre ! Il va nous rendre notre sexe, cet imbécile ! » Ils mangeaient déjà la chair du coupable et se désaltéraient de son sang. Des paroles raides comme la mort tombaient de leurs lèvres :

— On va lui crever les yeux.

— Lui couper la langue.

— Lui arracher les ongles, un à un.

— Lui couper les oreilles.

— Lui arracher les dents.

Ils baignaient tant dans la haine qu'ils auraient pu broyer cet impudent des clous de leurs dents d'autant que sous leurs yeux s'agitaient les spectres des femmes qu'ils n'avaient pas possédées durant ces quinze derniers jours : des femmes pieuvres, des femmes apaisantes comme des fleurs d'orangers, des femmes cannibales, des femmes

217

sucrées comme des cannes, des femmes aux seins d'huile, des femmes aux mains d'argile, des femmes flammes, des femmes sombres comme les nuits d'orage. Et leur désir de vengeance se décorait de tessons de bouteilles, s'ornementait de têtes fracassées, de brûlures plus chaudes que la lave incandescente d'un volcan.

Quand ils arrivèrent devant sa case, Espoir de Vie écrasait des arachides et chantait. Son visage expédiait une tristesse sans nom. Bien avant que papa n'énonçât les chefs d'accusation, elle s'exprima en ces mots :

— Je ne voulais de mal à personne.

Des pieds maudirent le sol, bam ! Quelqu'un cria vengeance. Un homme à la bouche aussi rouge qu'un derrière de chimpanzé récita comme une litanie la longue liste des atrocités commises par des hommes depuis les pharaons d'Égypte jusqu'aux horreurs des colons grands amateurs de soleil et de derrières de Négresses à petits cadeaux.

— Où as-tu caché nos sexes ?

Elle haussa ses épaules rondes et indiqua l'immense forêt à perte de vue.

— Quelque part ! J'en sais rien, moi !

Un homme planta sa lance dans le sol et la terre trembla de peur. Un autre fit un bond de voltigeur, attrapa les cheveux d'Espoir de Vie qu'il tira, l'obligeant à pencher la tête en arrière jusqu'à ce que leurs yeux se fixent, immobiles :

— Tu vas me rendre mon sexe immédiatement, vu ? Sinon... !

— Il faut l'encercueiller vivante, dit la foule, menaçante.

— Ça ne sert à rien de la tuer, dit papa. Au contraire...

Qu'est-ce qui se passa par la suite ? Je ne saurais le dire

précisément. Nos griots, nos chroniqueurs, nos cancaniers, nos batteurs de nouvelles eurent beau taper leurs bouches, secouer les faits, les retourner, battre le rappel de leur mémoire, ils ne purent fournir un témoignage fiable et concordant sur la suite des événements. Pour les uns, nos hommes récupérèrent leur virilité en violentant à tour de rôle Espoir de Vie. Possible. D'autres prétendirent que papa amena les hommes dans la forêt, qu'il leur donna à boire une mixture à terrasser dix mille éléphants : racines de quin-quina + ndolé + ousang + piment rouge + gingembre jaune + premiers cacas de poules + œufs de lézards gris + premières suées de l'aube + cheveux de la dulcinée. Ils avalèrent cette délicieuse boisson et chièrent tant que leurs excréments for-mèrent une montagne qui les coupa du sortilège.

Mais lorsque je donne trois coups de manivelle à mon cerveau, la réalité était plus colorée. Nos esprits verts revin-rent et s'agenouillèrent aux pieds de papa : « On ne recom-mencera plus », lui dirent-ils. Puis ils firent des pirouettes dans les airs et un vent fou passa sous les pagnes des femmes.

Il faisait chaud et des pelotes de nuages blancs flottil-laient dans le ciel lorsque papa convoqua le tribunal extraordinaire du village en session spéciale sorcellerie sous l'arbre à palabres. Des gens s'agglutinaient partout : des vieillards, des épileptiques, des boiteux, des femmes, des enfants nus, et ce monde grouillait comme un amas de vers de terre. Des bouches prenaient le départ, pronon-çaient la sentence contre Espoir de Vie alors que papa n'avait pas encore énoncé les chefs d'accusation. Il y avait tant de colère dans les ailes des nez qu'Assanga Djuli pro-nonça la sentence sans tarder. Il rajusta son boubou bleu, chiffonna son visage et s'exprima en ces termes :

– Espoir de Vie, pour tes méfaits, je te condamne à six mois de prison ferme. (Silence.) Pendant cette période, tu seras exclue de la vie du village... (Grand silence.) Tu ne parleras à personne. (Hochements de tête approbatifs.) Aucune maison ne t'accueillera. (Applaudissements !) La séance est levée ! (Sensation !)

Les semaines suivantes, on ne causa plus que des méfaits d'Espoir de Vie, si bien que lorsque papa me donna à marier à Gazolo pour des raisons politiques, cet événement capital de ma vie passa inaperçu. Dès l'aube, Espoir de Vie se levait, cuisinait seule, mangeait seule, dormait seule et parlait aux oiseaux pour ne pas perdre l'usage de la parole. Les gens se détournaient lorsqu'ils la voyaient : « Saleté de malédiction ! » hurlaient-ils. Des chiens affamés dédaignaient les os qu'elle leur jetait. Les chats en mal de caresses refusaient de se frotter contre ses jambes. Même nos esprits verts ne tiraient pas ses pieds dans son sommeil. Ils se pinçaient le nez, point à la ligne. Quelquefois, des larmes de malheur perlaient à ses yeux, nous fermions les nôtres : « Qui tue, paye ! » clamions-nous.

C'est alors qu'il se produisit une chose extraordinaire : Espoir de Vie tourna ver de terre. Elle perdit ses grands cheveux et maigrit tant qu'on aurait pu la chercher dans ses vêtements. Ses ongles se cassèrent et c'est tout naturellement qu'elle mangea avocats, mangues, corossols pourris qui s'écrasaient. Elle devint le fantôme des poubelles et hantait les détritus sans soulever d'indignation : « Qui tue, paye ! » On s'en dépréoccupa, d'ailleurs en ver de terre, elle ne pouvait habiter autre chose que la pourriture elle-même.

Il était sept heures du matin et à l'horizon le ciel d'un rouge ocre annonçait une journée chaude et humide. Un tam-tam inattendu se mit à résonner éperdument. Des tam-tams plus profonds lui répondirent. J'étais allongée sur le lit à caresser mon ventre, à me demander à qui ressemblerait mon enfant, lorsque Gono la Lune surgit dans ma chambre.

– Tu connais la nouvelle ? me demanda ma coépouse. Et sans me laisser le temps de réagir, elle ajouta : Michel Ange de Montparnasse est notre nouveau commandant !

– Ça alors !

– On va ramener Espoir de Vie à son mari.

– Mais elle est en prison !

– On lui a pardonné.

– Elle est dans un tel état qu'aucun homme ne voudra d'elle !

– On l'a lessivée.

– Ça alors !

Je bondis du lit tant j'eus l'impression que mes cheveux étaient en feu et se consumaient depuis la racine. Je sortis en courant et le ciel devenait une roue qui tournait en même temps que moi sur le sol, les nuages filaient à l'unisson et le soleil se transformait en une guirlande d'étoiles.

Tous les villageois avaient revêtu leurs habits d'apparat et faisaient ton pied-mon pied devant la case d'Espoir de Vie. Maman portait un tissu jaune ornementé d'oiseaux : « Qui l'eût cru ? » disait-elle en se comprimant la poitrine, simulant une forte émotion. « Qu'elle est étrange, la vie ! répétait sans cesse une femme du nom de Cissoko. Un ver de terre transformé en papillon ! » Elle en pleurait presque de joie.

Quand je vis Espoir de Vie, aujourd'hui encore, j'en secoue ma tête. Elle était debout sous sa véranda, lavée, exquise, odorante. C'était un véritable frisson dans le soleil. Des gens l'entouraient et marquaient au fer rouge l'image qu'elle devait dorénavant avoir d'eux : « Tu te souviens quand je t'ai offert ci... ou ça ? » Ils donnaient du sourire par-ci, par-là : « J'ai toujours su que tu deviendrais une grande dame ! » Même nos esprits verts entraient en intérêt comme dans un temple : « On va te protéger, murmuraient-ils à ses oreilles. Tu es notre préférée ! » Ils voulaient éteindre le passé comme un feu de bois, en l'écrasant. Ils la berçaient de jolies paroles, ils croyaient qu'elle ne comprenait rien parce qu'elle ne cillait pas. Mais moi, moi qui vous raconte cette histoire, je vis ses yeux s'agrandir dans leurs orbites et son visage se replier dans son crâne.

— Vous n'êtes qu'une bande de lâches, dit-elle soudain en éclatant d'un rire féroce.

— Nous sommes si beaux ! s'exclamèrent nos esprits en se mêlant à la foule.

Mais quand elle nous traita d'humains-hyènes, de culs sales, de seins-cacas, qu'elle insulta nos générations depuis la nuit des ancêtres jusqu'aux aubes qu'on ne verra pas, qu'elle défit ses pagnes et nous montra ses fesses, qu'elle ajouta qu'elle irait chez son époux mais seule, des braises nous aveuglèrent. Trois hommes la ceinturèrent. « C'est l'émotion, dit papa. Il ne faut pas lui en vouloir ! Des femmes apportèrent des lianes. On ligota et bâillonna Espoir de Vie.

— Qui aime bien, châtie bien, dit papa. Nous avions puni notre fille et aujourd'hui nous lui pardonnons.

— Ouais, clama la foule, hypocrite, très pressée d'aller amasser des richesses extraordinaires.

— Prions, mes frères, dit de nouveau papa d'une voix

222

d'outre-tombe. Prions afin que chez son époux notre fille Espoir de Vie trouve la Paix.

– Moi, ce que j'aimerais, dit maman, c'est qu'Espoir de Vie soit heureuse. Mais aussi avoir une rangée de bracelets en ivoire si longue si longue qu'elle m'arriverait jusqu'à la naissance de l'épaule.

– Les bijoux alourdissent l'esprit, dit papa.

– Je mérite ces bijoux, insista maman. Je t'ai fait des fils pour qu'ils se souviennent toujours de toi et t'honorent. Pour ces sacrifices gracieusement consentis, je les mérite !

Papa eut brusquement envie de la frapper. Elle le sentit et je vis l'épouvante dans ses yeux. Il choisit des paroles douces :

– Femme, quand j'irai rejoindre nos ancêtres, mes enfants auront conscience de mon absence et en souffriront. Voilà comment un enfant honore ses parents, du plus profond de sa chair, dans **son** corps et dans ses os.

– Mais tu dis toujours qu'il faut surmonter sa souffrance parce qu'elle est le seul moyen de se rappeler ce qu'on a en soi.

– Je n'en disconviens pas, femme. Cela nécessite aussi qu'on se pèle la peau, mais aussi celle de son père et de sa mère et même celle des ancêtres jusqu'à ce qu'il n'y ait plus rien, ni peau ni chair.

Papa se tut et tout le monde se mit à formuler des vœux insensés : des hommes souhaitaient le bonheur à Espoir de Vie et rêvaient d'être nommés par Michel Ange de Montparnasse vice-roi ; d'autres encore de conquérir des contrées lointaines en faisant des guerres, grâce à Michel Ange de Montparnasse. Ce à quoi papa rétorquait en montrant la blancheur de ses dents : « Fais déjà la guerre à tes instincts et tu pourras conquérir le monde. » D'autres encore, toujours grâce à Michel Ange de Montparnasse, parlaient de s'enrichir en vendant des tissus, de l'or, des pierres précieuses qu'on trouvait dans le Nord en remontant le fleuve. Seuls les vœux des femmes avaient du bon sens à mes yeux, avec ce que cela comportait de terrestre : des préoccupations de vêtements, de bijoux et des maladies d'enfants. Papa approuvait mais rétorquait par des proverbes ou des contes : « Ne prononce jamais le nom de ce que tu ne possèdes pas, en prononçant son nom, tu craches sur ta propre vie. »

Il était temps de partir. Deux hommes hissèrent Espoir de Vie sur leurs épaules, ho-hisse ! On battait des mains. On chantait à tue-tête entre nos cochons gémissants, nos chèvres bêlant, nos poules caquetant, cadeaux de mariage d'Espoir de Vie. Nos esprits verts cabriolaient, s'enflammaient et faisaient crépiter des bonheurs autrefois enfouis. Nous traversâmes le village des Isselés, ces sauvages dont les hommes se tressaient les cheveux comme des femmes et se laissaient pousser des moustaches si épaisses qu'elles dévoraient leurs lèvres. Des dames accroupies le long des routes vendaient des mangues. D'autres derrière leurs cases récoltaient des poivrons et des aubergines, parce que les chats, il n'y en avait plus. Je vis leur chef assis devant sa case. Papa se permit de le saluer parce que nous étions célèbres :

« Bonjour El hadj » ! cria-t-il, en le narguant. Il n'avait jamais été musulman de sa vie mais se faisait appeler *El hadj*. Cela m'était bien égal. Après tout, c'était le chef des barbares. El hadj retroussa ses grosses lèvres rouges :

– Qu'est-ce qu'on fête ? demanda-t-il.

– J'emmène une de mes filles chez son mari le Commandant.

La haine fit frémir les lèvres d'El hadj et une quinte de toux esquinta sa voix : « C'est pas possible ! » Il s'étrangla et saisit son cou : « C'est pas possible ! » Mais c'était une vérité aussi véritable que ce soleil à damner la terre, que ces vêtements qui collaient à nos peaux, que cette fine pellicule de poussière rouge qui recouvrait nos cheveux.

Nous arrivâmes à Sâa et nos esprits verts restèrent en bordure de la forêt parce qu'ils ne s'accommodaient pas de cette ville pleine de constructions inachevées : des extensions de cases sans toit, des latrines à peine ébauchées, des bicyclettes sans roues ou des roues sans vélos, des boîtes de conserve d'on ne sait quoi, des lopins de terre en friche que la jungle ne tarderait pas à avaler. Les gens sortaient leurs têtes et nous admiraient : « Ils ont de la chance ! » piaffaient-ils, envieux de notre suprématie soudaine. Nous vîmes Fondamento de Plaisir qui avait quitté le village pour désamour. Elle avait appris *La Marseillaise* avant tout le monde. Elle avait chanté les louanges des Français à tel point qu'ils lui cadeautèrent le café-bar de l'ancienne bordelleuse à la figure plate, grande collaboratrice des Allemands devant l'Éternel. Les Français lui tranchèrent la tête et Fondamento de Plaisir transforma le café-bar en bordel pour les Négresses qui en avaient assez de porter des charges sur leur tête. Deux putes se bataillaient pareilles à des poules. Lorsque nous passâmes devant le café-bordel, elles oublièrent de faire voler leur cache-sexe et nous regardèrent, ébahies. Fondamento de Plaisir se précipita sur nous : « Où allez-vous comme ça ? » Elle supplia : « Je peux me joindre à vous ? » Sans lui répondre, papa avança à pas cadencés et les haillons de soleil trompaient nos misères avec des symboles de riches : « On accompagne Espoir de Vie chez

225

son mari, le nouveau Commandant de la République française », dis-je. Fondamento de Plaisir tourbillonna autour de nous avec la gaieté d'une enfant obèse mais pleine d'énergie : « Il ne voudra pas d'une cambroussarde pareille ! » Elle se précipita sur papa : « Je sais que je ne fais plus partie de ta concession, lui dit-elle. Mais, commets pas cette erreur ! Ce Blanc ne la reprendra jamais. Il va juste la domestiquer, point à la ligne ! » Parce que tout ce que nous allions expérimenter, elle l'avait déjà vécu, compris, transcendé, englobé dans sa vie pleine de recul, de dureté et de sagesse. Papa la repoussa comme on chasse une mouche, tsss ! tss !

Elle souleva son pagne et ses cuisses noires dansèrent en s'entrechoquant telle une coco qu'on secoue, et ses tresses voletèrent sur ses épaules telles des branches de palmier. Puis, se tournant vers ses clients, elle interrogea :

– Pensez-vous que Michel Ange de Montparnasse voudra d'une Négresse comme épouse officielle. Maintenant qu'il est Commandant ? Je parie à dix contre deux qu'il n'en voudra pas !

Ses clients éclatèrent de rire. Une bordelle enleva son soutien-gorge et se promena de groupe en groupe pour que chacun y dépose son pari. D'une voix de soprano, elle stimulait les parieurs. Des bouches se déchiraient à force de rire. Nos pagnes bruissaient accompagnant ces rires de Nègres qui savent rire d'eux-mêmes, et il me fallut du temps pour comprendre que rire de sa propre misère est la meilleure façon de la sublimer.

Soudain, se dressa devant nous la demeure de Michel Ange de Montparnasse. Elle était de granit rouge et percée de petites fenêtres à barreaux de fer. On y accédait par des escaliers qui remontaient en pente douce, cernés de chaque côté par des contreforts où poussaient des fougères. Tout autour un immense jardin nanti de roses, de frangipaniers, de bougainvilliers, de manguiers et de goyaviers. Au milieu du jardin, flottait un drapeau français tendu par le vent. Des soldats de sa République allaient et venaient. Des bourrasques soudain apportèrent des sons : ordres aboyés, cliquetis d'éperons ou de harnais, couinements indignés des chevaux. Au moment de s'engager dans l'allée, papa se tourna vers nous :

– Attendez-moi ici ! Il faut que j'aille en éclaireur apprécier le chemin.

Un murmure de désapprobation s'éleva et accompagna les pas d'Assanga Djuli : « Il veut profiter des bonnes choses parce qu'il est chef ! » Les villageois damnèrent papa de jalousie : « Il veut jouir seul des richesses du Commandant ! » Papa n'eut pas le temps de faire trois pas que quatre militaires aux visages méchants, aux yeux comme des panthères, l'interpellèrent. Leurs vociférations furent si virulentes qu'elles me bouchèrent les oreilles.

– Hep ! toi là ! Où vas-tu ?
– Voir le Commandant.
– Tu as rendez-vous ?
– Je suis Assanga Djuli.
– Et moi, Coriandre, dit l'un d'eux. Mais cela ne dispense pas d'un rendez-vous. Sors d'ici !
– C'est pour une affaire d'une haute importance, dit papa.
– Il faut un rendez-vous, insista le militaire.

Ils s'avancèrent vers papa et le menacèrent de la pointe de leurs armes. « Dehors ! » crièrent-ils. Les Étons eurent si peur qu'ils se cachèrent plus profondément dans les taillis. De temps à autre, ils levaient la tête pour guetter l'évolution de la situation. Mon cœur battait à tout rompre. Papa regarda le ciel comme s'il attendait un message d'en haut, mais un coup de crosse sur l'échine le ramena sur terre. Il s'écroula. Les militaires se mirent à le botter comme un âne : « Dehors ! » D'autres militaires sortirent de derrière la demeure. Ils se précipitèrent sur papa en horde sanglière et se mirent à le frapper : « Salaud ! Assassin ! Sauvage ! » Je me bouchai les oreilles et les Étons aussi : « C'est pas de chance », chuchotions-nous, craintifs. Des coups, papa en reçut plus que dix chiens errants. On le giflait. On lui envoyait des crocs-en-jambe, là où c'est si douloureux. On le tournoyait comme une toupie. Puis on entendit un coup de feu. Les agresseurs de papa le lâchèrent aussitôt :

– Qu'est-ce qui se passe ?

Un Blanc se tenait sous la véranda et je reconnus Michel Ange de Montparnasse, quoiqu'il se fût habillé plus vrai que Blanc. Il portait une culotte blanche et son crâne était recouvert d'un chapeau de paille.

– C'est un voleur ! dit un Nègre.

– Amenez-le-moi, ordonna le Commandant.

Deux militaires traînèrent papa. Il était tout ensanglanté. Ses vêtements pendaient en lambeaux. Ses joues étaient tuméfiées et du sang dégoulinait de son arcade sourcilière. Il marchait comme un homme saoul et je craignais qu'il ne s'écroulât. Dès qu'ils furent en bas de l'escalier, les militaires le poussèrent dans le dos. Papa fixa le Commandant droit au front.

– Mais c'est notre ami le grand chef Assanga Djuli ! dit Michel Ange de Montparnasse.

– Ou ce qu'il en reste après que tes hommes m'ont tabassé !

– Pardonne à mes hommes ! Ils ne font que leur travail.

Sans répondre, papa se tourna vers nous et fit un signe de la main. Nous nous précipitâmes en poussant des youyous de joie, au milieu de nos chèvres bêlant, nos coqs cocorisant et nos cochons couinant. Les militaires étaient impressionnés par ce changement de comportement aussi brusque qu'un orage. Après tout, papa était un chef. Nous n'étions pas militairement et économiquement aussi prestigieux que les Français, mais nous les égalions puisque leur chef avait pour épouse l'une de nos filles. Michel Ange de Montparnasse vit Espoir de Vie et baissa ses yeux sur ses sandales qui laissaient apparaître ses orteils cornés.

– Pourquoi est-elle attachée ?

– C'est la tradition, dit papa.

– Je vois. Fallait m'avertir, mon ami.

– Le bonheur n'avertit jamais ! Il vous prend par surprise.

Nous éclatâmes de rire sur cette boutade. Moi aussi, je riais, je riais tant que je ne m'aperçus pas que Michel Ange de Montparnasse nous recevait, trônant sous sa véranda et nous tout en bas, dans la cour, à piailler notre joie. De là où j'étais, je pouvais voir l'innombrable domesticité aller et venir. Certains secouaient des nappes, d'autres lavaient le sol, d'autres encore ramassaient des feuilles dans le jardin.

Puis, sans lui laisser le temps d'attrouper des paroles dans sa tête, papa fit libérer Espoir de Vie. Elle fendit la foule et se tint, yeux baissés comme il sied à une épouse, à côté de papa :

– Il était convenu que dès ton installation, je t'apporterais ta femme, dit Assanga, et nos traditions doivent être respectées.

– Mais... mais..., bégaya Michel Ange. Ce n'était pas prévu. Je n'ai pas signé d'acte de mariage avec cette femme ! Vous n'allez pas m'obliger à... à...

– Il n'y a pas d'obligation, dit papa. C'est ton devoir. Tu dois l'assumer.

Papa monta les escaliers en titubant. Le soleil donnait obliquement sous la véranda. Un porc-épic traversa le jardin en courant et disparut dans la forêt. Nous salivâmes, mais personne ne bougea. Une colporteuse passa au loin, en criant : « Beignet aux haricots. » J'avais chaud. Mes vêtements collaient à ma peau comme un suaire.

– Tu es son mari, dit papa. Et c'est écrit dans ta tête et dans ton cœur.

Une Blanche apparut au seuil et je fus fascinée par son teint blême : « Qu'est-ce qu'elle est belle ! » gémit l'assistance. Sa peau était d'une nuance si pâle qu'elle semblait teintée de rose. Ses vêtements comprimaient sa respiration et tendaient son corps comme la corde d'un arc. Je devinais sous son corset deux seins ronds telles des tomates et j'eus envie de les toucher. Elle ne semblait pas remarquer mon intérêt et ses yeux inquisiteurs se tournèrent vers le Commandant :

– Qu'est-ce qui se passe, chéri ? demanda-t-elle. Qui sont ces gens ?

– Des vieux amis, dit Michel Ange de Montparnasse en clignant des paupières. Ils m'ont recueilli pendant la guerre.

Les yeux de la Blanche nous sillonnèrent, mais quand ils croisèrent ceux d'Espoir de Vie, la femme rougit, puis ses longs cils battirent. Ses dents se posèrent avec coquetterie sur sa lèvre inférieure. Elle nous sourit, mais une

tension dans son visage et dans ses épaules, des rides sur
son jeune front me firent douter de sa gentillesse.

– Ils m'ont apporté des cadeaux ! dit Michel Ange de
Montparnasse.

– Que c'est gentil de votre part, dit-elle. Puis, se tournant vers ses domestiques : Calypso ! Éros ! Andromède !

Trois Nègres se précipitèrent et leur uniforme flamboyait
dans les bras du vent. J'eus envie de tirer d'un coup sec la
terre où leurs pieds reposaient, comme s'il s'agissait d'un
tapis. Je les imaginais s'envoler et rouler dans la poussière
telles des quilles. Je ne le pouvais pas, car le destin avait
décidé de mettre du sable sur notre orgueil d'Étons.

– Occupez-vous de ces bêtes ! ordonna-t-elle.

Ils descendirent du perron et entreprirent de tirer les
animaux. « Allez, avance ! » Ils donnèrent quelques coups
de pied au cochon : « Avance ! » Au loin une colombe prit
son envol et, sans une parole, Espoir de Vie s'écarta de
papa. Une mèche de tresses voletait sur son cou qu'on eût
cru une part de mystère. Comme un je t'aime coupable,
elle fit une courbette à Michel Ange de Montparnasse et
suivit les animaux. Nous en fûmes si estomaqués que nous
ne fîmes qu'une chose : applaudir et rire. La Blanche riait
et applaudissait aussi : « Qu'ils sont drôles, ces Nègres ! »
La voix de Michel Ange résonnait bien au-dessus des
autres : « Ils sont vraiment adorables ! Adorables ! »

Puis le silence se fit et debout dans l'éclaboussure du
soleil, on attendit qu'il se passe quelque chose. Au loin, la
Sanaga ronronnait comme une chatte. Les populations de
Sâa s'apprêtaient à siester, pour repartir d'un bon pied.
Mais il ne se passa rien, si, quelque chose :

– Merci, dit Michel Ange de Montparnasse. Merci, répéta-t-il.

Devant son gentil merci, nous cassâmes nos épaules et rebroussâmes chemin :

– Je croyais que c'était un ami, dit papa. Puis, il ajouta : C'est pas grave. De toute façon nous avons une fille chez les Blancs. Espoir de Vie sera notre oreille et nos yeux. Elle nous tiendra informés de leurs faits et gestes. Ainsi, rien des turpitudes qu'ils prévoient à notre encontre ne saura nous atteindre.

Fondamento de Plaisir, qui surveillait notre progression depuis son café-bordel, souleva les perles rouges de son rideau :

– Résultat ? demanda-t-elle en se curant les dents.

– C'était un beau mariage officiel, dit simplement papa. Un très beau mariage officiel !

– Et les ecchymoses sur ton visage ? demanda Fondamento de Plaisir.

– Je suis tombé de bonheur, dit papa. C'était une très belle fête !

Et nous suçotâmes les gencives longtemps : « C'était un très beau mariage officiel ! » Même si, plus tard, nous vîmes Espoir de Vie servir et cacher sous un linge des plats parce que madame Michel Ange exigeait que les mets soient recouverts. C'était un magnifique mariage même si nous la vîmes essuyer des verres, des couteaux et des cuillères jusqu'à ce qu'ils étincellent. C'était un mariage heureux, parce qu'il nous fallut du temps pour comprendre qu'un voile opaque séparait l'univers des Blancs et celui des Noirs, que nous ne connaîtrions jamais la couleur de leurs âmes et que toute tentative d'interpénétration était vouée à l'échec.

Douzième veillée

Les malheurs du prunier...
Font les malheurs de la prune.

Cela se passait à l'époque où les Blancs avaient fini une guerre et préparaient l'autre, à moins qu'ils ne se battissent déjà – mais les dates précises n'ont ici aucune importance –, où les marmites des sorciers n'avaient pas encore totalement vieilli ; où les peaux des bêtes ne s'étaient pas encore ratatinées ; où les voix d'une génération à l'autre ne faisaient pas retentir les chants rituels de manière discordante.

Chez les colonisateurs, c'était de nouveau l'époque des grands desseins, de bouleversements sociaux, des bombes à jeter et du sang à répandre. Les Allemands étaient définitivement partis et les Français s'étaient installés. Leurs soldats avaient distribué aux chiens et aux chats de la viande empoisonnée : « Ils donnent des maladies, avaient-ils chantonné. Notre nouvelle République veut des citoyens en bonne santé ! » Dès le lendemain, les cadavres d'animaux jonchaient les rues ; certains éclataient ; d'autres dégageaient des puanteurs à vous broyer les nerfs. Nous étions heureux – au-delà des animaux, nous détestions nos voisins les Isselés. Ils mangeaient quelquefois des chiens et énormément de chats : « Ils vont crever de faim ! proclamait papa, crever jusqu'à la moelle de faim ! » Cette perspective l'enchantait tant que nous étions contents : « Des chiens, il y en a plus, les Isselés vont mourir ! » Pendant que nous chantions, les Français bâtirent des écoles : « La langue française est obligatoire ! » ordonnèrent-ils. Dans ces écoles, il y avait des bibliothèques avec des livres d'histoire, de sciences naturelles et ceux que j'aimais par-dessus tout, c'étaient ceux où il y avait le dessin du Christ avec ses apôtres. Ils fabriquèrent une belle bâtisse qu'ils nommèrent hôpital. L'hôpital avait des murs blancs et son immense véranda était majestueuse. On y faisait la queue pendant des heures. Quand on y pénétrait enfin, il était temps de mourir. Il y avait aussi ce qu'ils appelaient des savants. De loin, on pouvait les voir penchés sur des espèces de machines avec des tuyauteries. Des flacons et des bocaux bouillaient sur des feux de couleur verte. Ils préparaient des infusions et quand ils découvraient un oiseau ou un reptile qu'il n'y avait pas chez eux, ils les mettaient dans un liquide. Les Français s'intéressaient beaucoup à nous, parce que l'hygiène les exaltait. Ils traversaient les villages et inspectaient les oreilles des jeunes gens. « Toi, t'es bon pour l'armée française ! » disaient-ils. Puis, ils les emmenaient avec eux, leur donnaient à manger et à boire, puis les envoyaient mourir quelque part, en Europe.

Tout ceci pour vous signifier qu'autour de nous, le monde bougeait. D'ailleurs les Français nous admiraient énormément, surtout lorsqu'ils nous voyaient avec des charges sur nos têtes. « Quelle grâce, quelle majesté, quelle élégance ! » s'exclamaient-ils. Eux ne se hasardaient pas à le faire. Leurs femmes portaient leurs bébés dans des brouettes. Même leurs domestiques nègres avaient des brouettes à deux bras pour faire des courses.

Les changements autour de nous inquiétaient papa. La ville avançait, la forêt disparaissait et nos esprits verts avaient de moins en moins de place où faire leurs turpitudes : « De quelle texture est donc faite l'âme des Blancs pour détruire ainsi la nature ? » ne cessait-il de s'interroger. Même nos esprits ne répondaient pas à ses multiples interrogations. Il décréta une journée de jeûne pour que les dieux brouillent l'esprit des Français et les empêchent de construire encore des bâtisses. Il convoqua les grands sorciers des villages environnants. La veille, il avait ordonné que tout le monde fût dehors, afin que certains ne fussent pas tentés de manger en cachette. Dans un monde presque entièrement dominé par les forêts, c'était un beau spectacle que de nous voir aller et venir, le ventre creux et de nous entendre nous apostropher : « Tiens le coup, Alima ! Bientôt les dieux te gaveront de crânes d'agneaux fumants ! » De temps à autre, certains levaient leur tête, humaient l'air avec de grands bruits de nez :

– Ça sent... Ah ça sent !

– Qu'est-ce que ça sent ? demandaient ceux qui n'avaient encore rien senti.

– Du singe à la mangue sauvage.

Et pour de vrai, tout le monde tournait la tête où l'on croyait détecter l'odeur du malheureux singe à la mangue sauvage. Les narines charmées se dilataient vers le vent coquin. Les estomacs exigeaient satisfaction sur-le-champ tandis que les papilles criaient déjà grand merci. D'autres encore, le corps délesté de toute substance, entraient dans un univers pour lequel l'humain n'était pas fait : « J'ai vu l'ancêtre Bitangaya ! » criait une femme, affublée d'une tête de gorille. Un homme qui ne savait plus délimiter dans l'espace où il tourbillonnait ce qui était de l'humain et ce qui appartenait aux dieux sautillait et criait : « Je suis un cheval ! » Des enfants déguisés en Petit Chaperon Rouge faisaient la ronde et chantaient. Quand ils en avaient assez, ils attrapaient un rat gris et allumaient le feu à ses oreilles. Ils le poursuivaient jusqu'à ce que son ventre éclate. Des vieillards s'asseyaient sous leur véranda pour ne pas perdre l'équilibre et nos esprits malicieux disparaissaient dans le ventre de la terre pour nous laisser aux prises avec nos phantasmes : « Qu'ils sont drôles ces humains lorsqu'ils veulent imiter les dieux ! » se moquaient-ils. Papa jubilait : « Courage mes frères ! Ginseng, piments rouges, citron jaune ne sont qu'antichambre du mauvais œil ! » Il était heureux car ce jour lui permettait de mieux connaître ses sujets, ces hommes qui s'arrangeaient la plupart du temps à lui cacher leurs secrets ou à faire semblant d'en posséder.

J'étais devant la case de mon père, je ne faisais aucun geste. Je voyais et c'était tout. J'avais ressenti un peu de faim aux premières heures de la matinée, mais de violentes nausées avaient calmé ce désir. Plus tard, ces envies avaient été remplacées par une incroyable vacuité de l'esprit. Je voyais, mais par instants, alors que le soleil flambait de tous ses feux, mes yeux se brouillaient, le monde disparaissait, une gueule gigantesque s'ouvrait sous mes pieds. Prise de vertige, je tanguais d'avant en arrière, d'arrière en avant, convaincue que j'allais m'écrouler. J'étais dans un état second et cela me permettait d'évaluer l'existence humaine avec d'autres yeux, d'étudier mes propres comportements. Lorsque je me sentais très faible, je ne pouvais m'empêcher de penser qu'il en était ainsi de la mort, ce froid qui vous prend, ces sens qui se perdent, cette ouïe qui se brouille, ces bras qu'on ne sent plus, ces mystères d'absence et de partiel oubli. Ce fut durant l'un de ces moments de faiblesse que je remarquai la présence de Gono la Lune, ma coépouse. Les rayons de soleil sur son pagne cuivré faillirent me la faire prendre pour une panthère. Mais à ce moment-là, je vis la touffe de ses cheveux crêpelés, et cela aussi : ses yeux noirs qui me fixaient entre deux manguiers. Qu'avait-elle à me regarder ainsi ? Elle semblait enjouée, nullement tourmentée par la faim. Elle fredonna un chant d'amour et me demanda :

– Ainsi, on échappe aux corvées d'épouse pour venir se réfugier chez ses parents ?

– J'ai déjà préparé le repas de la fin du jeûne, dis-je.

– Elle peut quand même me rendre visite ! protesta maman, en surgissant dans mon dos.

Puis, elle réprima sa flambée d'irritation, se laissa tomber sur le sol et massa ses pieds douloureux. Gono la Lune en profita pour s'attaquer à papa, parce qu'elle lui en voulait d'avoir accepté de reprendre ses fonctions de chef.

– Regarde-le, mais regarde-le donc. Il est complètement perdu ! Il ferait mieux de passer la main à son successeur !

Je me tournai et vis papa accroupi sous sa véranda en train de peindre au charbon rouge le cercle où se déroulerait la cérémonie de ce soir. Au milieu, il avait dessiné un arc-en-ciel jaune, des montagnes bleues et des baobabs noirs entrecoupés de silhouettes humaines.

– Le pauvre, continua Gono la Lune. Il n'a pas encore

compris que notre monde a besoin d'une nouvelle source d'inspiration.

Maman haussa les épaules et se borna cette fois à regarder ma coépouse de ses yeux qui semblaient ne se fixer sur rien, depuis la pointe des cheveux crêpelés jusqu'à ses pieds striés de grosses veines :

– Il y a un temps pour tout, dit maman : un temps pour pleurer, un temps pour rire. Tu devrais attendre encore un tout petit peu avant que ton mari devienne chef !

Gono la Lune méprisa cette réflexion d'une moue et continua ses attaques en plein front :

– Ces dessins, commenta-t-elle de nouveau, que lui apprennent-ils exactement sur la vie... Je veux dire en dehors des tristes prévisions astrologiques ?

Maman ne répondit rien et gratta ses orteils.

– Peuvent-ils par exemple lui donner des fusils, des pistolets et des connaissances pour dominer le monde entier comme la France ? Si oui, pourquoi ne le leur demande-t-il pas ?

– C'est assez pour aujourd'hui, dit brusquement maman. Je ne veux plus t'entendre.

– Comme tu veux, dit Gono la Lune. Je suis certaine que le destin nous montrera bientôt que ton mari n'a plus les capacités pour conduire notre peuple.

Puis elle pivota lentement sur elle-même, redressa son torse. Il n'y avait rien à ajouter car sur cette terre il y a des lueurs dans les regards qui sont des signatures du bonheur ; il y a des façons de déplacer une jambe, de croiser un bras, d'onduler des hanches qui sont à n'en pas douter des signes palpables de l'ivresse des sens, d'une plénitude du corps et

qui sonnent plus fort que n'importe quelle prédication.
Je vis maman se flétrir et émettre un rire douloureux.

– Qui trop embrasse, mal étreint, dit-elle sans que je
sache à qui elle s'adressait.

Le reste de la journée, je la vis déambuler comme une
chienne sans espérance, le regard hébété : « C'est parce
qu'elle a faim », me dis-je. D'ailleurs quand le crépuscule
s'annonça, boire et manger étaient devenus le noyau de
notre réalité et notre unique préoccupation. Manger et
parler par-dessus les assiettes en bois, par-dessus les assiettes
en cuivre, par-dessus les assiettes en terre cuite.

A l'approche du crépuscule, on se déshabilla et on pei-
gnit nos corps de kaolin rouge ou blanc. Des vieillards
apportèrent leurs bancs et y posèrent leurs os ; des commères s'attroupèrent dans un coin pour médire en toute
légalité ; les hommes se bousculèrent tant la faim les rendait
nerveux. Maman passa de groupe en groupe, comme la
reine des abeilles : « Merci d'être venu, Anton. » Elle frot-
tilla ses mains sur une épaule pour qu'on apprécie toutes
ses qualités d'hôtesse : « Je savais que je pouvais compter
sur toi, Gala. »

La lune vint si grosse et étincelante qu'on aurait pu y
voir comme en plein jour. Les étoiles apparurent et apportèrent avec elles les grands sorciers des villages alentour que
papa avait convoqués. Certains venaient de loin, d'autres
d'à trois pas. Il y avait des sorciers des Igappes et ceux de
Monatelé ; quelques-uns des Outous, plusieurs des Pygmées, ceux de Vogada et d'Obala. Chacun ramenait sa
canne de sorcier et ses peaux de bêtes ; léopards, lions,
gorilles, hyènes, rhinocéros ; sa calebasse à boire et sa marmite à mitonner entourées de lianes et d'herbes à tuer. On

239

alluma un grand feu de bois et des esprits ondoyèrent sur les flammes comme l'herbe verte qui pousse sur les montagnes. Un tambour résonna, une trompette en corne de zébu lui répondit et propulsa les simples mortels dans la danse. Les gens dansaient en cercle, torse nu. Des grappes de jeunes ballerines aux ventres déjà enflammés par la faim répandaient une tourmentation de seins fermes. L'odeur de queue de bœuf, de langues de chèvres, d'écrevisses sauce piquante et le vertige du danser transportaient les corps au-delà du naturel. Papa tenait une feuille de bananier dans une main et dans l'autre son bâton de chef. Il faisait des galipettes et vacillait dans le sens inverse du mouvement circulaire des danseurs. De temps à autre, un danseur se rigidifiait, s'écroulait et battait des mains et des pieds comme un cheval épileptique. Papa se précipitait sur lui, balayait son corps de sa feuille en faisant des incantations. Le danseur se relevait en chancelant puis reprenait sa place dans le cercle. Papa recommençait ses gesticulations jusqu'à ce qu'un autre danseur touché par les esprits s'écroule à son tour.

Assis en tailleur sous la véranda, les sorciers venus des quatre coins de notre petit monde observaient la scène un sourire de mépris aux lèvres. Soudain, l'un d'eux, celui de Vogada, frappa sa canne de sorcier sur le sol et tua l'ambiance.

— Assanga Djuli ! hurla-t-il, et de la fumée sortit de sa bouche et tétanisa les danseurs. Pourquoi nous as-tu fait venir ? Pour perdre notre précieux temps à regarder ces...

Il n'acheva pas sa phrase tant elle rétrécissait notre existence de pauvres mortels. Ses veines saillaient comme des cordages. Ses lèvres se rétractaient dans un dégoût insupportable. Ce que voyant et décodant, les autres sorciers se levèrent. La foule recula. Ils s'avancèrent et se mirent à tournoyer autour des flammes. A la quatrième ronde, ils s'ébrouèrent et s'incarnèrent en bêtes féroces. Il y avait là des lions mugissants, des rhinocéros encornés tels des diables, des gorilles castrateurs et toutes ces bêtes dansaient et chantaient. Nous regardions ces mutations fascinés, apeurés aussi, mais nous savions que quiconque fuirait serait immédiatement déchiqueté. Ils puaient l'animal. Un léger vent transvasait ces odeurs agressives jusqu'à nos narines. Un tourné de l'œil de papa nous fit comprendre que celui qui montrerait que ces effluves le molestaient serait voué aux atrocités. Quand les sorciers en eurent assez de leur corps animal, ils s'ébrouèrent et retrouvèrent leur aspect humain.

Un vieux sorcier, appartenant à la tribu des Outous, un type trapu des épaules mais à la peau lisse comme celle d'un nouveau-né, brisa son cou à droite puis à gauche et dit à papa en s'exclamant :

– Je sais faire mieux !

Dans un raidissement de chair maigre, un des Pygmées se braqua. Son crâne chauve brilla sous les étoiles :

– Tu sais faire mieux que qui ici ? le défia-t-il. Regardez plutôt.

Il frappa dans ses mains, allumant des lucioles et des étincelles. C'est alors que le défi commença. C'était à qui créerait la plus fabuleuse des hallucinations. Un cirque à faire rire des enfants, mais les gens tremblaient. Ceux de Monatelé ouvrirent leurs marmites et nous vîmes d'horribles fœtus gigoter dans leur sang. Ceux d'Obala soulevèrent leurs calebasses et on vit à l'intérieur des mains s'agi-

241

ter : « Au secours ! crièrent des voix d'outre-tombe. Aidez-nous ! » Ceux de Vogada tendirent les bras et des boîtes crâniennes vidées de leurs cerveaux éclatèrent de rire.

Nous regardions ces miracles sans ciller d'autant que ces événements se déroulaient là où la terre n'avait pas de limites, là où un brin d'air transportait la voix des esprits. Une rafale de vent attisa le feu et une langue de flamme sortit de sous les charbons blanchis. Un sorcier pygmée la ramassa et en éclaira le visage de papa.

– Et toi ? lui demanda-t-il. Qu'est-ce que tu sais faire ?

Nos estomacs se contractèrent à ces mots comme sur des couteaux plantés dans nos entrailles. Dans la question du sorcier, il y avait du vaste et du terrifiant. Nous savions que lors de ces cérémonies toute erreur pouvait déchaîner des forces destructrices.

Papa regarda le ciel. Une étoile se décrocha, descendit en masse compacte et se posa sur les pieds d'Assanga Djuli. Nos cœurs battaient. Nous inspirions les senteurs des pluies venues du nord et cela aussi, l'odeur vivante des âmes mortes. Aussi soudainement qu'elle était descendue, l'étoile reprit sa place parmi les constellations et un immense bananier surgit à nos yeux émerveillés. Il se mit à pousser si violemment qu'il dépassa de trois coudées n'importe quel géant que nous connaissions. Le temps pour un souffle de traverser la bouche, des fruits verts sortirent de l'arbre. L'instant d'après, ils étaient jaunes.

– Vous pouvez les manger, dit papa devant notre hésitation. C'est le legs de nos ancêtres.

Nos ventres grondaient de faim, mais personne ne s'y hasarda. Nos yeux clignotaient comme des braises. Un vent souffla et des vêtements du sorcier outou monta une odeur de feu de bois et de sang.

– Comment se fait-il qu'avec tout notre savoir, on n'arrive pas à empêcher les Blancs d'en finir avec le monde ? demanda-t-il.

– Parce que pour eux le monde est matière morte, dit le sorcier des Pygmées en grinçant si fortement des dents qu'il expédia des ronds de fumée dans le ciel. Les arbres ne vivent pas ; les ruisseaux ne vivent pas ; les pierres ne respirent pas et quant au reste, ce ne sont que des objets.

– C'est parce qu'ils grandissent en se séparant de tout, intervint un sorcier de Vogada : ils grandissent et se séparent de leurs origines ; ils grandissent et se séparent de la terre ; ils grandissent et se séparent des lacs et des rivières ; ils grandissent et se séparent du soleil et de la lune. Comment voulez-vous qu'on les retrouve ? Ils ne se marient pas avec les astres.

Nous frémissions pendant qu'ils discutaillaient du comment et pourquoi de l'impuissance de nos cultures face aux envahisseurs occidentaux. Nous sentions comme la pression d'un étau sur nos gorges. A les écouter, le monde s'en allait en lambeaux : les Blancs tueront les animaux, les plantes s'assécheront, des hommes mourront de faim et des villages entiers disparaîtront. Je sentis un cil se détacher de mes paupières et s'enfoncer dans mon œil. Je pleurais d'un œil. Autour de nous, les Étons gémissaient aussi parce qu'ils étaient tristes pour l'univers. Soudain, un rire bondit des collines, traversa les plaines, roula comme une lave incandescente jusqu'au centre de notre réunion. Nos lamentations firent une queue de poisson et s'arrêtèrent.

Un homme se tenait sous le manguier. Ses dents blanches éclairaient la lune et de la sueur coula le long de nos aisselles. Il avait un visage large et une peau flasque comme celle des vieilles personnes. Il portait un pantalon enfilé dans des bottes qui lui prenaient les genoux. Sa chemise blanche était déboutonnée et on voyait ses chairs par endroits. Ses cheveux tressés comme ceux des femmes étaient attachés sur sa nuque par un fil noir.

– Que c'est drôle, ce que vous racontez ! dit-il sans cesser de rire.

– Qui es-tu ? demanda papa sans se retourner.

– Un simple mortel qui en a assez de voir les sorciers faire peur aux gens pour rien. Et avant que vous m'interrogiez plus avant, je suis Zoa, descendant des femmes-panthères, ceux qui habitent de l'autre côté de la montagne.

L'assistance trembla de surprise. Nous connaissions parfaitement ces peuples descendants de femmes-panthères qui vivent au-delà des montagnes, là où semble-t-il, la lumière est particulière et les fleurs toujours en pleine croissance. La légende dit qu'ils vivaient dans des hameaux sans feu ; qu'ils allaient nus sans conscience d'être différents de leurs aïeux panthères ; qu'ils mangeaient des animaux crus après les avoir tués d'un coup de gencives ; qu'ils n'avaient pas de chiens parce que rien qu'à leur odeur, ces derniers prenaient peur et hurlaient à la mort.

– As-tu une raison sérieuse pour venir perturber cette cérémonie ? lui demanda papa d'une voix sourde.

Zoa s'approcha de notre cercle jusqu'à ce que son ombre se jette sur les flammes et s'exprima en ces termes :

– Avant tout, je voudrais vous dire que quelque chose qui ne se transforme pas est une chose morte. Vos rituels n'ont pas changé depuis la nuit des temps. Comment voulez-vous combattre quelque chose de nouveau avec de l'ancien ? Une civilisation nouvelle telle que la civilisation occidentale, avec une aussi vieille que la nôtre ?

Zoa parlait en passant derrière nous. Il était très excité et comme nous n'étions pas prompts à qualifier quelque chose de bien ou de mal, on le laissa aller au bout de sa réflexion :

– Si nous ne faisons pas évoluer nos connaissances, dit-il, les Blancs triompheront et nos peuples n'existeront plus.

Papa poussa un grognement d'éléphant, leva la tête comme si elle était trop lourde pour lui, huma l'air.

– Et comment voulez-vous qu'on les fasse évoluer ?

– C'est à chaque homme de connaissance à trouver, vociféra Zoa.

– Nous serions peut-être plus aptes à trouver des solutions à ces problèmes si nous mettions nos savoirs ensemble, proposa papa.

Zoa éclata de rire et des tourbillons de ténèbres arrivaient du nord et des tourbillons de ténèbres glissaient vers le sud. Il riait et des branches de palmier lui tenaient les côtes.

– Que chacun se débrouille et que les dieux nous protègent ! J'ai trouvé la solution qui convient pour mon peuple...

– Parle ! ordonna le chœur des sorciers.

– Jamais !

Il se mit à reculer jusqu'au manguier et ses yeux sortaient de leurs orbites. Il nous tourna le dos :

– Je vous donne l'objectif : posséder ce que les Blancs possèdent ! Mais quel chemin prendre pour atteindre ce but ? C'est à chacun de trouver !

Il éclata à nouveau de rire. Il marcha en suivant les bords

des vallées là où réside le vent doux. Il passa la main sous les montagnes et regagna sa demeure.

Nous étions perplexes et tremblions de tous nos membres : « Posséder ce que les Blancs possèdent ? » Nous en rêvions mais cette tâche nous semblait aussi irréalisable que de lancer une pierre sur la pente d'une colline et espérer qu'elle resterait là où elle était tombée. Les sorciers gardèrent les yeux dans les étoiles et l'une d'elles traversa le ciel d'est en ouest en laissant dans son sillon une traînée de poussière.

Un sorcier des Pygmées gratta violemment la terre de ses orteils.

– Je n'aime pas ça, dit-il. Il y a une telle rupture violente dans ce qu'il propose que je n'aime pas ça !

D'un bond, il se leva, ramassa ses casseroles et disparut. Ceux des Outous observèrent ses instruments de magie, comme on regarde un vieux colis oublié dans un coin. Un de leurs cheveux dansa dans le vent. Ils ramassèrent leurs effets et se précipitèrent dans les futaies. Il en fut ainsi des autres invités de papa. Ils partirent en éclats comme une maison éventrée par une tempête.

Nos pensées étaient perturbées et nous ne pouvions prendre la mesure exacte des événements. Le mieux était encore de retrouver les gestes de la vie quotidienne, comme regarder des côtes de mouton cuire sur le feu de bois, ainsi fut ; y racler la viande avec nos dents et lancer les os à un chien efflanqué, ainsi fut ; boire du vin de palme jusqu'à plus soif et rire à en exploser, ainsi fut.

Tâtonnant dans l'obscurité, je regagnai ma demeure de femme mariée où j'avais définitivement écrasé mon orgueil pour être acceptée.

Gazolo me pénétra et je poussai un cri.

– C'est bon, gémit-il. Que c'est bon !

Il transpirait abondamment, les yeux fous, le souffle court. Quand tout s'acheva, il roula sur le côté, souffla bruyamment et demanda :

– C'est qui ?

– Qui quoi ?

– Celui qui t'a foutue enceinte. C'est pas un étranger, dis ? J'espère surtout que Michel Ange de Montparnasse n'est pas passé dans ton dos.

Je dis non.

– Très bien, fit-il en éteignant la lampe-tempête. De toute façon, un gosse est un gosse. Celui-là viendra grossir ma concession. J'ai besoin de main-d'œuvre pour mes champs !

Quelques minutes plus tard, sa poitrine se soulevait et se rabaissait.

Le lendemain, quand l'aube rassembla toutes choses, les dernières étoiles, les morceaux de nuages, les sommets, j'ouvris les yeux sur un monde inconnu : « Oh, esprit des ancêtres, sauvez-nous ! » entendis-je hurler. Gazolo dormait encore et ses mains s'agitaient comme les pattes d'un chat qui cauchemarde. Une odeur de cendre flottait dans l'air, mais lorsque je passai la tête par la fenêtre ce que je vis alors noua ma gorge d'angoisse. Il y avait des tubercules de manioc éparpillés dans la cour : certains étaient éventrés ; d'autres rongés sur le côté, étalés là où on les avait abandonnés. Le soleil commençait à chauffer et des grosses mouches vertes frétillaient, attirées par l'odeur âcre des maniocs à moins que ce ne fût par celle des excréments de ratons laveurs posés en boule sur chaque tubercule comme un ornement. Je clignai les yeux sans un mot. Une femme aux pagnes déchirés avec un gros bleu sur le front s'arrêta devant ma concession : « Chez vous aussi ? » me demanda-t-elle. Je hochai la tête et elle regarda longuement par-delà les fourrés et dit d'une voix inquiète : « Tous les champs ont été dévastés. Qu'allons-nous devenir ? » Je touchai mon ventre où le bébé grandissait. Je dus me détourner car elle n'était plus là. A pas lents, je me rendis chez papa. J'avais le soleil dans le dos et un léger vent venant du sud-ouest empêchait la transpiration de stagner sous mes aisselles. Dans les concessions, les femmes mettaient en tas les maniocs pourrissants, y allumaient du feu, sous le regard hébété des enfants. Les hommes commençaient à boire, allez savoir pourquoi. Nos esprits verts se flageolaient avec des lianes en pleurant parce qu'ils avaient été incapables d'éloigner le malheur de nos champs.

Maman était accroupie dans la cour et le vent ondoyait dans ses cheveux comme l'herbe haute qui pousse dans les marais. Papa était assis sous la véranda. L'air faisait gonfler les manches de son boubou. « Qu'ai-je fait de mal pour que mon peuple soit puni de la sorte ? » demanda-t-il à un lapin qui traversait la cour au galop. L'animal s'arrêta, brandit une patte, désapprobateur. Il stigmatisa la luxure et l'appât du gain puis disparut dans les fourrés.

Papa leva les yeux vers le ciel. Il conta des temps anciens où les humains partageaient la même âme et où l'on n'avait nullement besoin de décliner son identité face à l'autre. Il parla de l'époque où les hommes partageaient la même conscience bien avant la naissance.

Je pris place à ses côtés sans mot. Le vent de nouveau échevela les arbres, au bord de la Sanaga, ébranla les racines des cacaotiers, fit tourbillonner les carrousels de nuages, dispersa les images du firmament. Papa sursauta avec un mal atroce dans la poitrine, comme s'il s'était heurté contre un obstacle.

– C'est lui !

– Qui lui ? demandai-je à papa.

Sans répondre, il passa la main dans ses cheveux.

– La sorcellerie vengeresse risque de s'étendre partout et de précipiter le chaos du monde !

De nouveau, il passa la main sur son crâne. Un cheveu se détacha, virevolta dans l'air et tomba dans la poussière. Il le ramassa précautionneusement :

– On a déjà assez de problèmes. Inutile de prendre de nouveaux risques !

Il se mit à le mâcher soigneusement parce que nous savions ce qu'on pouvait faire des mèches de cheveux qu'on trouvait ; parce qu'on savait ce qu'on pouvait faire des rognures d'ongles qu'on trouvait. Il le recracha dans la poussière, puis se dirigea vers sa chambre. J'entendis des bruits des canaris faits dans des courges qu'on déplaçait ainsi que ceux des claquettes de cérémonies en sabots d'éléphants. Il enfila une peau de chèvre.

– Où cours-tu ainsi ? lui demanda maman alors qu'il s'apprêtait à quitter la concession.

Assanga Djuli se retourna et ses yeux brillants plongèrent droit dans ceux de maman.

– Si tu ne me fais pas confiance, dit-il d'une voix douce, tu ferais mieux de retourner dans ta famille.

Cette phrase comme la pression d'un poing serra la gorge de ma mère. Elle refoula ses larmes et un chien à trois pattes la regarda étrangement. Elle en avait assez de lutter.

Papa fredonna le chant du vent levant. Il pénétra dans l'enclos et choisit une jument. La bête était si efflanquée que ses côtes saillaient sous sa peau : on eût cru les ressorts d'un vieux matelas ! Il grimpa sur sa monture et illogiquement j'enfourchai un poney noir. Le chien à trois pattes se mit à trottiner derrière le minuscule convoi que nous formions. Hormis les femmes qui ramassaient le manioc pourri, tout le monde semblait s'en foutre de notre minuscule convoi. Les vieillards se taillaient des cure-dents dans des morceaux de bambou parce que ces événements ne les passionnaient plus ; parce qu'ils avaient l'impression d'avoir déjà entendu pareilles choses, sauf que les noms des personnages changeaient. Des hommes vaillants s'en allaient aux champs ou buvaient du vin de palme. Des jeunes debout sous des manguiers chuchotaient et éclataient de rire. Même nos esprits verts jouaient à cache-cache sans se préoccuper de nous.

Nous avancions dans la poussière rouge du sentier qui partait du village en direction de Sâa. Puis, nous bifurquâmes vers l'ouest. Nos bêtes n'étaient pas vigoureuses et elles remontaient avec difficulté la colline d'Isselé. Je ressentais entre mes cuisses la chaleur du poney qui dégageait une forte odeur de sueur. Le vent franchissait la crête rocheuse, apportait des senteurs des feuilles séchées et des marécages. Quand on fut au sommet, on sauta à terre. De là où nous nous trouvions, on voyait le monde entier : plateaux, plaines s'étendaient et s'imbriquaient les uns dans les autres tels des nuages, jusqu'au-delà de l'horizon. Des aboiements de chiens nous parvenaient, étouffés. Sâa au lointain était minuscule, comme écrasée par l'immensité du ciel bleu. A l'est se dressait le pays boulou, enveloppé de brume.

250

Papa avait le soleil dans le dos et ses yeux étaient fixés sur cette ville grandissante. La puée des machines à vapeur montait en colonne dans le ciel. Les bateaux sifflaient. Les enfants de l'école française chantaient et essayaient à leur manière de s'agripper aux superstructures de l'esprit qu'était la civilisation occidentale afin de devenir quelqu'un. « Je crois que pour arrêter tout ça, dit Assanga Djuli, découragé, il nous faudra compter sur des gens qui ne sont pas encore nés. » Il passa ses mains dans ses cheveux : « Cent ans. Peut-être plus. »

On reprit la route. On traversa des forêts denses. On chemina par des clairières bordées de manguiers sauvages. Les rayons du soleil à travers les arbres nous fendaient la tête en plusieurs morceaux, comme du bois mort. Soudain, les chevaux s'arc-boutèrent et leurs naseaux frémirent. Quelque chose alentour les rebutait et des perles jaunes tombèrent d'un arbre avec la légèreté d'une pluie d'été. Papa descendit de cheval, ramassa une perle, l'observa puis leva lentement les yeux en direction de l'arbre.

Une jeune fille aussi épaisse qu'un ouistiti était tapie dans les branchages. Le vent faisait voler ses cheveux roux autour de son visage. Papa entreprit de grimper sur l'arbre afin de la ramener. Il s'approcha d'elle avec précaution et lui tendit la main. Elle le dédaigna, descendit seule et se laissa tomber sur l'herbe avec douceur.

– Qui es-tu et que faisais-tu là-haut ?

La jeune fille arrangea les pans de son pagne vert. Elle chassa une mouche sur sa joue et regarda mon père avec un tel toupet que l'assurance d'Assanga Djuli s'envola.

– A quelle tribu appartiens-tu ? bégaya papa. Quoi que

251

tu aies fait, je te ramènerai chez toi et tes parents te pardonneront.

Papa était fier de lui. Il trouvait ses paroles non seulement sensibles et généreuses, mais aussi appropriées à la circonstance. Il scruta le visage de la jeune fille : l'expression n'avait pas changé : on y lisait du dédain. « Tu ne voulais peut-être pas puiser l'eau à ta mère, c'est pour cela que tu as fui, n'est-ce pas ? » Les narines de la jeune fille palpitèrent et sa bouche se plissa en une moue sarcastique : « Tu sais très bien, vieillard, que lorsqu'une femme fuit, c'est presque toujours un homme. »

Papa la fit grimper sur son cheval sans consulter ni les dieux ni les astres. Une nouvelle humiliation pour maman, me dis-je, furieuse. Si j'avais pu, j'aurais envoyé cette jeune fille se faire déchiqueter chez les hyènes. La colère sourdait tant en moi que je m'en pris au poney parce qu'il ne pouvait pas se défendre : « Plus vite, sale bestiole ! » Je lui donnai de grands coups de talons dans les côtes. L'animal leva la tête, surpris, s'arrêta, battit l'air de sa queue et se mit à brouter : « Avance ! hurlai-je. Avance ! » Il m'oublia, moi, mes haines et mes injures. Quand cela lui parut suffisant, il accéléra l'allure. Mes dents s'entrechoquaient. Mes fesses rebondissaient sur son épine dorsale et j'avais atrocement mal. Papa ne se préoccupa pas de mon malheur. Son visage exprimait une exaltation douce comme celle de ces vieilles qui prient sans cesse, mais dont les péchés ne remplissent pas un mouchoir de poche.

Le poney s'arrêta enfin et je compris qu'il avait gagné, qu'il était le plus fort. J'abandonnai l'inutile violence. Nous traversâmes des paysages mauves, des champs couleur or, des crêtes onduleuses où s'étalaient des fleurs orangées ou bleues.

Le crépuscule s'allongea brusquement sur nos têtes. On fit halte au bord d'un étang. On déterra des patates douces. On alluma un feu à l'aide de branchages. Des étoiles tombaient une lumière plus subtile qu'un clair de lune. On pouvait distinguer le contour des arbres et les blocs de rochers environnants.

Papa observa la position des planètes et des constellations qui tournaient et modifiaient l'ordre du monde. Ses yeux glissèrent sur le ventre nu de l'adolescente. Ses côtes se soulevèrent au rythme de sa respiration. L'excitation remonta de ses cuisses.

La gamine sortit une patate du feu, se brûla les doigts.

– Ça, c'est une vraie sensation, immédiate... Comme le sexe... T'as envie de moi ? demanda-t-elle à papa à brûle-pourpoint.

– Non, dit papa.

Je sentis le sang battre à mes oreilles car il mentait. La jeune fille pouffa de rire. Elle riait encore et encore. Et quand son rire sembla s'arrêter, il repartit de plus belle.

– Il n'y a plus personne en qui avoir confiance sur terre, dit-elle. Même les vieillards mentent !

– Tu n'as qu'à t'en aller, si tu ne me fais pas confiance, fit Assanga Djuli. De toute façon, je ne pourrais pas aider quelqu'un qui ne me fait pas entièrement confiance.

La jeune fille fixa l'immense forêt. Des larmes affluèrent à ses yeux et j'entendis son effondrement intérieur :

– Partir... C'était la seule chose que je pouvais faire.

Elle se leva d'un bond, tourna autour du foyer et dit :

– Les villes créées par les Blancs s'agrandissaient chaque

jour et notre façon de vivre se perdait comme grains de sable dans le vent. Modibo, notre ancien chef, pensait qu'il fallait nous couper des Blancs pour survivre et nous assistions chaque jour, ignorants et impuissants, à notre propre destruction.

Je m'appelle Alima.

Zoa, notre chef actuel, avait quitté notre village,
bien avant ma naissance.

J'avais cinq ans, lorsqu'il revint.

Il portait des vêtements de Blanc,
des chaussures occidentales brillaient à ses pieds,
des bijoux en or et un collier en dents d'éléphant ornaient ses poignets, ses doigts et son cou.

En contrepartie de ses vêtements, chacun était prêt à vendre son âme.

Il s'installa en hauteur, là dans les montagnes.

Il fit construire une case en ciment au toit de tôle ondulée.

Il meubla sa maison d'étagères en Formica, de fauteuils moelleux et de verres en cristal.

Il était seul à posséder autant de richesses et nous l'enviions.

Il paradait devant nous, excitant notre convoitise.
Puis, il nous disait :
Je veux bien jouer au songo avec vous.
Mes vêtements de Blanc contre vos haillons ;
ma case en ciment contre vos champs de maïs.
L'offre était exceptionnelle
On se battait pour jouer contre lui.

Chacun tentait sa chance,
on croyait n'avoir pas grand-chose à perdre et tout à
gagner.

Pendant qu'ils jouaient,
Zoa faisait boire du vin de palme à ses adversaires.
Ils ignoraient qu'il contenait
du sang de fœtus arrachés aux ventres de leurs
mères pendant leur sommeil.
Ses adversaires buvaient cette chose,
et cette chose brouillait leur esprit.
Ils étaient à sa merci,
ils n'avaient aucune chance.
Ils ne s'arrêtaient de jouer que lorsqu'ils avaient perdu
jusqu'à leur dernière djellaba.

Et quand ils se retrouvaient nus
que tout était à lui, Zoa s'exprimait en ces termes :
Je suis un enfant de cette terre, un frère des étoiles,
je vais vous donner une dernière chance :
Si vous devinez ce qu'il y a sous mes pieds
je vous rendrai vos vêtements, vos champs,
vos amulettes, vos perles,
et tout ce que j'ai en ma possession,
ces défenses d'éléphants de la savane,
ces rangées de cauris en or,
cette maison construite en ciment d'Europe
et tous les biens qu'elle contient.
Si vous vous trompez, vous travaillerez pour moi

jusqu'à ce que les étoiles
poussent dans les champs comme du maïs.

Ils n'avaient plus rien à perdre,
alors, ils pariaient leur destin
comme une vulgaire chèvre.
Jamais ils ne devinaient.
Ils imaginaient qu'il y avait sous ses pieds des fourmis
noires, des araignées rouges, du sable blanc des déserts
d'Égypte, des cailloux de rivière ou des fraises des montagnes...

Zoa bondissait et tourbillonnait.
Vous avez perdu !
Il confisquait leurs biens, arrachait leur esprit, empri-
sonnait leur volonté et enterrait leurs désirs aux confins
des puits.

Aujourd'hui, tout le village est à lui,
la terre comme ses hommes,
les arbres comme ses animaux,
les nuages du nord comme ceux du sud,
les pluies de l'est comme celles de l'ouest.
Mais quand le soleil retourne
aux confins des mondes invisibles,
il se rend dans la plaine là où la terre est sablonneuse,
sa voix s'élève au-delà des vallons :
Si les Nègres ont perdu le contrôle de l'univers,

c'est parce qu'ils pensent toujours en termes de *nous* !
Jamais en *je*, ce je extraordinaire qui donne à l'humain
le désir de se surpasser !

Le vent frais du soir apporta une odeur de source enfouie
sous les montagnes et repartit avec les paroles de la jeune
fille. Assanga se leva et saisit le bras d'Alima. D'une main,
il toucha son menton, sa gorge, ses seins naissants, ses
cuisses, comme s'il voulait s'assurer de la réalité de sa présence. On eût cru un pèlerin qui se rend dans un lieu saint
pour se débarrasser de ses doutes et raffermir sa foi et qui,
pour ce faire, a besoin de toucher aux saintes reliques.

— Qu'est-ce qui me dit que tu ne racontes pas des mensonges ? lui demanda-t-il. Comment se fait-il que tu aies
réussi à t'enfuir, toi, une gamine ?

La jeune fille éclata de rire. Sa tension se relâcha.

— Peut-être parce que les hommes sont naïfs et que les
femmes sont malignes ; peut-être parce que la femme aussi
jeune soit-elle est un peu la mère de tous les hommes ?

— Tu veux dire que Zoa est..., bégaya Assanga en la
repoussant.

— Tu as bien compris, vieillard ! Il baisait avec moi.

Assanga saisit la peau de son poignet entre deux doigts,
se pinça jusqu'au sang pour faire refluer son désir mais je
n'en fus pas dupe. Ils s'assirent en tailleur autour du feu
et on entreprit de manger les patates qui avaient perdu de
leur goût.

— On en revient toujours à la même chose : colère et
frustration, dit Assanga d'une voix pathétique. Chaque
matin de nos vies, nous nous réveillons sur une terre qui

appartenait à nos ancêtres, mais que les Blancs comman-
dent. Nous travaillons sur ce sol, mais les biens qui en
surgissent partent sur des bateaux. Nos enfants, nos femmes et nos hommes conduisent leur vie selon l'ordre établi
par les Blancs ; ils doivent respecter leur puissance et leurs
machines sous peine de prison. De rage, certains parmi
nous veulent rétablir l'ordre d'antan. Ils les combattent
comme ils peuvent tout en réussissant à survivre, c'est le
cas de mon village. D'autres considèrent que le passé est
une matière morte. Ils veulent créer un nouvel ordre et,
pour cela, il leur faut prendre des pouvoirs partout : chez
les Blancs, chez les Noirs, chez les hommes, chez les animaux, chez les esprits et chez les vivants. Dans leur
conquête, ils oublient que certains éléments constituent
des forces contraires. Comment additionner l'eau et le feu ?
Quelle est la couleur de l'ombre lorsqu'on y ajoute de la
lumière ? C'est le chemin qu'a choisi Zoa, descendant des
femmes-panthères.

On resta silencieux, à guetter des étoiles filantes dans le
ciel, jusqu'à ce que le sommeil nous emprisonne. On se
recroquevilla sur des feuilles de bananier. Au moment de
m'endormir, je fis un vœu : retourner saine et sauve au
village.

Quand j'ouvris les yeux, je posai une main sur ma bouche pour ne pas crier : Alima était allongée sur le ventre
de papa, les poings serrés, la tête penchée comme un fœtus.
J'espère qu'il n'a pas touché à cette chose qui n'est pas
encore une femme ! Je n'osais imaginer ce qui s'était passé
entre eux. J'entassai machinalement mon lit de fortune :
peut-être recherchait-elle de la chaleur ? me dis-je, car avant
l'aube il faisait froid dans ces vallées. Mais lorsque je vis

des ombres pétillantes au fond des pupilles de la jeune fille, je fus si terrifiée que je la doigtai et dis la première chose qui me traversa l'esprit :

– Maman ne voudra pas de cette chose chez elle !

Les muscles de leurs visages se tendirent comme des arcs confectionnés avec des branches de baobab. Ils ne dirent rien au vent, ni entre eux. Ils enfourchèrent avec raideur leur monture. J'eus envie de pouffer d'un rire nerveux mais un nœud au creux de mon estomac m'en empêcha. On reprit la route, le soleil dans mon dos. Des sauterelles s'envolaient à notre approche. Le ciel était d'un bleu turquoise et les nuages bien gonflés étaient très hauts. L'attente de ce vers quoi on allait était comme des cordes tendues dans nos ventres. La piste rouge courait parallèlement à un cours d'eau asséché en contrebas. De jeunes gens, chargés de baluchons, marchaient au fond de son lit. Ils partaient vers la ville où, croyaient-ils, ils deviendraient riches.

– Ils rentreront chez eux quand ils seront affamés, sales et plus pauvres encore, plaisanta papa. Ils reviennent toujours à la case départ parce qu'il arrive toujours un moment où les Blancs ferment leurs usines ou les jettent à la porte comme des malpropres.

On chemina trois jours et trois nuits à travers vallées et collines ; on vit des sources comme celle-ci où les vents et l'érosion avaient taillé des nids dans les rochers ; l'eau y surgissait des profondeurs de la terre et les hommes pouvaient compter sur elle, même quand le soleil brûlait les vallées et que le vent n'apportait que poussière. On vit des singes sautiller de branche en branche en poussant des cris stridents ; on vit des rats palmistes ainsi que des grenouilles vertes sauter dans des marécages dans un bruit discret. Mais quand on vit le village des descendants des femmes-panthères, un cerne souligna le vide de mon esprit. Ce qui s'étalait sous nos yeux était à vous briser les vertèbres : des gens marchaient comme des survivants, seuls ou par groupes. Des femmes aux yeux marqués de khôl putaient assises sur des chaises en rotin devant les maisons de briques et de tôle ondulée. Des hommes damnaient leurs âmes en achetant ces femmes l'espace d'une jouissance. Des enfants se tenaient loin de leur mère afin de ne pas gêner des clients mais épiaient les couples par les trous lorsqu'ils se renversaient du vin dessus en se débraguettant ou lorsqu'ils baisaient. Des gens allongés sous des cartons cuvaient et des mouches dansaient autour de leurs bouches.

– Ils n'ont plus leur esprit, dit Alima. Tout l'argent que les femmes gagnent revient à Zoa.

Dans un flamboiement, je revis un monde formé d'histoires d'il y a longtemps. Je vis les premiers descendants des femmes-panthères, ces fiers guerriers qui pendaient leurs ennemis par les pieds avant de leur arracher le cœur d'un coup de griffes. Assanga Djuli dut revivre aussi l'épopée de ce grand peuple car il poussa un soupir de désolation. Puis, il regarda vers l'ouest, il regarda vers le sud et roula énergiquement ses trois bâtons à prières entre ses paumes. Des libellules vinrent planer au-dessus de sa tête.

– C'est le moment, dit-il.

On traversa le village qui sentait le vin, le vice et la perversité. On croisa une femme avec un paquet de linge

ensanglanté. Derrière une concession, des ivrognes riaient
et abattaient des arbres : il n'en restait presque plus.

– C'est pour Zoa, nous dit Alima. Il les vend aux Blancs.

On ne dit rien, quoique ce fût une tragédie qui méritait
qu'on s'exclamât dans les chaumières : « Quelle histoire ! »
Qu'on frappât ses mains l'une contre l'autre : « Quel
drame ! » Mais toute tragédie ignore qu'elle est tragédie.
Elle ne pleure jamais sur son propre sort.

Zoa était assis à l'ombre de sa terrasse, les yeux fermés,
le visage détendu. « Ah, vous voilà enfin ! dit-il sans ouvrir
les yeux. Asseyez-vous et jouissons de la chaleur ensemble. »
Mais lorsqu'il vit Alima, il se dressa d'un bond, haleta et
un filet de sueur ruissela de son visage comme des larmes :

– Putain ! dit-il en se précipitant sur elle. Où étais-tu
passée, salope ! Dis-moi, où étais-tu allée vendre tes fesses ?

Cette jeune fille qui s'était pourvue d'ailes et qui avait
échappé à son pouvoir et à sa richesse l'énervait. Il voulait
la tuer, lui briser le crâne, arracher ses plumes et les lui
enfoncer dans la gorge, afin de l'empêcher de s'envoler.

– T'es qu'un pauvre type, dit la jeune fille d'un ton
ferme. T'as joui de mon cul jusqu'à perdre haleine et tu
as le culot de l'insulter !

Elle lui cracha au visage.

La bouche de Zoa se tordit en une grimace ; son corps
trembla, tandis que celui d'Alima restait raide comme bois
mort. Puis, ses mains glissèrent d'elles-mêmes le long de
son corps.

– Tu vas me le payer ! Tu ne perds rien pour attendre !

Et le voilà qui reprit son sang-froid : « Le voyage n'a pas
été trop fatigant ? » demanda-t-il à papa. Il l'entraîna dans
sa case et on eût cru qu'ils étaient les plus vieux amis du

monde. Assanga entra dans sa demeure où s'accumulaient tous les pouvoirs du monde, ceux des Noirs et des Blancs, ceux des esprits et des vivants, ceux des nuages du nord et des vents du sud. Zoa proposa à Assanga Djuli de jouer au songo. Papa accepta sans l'ombre d'une hésitation. Alima entama une danse où la musique venait des tréfonds de son âme.

Zoa dit :
Les gens d'ici n'ont pas de talent pour le jeu,
J'ai envoyé des rats détruire tes plantations.
Ta colère t'a amené jusqu'ici.
Sais-tu pourquoi ?
Pour qu'on puisse jouer ensemble.
Tu es un bon joueur, je me trompe ?

Assanga regarda autour de lui et il vit
les tapis tissés,
les canaris ornés de pierres,
de jolies jarres décorées de perroquets,
et cette maison qui sentait le propre et la chaux.
Il eut pitié de Zoa qui n'avait pas pitié de son peuple,
et il eut pitié de cet homme
qui était prisonnier de sa sorcellerie vengeresse
et il eut pitié de cet individu qui allait à sa perte en voulant imiter la possession blanche.
Et il dit : Je me débrouille.

Zoa était content.
Il offrit à papa son vin de palme.
où il y avait du sang de fœtus arrachés aux ventres de leurs mères durant leur sommeil.

Je te remercie, rétorqua Assanga Djuli.
Je me suis désaltéré à la source des rochers.

Papa paria ses vêtements, ainsi que sa peau de chèvre, ainsi que ses bâtons à prières, ainsi que sa jument et le poney.

Zoa sourit en voyant tout cela :
C'est de bien moindre valeur que mes bottes de cuir,
que mes rangées de perles des montagnes,
que mes verres de cristal,
que ma lampe à gaz posée sur l'étagère.
Mais, je suis un homme désintéressé.
La valeur des choses n'a aucune importance.
Jouons !

A l'extérieur, Alima dansait en faisant tourner son corps. Et elle ondulait des hanches et des cuisses en des mouvements souples. Elle tourbillonnait jusqu'à être à la fois taureau et bourreau en offrant l'éclosion de ses jambes comme une cape de torero.
Et les ivrognes qui abattaient les arbres sentirent des

démangeaisons au bas de leur ventre ; des femmes putas-
sières sentirent quelque chose se dessécher en elles comme
des vieilles photos au fond d'une caisse ; les saoulards tressaillirent dans leur sommeil et tout ce monde se leva
comme un seul être. Ils vinrent à bras gauche et à bras
droit, parcourus de frissons et leurs cœurs battaient dans
leurs poitrines tandis que les talons d'Alima tapaient le sol.

Ils s'agglutinèrent autour d'elle comme des mouches et
les minutes et les heures disparurent. La danse exaltait des
souvenirs enfouis, comblait un peu l'idée de la beauté qu'ils
avaient perdue, du regret des choses qu'on ne pouvait changer, du paradis d'antan.

Papa perdit la première manche,
mais il l'avait prévu ainsi.
Et les yeux de Zoa scintillèrent d'allégresse.

Je suis généreux, lui dit le descendant des femmes-panthères.
Je te propose un nouveau marché.
Si tu trouves ce que j'ai sous le pied,
je te rends tes biens, te fais cadeau de ma maison,
mes champs ainsi que mes hommes.
Mais si tu ne devines pas
tu travailleras pour moi, jusqu'à plus vie.
Tes richesses, tes enfants, ton village, ton avenir seront
à moi.

Papa acquiesça et dit :
Peut-être les abeilles du ciel.
Il fit une pause avant d'ajouter :
Laisse-moi réfléchir.
Et il suggéra :
Peut-être le pollen des fleurs.
Ou la rosée du matin...
Ou les larmes du soleil.

Zoa bougea son pied et sourit.
Il te reste une dernière chance.

Alors papa réfléchit à haute voix :
Les pouvoirs d'un homme sont concentrés à la plante
de tes pieds.

Zoa sourit et félicita Assanga, mais son sourire était
crispé par la haine.
Tu es le seul à avoir trouvé la bonne réponse !
Mes biens te reviennent ainsi que mon avenir.
Fais-en ce que tu veux, jusqu'à ce que les dents poussent
sur le crâne d'un chien.

Mais Assanga Djuli savait Zoa plein de malice et de
magie.
Alors, il posa ses pieds sur ceux de Zoa et lui dit :

Garde tes biens. Seuls tes pieds et les forces qu'ils contiennent m'appartiennent.

Garde tes biens, seuls tes yeux et les puissances qu'ils captent m'appartiennent.

Garde tes biens, seules ta langue et les malices qu'elle profère m'appartiennent.

J'ordonne à chaque puissance de sortir de ces organes et de revenir à leurs maîtres originels.

Je leur ordonne de t'oublier et d'obéir à leur véritable propriétaire, celui que seul le destin peut nommer.

Que ceux qui n'ont pas de maître s'éparpillent dans le vent ou regagnent les étoiles.

Il ramassa un couteau, trancha les pieds de Zoa et les enterra à l'ouest.

Il coupa la langue de Zoa et l'éparpilla dans les ténèbres.

Il arracha les yeux de Zoa et les lança vers le sud où ils devinrent ces étoiles qui illuminent l'horizon à la saison des pluies.

Papa sortit en titubant comme un homme saoul et Alima cessa sa danse. Elle transpirait et la sueur formait des halos sous son bras. Il s'avança lentement et parla au vent, aux mers et aux montagnes, car de tout temps parler aux éléments de la nature a toujours été la meilleure manière de parler aux hommes. Et les hommes retrouvèrent leurs esprits : « Qu'est-ce qu'on fait là ? » s'étonnèrent-ils.

Le ciel se couvrit brusquement. Le vent se leva et les

gens ne bougèrent pas. Il décapita les toits de leurs maisons et les hommes ne bougèrent pas. Des éclairs zébrèrent le ciel avec une telle obsession que j'en recevais des éblouissements dans les yeux et ils attendaient encore, parce qu'ils pressentaient qu'il fallait détruire l'ancien pour reconstruire le nouveau. Et lorsque les mains des dieux crevèrent les nuages, que l'eau coula avec une telle force qu'elle détruisit les champs et les bars, les enclos et les fermes, que les cadavres des chiens, des coqs ou des cochons y surnagèrent pour aller se perdre dans la Sanaga, ils ne s'en étonnèrent pas.

Parce que la langue pour raconter leur drame leur appartenait et l'œil pour le percevoir leur appartenait. Ils chantèrent en chœur :

Zoa est venu avec les nuages des ténèbres,
avec sa sorcellerie, il s'est enrichi
et sa sorcellerie s'est retournée contre lui.

Sa sorcellerie a mangé ses yeux.
Sa sorcellerie a mangé sa fortune.
Sa sorcellerie a mangé sa langue.

Les nuages des ténèbres ont enveloppé son âme.
Ils ont emporté sa langue, malgré sa sorcellerie.
Il ne voit plus rien, malgré sa sorcellerie.

Muet et aveugle, tel est Zoa.
Muet et aveugle, il est.
Muet et aveugle, il mourra.

J'écoutais et j'avais l'impression d'être un bouchon flottant en pleine mer, incapable de m'arrimer à cette atroce réalité. J'esquissais des pas, tournoyais sur moi-même dans une fantasmagorie de papillon.

— Penses-tu vraiment qu'ils vont retrouver leur vie d'antan ? demandai-je à papa.

— Ils retrouveront des bribes de leur passé, mais il y a autre chose : c'est tout ce qu'ils ont déjà vu, tout ce qu'ils ont expérimenté, tout ce qui s'est gravé dans leur inconscient et qu'ils ne pourront plus oublier.

Le lendemain, le pays des descendants des femmes-panthères n'était que désolation. Des cadavres d'animaux, des poteaux, des toitures jonchaient les sentiers. La boue comme un masque recouvrait chaque chose et ce paysage correspondait à l'état d'esprit d'Alima lorsqu'elle vit papa sur sa jument, prêt à se lancer dans les bras des montagnes.

— Je t'aime, dit-elle à papa. Je veux vivre avec toi.

Assanga sourit parce que ces mots lui rappelaient l'époque où son cœur était frais comme la terre des collines.

— Alima, est-ce que tu crois en moi ?

— Je crois en toi.

— Même si je suis un vieillard ?

– Ce n'est pas de ta faute.

– Même si je disais quelque chose qui te déplaisait ?

– Je n'y peux rien.

– D'où te vient une si profonde conviction ?

– J'en sais rien.

Il lui caressa les cheveux et je vis un père dans ses gestes. « Il faut que tu restes ici, dit-il. Il faut que tu aides ton peuple à se reconstruire. »

Parce qu'à présent le cœur d'Assanga Djuli, son cerveau, son sang, sa lymphe, sa bile étaient usés par le temps, les balles de fusil qui explosaient comme des champignons et autres cendres de la sorcellerie blanche ou noire.

Debout dans le soleil levant, Alima nous regarda nous éloigner, pas à pas, jusqu'à ce que l'ombre nous absorbe. Jamais elle ne vit la larme au coin de l'œil de mon père.

Treizième veillée

Ah oula oula oula...
Raconte l'histoire...

A l'époque, certains d'entre nous voyaient encore des images changeantes dans les flammes d'un feu de bois ; d'autres entendaient les voix étouffées de l'ombre et seul Assanga Djuli était encore capable d'imprimer aux chants anciens et aux rituels la même tension qu'à un arc d'ébène.

J'étais mariée à Gazolo et je me soumettais à tout ce qu'on me demandait. Sous cette couardise je prévoyais tout : les désirs de mon mari et de Gono la Lune ; les caprices d'Opportune des Saintes Guinées et les volontés de Chrétien n° 1 ; leurs chieries et leurs bonheurs. J'étais enceinte de six mois et quelque. Mes décisions ne révolutionnaient pas l'avenir, mais créaient l'équilibre nécessaire au bon fonctionnement de cette famille. Pourtant un petit détail échappait à cette minutie et menaçait cette harmonie : j'étais convaincue que j'avais des droits sur mon ex-amant, que ce qui s'était passé entre nous me donnait des prérogatives sur Chrétien n° 1. Je savais que ce sentiment pouvait engendrer des dysfonctionnements dans notre système de vie, qu'il convenait de faire de cette histoire d'amour une affaire classée afin de préserver nos mariages d'un éventuel éclatement. Néanmoins, un soir, je me souviens.

Je me promenais dans le village pour prendre un peu le frais. La lune était pleine, une de ces lunes aux joues rondes, capables selon l'adage de « manger les nuages ». D'ailleurs elle s'avançait dans le ciel et dégageait tout sur son passage. Le silence était aussi profond que dans les nuits de pluie, lorsque les animaux se terrent jusqu'à la fin des flots. Au détour d'un sentier peu fréquenté, j'aperçus la silhouette incurvée de Chrétien n° 1. Il tenait par la taille une jeune fille et lui pondait des douceurs dans l'oreille, laquelle répondait par des couinements écervelés. Mon sang devint aigre, je bondis vers le couple, vorace et vulgaire :

– Comment osez-vous ? criai-je, mains sur les hanches.

– Mais ce n'est qu'une amie, dit Chrétien n° 1.

– Tu trompes Opportune des Saintes Guinées alors que vous venez à peine de vous marier. C'est scandaleux ! Proprement scandaleux !

La fille tenta de s'interposer mais une faiblesse coupa ses jambes. Mes lèvres exerçaient une gymnastique à faire pâlir les Jeux olympiques. Elles s'allongeaient sur un mépris, le tout soutenu par des gestes cochons des bras et des mains : « Pute ! Fille de chienne ! Traînée ! » J'étais dans tous mes états et les cheveux sur mon crâne se dressaient comme les arbres de la forêt. La fille envoyait des petites promenades des yeux, un couvrir de bouche avec la main, des soulèvements indignés de sa poitrine.

— Comment te permets-tu de m'insulter ? demanda-t-elle, hautaine. Toi ? Toi qui...

Je ne comprenais que trop l'allusion à ce qu'elle croyait être ma dépravation sexuelle et ne lui laissai pas le temps de m'assommer. Ah, pour ça, il ne fallait pas l'ouvrir. Les soupirs, les sous-entendus, les jasettes qui travaillent une réputation à coups de serpe, je connaissais. Je lui administrai une gifle retentissante de toutes mes frustrations. Chrétien n° 1 saisit ma main :

— Calme-toi, dit-il. Nous ne faisions rien de mal !

— Rien de mal ? ricanai-je. Je te trouve dans l'obscurité avec une femme et vous ne faisiez rien de mal ?

La fille toucha sa joue meurtrie, me regarda comme pour chercher à savoir quel air j'avais. Je ressemblais à une folle enceinte. Chrétien n° 1 passa légèrement ses mains dans mes cheveux :

— Sois pas si jalouse, belle-mère.

Il m'avait appelée belle-mère et ces mots, je les avais entendus, placée que j'étais dans le sens du vent. Je n'étais que cela à ses yeux : une belle-mère, rien qu'une belle-mère, jusqu'à ce que mort s'ensuive !...

— T'es qu'un méprisable ! Vous les hommes vous êtes que des rien-qui-vaut ! La pauvre Opportune des Saintes Guinées, si jeune, si naïve !

J'éclatai en sanglots si violents que tout mon corps en était secoué. La fille, pensant sans doute qu'elle venait d'allumer un feu dans un foyer, disparut dans la nuit.

— T'es une personne formidable, me dit Chrétien n° 1, mais ne te fie pas aux apparences. Entre Gounou et moi, il n'y a rien, quoiqu'elle me coure après. Je ne faisais que la consoler malgré son mauvais caractère !

Puis, il tenta de m'inculquer son antipathie réelle pour cette fille. C'était une personne aussi déplaisante et féroce que le diable et ses cornes. Il pissait son sang à livrer combat sur bataille pour fuir les avances de la coquine. Pourquoi, bon Dieu de diable, ne crevait-elle pas pour qu'il connaisse le répit ? Sa bouche se tordait d'indignation, ses yeux quémandaient une complicité que j'étais toute prête à lui offrir. Voilà que l'imbécile lança soudain :

— Toute femme qui fait des avances à un homme n'est qu'une pute !

— Je me demande ce qu'Opportune des Saintes Guinées pensera de tout ceci, fis-je pour cacher ma honte devant ces mots qui allusionnaient mon comportement à son égard, il n'y a pas si longtemps.

— Je t'en prie, n'en dis rien à ma femme.

— Crains rien. Nous avons l'habitude de mentir tous les deux, n'est-ce pas ?

Je m'en allai en pensant : « S'il savait que c'est ma jalousie qui m'a incitée à l'agresser ! » Je me sentais aussi légère qu'une feuille que le vent emporte. Je respirais l'air du soir et remerciai notre ordre social qui me permettait en tant que belle-mère de faire des scènes atroces à l'homme que j'aimais sans que personne s'en doutât !

Je marchai longtemps et ne rentrai que tard dans la nuit. Opportune des Saintes Guinées était accroupie sous la véranda. Je la vis déplier ses jambes sous la lune et s'avancer vers moi en dansotant.

— Merci, dit-elle en m'embrassant.

— Tu n'as pas à me remercier, dis-je. Te traiter de cette

façon alors que vous venez à peine de vous marier ! Si tu veux mon avis, il ne te mérite pas.

Je vis ses lèvres trembler :

– Chrétien n° 1 me trompe-t-il donc ?

– Je croyais que t'étais au courant, dis-je, et que c'est pour cela que tu me remerciais.

Elle se mit à marcher le long de la véranda. Je cheminai auprès d'elle. Plusieurs fois, j'essayai de savoir les raisons pour lesquelles elle m'avait remerciée : « Je te le dirai plus tard », promit-elle. Brusquement, elle pivota vers moi et me dit :

– De toute façon, il est important qu'un homme aille voir de temps à autre ailleurs. Cela ne porte pas à conséquence.

Pendant le dîner, il ne se passa rien de particulier. Nous mangeâmes assis autour d'une natte. De temps à autre, Opportune des Saintes Guinées fixait durement la nuque de son mari et j'étais prise de peur qu'elle ne l'agresse. Après le repas, je rappelai à ma belle-fille-demi-sœur et accessoirement rivale qu'elle m'avait promis de me dire pourquoi elle m'avait remerciée.

– Parce que tu as épousé Gazolo juste pour veiller sur moi, dit-elle, émue, les yeux pleins de larmes. Quelquefois, je m'en veux de t'avoir laissée te sacrifier pour moi. Même si notre papa ne m'a pas reconnue comme telle, je suis aussi sa fille.

J'éprouvai une violente colère que je me retins de manifester sinon en murmurant des paroles très douces : « T'es ma petite sœur », dis-je. Je l'attirai contre moi et criai presque ces derniers mots pour ne pas avoir à la battre : « Ce n'est pas un sacrifice, c'est un devoir ! » Elle était bien mignonne et aujourd'hui encore je remercie le Seigneur de n'avoir pas laissé paraître ma rage, d'avoir obéi à la voix intérieure qui me conseillait : « Sois câline avec la pauvre petite » et qu'elle n'ait pas su combien je lui en voulais d'être la femme de l'homme que j'aimais.

Cette nuit-là, je fus tendre et douce avec mon époux. J'exagérai mes marques d'affection envers lui, pour mieux lui cacher l'ombre d'un autre homme entre nous. Même la voie des épanchements ne lui fut pas refusée. Je lui dis que j'avais surpris Chrétien n° 1 avec une femme, là-bas sur le sentier.

– T'en as parlé à Opportune des Saintes Guinées ? me demanda-t-il.

– Non, dis-je. Je lui ai dit ce que je pensais de son comportement, c'est suffisant.

Il éclata de rire :

– Voyons, me dit-il. Que ferais-tu si, comme Chrétien n° 1, je te trompais ? Me tuerais-tu ?

– Non.

Je dois avouer que mon mari préférait que je ne sois pas sincère du tout.

– Normal. Car il est difficile de t'imaginer en redresseur de torts quand on sait la vie dissolue que t'as menée avant...

Je baisai goulûment ses lèvres. Je lui expliquai que j'avais commis une faute de jeunesse qui ne se reproduirait plus :

– T'as intérêt. Sinon, je te tue !

Les jours suivants semblèrent calmes. J'étais tranquille et il n'y eut pas d'orages entre Opportune et son mari. Mais Chrétien n° 1 était nerveux. Il mangeait à peine. Plusieurs fois, je le surpris qui déambulait alors que tous dormaient. Visiblement, il souffrait et, je ne sais comment, j'en arrivai à penser que c'était le fait de ne pouvoir me toucher qui le torturait. Cette pensée m'emplissait d'une félicité parfaite. Les heures s'écoulaient douces dans mon cœur.

Par une claire matinée, alors que j'étais assise sous le manguier à décortiquer des arachides, Chrétien n° 1 vint s'asseoir à mes côtés. Je pris une pose alanguie, me raclai la gorge pour donner à ma voix une intonation melliflue, lorsqu'il coupa mes élans de séduction.

— Opportune des Saintes Guinées ne veut plus coucher avec moi ! dit-il à brûle-pourpoint.

— Terrible ! rugis-je.

Cette remarque, je me l'étais adressée à moi-même. Mais, quand je le regardai, je vis qu'il en tremblait et me crus obligée d'ajouter d'une voix plus caressante :

— C'est dur d'aimer sans retour. Ça crée des frustrations.

— Tu ne lui as rien dit, n'est-ce pas ?

— Tu oses me soupçonner de... d'avoir... ? demandai-je, sincèrement indignée.

— Pardonne-moi, mais je deviens fou. Complètement fou ! Que dois-je faire ?

— Tu veux que je te conseille... moi ?

— Elle a presque ton âge et c'est ta sœur, après tout !

Je restai quelques minutes silencieuse, plongée dans une profonde réflexion :

— T'as qu'à la violenter, dis-je.

Je ne pensais pas mal faire. Une des obligations d'une femme était de se donner à son époux, pas de prendre, mais de se laisser prendre. Vers le début de l'après-midi, Opportune des Saintes Guinées franchit brusquement le seuil de ma chambre et se jeta sur ma poitrine en sanglotant : « Protège-moi ! » Ses pagnes étaient déchirés et laissaient à découvert sa jeune poitrine ; ses tresses étaient en désordre. Elle sanglotait de plus belle, tandis que je l'étreignais. La silhouette de Chrétien n° 1 s'encadra dans la porte : « Fiche le camp, lui criai-je. T'es qu'un porc. »

J'étais sincère quand je lui avais conseillé de violenter sa femme, je le fus aussi devant le corps couvert de bleus d'Opportune des Saintes Guinées. Il s'en alla et j'en fus heureuse.

Je nettoyai ses blessures, puis j'attachai un pagne autour de sa taille. Plusieurs fois, elle essaya de m'expliquer ce qui s'était passé, mais son émotion étouffait ses pensées, transformant la description de la scène en un verbiage incohérent. Je lui recommandai de se coucher, de dormir, ensuite on pourrait en discuter calmement.

Puis j'allai me promener dans l'après-midi ensoleillé jusqu'au bord du ruisseau. Je pensais à la souffrance d'Opportune des Saintes Guinées, mais surtout à mon désir de Chrétien n° 1. Tout en jetant des galets dans l'eau, je songeais avec un frémissement que je n'aurais jamais pu me refuser à Chrétien n° 1, même pour le punir des pires abominations. Je ressassais notre brève étreinte, là-bas, sur les collines. C'est vrai que de plus en plus, je songeais aux organes sexuels des hommes, en particulier à ceux de Chrétien n° 1 et cela me donnait un vif désir d'aventure amoureuse. Ma pensée fut assez forte, car je vis la silhouette de Chrétien n° 1 se dessiner magiquement dans mon champ visuel, s'étirer jusqu'à se matérialiser devant moi.

— T'as fait exprès, n'est-ce pas ?

— Je ne vois pas ce que tu veux dire...

— Tu m'as conseillé de violenter ma femme et...

— Pas de la battre, dis-je sans me démonter.

— T'es jalouse, voilà la vérité. T'es jalouse et méchante, dit-il. T'as toujours jalousé ta sœur parce qu'elle est ma femme !

— Mais tu rêves, mon pauvre ami.

— Oh, que non ! Il leva les bras au ciel : Mais t'es-tu regardée ? T'es vieille, t'es moche, tu ressembles à un homme malgré ta grossesse, t'as rien pour toi. Qu'est-ce que tu espérais ?

J'aurais pu lui dire que j'espérais qu'il m'aime, qu'il me désire jusqu'à la pathologie, qu'il répudie Opportune des Saintes Guinées, que nous nous enfuirions tous les deux, à travers la forêt, à vivre notre amour entre bêtes et flore, seuls au monde. Au lieu de quoi, je dis, l'air très lasse :

— Rien.

Je ne lui avais pas fait part de mes pensées, car expliquer à quelqu'un ses désirs secrets c'est l'autoriser à les satisfaire. Il disparut entre les broussailles. De l'autre côté de la rive, un homme s'abaissa et quand il eut achevé de boire, il me demanda :

— Ça va Édène ?

— Très bien, dis-je.

Qu'aurais-je pu dire d'autre ? Très bien, pour l'amour que personne ne semblait être disposé à me donner ; très bien pour les raclées que je recevais ; très bien pour les insultes et j'en passe. Un oiseau chanta, trois notes monotones, et je n'y pris pas garde. J'étais si plongée dans mon nouvel état que je ne vis pas les nuages recouvrir le soleil. Il se mit à pleuvoir brusquement. L'eau dégringolait, droite. Des hauteurs qui environnaient le village, descendait un amas de boue qui se mélangeait aux branches mortes et obstruait nos sentiers. Je me réfugiai longtemps sous un grand arbre, et quand je compris qu'il était inutile d'espérer une éclaircie, je me mis à courir. L'eau clapotait sous mes pieds, mouillait mon pagne en y collant des brindilles. Je courus jusqu'à la maison trempée et m'en voulais d'avoir perdu du temps à attendre des éclaircies, minutes précieuses que j'aurais pu mettre à profit pour cuisiner le manioc. Je franchissais à peine le seuil flagellé par la pluie lorsque je vis Gazolo. Il portait un gros caleçon rouge. Ses chairs débordaient de sa nuque et s'écroulaient en tas à la naissance de son dos ; la sueur dégoulinait de ses bourrelets. Il parlait, et son ventre s'agitait, ses bras s'agitaient aussi. Ses mains serrées en poing semblaient vouloir étrangler un ennemi imaginaire. Gono la Lune triait du maïs et le bruit des grains dans une calebasse semblait sa seule réponse aux injonctions de Gazolo. Chrétien n° 1 et Opportune des Saintes Guinées étaient appuyés, bras dans le dos, contre le mur. Ils écoutaient religieusement ses sermons. Chrétienne n° 3 jouait au songo. Lorsque mon époux me vit, il m'ordonna :

– Approche, approche. Mets-toi là, dit-il en m'indiquant le centre de la pièce.

J'obéis. Mes jambes mollissaient. Le cœur me battait dans la gorge. Il sourit :

– Maintenant, je veux que tu dises à Opportune des Saintes Guinées, devant tout le monde, combien je te bats.

La honte m'accabla.

– Je t'en prie, pas ça ! suppliai-je.

– Fais ce que je te dis ! hurla-t-il.

– Il me bat, murmurai-je.

Gazolo sourit, heureux de cette victoire.

— Bon, maintenant tu dois lui dire qu'un homme a droit de vie et de mort sur sa femme.

— Non ! criai-je.

— Comment ?

— Tu as bien entendu, dis-je. Un homme n'a qu'un droit : celui de respecter toute vie humaine.

— Ai-je bien entendu ? ricana-t-il. Madame philosophe. Ah ! Ah ! On aura tout vu.

— Non, dis-je. Je t'interdis désormais de porter la main sur moi.

— Sais-tu qui je suis ? me demanda-t-il. Sais-tu à qui tu viens de parler ?

— A un lâche ! criai-je, sans réfléchir. A un homme qui est sorti des cuisses d'une femme, qui en a respiré les effluves et qui a l'outrecuidance de ne pas la respecter !

Ses mâchoires se crispèrent. Il me gifla si violemment qu'un éclair fendit le ciel. Je vrillai sur moi-même et avant qu'il ne pût m'assener un autre coup, mes mains s'abattirent à deux reprises sur ses joues. Il me regarda, le souffle coupé :

— Vous avez tous vu, n'est-ce pas ? dit-il en prenant l'assistance à témoin. Elle a osé porter la main sur moi.

Gono la Lune posa ses bras sur sa tête :

— Seigneur ! Où va le monde ? gémit-elle, horrifiée.

— Je vais la tuer ! cria Gazolo.

Il bondit sur moi comme un gros chat. J'attrapai son entrejambe, le fit tournoyer et le jetai sur le sol. Je m'accroupis sur son ventre et fis résonner son crâne sur la terre.

— Espèce de fumier ! criai-je. Je ne suis pas ton esclave, tu m'entends ?

J'étais forte, mais cette grossesse me l'avait fait oublier. A l'extérieur le vent qui devenait plus violent faisait trembler le toit de chaume et ses agitements se confondaient avec les cris d'Opportune des Saintes Guinées qui pleurait et suppliait :

– Édène ! Édène ! Laisse-le... Édène ! Édène !

– Ça suffit ! cria Chrétien n° 1 en m'attrapant à bras-le-corps.

– Non ! Lâchez-moi ! Je vais lui apprendre que les coups, ça fait mal ! Lâchez-moi !

Il m'envoya valser à l'autre bout de la pièce. J'en restai tout étourdie. Gono la Lune bondissait : « Poisse ! Malchance ! » Elle prit Chrétienne n° 3 dans ses bras comme pour la protéger d'un danger imminent. « Une femme qui bat son mari ! C'est la fin du monde ! » Je m'en fichais. Je ne voulais plus patauger dans cette trame de tourments et d'innombrables sévices : « T'es moins bête que je ne le pensais », me dit Chrétienne n° 3 en passant sa tête entre les pagnes de sa mère. « Boucle-la », lui ordonna Gono la Lune.

Dehors, l'orage s'était calmé, mais la terre dégageait les odeurs de moisissure d'après pluie caractéristiques de notre région. Chrétien n° 1 aida son père à se relever. Son visage était marbré de coups, sa lèvre fendue. Son œil gauche était fermé et son torse maculé de sang jusqu'à la ceinture. De sa bouche fendillée, il essaya d'articuler quelques sons.

– Viens, dit Chrétien n° 1 en saisissant les bras de son père. Je vais d'abord te laver la figure. Non, reste là. Opportune des Saintes Guinées, va me chercher une bassine d'eau.

Très droite et sans faiblir, j'entrai dans ma chambre et claquai la porte. Qu'aurais-je pu faire d'autre ? Je restai trois jours sans sortir tant les contractions broyaient mon utérus. Je me tordais de douleur et le fœtus dégoulinait en rivières de sang de mes entrailles. Mes yeux discernaient les moindres détails du combat, et le bébé explosait en éclats de feu. Je souffrais. Chaque bruit de l'extérieur me faisait mal, au-delà de tout, j'espérais une visite, que quelqu'un, n'importe quoi qui respire, s'inquiétât de ma santé et demandât de mes nouvelles. Personne ne le fit, encore moins Chrétien n° 1. Par moments, je croyais l'aimer plus que tout au monde, mais peut-être ne me trompais-je pas tout à fait. L'après-midi du troisième jour, le fœtus jaillit d'entre mes cuisses et me libéra. Je coupai le cordon ombilical, enveloppai le bébé dans un vieux pagne et sortis. Je contournai la case et me dirigeai en titubant sous les bananiers. Je creusai vitement un trou, y enfonçai le paquet et restais à contempler la motte de terre lorsqu'une voix me tira de mes songes :

– Magnifique oraison funèbre !

Je sursautai. C'était Gono la Lune, toute debout dans mon dos, qui obstruait la lumière. Je sentis mes muscles se raidir. Elle m'inspecta de haut en bas.

– Pauvre petite imbécile qui n'a plus rien dans le ventre, même pas son bâtard, dit-elle d'une voix glaciale. Tu veux jouer à ce petit jeu avec moi ?

– De quoi parles-tu ?

– J'ai trimé pour Gazolo, murmura Gono la Lune sans presque remuer les lèvres, comme si elle débitait des boniments pour mendier trois sous. J'ai travaillé dur pour que Gazolo m'aime. Maintenant, il a fallu que tu t'amènes pour tout foutre par terre.

— Je ne t'ai jamais voulu de mal, Gono la Lune ! Je te jure que...

— Comment expliques-tu qu'il ne veuille plus coucher avec moi ? Comment expliques-tu qu'il ne te répudie pas après les abominations que tu viens de commettre ?

— Je ne sais pas, moi !

— Je ne sais pas, moi ! reprit-elle d'une voix nasillarde pour me singer. Je connais des filles de ton espèce. Elles courent toutes mais pas assez vite pour que vous ne puissiez voir qu'elles cherchent à vous voler votre homme. Depuis des semaines, lui as-tu seulement demandé de me rejoindre dans ma chambre ?

— Je croyais que tu ne voulais plus de lui !

Gono la Lune se mit à rire. Sa bouche riait, mais sans bruit et sans qu'un muscle de son visage ne bougeât :

— T'es trop bête ! Vraiment trop bête ! Elle se détourna brusquement : Fiche le camp !

— Oui, murmurai-je.

Les ruelles étaient pleines et je me sentais faible. Les arbres dégageaient mille odeurs et fleurissaient le cœur léger des vierges de douze ans. Des casseurs de cailloux, entre deux coups de marteau, entonnaient des romances d'un air si langoureux que les villageois les reprenaient. Toutes les rues étaient encombrées de refrains et l'éternelle idylle recherchait l'ombre propice des arbres pour discuter des avenirs illuminés.

J'avançais sans but précis. Jamais je n'aurais imaginé que Gono la Lune ne m'avait laissée épouser Gazolo que pour lui démontrer combien elle l'aimait. Je me demandai à quels autres stratagèmes recouraient les Négresses pour assumer leur rôle d'amantes. Sur un terrain vague, je vis trois hommes qui buvaient. Je ne remarquai même pas que personne ne me saluait. Les femmes me toisaient. J'errais comme une âme épuisée. Derrière la colline du côté des Isselés, des colonnes de fumée s'entremêlaient, se touchaient dans un poignant ensemble avant de monter au ciel. Le vent soufflait dans les irokos qui, malgré le temps clair, formaient un amas de brouillard. Au loin, je voyais le fluide évasement du fleuve qui sinuait. Le sifflement d'un bateau me parvint longuement avec ses clameurs et ses cris.

– Édène !

Je me retournai et vis papa. Il s'avança vers moi avec quelques hésitations.

– Je te cherchais, dit-il. J'ai à te parler.

– Je sais et je te demande pardon, père, dis-je d'une petite voix, une voix de gamine enchagrinée.

Il m'entraîna, loin du village, au nord du ruisseau où des palétuviers étendaient leurs branches sur le sol comme des milliers de bras de femmes mortes en couches. Dès que nous fûmes assis, qu'il eût ramené son pagne entre ses cuisses, il tourna vers moi un visage pathétique.

– Pourquoi ? Pourquoi as-tu fait ça ?

– Il me bat tout le temps, papa. Oh, si tu savais combien il me bat !

Papa serra ses poings, rageur, mais s'abstint de condamner à haute voix l'attitude de Gazolo.

– C'est de ta faute s'il te bat !

– Je sais.

De là où nous nous trouvions nous sentions le léger vent qui venait du fleuve. Lorsqu'il passait sur la colline et que son bruit se taisait dans les feuillages, on l'entendait arriver de plus loin. Par-delà la rivière on voyait des plaines, mais aussi des arbres hauts comme ça, et on imaginait d'autres villages, dont on voyait la fumée s'élever derrière le rempart des bambous. Papa se leva et secoua la poussière de ses vêtements :

– Remercie Gazolo de sa générosité. Il aurait pu te chasser ou ordonner de te châtier publiquement après ce que tu lui as fait. J'espère que tu ne recommenceras plus.

– Je te le promets, père.

Il me tendit sa main que je baisai tendrement et disparut. Le mieux, je le savais, aurait été d'agir avec mon époux comme je l'avais toujours fait lorsqu'il me frappait : me mettre en boule et me répéter comme une litanie : « Bof, il va se fatiguer ! Il va sûrement se fatiguer. Encore quelques minutes, quelques heures... » Ou encore de compter des moutons ce qui me permettait de flotter, comme droguée, tandis qu'il me giflait. « Ah ! Ah ! Oh... La salope ! Je vais t'apprendre le respect !... »

Les semaines suivantes, sans bouleverser l'ordre établi, je conçus un stratagème destiné à me protéger des agressions de mon époux et à m'extraire de la situation d'esclave dans laquelle je m'étais volontairement mise en espérant me faire aimer de tous.

Je me mis à cuisiner d'abord six fois par semaine, ensuite quatre fois pour, à la fin, n'entrer dans les vapeurs des ignames que trois fois par semaine. J'inventai des maladies pour me mettre à l'abri des assauts sexuels de mon époux. C'est ainsi qu'à midi je pouvais annoncer à la maisonnée que j'avais mal au cœur et le soir prétexter que des crampes me déchiraient les intestins comme des couteaux. « T'es moins bête que je le croyais », me félicitait Chrétienne n° 3. Opportune des Saintes Guinées s'usait les doigts pour nous servir des viandes mal cuites et des macabos durs comme des morceaux de bois que mon mari mâchouillait pendant des heures.

— On ne mange bien dans cette maison que lorsque c'est Édène qui prépare, soupirait-il.

Je curais mes dents et envoyais un long crachat contre le mur parce qu'il s'agissait d'une piètre victoire !

J'étais assise dans la chambre. Je rêvassais et une fine pluie martelait le sol. Soudain, quelqu'un ouvrit la porte, sans frapper. Dans la semi-obscurité, je ne vis pas son visage, mais sa voix forte me transperça les oreilles jusqu'à la cervelle :

— Pourquoi ne veux-tu pas dormir avec moi ?

La silhouette de Gazolo se détacha dans un faible rai de lumière. Il portait un pagne roux. Une tige de tabac était posée derrière son oreille droite. D'où j'étais, me parvenaient d'autres sonorités : une femme interpellait son enfant ; un seau grinçait dans un puits et un coq chantait.

— Tu as deux femmes, dis-je. Tu dois nous satisfaire à tour de rôle.

— Mais où vas-tu chercher des pensées pareilles ? Gono la Lune n'est plus ma femme, mais ma mère !

— Quand est-ce que tu es sorti d'entre ses cuisses ? demandai-je, furibonde. Mes yeux lançaient des flammes et ma poitrine se soulevait dans mon corsage. T'es fou de t'imaginer qu'une femme de quarante-cinq ans n'a plus aucun désir !

— Gono la Lune n'est pas comme les autres, protesta-t-il.

287

— Lui as-tu demandé si elle ne voulait plus coucher avec toi ? Lui as-tu seulement posé la question ? Demande-lui donc... Tu ne veux pas ? Tu ne veux pas lui demander ?

— Va te faire foutre ! hurla-t-il en me tournant brusquement le dos.

Cette nuit-là, Gazolo ne me rejoignit pas. J'entendis le léger bruissement de la balle de paille de Gono la Lune. Quelques instants plus tard, plus rien, que des respirations, et je pouvais distinguer de qui elles provenaient. Puis, sans que j'eusse rien entendu venir, la porte de ma chambre s'ouvrit. Quelqu'un s'approchait de mon lit.

— Qui va là ? demandai-je, apeurée, prête à crier.

— C'est moi, Chrétien n° 1, souffla une voix imperceptible. Ce n'est que moi !

— Un instant, dis-je.

Et je vis ses yeux luire dans l'obscurité comme ceux d'un chat.

— Qu'est-ce que tu veux ?

Sans répondre, il bondit sur moi et arracha mon pagne. Il m'attrapa à bras-le-corps et je sentis son souffle de minotaure sur mon cou, la braise de son corps sur le mien, ses mains qui agrippaient mes seins, tandis qu'il murmurait à mon oreille : « Fille de Satan ! Fille de Satan ! Chienne ! » Du fond d'un abîme, j'entendais son parler saccadé et je découvrais toute cette haine à mes côtés, cette haine de mon beau-fils que je croyais aimer. Seigneur ! était-ce là ma destinée ?

Il s'écarta et j'en profitai pour allumer une torche à huile. Il contempla mes cheveux ébouriffés, mes yeux hagards, puis fit volte-face. Il s'éloigna et revint sur ses pas, me regarda. Il repartit et revint encore et encore. A chaque fois, il mettait un peu plus d'espace entre nous. Je ressentis le besoin calme de lui trancher la gorge, mais la tendresse que j'éprouvais à son égard m'en empêcha...

— Tu peux continuer à vivre ici, me murmura-t-il. Mais, sache que personne ne t'aimera. Pas toi.

Je fixai un long moment cette figure de garçon, ce nez écrasé, cette peau noire et luisante, ces grandes dents blanches, tout en agressivité et en puissance. Quelque chose changea dans mon cœur et je demandai :

— Pourquoi pas moi ? Pourquoi personne ne peut-il m'aimer ?

Chrétien n° 1 ne répondit pas et commença à marcher. J'attachai un pagne sur mes hanches et le suivis en murmurant : « Pourquoi personne ne peut-il m'aimer ? » Il ne se retourna pas. Nous sortîmes de la case sur la pointe de nos pieds nus comme deux fantômes. Devant nous, le pays semblait désert. Pas un bruit, rien que le faible roulement de l'eau, le grincement de quelques branches mal poussées qui frottaient contre l'arbre voisin. Il prit un sentier et marcha au hasard dans la broussaille et je l'interrogeai toujours : « Pourquoi personne ne peut-il m'aimer ? » Plusieurs fois il s'arrêta et je sus qu'il avait envie de m'étrangler jusqu'à ce que je déparle. Mais il ne le fit pas. A la rivière, il s'accroupit et se désaltéra. J'étais dans un tel désordre d'esprit que je cessai d'interroger : « Pourquoi pas moi ? » Pour comprendre une telle angoisse, il faut être seul devant un malheur avec, au bout, la fosse sur une terre glaireuse.

Et là, au bord de la rivière, aux rayons des dernières étoiles morfondantes, je pris ma résolution sans consulter ni un astre ni les ancêtres. Je ramassai une pierre et l'assommai. Il s'écroula sans sentir le caillou peser sur sa nuque.

– Chrétien n° 1 ! criai-je. Chrétien n° 1 !

Il ne répondit pas. Je me mis à trembler. « Il est mort, me dis-je. Je l'ai tué. Tué ! »

L'aube arriva et un éclair déchira le ciel. Des trombes d'eau se mirent à tomber. Il fallait bien fuir quelque chose pour s'enfoncer de plus en plus loin dans cette forêt obscure. Ces herbes géantes qui allaient vers les montagnes n'avaient rien d'attrayant. Des champs de broussailles dans des marécages, partout, jamais une âme. Les chemins boueux s'enfonçaient de voûte obscure en voûte obscure parmi les lianes coupantes et les fougères avec leurs rameaux balançants. Les branches de samoux tiraient leurs yeux jaunes. Par endroits, le soleil semblait n'avoir jamais pénétré depuis le septième jour où Dieu prit repos. Une forêt comme celle devant toi, pleine de lions, d'esprits, de sangliers et de rhinocéros. A trois pas, savait-on ce qui se cachait derrière le buisson à l'air si paisible ? Le silence était coupé de mille petits bruits, un lièvre qui se sauvait, un souffle de vent dans les branchages, une cascade qui ronflait. Et lorsque le sentier descendait en tournant dans le désordre des bambous, on croyait aller vers la demeure des revenants. Pas âme qui vive et, pourtant, on l'eût dite habitée par mille fantômes.

J'étais trempée. Je m'enfonçais plus profondément dans cette immense forêt tropicale. J'ignorais depuis combien de temps je marchais. L'œil aux aguets, je dormais le jour afin d'éviter les hommes. Je fuyais beaucoup de choses : ma vie d'enfant, le village, le mariage et tout ce qui s'ensuivait et, surtout, j'avais tué Chrétien n° 1. Des dizaines de singes criaillaient en se balançant dans les arbres au-dessus de ma tête. J'étais épuisée. Je m'assis sous un baobab géant, si énorme que la pluie ne transperçait pas ses feuillages. Les singes se balançaient et leurs voix de métal, comme des guêpes, cliquetaient à mes oreilles. De temps à autre, un groupe de singes venait me voir puis ils sautaient de branche en branche, cueillaient des bananes sauvages, les épluchaient avant de les engloutir. J'avais faim et mangeais toutes sortes de fruits qu'ils mangeaient. Ils connaissaient les fruits mortels. Il pleuvait toujours. Les singes se cherchaient des poux, qu'ils broyaient entre leurs gencives. J'avais des poux, mais personne pour me les attraper, rien que moi, à parler toute seule pour ne pas perdre l'usage de la parole. Quelquefois, je récitais des poèmes d'Assanga avant de m'endormir. Quelquefois, je me disais : « Si les dieux le veulent, je reviendrai au village par ces chemins, lumineuse dans mes pagnes, riche de tonnes d'or, portée au pinacle comme un soldat victorieux qui retrouve les siens. » Quelquefois aussi, je pensais : « Peut-être ne reviendrai-je jamais ? » C'était ça la vie, rien ne tient, rien ne demeure éternellement.

Il se passa ainsi plusieurs jours entrecoupés d'éclaircies. Je mimais les gestes de la vie avec une intensité perverse : je pilais du manioc ou sarclais un champ imaginaire ; je cuisinais des macabos ou mangeais un plat qui m'échaudait la voûte palatale. De temps à autre, je descendais jusqu'à une rivière et, entre les mottes des fougères, j'arrachais des feuilles à savon que je frottais entre mes paumes jusqu'à ce qu'elles moussent. Je lavais mon pagne, piquais une tête dans cette eau couleur de fer sur laquelle passaient des animaux gonflés et des lambeaux de vêtements. Je nageais à en suffoquer. Plus je nageais, plus l'image de Chrétien n° 1 prenait forme : ses jambes, ces brindilles flottillant dans l'ondulation des vagues ; sa tête, cette croûte molle de ciel brisé ; sa poitrine, cette masse en strates séchées. Je créais ce que la nature avait oublié : un Chrétien n° 1 mollasson. Des animaux cachaient à peine leur ébahissement à me voir. Les singes, les canards sauvages et même les lions en étaient étourdis. Ensuite, j'embaumais mon visage de boue et attachais mon pagne mouillé sur ma poitrine.

Le septième jour, je quittai le domaine des singes. Ils m'accompagnèrent de leurs criaillements jusqu'au moment où je m'enfonçai dans la végétation marécageuse. Un matin, je me retrouvai nez à nez avec six familles de gorilles. Ils s'avancèrent vers moi, les mâles devant, les femelles derrière avec leurs mystères de femmes, leurs bébés accrochés aux hanches. Face à leur agressive méfiance, je leur présentai ma figure ronde d'innocence et levai les bras. Ils agitèrent leurs mains poilues et je compris qu'ils me disaient : « Viens, viens avec nous ! » Je fis non de la tête. Je devais continuer ma route vers des aubes au goût de bonbon.

J'évitai la région des boas car ceux-là, lorsqu'ils avaient faim, pouvaient faire disparaître un homme dans leurs ventres. Je pris le chemin des ronces, où l'on ne pouvait guère croiser que des éléphants, jamais des léopards qui les évitaient soigneusement pour ne pas déchirer leur fourrure. Il fit jour et il fit à nouveau nuit. La pluie habitait le monde. Je me plongeais à l'intérieur des terres, à travers bois et ravins. Un instinct me poussait vers quelque but à atteindre. J'étais née de nuit et le jour ne pouvait me détruire. Je marchai de nombreux soirs, à batailler ferme pour franchir les hautes fougères, ne m'arrêtant que pour croquer quelques fruits et chercher mes repères. Enfin, je découvris dans une clairière une cabane à moitié démolie. Le toit était effondré. Des herbes folles envahissaient les murs. Des couvertures jonchaient le sol. Des poêles et des casseroles étaient repoussées dans un coin comme après une orgie. Je ne me demandai pas ce qu'il était advenu du propriétaire parce que mon œil accrocha un squelette d'homme. A côté des ossements, un sac en cuir avachi. Je l'ouvris. A l'intérieur, je vis des allumettes, un petit miroir, des ciseaux et des aiguilles. L'abri était précaire et chaque averse menaçait de l'emporter. Isolée par la pluie, le corps couvert de cloques laissées par des piqûres de moustiques, j'allumai un feu et m'écroulai, en proie à une forte fièvre. Je prenais conscience de ma situation à intervalles irréguliers. Dans mes états de veille, je chevrotais les poèmes de papa comme une femme prête à se noyer empêche sa raison de plonger. Bientôt le sommeil se fit plus profond. Le réel n'exista plus. La mort hantait l'immense solitude grouillante de toutes sortes de vies : des morts qui respiraient ; des feuilles qui conversaient ; des vents terrifiants comme les comptines de grand-mère et mon identité s'y diluait. Rêve et réalité s'y confondaient. Il me fallait un choc susceptible de me ramener vers la matérialité.

J'ai parlé de choc ? J'en eus un, traumatisant, je dois l'avouer ! Imaginez un Chrétien n° 1 ressuscité, presque flou dans un morceau de soleil, à quelques pas de moi, entre rugissement ou mugissement. Une vilaine plaie s'ouvrait le long de son genou et des os sortaient de sa chair. Je me dressai sur mon séant :

— Je suis morte, murmurai-je en grelottant. Seigneur, je suis morte !

— Pas encore. Je me repose. Ensuite, je te tue, dit-il en s'écroulant.

— Je ne voulais pas te tuer. C'était un accident.

— J'ai eu de la chance de m'en être sorti juste avec une grosse bosse et des douleurs horribles au crâne.

— Mais je croyais que...

— Que j'étais mort ? Et c'est pour cela que tu t'es enfuie ?

— Pas seulement. Mais toi, pourquoi t'es-tu lancé à ma poursuite ?

— Je suis venu pour te tuer.

— Me tuer ? murmurai-je. Alors, qu'est-ce que t'attends ? Fais-le, tout de suite.

Il ne bougea pas. Je mis quelque temps à m'apercevoir qu'il avait perdu connaissance. Je rampai jusqu'à toucher son front. Sa température était si élevée qu'elle pouvait rôtir un poulet. De grosses sueurs froides dégoulinaient de ses tempes et sa blessure suppurait. J'étais affaiblie, mais plus forte. Patiente comme une vieille qui n'a plus rien à perdre, j'attendis. Quand ses esprits se remirent en place, je demandai en ricanant :

— Tu veux me tuer dans l'état où tu es ? Ah ! Ah ! C'est trop drôle, ça !

Je me penchai jusqu'à avoir mon nez, au milieu de son front, le scrutai comme désireuse de le taillader de mes prunelles noires.

— Tu sais que je peux te soigner ou te laisser mourir ? murmurai-je. Ma question est la suivante : Si je te soignais et te guérissais, m'aimerais-tu ?

— Et si je disais oui ?

– Tu dirais oui juste pour sauver ta peau ?

– Parfaitement.

– Alors, tu vois bien qu'en faisant un petit effort, on peut m'aimer !

– Oui !...

Sa voix cette fois mourait, prête à défaillir. Il ferma les paupières.

– Tout le monde se moquera de toi, parce que je suis laide ! Tu te rends compte ? Tu deviendras la risée de tout le village !

– Je m'en fous !

Malgré mon extrême faiblesse, je me levai, allumai un feu et mis de l'eau à bouillir. Je n'avais jamais opéré personne, mais je me surpassai. Je taillai, coupai et cousis en pleine chair. Je rapprochai avec des lianes fines ses muscles, ses veines et ses organes lacérés. Jamais chirurgien, même expérimenté, ne s'était trouvé devant une expérience si difficile. Chrétien n° 1 était faible. Les os de ses jambes étaient broyés. Malgré ma bonne volonté, j'aurais échoué sans sa force de récupération. Certains jours, un accès de fièvre le faisait délirer ; d'autres, son pouls devenait imperceptible. Ces jours d'inquiétude, Chrétien n° 1, prostré, demandait :

– Je ne vais pas rester infirme, n'est-ce pas ?

– Je ne veux pas seulement que tu puisses marcher en boitillant pour devenir l'ombre de toi-même. Non, tu pourras courir, bondir, nager, tu feras tourner la tête aux femmes comme autrefois, mais tu ne pourras plus les regarder, puisque tu m'appartiendras, puisque, enfin, tu m'aimes ! Cette perspective te plaît-elle ? Es-tu toujours consentant ?

– Je veux que tu me soignes. Fais-moi redevenir comme

j'étais. Et la mort, quelle que soit la forme qu'elle revêtira, je l'accepterai.

Une autre fois, je lui demandai :

– Pourquoi m'as-tu tant humiliée ? Que t'ai-je fait pour mériter un tel châtiment ? J'ai été si gentille avec vous tous !...

– On n'aime pas les gens trop gentils. Ça, tu devrais le savoir.

Tandis que son état s'améliorait, je lui parlais d'avenir. Je lui exposais la situation, sans gant ni toilette. Il ne se rebellait pas.

– C'est terrible, disais-je, il faudrait penser à répudier Opportune des Saintes Guinées ! Veux-tu que nous passions notre lune de miel en brousse ou allons-nous en ville ?

– Comme il te plaira.

Je le harcelais constamment de questions :

– Pourquoi ne m'aimais-tu pas ?

– Je n'ai aucune explication à te fournir à ce sujet. Je sais seulement que l'amour est un bienfait des dieux.

– Au diable !

Un jour, je lui demandai :

– Pourquoi as-tu eu besoin de te lancer à ma poursuite ? Je te manquais, n'est-ce pas ? Avoue...

– Ce n'est pas toi que je recherchais, mais ma dignité et celle de ma famille. Tu nous as frappés, mon père et moi. Tu nous as ridiculisés devant tout le village. Tu comprends ?

– Je ne vois pas de différence entre courir derrière une femme pour se venger ou pour l'aimer !

Ces questions et réponses, cette manière de triturer dans la souffrance et la douleur furent nos seuls moyens de communication pendant plusieurs jours. Comme si nous éprouvions le besoin, après des faux-semblants, de traverser une nouvelle étape : celle de la douleur physique et psychique assenée en bonne conscience !

Les pluies cessèrent. Les herbes commencèrent à sécher. Les porcs-épics sortirent de leurs cachettes. Les écureuils se faufilèrent entre les arbres. Je veillais sur Chrétien n° 1, scrupuleuse ; j'étudiais, maniaque, ses moindres gestes ; je lui faisais faire des mouvements d'assouplissement. Je le déshabillais, le massais en prenant soin de capter les milliers d'odeurs dégagées par ses chairs. A chaque nuance, j'associais une saveur : mangue, fruit de la passion, grenade, goyave, avocat. Puis, je le chevauchais jusqu'à faire saliver sa sueur et quelquefois son sang. Quand je ne le soignais pas, je me creusais la cervelle. « Que puis-je inventer ou dire qui le ferait tomber profondément amoureux de moi ? » J'étais à mille lieues de m'imaginer abandonner mes projets de faire de lui mon mari : « Qu'il m'aime ou pas, il vivra avec moi. Mon Dieu qu'il est beau ! Que ses grands yeux noirs me plaisent lorsqu'ils me regardent ! »

Une nuit, je fis un rêve étrange. Il me sembla que j'étais dans une région privée d'eau. Le paysage ? Des pierres et des rochers sous une fournaise accablante. Même les paysans au pas de leurs portes semblaient taillés dans du silex. Je m'aperçus que je n'étais pas une femme, mais un oiseau. Je volais au-dessus du village. Brusquement, d'une grotte, un vieillard gigantesque apparut avec une barbe longue comme un fleuve et des yeux brillants. Il était torse nu et son corps était couvert d'argile. Il leva les yeux et me vit qui volais.

– Arrêtez ! me cria-t-il. J'ai des révélations importantes à vous faire.

Je battis des ailes et me posai à ses pieds.

– Quoi donc, vieillard ? Qu'as-tu à me dire ?

– Le guide est celui qui aime le monde entier. Le guide est celui qui laisse ses vrais sentiments l'habiter, qui vit ses haines et ses amours et qui accepte de mourir pour les autres.

– C'est tout ? demandai-je.

– Cela ne te suffit pas, oiseau ? me demanda-t-il, en colère.

Je m'éveillai en sursaut mais mon corps semblait aussi léger que celui d'un oiseau. Chrétien n° 1 n'était pas dans la cabane, il avait disparu, flut ! envolé : « Il s'est enfui », me dis-je. Je me levai, sortis de la maison en l'appelant, hystérique :

– Chrétien n° 1 ! Chrétien n° 1 !

– T'as eu peur que je me sois enfui, hein ?

Surprise, je regardai vers ma droite. Chrétien n° 1 était assis à l'autre bout de la véranda et le soleil découpait son visage en tranches dans une géométrie étrange. Ma poitrine se souleva, expira mon angoisse et je souris.

– Pourquoi aurais-je eu peur que tu t'enfuies ? T'es un homme de parole que je sache !

Il gratta le dos de sa main. Mon rêve était prémonitoire, j'en étais convaincue. J'aurais pu en faire une lecture symbolique, mais celle-ci allait à l'encontre de mon dessein.

– Bientôt, nous serons mari et femme, dis-je.

Ses ongles s'enfoncèrent dans ses paumes. Le matin était doux, exaltant comme les sentiments que j'éprouvais à le soumettre, à me venger de tout le mal qu'il m'avait fait, à l'user jusqu'à le transformer en chair automatique. Des cucaramas chantaient sur des branches et ôtaient les dernières gouttes de pluie de leur plumage.

— Faut que j'aille me laver, dis-je.

Je pris le sentier, me retournant de temps à autre, pour jouir des signes de supplice de mon prisonnier, un regard dans le vague, une façon d'abandonner son corps. Je descendis jusqu'à la rivière.

Je me déshabillais pour piquer une tête lorsque surgit pas loin de moi une tribu de Pygmées. Ils étaient vêtus de feuilles de banane à la hanche. Les hommes marchaient devant à petits pas souples. Les jeunes gens portaient empalés des ouistitis, des biches et des gazelles. Les femmes fermaient la marche sous un monticule de bébés : bébés aux hanches, bébés au dos, bébés dans les bras, bébés sur les épaules comme si elles étaient à la fois le soleil et les ténèbres d'un peuple.

— Hé, attendez ! leur criai-je.

Ils traversèrent la rivière. J'enfilai mes vêtements et les suivis.

— Je m'appelle Édène, dis-je.

Silence et marche plus rapide à travers la broussaille.

— Où allez-vous ? demandai-je.

L'étrange groupe de Pygmées s'arrêta. Leur immobilité était si totale qu'on entendait leur souffle. Pas une branche, pas un nuage dans le vent, pas un lièvre traversant la clairière en courant. C'était la forêt, et la raison des hommes semblait s'être perdue au milieu des choses.

— N'importe où il y a la liberté, me crièrent-ils en chœur.

Puis ils disparurent de mon champ de vision. Troublée, je fis demi-tour. Lorsque j'avais pris le chemin des brousses, j'avais décidé d'aller n'importe où trouver la liberté. Voilà où m'avait menée mon amour pour Chrétien n° 1... Amour ou vengeance ? Qu'importait le nom que je donnais aux choses ! Je levai la tête et le vis toujours assis sous la véranda, avec ses côtes qu'on pouvait compter sans se tromper et derrière ses paupières baissées, c'était le monde qui s'enfuyait.

J'eus soudain l'impression d'un grand vide, douloureux certes, mais aussi quelque chose qui ne proposait plus que des bâillements. Une étincelle manquait désespérément à l'appel de mes sens si bien que je ne désirais plus Chrétien n° 1 qui couchait chaque soir à mes côtés. L'odeur de sa peau ne me disait plus rien qui vaille. Aurais-je eu la permission de le toucher que c'eût été la même chose ; je me félicitais de ne pas être sa femme. La passion que j'avais éprouvée pour lui s'était carbonisée par sa violence même. J'étais convaincue qu'il était devenu pour moi « un non-sens », et cette indifférence soudaine à son égard me sembla un signe de santé morale.

J'éclatai d'un rire à rallonges qui se sema sans vergogne dans la forêt.

– Qu'est-ce qu'il y a ? me demanda Chrétien n° 1. Qu'est-ce qui t'amuse ainsi ?

Je rassemblai mon sérieux et répondis d'une voix de toute petite fille : « Rien ! », mot qui convient lorsqu'on a conscience de sa supériorité. Puis, je lui tournai le dos.

– Où vas-tu ? Tu ne vas pas m'abandonner ici ? Je t'aime !

– Merci de t'aimer au point de croire que tu m'aimes parce que je t'ai soigné !

Je disparus par le sentier sous son regard interloqué.

Quand je retournai au village, sa désapprobation fut si explosive qu'elle me brisa le sens. Je choisis de subir les foudres d'Assanga Djuli et les crachats de maman : « Fille de rien ! Tu as sali notre réputation ! » Quand mes parents eurent fini leur réquisitoire, combattu ce qu'il y avait à combattre, je fus obligée de constater et de conclure : ma vie n'était pas ici. Ce que je voulais, c'était vivre au milieu de mes sentiments, avoir la possibilité de toucher du doigt un bout de ciel et le baptiser bonheur. Je quittai le village et nos esprits verts m'accompagnèrent jusqu'à la naissance de la ville. Ils n'allèrent pas plus loin : ce n'était pas leur monde.

Ce fut tout naturellement que je cherchai Fondamento de Plaisir. Où ? Là, là-bas ? J'avais l'esprit si embrouillé de chagrin que je n'arrivais plus à trouver son bordel. Je tournoyai longtemps entre les gens bien intentionnés qui s'acharnaient à me perdre pour me montrer le chemin : « Tu prends à droite, tu ne regardes pas la gauche où il y a un arbre qui est tombé l'année dernière. Ah, quel orage ! A gauche, tu vois une rivière, tu continues devant toi, à droite, etc. »

Là, dans le bar-bordel où la négrerie-mal-blanchie goûtait aux plaisirs de troquer sa dignité contre trois pots de mauvaise bière française et les jupes poisseuses des maîtresses-sans-rancune, je redécouvris Fondamento, si porteuse de souvenirs de haine et d'amour. Son gros port arrière s'était encore étalé. Deux énormes bourrelets sortaient de chaque côté de ses hanches comme deux crânes. Ses bajoues descendaient sur son cou, lui donnant l'air d'un bouledogue épanoui. Elle était penchée, ses tresses écroulées sur son visage, à écouter les dégueulasseries anecdotiques d'un militaire et loucha en me voyant :

– Édène ! cria-t-elle. Édène ma fille, quel malheur !

Je n'eus pas le temps d'en placer deux que, déjà, elle me

serrait contre sa poitrine, m'étouffait sous les résidus de sueur qui s'étaient collés à sa peau depuis l'aube :

— Y a pas à pleurer. Des plaisirs, t'en as encore plein le ventre ! Tu as ton avenir devant toi.

Des gens applaudirent et je compris la signification du mot renaissance, cette impression de vivre encore alors que nos destins gisent à quatre mètres sous le sol. Je voulais posséder un morceau d'avenir que je baptiserais espoir, mais j'ignorais alors que l'espoir pouvait nous amener à nous leurrer.

Quatorzième veillée

Qui veut savoir sollicite la parole...
Nous sommes oreilles...

L'histoire se passe à l'époque de l'ennui. Les Blancs n'étaient plus surpris par ces calebasses que les femmes noires portaient en équilibre sur leurs têtes. Ils s'étaient habitués au soleil, aux boys et aux naïvetés nègres.

Du côté nègre, serrer la main d'un Blanc n'était plus un événement. Une flopée de coopérants tombaient sur le pays comme des criquets. On les reconnaissait facilement à leurs chaussettes qui mangeaient poussière comme vers. Ils affichaient une volonté féroce à tout explorer, même les sousbois sans minerai ni de quoi manger. Ils traînaient leurs corps boucanés dans des vieilles Jeep. Et pour observer leur sensualité bouffée par la vermine nègre, il suffisait de se promener dans les allées fleuries de leurs quartiers aux heures de forte chaleur pour les voir endormis dans des berceuses-hamacs ; leur peau blanche, à force, ne nous disait plus rien qui vaille ; leurs crinières vole-au-vent ne créaient plus d'attroupements imbéciles. Seuls leurs vêtements sortaient encore de nos lèvres quelques vapeurs moussues. Il fallut un événement vraiment événementiel pour charger nos cieux des couleurs arc-en-ciel et Akouma l'incarna. Ce fut une création qui nous dépassa, à telle enseigne que nous ne fîmes qu'une chose : couvrir nos bouches. Même son excellence le gouverneur Michel Ange de Montparnasse en tourna foudingue et déclara, très théâtral devant un parterre de Blancs qui s'offusquaient : « Ah, Seigneur ! Que suis-je venu faire dans cette galère ! »

Souvenez-vous d'Akouma, la fille de Biloa, celle dont papa tomba amoureux jusqu'à en perdre l'équilibre, celle-là même qui le bouleversa tant qu'il en oublia la gestion du village, celle-là qui mourut en laissant en héritage une petite fille, Akouma, ce qui signifie Abondance.

Akouma Labondance grandit comme les personnages des livres : vous avez à peine le temps de tourner une page qu'ils naissent ; une autre page, ils parlent et se transforment en diablotins ; une autre encore et les voilà qui prennent leurs aises à galoper partout, à vous narguer, encore heureux quand ils ne toisent pas l'écrivain : « Qui c'est, celui-là ? » Akouma Labondance était une héroïne de roman : à deux mois, elle trottinait à quatre pattes, ce qui fit qu'à sept elle était toute debout et lorsque maman lui dit : « Rien ne sert de courir, il faut partir à point », la fillette la regarda dans le blanc des yeux et rétorqua : « Chacun son temps... Moi, je me raconte au passé simple ! »

Ne me demandez pas si c'est la vérité, puisque vous êtes des êtres réels et qu'à ce titre vous passez votre temps à changer d'illusions tels des caleçons, à prendre vos phantasmes d'hier pour des vérités d'aujourd'hui et vos réalités d'aujourd'hui pour des visions à venir. Akouma Labondance nous surprit : à six ans, elle parlait douze dialectes et pouvait, d'un jet de pierre à cent mètres de distance, atteindre un lièvre au milieu des yeux. À huit ans elle coursait les gazelles. Les singes la suivaient pour le plaisir de l'admirer et achevaient leur vie dans nos casseroles. Au début, tout le monde l'aimait et je me demandais quelquefois si les villageois se souvenaient de l'histoire de sa mère qui avait tant bouleversé notre peuple. Un jour, maman me rassura, car elle me dit :

— C'est le sang du père qui coule dans les veines d'un enfant. La mère n'est qu'un réceptacle. Par conséquent, Akouma est une vraie Issogo.

Je prenais ces analyses médicales très au sérieux. Mais à treize ans, Akouma Labondance ressemblait tant à sa mère que je m'en inquiétai : ses cheveux descendaient bas sur ses fesses et il fallait trois jours pour confectionner ses nattes ; ses yeux luisaient telle l'huile de karité ; ses pommettes étaient hautes... Et comme sa peau, disait-elle, ne supportait pas le contact d'un tissu, elle se promenait par les ruelles du village nue avec pour seul vêtement un collier de perles sur ses hanches. Les hommes attendaient groupés sur la place du village le moment où elle s'adresserait à eux ou du moins leur ferait un sourire.

— C'est ma fiancée ! disait l'un.

— La mienne ! criaient les autres.

— L'un d'entre vous a-t-il demandé sa main ? interrogeaient mes frères.

— Non.

— Comment peut-elle être votre fiancée si vous ne savez même pas ce qu'elle pense de vous ?

— Est-ce que cela a de l'importance pour ce qu'on lui demande d'être ?

— Moi, je vais l'étonner et elle m'aimera ! vociférait quelqu'un.

— Moi, je vais m'enduire de kaolin et m'asseoir devant sa porte jusqu'à ce qu'elle m'épouse.

— Moi, je me jetterai à ses pieds, les yeux tournés au ciel, et elle ne me quittera plus !

Akouma Labondance apparaissait et les hommes voyaient du feu. Même nos propres frères lâchaient leurs coupe-coupe et demeuraient engourdis jusqu'au moment où sa silhouette disparaissait. Ensuite, ils revenaient sur terre, leurs glandes génitales en flammes. Leurs langues se transformaient en illusionnistes et escamotaient leurs émotions : « J'ai même pas répondu à son bonjour ! » et des : « A bien y regarder, elle n'est pas si belle que ça ! » et des : « T'as vu le clin d'œil qu'elle m'a jeté, la coquine ! » Tout le monde affectait de croire tout le monde, à s'autopersuader comme des bellâtres qu'ils avaient su dissimuler les sentiments qui les torturaient. Un soir, les femmes sollicitèrent une audience à papa afin qu'il mette fin à la folie que drainait la présence d'Akouma. Elles le trouvèrent assis sous la véranda. Ses cheveux étaient devenus blancs comme coton. Ses yeux étaient d'un gris liquide. Papa écouta leurs doléances sans lever la tête puis dit :

— C'est tout ? Vous me dérangez pour si peu ?

— C'est important, dit maman. Une fille de quinze ans qui ne sait pas cuisiner, ça ne se fait pas.

— Elle a tourné la tête à nos fils, se plaignit une femme.

— Mon mari, qui a maintenant plus de soixante saisons, regrette sa jeunesse enfuie. Jamais, auparavant, il ne s'était plaint.

Papa serra ses poings et je vis ses épaules osseuses se préparer au bond qu'exécute le lion à l'approche d'une gazelle.

– Elle est belle et intelligente, quel mal y a-t-il à cela ? demanda-t-il.

– C'est vrai que tu viens de recueillir quelques plaintes, dit maman. Mais qui sait combien d'autres se cachent dans le cœur de chacun de nous ?

Les poings de papa se rouvrirent et ses épaules prirent l'allure naturelle que réclame le repos :

– Ma fille est honnête.

Et il répéta : honnête, sans être persuadé que sa fille ne s'engageait pas dans une voie qui la mènerait à sa ruine. Les femmes s'en allèrent et il alla chercher une lance qu'il tint entre ses jambes :

– Je vais la tuer, me dit-il.

Dès qu'Akouma revint de sa promenade, papa se leva. Akouma se figea. Elle le vit s'avancer, la figure tendue, les yeux attachés aux siens. Lorsqu'il ne fut qu'à deux pas, elle recula, jusqu'à toucher de dos le manguier. D'une main, il la plaqua contre l'arbre. Son expression dure ne permettait ni de se justifier, ni de s'expliquer :

– Je vais t'égorger.

– Fais-le père, dit-elle d'une voix étonnamment calme, fermant les paupières.

Papa leva sa lance qui brilla dans les derniers rayons du soleil. Au moment de l'abaisser, un chien hurla à la mort. Il enfonça sa sagaie dans l'arbre avec tant de violence que la lame entra de trois doigts et resta à trembler comme un jonc dans l'eau. Il poussa un gémissement :

– Va te couvrir, impudique !

— Père, je...

— Tais-toi ! Je veux que tu te comportes désormais comme une femme, pas comme un esprit.

Une silencieuse floraison de femmes en promenade tendaient l'oreille, prêtes à recueillir les mots de mon père pour distiller des petites malveillances, des perfidies furtives, cet incessant bourdonnement d'impitoyables moustiques qui ne s'arrête jamais.

Akouma était si stupéfaite qu'elle regarda d'un œil hébété la porte qui s'était refermée sur papa. Elle resta longtemps accroupie sous l'arbre, la tête entre ses mains :

— Je refuse d'être une femme, dit-elle.

L'après-dîner fut triste. Papa s'assit sur une natte et alluma sa pipe. Quand je le retrouvai, il était si embrouillé dans ses esprits qu'il ne cessait de gémir comme quelqu'un qui a son repas sur le cœur : « Seigneur ! » Akouma prit place dans un coin, les jambes relevées, la tête couchée sur ses genoux. La lune s'éleva sur les collines, nue et luisante, avec un tel éclat que les cases du village apparurent sous sa luminosité comme des jeunes filles quand, dans le deuil, elles relèvent le voile qu'elles avaient sur le visage.

— Père, dit soudain Akouma, dès demain, je te promets que je me tresserai les cheveux. J'attacherai un foulard sur ma tête. Je marcherai désormais les yeux rivés au sol, à pas pressés sans adresser mot à personne. Que tous comprennent que je n'ai rien à voir avec eux.

— Bien, bien.

— Je sais que c'est de ma faute. J'ai toujours des pensées malsaines qui me trottinent dans la tête. C'est vrai que je n'arrête pas de me demander pourquoi la terre est ronde, pas plate, pas carrée, pas triangulaire.

— Ma fille, dit Assanga Djuli, un héros ne regarde jamais le soleil en face. Il peut s'en brûler les rétines. Laisse la vie à ses mystères et tu seras heureuse.

Il se tourna alors vers la colline et je pressentis qu'il achevait son parcours ici-bas. Il resta ainsi de longues heures à caresser sa barbe.

L'horreur se passa bien après que j'eus intégré mes fonctions chez Fondamento de Plaisir, alors que je guerroyais contre ma douleur : « Édène un taitois de vin de palme – deux bières – trois bouteilles de gros rouge... » Mes pagnes virevoltaient entre les hystéries des danseurs, des dragueurs et des saoulards qui envahissaient le café-bordel dès l'aube. « Fais attention à mes verres ! » criait Fondamento de Plaisir et mes doigts se crispaient sur les verres que je portais tant j'avais peur de les casser.

Ce jour-là, l'ambiance était aux sons rythmés comme les battements d'une mer. Des hommes et des femmes frappaient de toutes leurs forces pour oublier les deux cent mille misères, les trois cents paludismes, les mille choléras qui trônaient sur nos terres. Une vieille Négresse posée sur un banc détruisait le reste de ce qui avait été une belle voix, à débiter des chansons grivoises. Un vent souffla, fit vaciller les flammes et Labondance fit son entrée. Les visages des Nègres se remplirent d'émoi : « Qui est-ce ? » souffla quelqu'un. Puis s'ensuivit un silence et des moucherons bourdonnèrent autour de nous.

— Édène, ma sœur ! cria-t-elle en se jetant dans mes bras. Qu'est-ce que tu m'as manqué !

Je la serrai contre ma poitrine : « Que tu as grandi,

Akouma ! T'es une femme maintenant ! dis-je en reculant pour mieux la regarder. Qu'est-ce que t'es belle ! » C'était une évidence si grossière que Fondamento de Plaisir se précipita sur nous : « Sois la bienvenue, ma fille ! » Déjà, elle entraînait Akouma dans son sillage et voilà la négraille qui l'imitait, à s'immiscer dans nos retrouvailles, l'air de rien : « Ah, l'hypocrite ! lançaient-ils à Fondamento. Tu nous as caché que t'avais une si jolie fille ! » Ils se présentaient dans un bouquet de fierté : « Je suis le bras droit de son excellence le gouverneur ! » ou encore : « Je suis gardien de la paix, première classe ! » Tous avaient un rôle d'importance bananière caché derrière des taitois de bière. Labondance serra plusieurs mains, sourit parce que tous tenaient le nom de Fondamento de Plaisir au plus haut de la respectabilité. Ma sœur était impressionnée. Ses grandes jambes bougeaient sans cesse et on découvrait le triangle touffu de son sexe entre ses perlettes. C'est vrai qu'elle n'avait jamais vu autant de Nègres aussi hiérarchiquement « importants » dans un espace si exigu. Sans compter qu'ils parlaient leur français en bradant des voyelles, en dilapidant des consonnes, en hypothéquant la grammaire. Ce n'était pas grave : pour la décolonisation, il fallait bien commencer par quelque chose.

Puis, se souvenant de ma présence, elle se précipita vers moi afin que je la sauve ou la ramène sur terre.

– J'ai tant de choses à te raconter ! dit Akouma d'une voix étranglée. On peut aller dans ta chambre ?

– Je travaille, ma chérie ! dis-je.

Je ne mentais pas, je ne disais pas la vérité, car celle-ci m'eût obligée à avouer que dans la journée je prêtais ma chambre pour que le monde éjacule son cosmos. Que cette nuit comme les autres je sortirais les draps, les secouerais pour en chasser les odeurs de sueur, de sperme et de sang coagulé. J'avais ma dignité à sauvegarder.

– C'est pas grave, dit-elle en riant. Puis elle me demanda, espiègle : Tu sais pas ce que j'ai fait à ces couillons d'Anton et de Sauteria ? Et comme je hochais négativement la tête, elle ajouta : Je leur ai donné rendez-vous à la rivière le même jour, même heure !

– C'est pas charitable de monter l'un contre l'autre deux hommes d'un même peuple, lui dis-je.

Elle lança ses cheveux dans son dos, exhiba ses doigts fins qui ne l'empêchaient pas de se dessiner parfaitement les cils, puis me rit au nez.

– Comment savoir qui est le plus fort et choisir le meilleur s'ils ne se sont pas battus ? me demanda-t-elle.

Les hommes rotèrent leur désapprobation. Les prostituées jetèrent leurs cils en l'air. Fondamento de Plaisir, qui se tuait à m'amener à me défendre sur cette terre où l'homme est un loup pour l'homme, me dit :

– T'as pas été éduquée, ma fille. Juste nourrie. Prends exemple sur ta petite sœur ! Sa voix tonna de nouveau : Faut en faire baver à un mec pour qu'il te reconnaisse une valeur !

– Parce que quand tu seras vieille, renchérit la vieille chanteuse, il ne se préoccupera plus de toi !

– Faut faire comme moi, dit Fondamento de Plaisir, et elle me regarda droit dans les yeux, mains sur les hanches, me défiant de la contredire.

Par-delà les montagnes, l'horizon avait pris des tons violets et roses. Je n'en revenais pas, parce que publiquement ma patronne me demandait de gérer ma vie sentimentale comme une affaire qu'il était souhaitable de rentabiliser. Pas d'attouchements alors qu'elle était au comptoir ! Pas de baisers s'il y avait des tables à essuyer ou des verres à laver ! Pas de câlins ni d'œillades qui pouvaient donner à malparler, puisqu'il ne fallait pas mélanger les insolennités.

— Mais moi je ne veux pas faire comme toi ! lui rétorqua ma sœur. Je rêve d'avoir une queue, tu t'imagines comme c'est pratique ! Une vraie queue, comme un singe par exemple, très longue et très poilue. Quand il fera chaud, je n'aurai qu'à la passer entre mes jambes et à m'éventer. Tu t'imagines combien ça serait commode et d'un chic !

A ces mots, un Nègre dénoua sa cravate et respira comme un poisson. Les filles écrasèrent leurs rouges à lèvres : « C'est de la folie caractérisée ! » La chanteuse de romances se signa trois fois : « Seigneur, préservez-moi des idées qui tuent ! » Fondamento de Plaisir attrapa le bras d'Akouma Labondance et la jeta à la rue : « Viens plus traîner tes nudités par ici, vu ? » Un chariot passa en soulevant de la poussière : « T'inquiète, dit ma sœur en riant. Je partirai. Je sais que je partirai dans un pays irrésistible, enchaînée à quelque chose d'indestructible. » Le soleil, dans un flamboiement, illumina le visage tourmenté de Labondance. Mais comme il y avait assez de soucis dans la vie, la piste se remplit de danseurs et on oublia ma sœur. La nuit se posa sur nos têtes et les hommes étaient ivres d'alcool et d'amour. Certains ronflaient dans des recoins et Fondamento de Plaisir, qui rêvait de retrouver son matelas de paille, entreprit de les traîner par le bas de leurs pantalons : « A demain, mes amis ! » Elle les mettait à la porte : « Faut savoir garder sa dignité dans toutes les circonstances ! » Elle claquait des bisous sonores sur les joues des filles : « A chaque jour suffit sa peine ! » Enfin, éreintées, nous nous retrouvâmes dans sa case, à dîner comme deux parfaites célibataires à la lueur d'une bougie. Des moustiques nous mangeaient les jambes et je m'empressai d'enfourner un nfoufou sauce ngombo. « Manger trop vite donne des coliques gastriques », dit Fondamento de Plaisir. Puis, elle m'accabla de questions fondamentales : Pourquoi avais-je quitté mon mari ? Que comptais-je faire ? Pensais-je me trouver un époux ?

Je ne répondis rien, je ne savais quel chemin prendre. Dans la nuit, un chien aboya d'une voix étoupée. Puis quelque chose creva dans mon cœur. Je me sentis froide des pieds à la tête. La porte grinça et nous nous regardâmes.

– Qui est-ce ? demanda Fondamento de Plaisir, sans cesser de manger.

– C'est moi, dit une voix que j'aurais reconnue entre mille.

C'était papa, immense dans ses boubous bleus brodés d'or. Mon cœur crépita et je me précipitai dans ses bras. Il recula, horrifié :

– Ne me touche pas, dit-il. Je ne connais pas la femme que tu es devenue.

Je regardai mon père. Ses cheveux avaient encore blanchi et de nouvelles rides étaient apparues à la naissance de son front. Son visage était si fermé que j'en fus bouleversée.

– Que veux-tu savoir de moi, père ? demandai-je. Je suppliai : Que veux-tu que je fasse afin que tu me pardonnes ?

La lune luisait toujours dans le ciel balayé par la bise. La terre sonnait aux rythmes lointains des somnambules. Les lèvres d'Assanga tremblèrent tant que je crus que les bougies vacillaient.

– Rien. Il hésita avant d'ajouter : Si, une chose. As-tu vu ta petite sœur aujourd'hui ? Elle n'est pas rentrée et je pensais que...

– Elle est passée ce matin..., commença Fondamento de Plaisir.

– Je ne t'ai rien demandé, la coupa sèchement papa. Puis il se tourna vers moi : Que t'a-t-elle dit ?

Fondamento de Plaisir le regarda sans broncher, avec à peine une trace de sourire amusé. Je lui narrai la visite de ma sœur. Au fur et à mesure que je parlais, la figure de papa se décomposait. J'en éprouvais un plaisir fangeux. Qu'il souffre ! Qu'il se morfonde ! Qu'il en crève ! Et le chagrin le traversait en fusée, éclatait ses vaisseaux sanguins, tant j'avais de l'imagination. Quand je lui eus raconté ce qu'il y avait à dire, il recula, puis dit :

– A bientôt !

– Tu peux rester, lui proposa Fondamento de Plaisir. Les hommes préfèrent les putains... Ne me dis pas le contraire !

Comme dans un rêve, il s'approcha d'elle et lui prit la taille. Fondamento de Plaisir accueillit cette tendresse avec surprise et dois-je l'avouer, avec une certaine incrédulité. Pas un mot ne sortit de sa bouche pour dire son étonnement. Seul un raidissement me laissa deviner qu'elle n'en revenait pas. Il la lâcha aussitôt : il l'avait désirée pour épouse et non pour maîtresse.

– A bientôt, répéta-t-il, et la nuit accueillit son ombre.

Fondamento de Plaisir essuya ses doigts sur ses pagnes et sortit derrière la case. Des étoiles brillaient dans le ciel tels des plats. Elle s'assit devant une bassine d'eau chaude. Dans l'obscurité, je devinais ses formes massives comme une montagne, je ne voyais que le blanc de ses yeux : « Tu t'es vengée de ton père, ce soir, n'est-ce pas Édène ? » Elle s'adonna à ses ablutions : « C'est vrai qu'il aime Akouma plus que tout au monde et que toi, ma foi !... » Tchouc, criait l'eau entre ses cuisses et je prenais la mesure de l'amour que l'humanité ne m'avait pas donné. Elle s'éclipsa dans sa chambre et attendit son amant du jour, parce que ce n'était pas un homme dans sa vie, mais des. Aujourd'hui encore ma mémoire, à des années-lumière, peut dessiner ces hommes avec leurs pètements et leurs mollesses impardonnables. Ananga, Schimit, Assam, Dongo et bien d'autres que ceux dont j'ai oublié l'identité, car la mort ne fait pas dans le détail : elle laisse des squelettes sur lesquels le soleil ne brille plus. Plus tard, me parvinrent de mon paillasson des gargouillements : « Ouais-Ouais ! C'est ça ! » Par un trou dans le mur, je vis Fondamento de Plaisir et son amant. Je vis leurs corps nus du nombril jusqu'aux pieds et leurs cuisses brillaient comme des poignards. Des sanglots étouffés montaient de la paille, au point de me faire croire que ceux-là ne se souciaient que d'achever le cycle de leur jouissance ; qu'aucun tremblement de terre n'aurait pu les arracher de leurs plaisirs ; que la débauche qu'étalaient Fondamento de Plaisir et son aimé s'était muée en une quête d'immortalité où les différentes parties du corps se désarticulaient et désincarnaient jusqu'à l'infini.

Cette nuit-là, je ne dormis pas. Je pensai à papa et à ma sœur et je ne dormis pas. L'avait-il retrouvée ? Était-elle revenue ? Les étoiles tourbillonnaient, et la lune larmoyait, ronde comme une vieille grossesse. L'herbe poussait sous mes pieds, s'infiltrait dans mes pagnes et le sommeil devenait un terrain où se réalisaient des constructions parallèles. Je me souvenais des cuisses de Biloa, la maman d'Akouma

Labondance, lorsqu'elle chevauchait papa, et je ne dormais pas. Je souris à l'idée qu'à l'époque ils me rappelaient le combat des dindons lorsque les fracas des ailes s'intensifiaient ainsi que la rougeur des chairs autour des becs, et je souris encore.

Au petit matin, j'entendis la porte grincer. Je me penchai à la fenêtre et vis un homme qui achevait d'enfiler son pantalon. Il s'en alla sur les pointes des pieds par les chemins cailouteux. Je préparai un petit déjeuner que je portai à Fondamento de Plaisir dans sa chambre. Elle était couchée sur le dos et ses gros seins faisaient penser à d'énormes pastèques. Ses cheveux étaient montés en un labyrinthe de tresses, comme ceux de la plupart de nos femmes. A la voir, on eût cru sa beauté née du velouté de la fumée des encens et des parfums frottés à même la peau.

– Ça va, Mâ ? demandai-je en posant le plateau sur ses cuisses chauffées par l'amour.

Elle gémit, lascive entre les draps froissés, s'étira en faisant froufrouter ses sous-bras graisseux, bâilla.

– Ma vie me gratte, dit-elle. Je ne supporte pas de me réveiller à côté d'un homme.

– Mais ils t'aiment ! Tu les rends tous fous d'amour...

– Tu crois que ton père a retrouvé ta sœur ? me demanda-t-elle.

Je restai perplexe, car aucune nervure ne froissait la belle eau calme de ses joues rondes. Je me demandai quelle place elle laissait aux sentiments, à la vérité émotionnelle, aux larmes et depuis quand elle se préoccupait de ce qui pourrait advenir d'Akouma Labondance.

– Cette fille a la même aura fantomatique que sa mère !

316

dit-elle en exprimant le fond de sa pensée. Elle ne peut apporter que des malheurs !

Il n'y avait rien à ajouter.

Les jours suivants passèrent comme les jours, et des semaines coulèrent à flots. Dès l'aube, papa sillonnait la ville et plantait des questions : « Avez-vous vu ma fille ? » Les gens haussaient les épaules : « Avec les jeunes de nos jours, allez savoir ! » Au fil du temps, il s'asséchait debout, se squelettisait et ne prenait plus le temps de se laver ni de changer de vêtements : il tombait en lambeaux. Même sa voix se discordait au point qu'on avait l'impression qu'il émettait des rots lorsqu'il parlait : « Avez-vous croisé ma fille ? » Personne n'en savait foutre rien. Mais il insistait tant que, pour se débarrasser de lui, les gens posaient deux doigts sur leurs tempes et fronçaient leurs sourcils. « Elle est grande de taille ta fille ? » Acquiescement de papa. « Mince ? » Hochement de tête. « Avec des grandes tresses ? » « Oui ! »

Ils l'expédiaient dans mille directions, à cueillir des oranges, à nager avec des poissons ou à danser entortillé aux lianes. Papa revenait de ces expéditions éreinté, les savates molles et la djellaba trempée de sueur. Quelquefois, il se laissait tomber sous la véranda du café-bordel : « Qu'ai-je fait aux dieux ? » gémissait-il. Les saoulards larmoyaient aussi : « Viens boire un verre, ça réchauffe ! » Papa rejetait ces propositions d'un geste boudeur : « Pas le cœur à ça ! » Fondamento de Plaisir retroussait ses pagnes sur ses cuisses cellulitées et prenait ses mains dans les siennes : « Ne te fais pas de mouron », commençait-elle. Elle se tournait, prenait les devants, prenait sur elle, prenait des précautions : « Les enfants sont d'une ingratitude ! » Elle n'avait pas enfanté mais elle avait nourri ceux des autres pour qu'ils grandissent, courent vite et éjaculent. Qu'est-ce qu'elle en avait retiré ? Puis, elle se déhanchait, rejetait ses innombrables tresses : « Rien ! » Je fouillais dans ma mémoire pour retrouver le nourrisson qui avait tété ses mamelles abondantes. En dehors de Lenfant qu'elle s'était empressée de renvoyer, je ne trouvais que ses amants. Chacun construit sa légende comme il peut. Papa repartait avec son chagrin.

— Penses-tu qu'il s'en sortira ? demandai-je à Fondamento de Plaisir.

Au lieu de répondre à ma question, elle me parlait d'Assanga :

— J'ai aimé ton père, j'ai souffert de le partager... Pourtant aujourd'hui, c'est presque un frère pour moi. D'ailleurs plus aucun homme ne me fera chier !

Un jour pourtant quelqu'un bouleversa sa respectabilité.

C'était à la fracassante du crépuscule lorsque les grenouilles commencent à battre symphonie, que les lucioles émettent les premiers signaux de joie, que les criquets agacent les oreilles, que les chiens donnent la chasse aux démons. Un homme pénétra brusquement dans le café-dancing-bordel. C'était monsieur Schimit, et ce fut tout un événement.

Mes enfants, imaginez un Nègre sans carrure ni hauteur d'homme. Un Nègre si petit qu'une femme le chercherait dans une botte de foin. Un homme-enfant au visage taillé comme le plat de la main avec des sourcils broussailleux, posés comme par hasard au-dessus de ses yeux. Les lam-pes-tempête accrochées aux murs s'agrippèrent à son pan-talon qui s'arrêtait désespérément à ses mollets, découvrant ses chevilles maigres et ses pieds palmés, achevés par des orteils habitués à porter la poussière des sous-bois. Une veste trop large aux épaules avalait sa carrure de rien du tout. Pour signaler le début de sa colère, il ôta solennelle-ment son chapeau et le posa sur le comptoir.

Comme si elle pressentait ce qui allait suivre, Fonda-mento de Plaisir commença par sourire :

– Qu'est-ce que je te sers ? demanda-t-elle d'une voix si douce qu'on aurait cru que ces sons sortaient d'un oiselet.

– J'en ai assez de me cacher alors que je te baise matin, midi et soir ! cria-t-il. Qu'est-ce que tu me reproches, hein ? J'ai du caca sur moi ou quoi ? Dis, dis-le devant tout le monde ici, présentement !

L'assistance du café-bar-bordel se brisa le cou pour être témoin privilégié de la scène. Fondamento de Plaisir regarda monsieur Schimit comme on regarde des gens qui ont plein de poils au nez. Sans faiblir, l'impudent s'échauffa :

– Sous tes airs de grande dame, t'es que dalle ! Tu ne vaux pas mieux que ces putes que tu exploites ! ajouta-t-il en désignant des filles presque invertébrées dans des bras de vieillards en quête de verdure.

Fondamento de Plaisir vit tous les démons d'Afrique. Sa colère était à couper la gorge au bêtiseur. Elle fessa une table du plat de la main, marcha vers l'insolent, le souleva de terre et le posa sur le comptoir.

– Jure ici devant témoins qu'on se connaît. Allez, va, dis-le !

Monsieur Schimit, sentant un danger proéminent, marmonna des phrases inintelligibles :

— C'est-à-dire que...

— Présente excuses d'avoir voulu traîner dans la boue la réputation d'une si sainte femme ! cria quelqu'un.

— Présente condoléances ! hurla une femme.

Devant dix paires d'yeux, le malheureux amant présenta ses excuses. Il prétendit qu'il ignorait jusqu'à la couleur préférée des sous-vêtements de ma patronne. Il dit qu'il désirait tant la sainte Fondamento de Plaisir, qu'il s'était retrouvé à fantasmer si fort, qu'il avait fini par se persuader qu'ils étaient amants ! Fondamento de Plaisir l'écouta sans le regarder et dit :

— Ça ne suffit pas ! Par le cul, tu m'as salie, par le cul, tu dois me laver.

Ainsi dit, ainsi fait. Devant l'assistance témoin et juge, la sentence tomba. Il fut convenu que Fondamento de Plaisir pisserait dans un verre et que l'impudent boirait le délicieux breuvage. Tandis que Fondamento s'en allait uriner, un brouhaha s'ensuivit et chacun raconta ses extraordinaires expériences de crimes de lèse-majesté : « Moi, j'ai cassé les pattes au coq d'un voisin qui malmenait mon champ ! » s'enorgueillit un homme en roulant des yeux avinés. « J'ai mis du piment dans le sexe d'une gonzesse qui m'a chipé mon mec », se vanta une pute habillée comme une houri en se pourléchant les babines. Une étoile apparut dans le ciel et trois militaires s'interposèrent entre elle et nous : « Perquisition générale », clama l'un d'eux, un bonhomme si bref de partout que son casque colonial lui mangeait ce qui lui restait de figure. Une onde électrique traversa l'assistance et pétrifia nos vessies. Fondamento de

Plaisir se précipita dans le café-bordel et son verre d'urine se fracassa sur le sol : « Qu'est-ce qui se passe ? » Son animosité faisait palpiter son nez. « Je suis une femme respectable, moi ! » Les militaires la bousculèrent et entreprirent de renverser les tables. Ma patronne poussa un soupir intestinal et, le temps d'écraser une mouche entre deux doigts, elle courut dans le sens de ses intérêts.

– Aidez nos amis à fouiller ! ordonna Fondamento de Plaisir à ses filles. Comme ça, ils verront que nous sommes d'honnêtes citoyennes de leur République française !

Les filles suivirent les militaires et les aidèrent à fouiller tant et plus qu'ils se sentirent submergés de tendresse. Ils les reniflèrent et leur agressivité mourut comme un soleil couchant. Cela marcha si bien qu'ils remirent de l'ordre dans le café-bordel, entraînèrent les filles échevelées dans les chambres et poussèrent des borborygmes primitifs. « Parmi les femmes, t'en es une ! » dit monsieur Schimit à Fondamento de Plaisir en évitant son regard parce qu'elle savait vendre aussi bien le sexe que les mots, la méchanceté que la gentillesse, la vulgarité autant que la politique.

Les militaires réapparurent, dociles et inoffensifs comme des veaux : « Bon ben », commencèrent-ils, parce qu'il était temps de revenir aux réalités. L'un d'eux, un colosse à la peau sombre et aux mains massives, sortit un mouchoir de sa poche et tamponna la sueur sur son cou. « Nous recherchons un assassin », dit-il. Sa voix était suave, une voix de chaton jaillissant d'un corps de lion.

– Un assassin ? questionnâmes-nous en chœur.

– Ouais, dit celui qui semblait être le chef. Une meurtrière, plus précisément.

Il sortit un dessin de sa poche. Nous nous penchâmes

les uns sur les autres. « C'est une femme, ça ? » demanda quelqu'un. Le visage dessiné pouvait appartenir à n'importe qui : le nez était plat, les lèvres charnues et des dizaines de tresses couvraient le crâne. Mais le corps, bon Dieu, était à vous faire grimper aux rideaux, mais des rideaux, il n'y en avait pas. Des poils longs comme mon doigt parcheminaient ses jambes. Son cou était aussi trapu qu'un poteau électrique couvert de créosote. Rien qu'aux muscles de ses bras on eût cru que celle-là était capable d'un jet d'écraser la ligne de défense d'une armée républicaine.

– Mais c'est une gorille ! m'exclamai-je, les yeux écarquillés, frémissante de terreur.

– Presque, dit le militaire qui commandait la troupe.

Il alluma une cigarette, l'accrocha à la commissure de ses lèvres et nous expliqua que cette femme-gorille était diabolique. Qu'elle se transformait en serpent et glissait sous les portes pour prendre d'assaut les villas des Européens les mieux gardées. Qu'une fois à l'intérieur, elle reprenait son gigantisme et attaquait les Blancs. Qu'elle les dépouillait de tous leurs biens. Qu'elle se retransformait en aigle, distribuait ses richesses aux indigents, aux lépreux et que c'était malheureux. Qu'il fallait aider le gouvernement de sa République à l'arrêter avant que notre si beau pays ne soit classé parmi les États sauvages et cannibales des nations civilisées. Que le gouvernement de sa République française donnerait une décoration sertie d'une tête de coq à quiconque fournirait des informations pour mettre fin à la cavale de ce monstre.

Quand il eut achevé de parler, nous n'étions que poumons qui se soulevaient et s'abaissaient. De la sueur dégou-

322

linait sur nos jambes et je me sentais poisseuse. « Incroyable ! » dit Fondamento en écrasant un gros moustique sur sa joue, et ce fut une catastrophe. Des milliers de moustiques voletaient autour de nous, mangeaient pieds et bras. Ce n'était pas le moment de rester sans bouger même pour écouter une histoire passionnante. D'ailleurs les militaires désireux de sauver ce qu'il leur restait de globules rouges sains claquèrent leurs bottes, firent des saluts et prirent la clef des champs.

— On peut compter sur vous ? demanda le chef militaire.

— Et comment ! cria Fondamento de Plaisir.

Et comment ! Dès le lendemain, la médaille à tête de coq excita nos convoitises et encercla nos cervelles : « On va chercher la femme-gorille ! » La même excitation entremêlée d'avide possession fit tomber les muscles des porteurs du port. Ils abandonnèrent leur travail pour retrouver le monstre et des tonnes de marchandises pourrirent sous le soleil : « On va chercher la femme-gorille ! » Même des hommes connus pour leur droiture furent colonisés par la cupidité et abandonnèrent leurs épouses : « Tu te rends compte chérie, avec cette médaille à tête de coq... finie la misère ! » Les femmes, dont la paresse des époux était connue des margouillats, les harcelèrent : « Qu'est-ce que t'attends pour aller capturer la femme-gorille, hein dis ? Va, va ! » Elles les jetaient à la porte, puis secouaient leurs foulards : « Adieu, mon amour... » Elles pleuraient un peu, pensaient à la médaille et essuyaient leurs larmes.

Notre ville se vida de ses hommes et ce fut une époque étrange. Hormis Aligbatulé, le joueur de tambour, qui estimait que « cette femme-gorille avait été envoyée par les dieux pour nous venger de l'homme blanc » et que « pour tout l'or du monde il ne livrerait pas cette créature aux autorités parce que c'était une vraie résistante aux forces étrangères », pas un homme valide dans les parages. « Que la vie est belle ! chantonnèrent les femmes. Nous sommes libres ! »

Libres d'aller au puits ou pas. De cuisiner ou pas. Et elles faisaient tout ce qui leur passait par la tête : danser avec des loups ou des chats ; rire avec des oiseaux ou regarder un chien par son trou du cul. Du café-bar-bordel j'entendais leurs chants lorsqu'elles puisaient l'eau ou berçaient leurs bébés.

Un matin, les paroles de leurs chants changèrent. Elles ne chantèrent plus la liberté, mais l'amour. Elles en devenaient tristes et mélancoliques. Elles clamaient que l'amour était une piqûre de guêpe que nul ne voyait, mais que tous recherchaient. Je ressentais cette piqûre dans la solitude de mon lit et dans la profonde fatigue que prodiguait le travail quotidien sans savoir comment y remédier. Puis leurs chants s'espacèrent, s'éloignèrent avant de disparaître à l'horizon comme un orage : « Derrière chaque femme, se cache une pute ! » dit Fondamento de Plaisir. Elle souleva ses pagnes sur ses cuisses, retroussa son nez, puis pointa du doigt l'inscription : « C'est le Café de la solitude, ici ! » Et j'ouvris des grands yeux tant ce reniement renversait le sens commun : « Il n'y a plus de mecs. Faut s'adapter aux contingences ! »

Et la voilà courant les ruelles un entonnoir en haut-parleur sur la bouche : « Mesdames, mesdemoiselles, mesdamoiseaux... Le Café de la solitude, spécifiquement conçu pour combattre la tristesse, vous accueille à partir de ce soir... Vous pourrez vous y confier sans débourser un centime... Vous soutenir mutuellement en attendant le grand retour de nos vaillants guerriers... » Elle parcourait la ville et ses sandales faisaient voleter la poussière autour de ses pieds et ses bras nus luisaient de transpiration : « Je répète... »

C'était un grand moment de notre vie et je ne le réalisais pas. Je me postai sous un arbre et attendis. Des charrettes passaient. J'entendais les grincements des roues et les sabots des mulets. Mon cœur explosait en boue, en oiseaux déplumés, en lièvres égorgés, en sang.

— Aucune femme respectable n'osera se montrer au café-bordel, dis-je à Fondamento lorsqu'elle revint de sa tournée de propagande.

Elle me regarda comme on regarde une rivale, avec mépris :

— Au Café de la solitude, très chère, me reprit-elle. Tu ne penses qu'à toi, n'est-ce pas ? Pas une minute tu ne penses au bien-être de l'humanité ?

Elle disparut dans sa chambre comme elle avait toujours été : une bonne femme costaude dont les pas retentissaient tels des coups de fouet. Je tuais ce qui restait de clarté comme je pouvais tant l'inaction m'amenait à me ressouvenir de mon passé : j'essuyais trente-six fois les verres propres ; je chassais des mouches ou des toiles d'araignée sous mes yeux. La vieille chanteuse de romances se curait les dents et des filets d'amertume dégoulinaient des coins de ses lèvres. « Où va le monde s'il n'y a plus d'hommes ? » soupirait-elle sans cesse.

J'avais mon propre ballot de souffrances et je tournais le dos à la sienne. L'horizon prit des tons violets et roses. Le crépuscule s'abattit, traînant dans son sillage les premières étoiles. Çà et là dans les coins, se formait une espèce d'ombre mystique grise. Je m'assis face à la fenêtre et contemplai la noirceur africaine remplie de cris de hiboux, de croassements et de reptations à vous glacer l'échine. La lune s'éleva avec éclat et les cases apparurent sous sa luminosité comme des jeunes vierges lors de leur nuit de noces. J'entendis des pas étouffés, des chuchotements, et mon cœur bondit dans ma poitrine. C'était peut-être elles ? Mais non ! un léger vent... La chanteuse de romances se mit à chanter et cela ressemblait au grincement des vieilles portes. Un frémissement parcourut mes omoplates et, bien avant que je ne réalise d'où venait ce courant d'air, trois femmes entrèrent à toute vitesse dans le café-bordel.

— C'est le Café de la consolation, dit nerveusement Andela, une maigre au corps si vrillé qu'on aurait pu la prendre pour un pied de vigne.

— Nous occupons l'espace et l'air de nos gestes, surenchérit Bigono avec un débit précipité comme si elle était pressée d'en finir. Mais avec quoi ? Nous sommes la terre ferme à la limite de l'eau. Les courbes de nos corps sont une chaîne de montagnes et notre chevelure le nid des racines plongeant dans la terre.

Ce n'est qu'une heure plus tard que je pris conscience que le Café de la solitude était rempli. Des femmes respectables s'empilaient partout : sur les chaises, sur les caisses vides, à même le sol. Elles ne parlaient pas, se dépêchaient d'avaler de la bière française, verre après verre. Elles ne se regardaient pas. Bien des années plus tard, je compris que leur vanité passée, cette supériorité morale que leur octroyait leur situation d'épouse vis-à-vis de Fondamento de Plaisir les couvrait de honte. Fondamento de Plaisir restait derrière son comptoir, à battre doucement des cils, à encaisser son argent, à fredonner des airs. Puis elle frappa dans ses mains, Aligbatulé apparut et ce fut la stupeur. L'instant d'après, on prit sa mesure : « Tu crois vraiment que c'est un homme ça ? » Lui prenait nos mesures aussi effrontément qu'un lutteur avant d'empoigner son adversaire. Il nous fit une révérence à couper le souffle d'un chat, raccorda son tambour.

– Aligbatulé, pour votre plaisir, mesdames !

Nous applaudîmes. Il frappa son tambour et sa voix déroula une série de salves contrebandières, nourries des idéaux maquisards, des révolutions haïtiennes. Ses yeux étincelaient. La lampe-tempête faisait flamboyer sa peau noisette et des femmes poussaient des soupirs euphoriques : « Quel conteur ! » gémissaient-elles. Puis elles suçotaient leurs lèvres sans le quitter des yeux.

Et c'était un grand conteur ! Dieu ait son âme. Il parla de la femme-gorille qui nous délivrerait du joug de l'ennemi. Qu'il s'engagerait comme beaucoup aux côtés des frères maquisards. Ces histoires, la présence des colonisateurs sur nos terres me laissaient de marbre même si les exploits des maquisards de Douala et de Kongsamba me fascinaient. Mais étaient-ce ses qualités de narrateur qui incitèrent Andela, Bigono, Attila et autres épouses esseulées à le suivre derrière le café-bordel et à jubiler dans les cieux ? Était-ce sa parole qui fit jaillir de leurs entrailles des perles de diamant ?

Les jours suivants, on fit les comptes et décomptes des aventures sexuelles d'Aligbatulé. L'Élue qui disparaissait en compagnie du joueur de tambour était attendue avec impatience. On l'encerclait aussitôt : « Tu l'as eu, hein, dis-nous ? C'était comment ? » Elles serraient leurs cuisses et rétrécissaient leur cercle : « C'était sucré ? » Elles posaient leurs mains sur leurs joues, clairement envieuses : « T'es rassasiée ? »

L'Élue chaloupait des seins, retroussait ses lèvres avec une moue de profond dégoût, lançait les bras en l'air : « Rien dans la culotte ! » Les yeux des femmes n'en revenaient pas : « Merde, alors ! » Dès qu'un vieillard approchait, le silence se faisait profond comme puits. On se raclait la gorge. On encourageait l'intrus à s'en aller converser avec les éléments naturels. Alors seulement, les conversations reprenaient. Que dis-je ? Les piapias d'une confédération de femmes au crâne fêlé par l'abstinence :

– C'est un scandale !
– Une honte !
– Il n'a pas de cornes !
– Pauvre garçon !

Quelquefois, Fondamento de Plaisir surgissait et, parce qu'elle aurait pu dire : « Toi, il t'a eue à quatre pattes » ou : « Toi, c'était comme ci, comme ça », une mince couche d'honnêteté perlait sur cette montagne de mensonges : « C'est pas l'essentiel dans la vie, le sexe ! » clamaient-elles. Elles s'en allaient au marigot et s'adonnaient à leurs ablutions intimes : « Quelle bande d'hypocrites ! » crachait Fondamento de Plaisir.

Trois semaines passèrent et il y eut des perturbations de climat. Le tonnerre que personne n'attendait gronda à l'improviste : de terreur, le soleil se cacha et les pluies occupèrent les cieux.

La première nuit, le vent souffla, la pluie creva le sol. Aligbatulé ne vint pas au Café de la solitude : « Il doit être fatigué ! » se moquèrent les femmes. Elles se firent des clins d'œil : « Vive le Café de la consolation ! » Puis elles vidèrent des chopes de bière. Et quand elles n'eurent plus la force de crier plus fort que le vent, elles s'en retournèrent chez elles.

La seconde nuit, le vent brisa la tête de quelques arbres et pas un orteil d'Aligbatulé ne se présenta au café-bordel. « Peut-être bien qu'il est usé, malade et fatigué ! » dirent-elles en se regardant, perplexes, parce qu'en fin de compte qu'allaient-elles bien pouvoir faire de leurs désirs d'amour s'il ne revenait pas ? Elles se dispersèrent, déçues : « Que Dieu nous préserve d'une maladie sans remède ! »

La troisième nuit, le vent tomba et Aligbatulé pénétra dans le café comme une tempête. Ses vêtements étaient mouillés. Ses sandales étaient encrottées de boue. Ses yeux avaient un éclat fiévreux et sa poitrine qu'on apercevait par l'ouverture de sa chemise se soulevait irrégulièrement. Il tapa des pieds et les femmes comprirent qu'il était en froid avec elles.

– Menteuses ! cria-t-il. Tricheuses ! Vous osez dire que je n'ai pas de cornes ! Je vous ai toutes baisées ! Parfaitement !

Dans la lueur de la lampe-tempête, les visages des femmes dansèrent. Il avait certes bu, mais pas assez pour qu'on mît ses paroles sur le dos large de la boisson. Un verre se fracassa quelque part dans un bruit de Gomorrhe. Dix paires de mains empoignèrent le poète. Ses pieds battirent dans le vide : « Putain, lâchez-moi ! » Les épouses esseulées montrèrent la blancheur de leurs dents : « T'as pas de couilles, vu ? » lui dirent-elles. « Et t'as jamais baisé personne ! » On mit le semeur de trouble à la porte aussi sec, avec des hochements de tête approbatifs. Il roula dans la boue, se releva, brandit ses poings, tapa des pieds : « Vous allez me le payer ! » Fondamento de Plaisir, en femme d'affaires avisée, invita sa chanteuse à entonner ses romances. Sa voix rocailleuse couvrit aussitôt celle du révolutionnaire : « Quel mythomane ! »

Le matin du quatrième jour, la pluie cessa. Un soleil apparut, si faible à travers les nuages qu'il ne parvint pas à gagner en éclat. Dans la cuisine mi-obscure, je déjeunai d'une viande séchée avec des bâtons de manioc. Je mâchai lentement et pensai à toute cette folie de débauche, œuvre de Fondamento de Plaisir. Je ne creusai pas plus avant mes réflexions car j'en redoutais les conclusions comme on appréhende une opération chirurgicale qui pourrait nous sauver, mais à laquelle on risque de ne pas survivre. Soudain, on eût dit qu'éclatait un incendie, que crépitait la grêle. Mais non, ce n'étaient que des voix humaines qui appelaient au secours. Je me précipitai vers la porte et heurtai Fondamento de Plaisir qui achevait d'attacher son pagne : « Qu'est-ce qui se passe ? » Je n'en savais rien. Nous courûmes jusqu'à la place de la ville. Dans les ruelles, les gens couraient aussi. Quand nous arrivâmes, une flopée de femmes et d'enfants entouraient quelque chose. Une meute de chiens aboyaient. Je fendis la foule et posai ma main sur ma bouche pour empêcher mon cœur de sortir.

Michel Ange de Montparnasse était saucissonné avec des lianes et gesticulait dans la boue. Il était nu comme un vers. On l'avait bâillonné. Ses joues étaient gonflées d'une rage qu'il ne pouvait exprimer. « Qu'est-ce qu'il a le Blanc ? » questionnèrent les enfants, et quelque chose qui ressemblait à la joie de l'artiste pétillait dans leurs yeux.

Les femmes semblaient tétanisées par le spectacle. Les mômes, surexcités, inspectaient le Commandant et le reniflaient : « Il n'est pas circoncis et il veut commander, dis donc ! » Ils le regardaient d'en dessous, très près des trous du nez : « Qui t'a fait ça, hein ? interrogeaient-ils. C'est la femme-gorille ? Tu veux qu'on te détache ? » Un vieillard mal rasé se mit à gueuler en postillonnant et donna l'impression de nous percer tous à jour. Il atténuait chaque chapelet d'injures et de grossièretés par : « Vous inquiétez donc pas ! J'étais comme ça, moi aussi. Moi aussi, j'étais comme ça ! » Et tous le regardèrent avec des yeux de bons chiens. Le vieillard expliqua qu'il ne fallait pas aider Michel Ange de Montparnasse. Que ces Blancs n'avaient pas de reconnaissance. Qu'il n'y avait qu'à se souvenir de l'épisode de Judas qui récompensa Jésus par les pires souffrances.

— Pourquoi font-ils ça ? demanda une femme aux ailes du nez si larges qu'elles palpitaient.

— Parce qu'ils en ont assez de perpétuer leur race, suggéra une dame, si petite que j'aurais pu l'enfermer dans mes mains.

— Je ne suis pas là, cria la femme aux larges ailes du nez en arrondissant ses hanches. Je n'ai rien vu !

Elle s'éloigna avec son gros nez épaté, ses grandes dents blanches et ses tresses en désordre qui pendaient le long de ses joues.

— Que personne ne bouge !

Ensuite il y eut un tel remue-ménage que ce qui se déroula par la suite ne laissa à personne un souvenir précis. Des militaires entreprirent de nous fouiller : « Où sont vos armes, hein ? » Ils nous poussèrent avec leurs crosses : « Rentrez chez vous, bande de voyous ! » Ils se mirent au

garde-à-vous autour de Michel Ange. « Patience, patron. »
Ils posèrent leurs armes entre leurs cuisses : « C'est une
affaire de la plus haute importance. » Ils croquèrent des
kolas : « Nous attendons des ordres de Yaoundé ! »

– Détachez-le immédiatement, bande de Négros ! dit un
Blanc, en surgissant brusquement d'une voiture.

Il était vêtu d'un costume havane et semblait être un
employé de bureau.

– Mais... mais..., bégayèrent les militaires. Il faut pas
brouiller les empreintes, patron !

– Obéissez ! ordonna le Blanc.

Trois militaires coupèrent à l'aide d'un canif les liens qui
entravaient Michel Ange de Montparnasse. « C'est le septième cas, dans le pays, gémit le Blanc en bottant la portière
de son automobile. Ils seront tous pendus, ces maquisards !
Quelle saleté de merde ! » On aida Michel Ange de Montparnasse à se relever et on le recouvrit d'une vieille couverture. « On vient les civiliser, voilà comment ils nous
récompensent ! » dit de nouveau l'autre Blanc.

Michel Ange de Montparnasse ne s'apitoya pas sur lui-
même, sans doute parce qu'il avait honte, ou tout simplement parce qu'il avait compris ce à quoi les têtes les plus
intelligentes ne parviennent pas toujours : « Blancs ou
Noirs, c'est la même chose fragile. » Il monta dans la voiture. Elle démarra et disparut de notre champ de vision
comme ces tombes que l'on dépasse au bord des routes
sans les toucher et sans les craindre.

L'état de siège fut décrété. On placarda de nouveau les
dessins représentant la femme-gorille. Nous voyions passer
des capotes militaires, des casques blindés, des bérets incli-
nés à gauche avec crânerie. Quelquefois, les forces de l'ordre

échangeaient des propos inquiets de leurs voix rauques et nous en captions des bribes. On apprit ainsi que la femme-gorille et ses acolytes avaient pénétré chez Michel Ange de Montparnasse. Qu'ils avaient ficelé le commandant et sa femme comme des saucisses. Qu'ils avaient dévalisé la maison jusqu'au grenier, puis avaient traîné Michel Ange de Montparnasse jusqu'à la place de la ville pour le ridiculiser. Ou se venger... Fondamento de Plaisir frappa dans ses mains et ouvrit les paris : « Dix contre un qu'un homme dont les parties génitales ont été exposées même aux aveugles abandonne les charges respectables qui lui incombent. Le commandant va démissionner ! »

Personne ne releva le défi.

– Avec les Blancs, allez savoir ! hurlèrent les femmes. On parie rien du tout !

Avec les Noirs non plus ! Une semaine plus tard, nos vaillants guerriers revinrent de la partie de chasse contre la femme-gorille hagards et amaigris. Et ils en amenaient de ces bêtes : des femelles poilues aux mamelles plates ; des mâles roux aux sexes entubés comme un rouge à lèvres ; des bébés jaunassons. Ces animaux traversaient la ville à épaules d'hommes, à moitié desséchés, les dents dehors. Pas une famille de chimpanzés, de singes, d'orangs-outangs ne put en réchapper. Les femmes bondissaient des vérandas et agitaient leurs foulards : « Tu l'as eu, hein ? » et : « Tu vas aller chercher la médaille à tête de coq chez le Commandant ? »

Les hommes jetaient leurs fardeaux dans la poussière : « Sais pas si c'est la bonne ! » Ils essuyaient leur front : « Elle se transforme tout le temps ! Va savoir si c'est la bonne ! » Ils essuyaient leurs pieds sur les paillassons :

« Même Dieu a pris repos le septième jour ! Pour la femme-gorille, j'ai donné ! » Ils ne contèrent rien de leurs aventures et renfermèrent dans leur mémoire les trois mille maux de privations que leur apprit cette partie de chasse.

Et tandis qu'ailleurs la femme-gorille et ses pairs pira-taient les Blancs, chambardaient l'ordre moral et défiaient les militaires, la ville se régalait d'orang-outang : des boyaux de chimpanzé à l'étouffée ; de la cervelle de singe aux ngombos ; des mains de gorille sauce claire ; des cœurs de singe aux arachides et j'en passe !

– A quelque chose malheur est bon ! dit Aligbatulé en arrachant d'un coup de dents un bras de singe. Grâce à la femme-gorille, l'homme noir a retrouvé son esprit de chas-seur ! A quelque chose malheur est bon.

Et c'était bon cette guerre aux singes ! Bon, cette viande, même si elle nous refila quelques indigestions ! Bons ces bébés qui naquirent avec le sourire d'Aligbatulé ! Bons les mensonges que les femmes dilatèrent sur sa sexualité ! Bon le respect qu'elles témoignèrent à Fondamento de Plaisir parce qu'elle aurait pu dire, *toi je sais que...* ! Bon que le café-bordel retrouve son identité ! Tout aussi bon qu'on digérât fermement la femme-gorille et qu'on la transformât en légende.

La pluie succéda à la pluie, les sécheresses aux sécheresses et la Sanaga portait sur son dos des bateaux remplis de nos sueurs, de nos larmes qui se transformaient en industrie de bois, de gaz ou de coton en France. Les Blancs voyageaient en groupes, mangeaient en bandes, dormaient en grappes et faisaient la publicité de la colonisation.

Puis vint une aube étrange où les bruits identifiables d'un jour ne me parvinrent pas. Le soleil resta à égale distance avec la lune. On eût cru qu'une chape noire plombait la lumière. Les animaux de la basse-cour restèrent dans les enclos. Les enfants s'accrochèrent aux pagnes de leurs mères et hésitèrent à aller au puits.

Fondamento de Plaisir avait du vague à l'âme et même un peu de cafard. Ça lui arrivait ponctuellement, une fois par mois.

— Assieds-toi, me dit-elle en tapotant son couvre-lit lorsque je lui apportai son petit déjeuner.

Je déposai le plateau sur ses cuisses, piétinai un bon moment et finis par m'asseoir. Elle poussa un faible gémissement, tendit ses mains à la rencontre des miennes et sa voix se répandit en trémolos comme celle d'une jeune romantique :

— Édène, ma petite Édène, que serais-je devenue sans toi ? T'as pas l'intention de t'en aller un jour, n'est-ce pas ?

— Non, bien sûr que non, dis-je en poussant des petits cris.

— Je suis une horrible femme, me dit-elle... Mais, je peux avoir ça !

Elle pointa du doigt son cœur.

La voir adopter cette attitude humble me parut si grotesque que j'aurais voulu lui demander : Qu'est-ce que t'as à pleurnicher salope ? T'as trop bouffé ? Trop bu ? Trop baisé ? Trop fait des pieds et des mains pour te faire une place au soleil ? Mais elle ne m'en laissa pas l'occasion. Elle comptabilisa ses qualités d'une lèvre et ses défauts des deux. Ses propos étaient menés avec finesse et il m'apparaissait clairement que les tréfonds de l'âme humaine étaient une unité insécable. J'en oubliai presque que cette grosse Africaine étalée dans ses draps à se sermonner m'exploitait.

Qu'elle fût maquerelle ou maître chanteur était une vérité et, comme telle, ressemblait plus que tout à un éclair blanc fluorescent dans un noir d'encre. Sa voix se baissa jusqu'à devenir murmure : « Tu es ma fille, mon unique héritière ! » Je sentis mon cœur fondre et se former un entrelacs dans ma gorge.

Un clairon militaire pérora, assourdissant. Des coups de feu éclatèrent. Des bruits de sabots battirent l'air. De stupeur, mon visage se contracta et Fondamento de Plaisir reprit sa vivacité.

– Encore une de leurs saloperies de guerres ! dit-elle en bondissant de son lit. On peut même pas commercer tranquille !

Furieuse, elle chaloupa jusqu'à la véranda. Le cortège militaire soulevait la poussière. Les clairons sonnaillaient de plus belle. De chaque côté de la rue, des gens s'attroupaient, inquiets : « Ils ont attrapé la femme-gorille et ses acolytes », dit un homme vêtu d'un boubou élimé. Il claqua des dents et ma moelle épinière ressentit son effroi. Une petite fille pleurait quelque part. J'examinai les visages alentour et ne la vis pas : « Plus grande est la ville, plus étendues sont les larmes », me réflexionnai-je. Voilà la troupe en tenue d'apparat. En tête, les officiers montés à dos de cheval transpiraient sous leurs képis rouges suivis des soldats en culottes courtes et fusils à l'épaule. Puis venait la femme-gorille. A ses pieds, des grosses chaînes ! A ses poings, des chaînes ! A son cou, des chaînes encore, comme s'ils craignaient de la voir se transformer en oiseau et s'envoler. Derrière elle ses complices ensanglantés marchaient à la queue leu leu. Derrière eux encore, des militaires fermaient la procession. Quand ils arrivèrent au niveau du café-bordel, la femme-gorille tourna la tête et me fixa. Les coins de ses lèvres saignaient. Ses yeux n'étaient plus que deux bosses. Du sang dégoulinait d'une énorme plaie dans son dos. Je poussai un gémissement : « Seigneur ! » Je m'évanouis. Je repris connaissance et vis Fondamento de Plaisir penchée sur moi :

– Chacun récolte ce qu'il a semé, dit-elle en m'éventant. Voilà ce que ça donne de vouloir devenir un singe ! Chacun récolte ce qu'il a semé.

– Mais c'est ma sœur ! protestai-je.

Déjà j'étais sur pied. Mon cœur était broyé. J'avais vu naître Akouma Labondance. Je l'avais vue grandir. Je l'avais vue devenir femme. L'idée des souffrances qu'elle allait endurer me bouleversait, non dans le sens des liens du sang, mais dans des habitudes prises. J'aurais voulu attraper chaque parcelle de ma peau entre le pouce et l'index, la triturer jusqu'à la transformer en bouillie, mais je n'avais pas ce courage. Voilà pourquoi je fis comme tout le monde : je suivis la procession à distance respectueuse : « Ils vont la pendre sans jugement ! clamait Fondamento de Plaisir à qui voulait l'entendre. Sans jugement ! C'est moi qui vous le dis ! » La foule se mit à réagir par stimulation : « Ils vont la pendre sans jugement ! » Dès qu'ils pénétrèrent dans les jardins de la préfecture, les militaires refermèrent la grille derrière eux et nous restâmes dehors : « Ils vont la pendre sans jugement. » C'est alors qu'apparut comme par enchantement un homme que je ne connaissais pas. Il était complètement imprégné de l'odeur de tabac. De la nicotine exsudait de sa calvitie. Il fit une galipette, écarta ses dix doigts en les faisant trembler comme un prestidigitateur et s'exprima en ces termes :

337

– Quel intérêt qu'on la pende ou qu'on lui coupe la tête ? Après tout, la mort n'existe pas. Avez-vous oublié nos esprits qui vivent pour l'éternité dans l'eau, qui chuintent ?

Ce qui me parut extraordinaire, c'est que cet homme se mit à nous dire que nous avions perdu nos valeurs en ayant peur de mourir, que nous étions âpres au gain et prêts à nous dénuder pour de l'argent : « Et vos âmes ? vous y croyez ? » Plus extraordinaire encore, nous l'écoutâmes sans nous défendre. Un type dans la foule hocha son crâne et dit : « Il a raison ! » Fondamento de Plaisir, qui ne croyait qu'en ce que l'homme avait dans la poche et, à la rigueur, à ce que contenait son pantalon, et pour qui tout le reste n'était que vent qui passe, défia l'homme à l'odeur de nicotine :

– Qui es-tu, toi ? D'où viens-tu ? Qui est ton père, espèce d'embobineur !

L'étranger la regarda et éclata de rire : « Toi, toi, t'es sur le bon chemin ! » Et le voilà à l'encourager à l'insulter : « Vas-y ! Allez courage ! » Comme elle se taisait, il se mit à secouer la récalcitrante tel un prunier, mais aucune prune ne tomba des lèvres de ma patronne : « Vas-y ! Dis ce que tu as sur le cœur ! » Puis il la lâcha et ses bras retombèrent mollement le long de son corps. Il nous expliqua avec des mots enflammés que les relations humaines étaient complexes et que leur épanouissement exigeait qu'on mette à nu les rancœurs et les haines. Ce processus selon lui était obligatoire pour embrasser la lumière et guérir nos maux.

Soudain la foule s'écarta. Même l'étranger ferma son clapet comme devant une révélation. Papa jaillit en vérité nouvelle, la tête haute, les pieds poussiéreux. Il s'avança et derrière lui s'avançait notre famille à ramifications. Maman était soutenue par deux femmes et gémissait : « Ventres du

338

monde entier, fermez-vous aux petites filles et vous vous mettrez à l'abri des douleurs ! » Je compris qu'il valait mieux ne pas l'approcher. Gazolo et Chrétien n° 1 s'avançaient eux aussi et détournèrent la tête en me voyant. Je frémis : plus de trois ans avaient passé depuis notre dernière rencontre. Je touchai mon cœur. Il battait normalement.

– Ouvrez-moi cette porte ! cria papa. Ouvrez !

Il saisit la grille et se mit à la secouer. Des militaires se précipitèrent et firent pénétrer papa. Gazolo voulut le suivre mais des militaires l'arrêtèrent : « Pas vous ! » Nos yeux se croisèrent et en moi-même je murmurai : « Bien fait pour toi, pauvre con ! »

Nous restâmes à l'extérieur à dire et à écouter n'importe quoi et n'importe qui. Les membres de ma famille m'évitaient et s'entreparlaient avec des mots à la fois bruissants et secs : « Quelle folie ! Ne l'a-t-on pas aimée ? Ne lui a-t-on pas donné à manger, hein ? Vêtue ? Quel besoin avait-elle de... » Ils posaient leurs mains sur leurs têtes et gémissaient. La foule les plaignait aussi, versait des larmes collectives comme elle sait le faire en pareille circonstance, puis, comme pour contrebalancer leurs paroles sucrées, admonestait ma famille : « C'est une question d'éducation, mes amis ! » et : « Les enfants, faut savoir les tenir ! » et pour conclure : « C'est la faute des parents ! » Maman qui voyait venir sur elle cette tempête ramassa ses cliques sans ses claques et retourna au village.

– Ça va Édène ? me demanda une voix dans mon dos.

Je tournai la tête et vis les épaules et la nuque de Chrétien n° 1. Je compris son hypocrite stratégie, fis reprendre sa place à mon cou avant de répondre :

— Je ne comptabilise pas encore mes os. Et toi, es-tu heureux ?

— Tu me manques.

Ces mots m'assommèrent d'autant que je m'étais brûlé les ailes à cette première chandelle. Je me retournai avec précipitation : « Sale obsédé ! criai-je. Malade ! » Au même moment, des militaires jetaient Akouma dans un camion, et mes mots et cette souffrance passée se perdirent dans le vent. Les grilles s'ouvraient, et là-haut dans le ciel le soleil faisait une timide apparition. Le camion s'ébranla. Les gens s'écartèrent. Nous étions solidaires, mais pas assez pour nous laisser écraser pour quelque cause que ce soit.

— Ils l'emmènent à Yaoundé où elle sera jugée et pendue, dit quelqu'un dans la foule.

Le camion s'éloigna et les femmes agitèrent leurs foulards : « Adieu, petite ! » On écrasa quelques larmes : « Adieu, petite ! » Et voici que s'ensuivit un appel enjoué, voire quelque peu insouciant, à tous les vivants et à tous ceux qui tenaient à la vie : « Très chers frères et sœurs, dit l'étranger qui sentait la nicotine. Ne craignez pas la maladie, narguez la mort ! » Il alluma une cigarette, s'en tira une bonne bouffée avant de continuer : « Adieu n'est pas le mot qui convient. Mais au revoir ! » Immédiatement, Aligbatulé entonna sur un air connu :

Vogue vers la mort,
petite sœur
Vogue vers la mort
Ce n'est qu'un au revoir
Au revoir et bon pied la route !

Tous se mirent à chanter à sa suite avec un immense sourire. Ils formèrent un cortège, Aligbatulé en tête, et s'en allèrent, chantant et dansant. Ils étaient arrivés la tristesse au cœur. Ils repartaient le bonheur dans l'âme.

Moi, moi qui vous raconte cette histoire, je restais plongée dans une douce torpeur. Quand je repris mes esprits, je vis Michel Ange de Montparnasse et papa devant la grille. Le Commandant tapa sur l'épaule de mon père :

– Courage, mon ami.

Michel Ange de Montparnasse retourna dans ses bureaux. Papa resta quelques minutes sans bouger comme s'il réfléchissait, à moins qu'il n'eût honte d'attirer l'attention.

– Alors ? lui demandai-je en me précipitant dans ses bras.

Papa poussa un long soupir sans parler.

Des larmes que je ne contrôlais pas jaillirent de mes yeux :

– Qu'est-ce qu'il t'a dit ? j'implorai. Le Commandant va la sauver, n'est-ce pas ? Il te doit bien ça !

– Plus on a de pouvoir, moins on est libre, fit-il simplement. Et il ajouta comme pour lui-même : J'espère qu'ils vont me la rendre pour l'enterrer.

Plus tard, je réfléchis aux raisons qui avaient poussé Labondance à tomber dans ce précipice où elle devait s'anéantir. Un seul mot me vint : l'ennui.

Quinzième veillée

Qui marche dans la boue...
Risque de perdre ses sandales.

Mieux vaut le début d'une chose que sa fin : jouissez de la naissance d'un bébé et oubliez l'enterrement d'un vieillard ! Laissez-vous porter par le mouvement du désir et ne regrettez pas son inaccomplissement ! Parce qu'à force de vivre sous le soleil, j'ai vu que le plus rapide ne remporte pas forcément la course ; que le héros ne gagne pas toujours la guerre ; que les bons comme les méchants, les riches comme les pauvres, l'insensé comme le savant terminent leur chemin dans la maison de la mort. L'homme sait tout cela, ce qui ne l'empêche pas de se laisser surprendre lorsque le malheur fond sur lui à l'improviste.

Fondamento de Plaisir se laissa surprendre et je compris qu'il ne suffit pas de comprendre pour s'éviter un piège.

Suivez donc son parcours ! Que c'est étrange !

Souvenez-vous de l'étranger. Il s'appelait Awono, Awono Awono. Il était petit, malingre et chauve. Il ressemblait à

343

un champ dans son boubou vert à grosses fleurs jaunes. L'ovale de son visage acajou lui donnait l'air d'un pangolin. De la nicotine exsudait de ses pores par bouffées, ça vous le saviez déjà. Pourtant, il possédait la parole comme certains l'acné, ça nous le découvrirons ensemble. Ses mots créaient l'attroupement : des jeunes se taisaient et les dialecticiens restaient sans réponse. Les femmes secouaient leurs foulards bigarrés en guise d'acquiescement et les vieillards se mettaient debout pour l'écouter. Même les chefs des villages, qui avaient osé dire aux colonisateurs : « Vous êtes fous, missiés ! Comment pouvez-vous délimiter la terre alors qu'elle est plate et sans limites ? » — même eux perdaient leurs discours.

Awono Awono était comme le Christ : Dieu était son père et le reste de l'humanité, sa famille. Comme lui, il ne s'encombrait pas de femme et propriétés qui selon son expression « alourdissaient l'âme ». Il traversait le pays pour porter la guérison par le repentir des péchés, parce que les marmites de nos sorciers s'étaient complètement refroidies, que les fumées des usines avaient recouvert nos cerveaux de grisaille et qu'on ne savait plus lire les signes dans la brousse.

Lorsque Awono Awono arrivait dans un village, son cœur gonflé de compassion recherchait des cas désespérés : des vieillards en état de délabrement avancé, des cancéreux transcendantaux, des sommeilleux permanents ou des épileptiques en attente de la mort. En deux mots comme en vingt-cinq, il affectionnait ces cas qui faisaient baisser tête à notre sorcellerie. A l'époque, vous pouviez voir ces malades couchés devant les hôpitaux ou hurlant à la mort dans la solitude de leur chambre. Les plus désespérés se jetaient

dans le fleuve et les vagues les engloutissaient. Awono
Awono les aimait tant qu'il décida d'agir en amont afin
d'empêcher des suicides. Dès l'aube, chaussés de babou-
ches, ses pieds écornés faisaient des vas-vas le long des
rivages, prêts à se précipiter pour sauver quelqu'un. En
quelques secondes ses yeux fouillaient les bateaux amarrés
et transperçaient littéralement les gens qui se pressaient en
foule sur le port. Il restait des heures à s'empoussiérer. Ses
cheveux au pourtour de son crâne se gangrenaient. Ses
pieds s'encrottaient à faire du surplace, puis il avisait un
fumeur et quémandait : « T'aurais pas une cigarette, par
hasard ? » Il remerciait, accrochait le bâton à fumer à ses
lèvres et quand il s'apercevait que personne ne se suicidait,
il grommelait furieux : « C'est parce que les êtres n'éprou-
vent plus de ces émotions qui portent au pinacle la
conscience de la cellule ! » Puis il courait entre les dockers
et les haranguait : « Mes frères, aimez-vous les uns les
autres ! » Il les saisissait par leurs boubous et le vent créait
des vertiges dans la nature : « Aviez-vous regardé le joli
lever du soleil ce matin ? – Mais non ! Des imbéciles, voilà
ce que vous êtes ! Ces merveilles données aux cochons, bon
Dieu ! » Au début, les gens l'évitaient mais brisaient leur
cou pour rire du fou : « Écoutez-moi, criait-il, je suis venu
vous sauver des ténèbres éternelles ! » Il criait encore :
« Écoutez-moi, je vous en conjure ! La possession des biens
matériels est la cause de votre mort prochaine ! » Et quand
il parlait des menteries, sa langue semblable à celle des
dragons du Jugement dernier jetait des lames de feu :
« Vous mentez à vos mères ! Vous trompez vos femmes !
Face à vos collègues, vous montrez deux visages ! » Il broyait
les pervers présumés du regard : « Vous n'êtes que des fri-

pouilles ! Des assassins ! Des couillons ! » Les muscles des dockers se contractaient sous le soleil, mais ils ne lui rétorquaient pas : « Nous ne sommes pas des enfants pour nous faire tirer les oreilles de la sorte ! » Ou encore : « Tais-toi, espèce de fou ! » Ils l'écoutaient et c'était un miracle. L'homme nicotiné, maigre et sale, postillonnait, saccageait leur identité, leur éducation et leur personnalité. Brusquement, il s'arrêtait et ajoutait d'une voix remplie d'auto-compassion :

– Moi aussi, j'ai commis ces horreurs ! Moi aussi, j'ai enlaidi l'univers...

Venait ensuite une logorrhée où se dessinaient de manière précise ses péchés et ses peines, ses défauts et les sacrifices consentis pour la rémission de ses fautes. Pêle-mêle, il racontait qu'à l'âge de sept ans il volait des poules ; qu'à dix-huit ans, il commettait l'adultère ; qu'à vingt-cinq ans, il se saoulait jusqu'à pisser dans sa culotte. Il omettait de préciser qu'un jour, alors qu'il gambadait entre les cuisses de Mégrita dans un champ – « Que t'es bonne, chérie-coco ! » –, un hurlement ébranla les tiges des maïs : « Ça t'apprendra à baiser les femmes des autres ! » C'était Zongo, le mari de Mégrita. Awono Awono vit mille étoiles et perdit connaissance. Zongo souffla du nez et ses grosses lèvres rouges s'ourlèrent de mépris : « Vermine de mes bottes ! » Il cracha sur Awono Awono et entraîna son épouse par les cheveux : « T'as besoin d'un sexe ? demanda-t-il, menaçant. Tu verras de quoi je suis capable ! » Une folle qui passait par là secoua son foulard en leur lançant un regard aphrodisiaque et dit : « Garde-nous-en un peu », puis elle disparut dans les bois.

Quand Awono Awono reprit ses esprits, des oiseaux

s'égosillaient dans les arbres. Du sang dégoulinait le long de ses tempes. Il laissa ses vêtements posés sur les épis de maïs : « Mégrita ! » cria-t-il en émergeant des fourrés. Un singe lui jeta une mangue pourrie. « Pourquoi personne ne m'aime ? » pleurnicha-t-il en traversant les ruelles poussiéreuses à grandes enjambées et son bangala se balançait comme un désordre sur ses cuisses : « Mégrita ! Où es-tu ma chérie ! » Il passa devant la porte close de sa dulcinée : « Mégrita, chérie ! » Comme personne ne lui répondait, il crut s'être trompé de maison. Il leva la tête et examina les fenêtres alentour : « Mégrita ! Arrête de jouer à cache-cache ! Viens m'achever ! » Des lavandières aux visages vides l'observèrent, hébétées : « Il a perdu le sens ! » Des enfants, qui s'ennuyaient, frappèrent dans leurs mains, et crièrent : « Mégrita où es-tu ? »

Sous ses yeux le soleil vacilla ; les toits des maisons s'imbriquèrent les uns dans les autres et un chat rit quelque part. Il s'enfuit dans les marécages. Il en sortit huit jours plus tard avec une crise d'incontinence verbale si chaotique qu'on l'enferma chez les fous. Awono Awono ne cherchait pas à dissimuler cet épisode de sa vie, mais le considérait comme accessoire.

– Voilà l'homme que j'étais, disait-il en s'automéprisant. Un homme sans âme !

A mesure à mesure, les jets de paroles d'Awono Awono enflèrent les crânes des dockers et les détournèrent de leurs occupations. Ils laissèrent pourrir les marchandises : « C'est un sage », murmurèrent-ils. Ils vinrent l'écouter, constituant ainsi les premiers disciples d'Awono Awono. Ce voyant, le contremaître se précipita dans la réunion pour stopper cette affrosité. Son nez palpita dans le soleil.

— Hé les gars ! cria-t-il en agitant ses bras courts. Qu'est-ce que vous faites ? Je vais pas vous payer à rien foutre moi, ma parole ! Bande de fainéants !

— Chut ! hurlèrent les dockers. Vous ne voyez pas que nous sommes occupés ?

— Hé les gars ! dit encore le contremaître. Faites pas les mariolles. Il y a encore un bateau à charger.

— Charge-le toi-même !

— Exploiteur !

— Parasite !

— Fait que s'engraisser sur nos dos !

Les dockers attrapèrent le contremaître et le balancèrent ho-hisse ! dans l'eau. Sur la berge, des femmes aux jambes nues et brillantes de sueur riaient : « Bouclez-la, femmelettes ! » cria le contremaître en battant des pieds. Trois dockers plongèrent dans le fleuve afin de l'empêcher de remonter à la surface : « Sangsue ! » braillèrent-ils. Ils l'eussent sans doute noyé, n'eût été l'intervention d'Awono Awono : « Non-non-non ! » dit-il d'un air sauvage. Son regard s'enflamma et son torse se gonfla comme une montagne imposante se dresse dans un golfe au-dessus des champs :

— Pourquoi toute cette agitation ? gronda-t-il, et les cœurs s'arrêtèrent de battre.

Il grommela quelque chose à propos de la conscience et de l'amour, du respect et de la tolérance, seuls capables de guérir les maux de ce monde. Il fouetta la terre de ses sandales et parla des maladies terribles qui viennent en châtiment. Il leva les bras au ciel et brossa un tableau sombre sur la façon dont les impies mourraient après une longue agonie. Les dockers se sentirent anéantis. Certains grattèrent leurs mollets ; d'autres pétrirent le bord de leur chemise. Ils se rassirent tandis que le contremaître sortait du fleuve en s'ébrouant :

— Vous serez tous virés, menaça-t-il. Bande de nullards !

Les femmes rirent de plus belle en secouant leurs derrières. « Espèces de femmes ! » les insulta le contremaître.

Dès le lendemain, le contremaître lui-même volait du temps au travail pour assister aux réunions :

— C'est un charlatan, disait-il.

On doutait de ses paroles tant il y avait de la passion dans sa voix. Ses grosses lèvres pendouillaient. Une écume blanchâtre se formait aux coins de sa bouche.

— Je l'écoute pour mieux démonter ses arguments, parole !

— Tais-toi, vermine ! grondaient ses employés.

Awono Awono fouillait l'horizon.

— Quelque chose me souffle qu'il y a un enfant qui souffre quelque part.

Il regardait autour de lui, craintif comme un chien juste avant un séisme. Plus tard, on s'interrogera sur cette peur. On dira que c'était sa mauvaise conscience qui le dérangeait ; on dira aussi qu'il retirait des flux bénéfiques aux êtres bien-portants pour les transmettre aux mourants ; on prétendra que sa gloire venait de six cas de fausses guérisons de cancer, qui n'étaient autres que des rémissions bien connues des médecins. Voilà ce qu'on racontera par la suite : un tas de légendes parce que, finalement, à l'encre ou à la langue, on peut gratter ou ajouter des choses à un récit.

En attendant, on le croyait dans les illuminations célestes. Des malades désertèrent l'hôpital. On vit arriver sur la plage des hommes aux pieds déformés, des enfants aux ventres ballonnés, des vieillards liquéfiés, des femmes rongées par des fibromes, et les bordures du fleuve se transformèrent en un gigantesque dispensaire des miracles. On étalait des nattes pour accueillir les éclopés. On bataillait à coups de chiffons pour avoir la grâce d'être au plus près d'Awono Awono. Ceux qui avaient un peu d'argent proposaient leurs économies : « Qui me cède sa place, hein ? J'ai dix francs ! » Au milieu des engueulades, des clinclins de monnaie en musique de fond, des cris d'enfants qui sautaient d'un tas de sable à l'autre, Awono Awono tançait vertement les malades :

– Vous êtes méchants ! Voilà pourquoi vous souffrez ! Aimez-vous les uns les autres. Si vous portez l'étincelle de l'amour en vous, je vous guérirai.

Awono Awono se taisait pour laisser à ses sermons le temps de creuser un abîme dans les cerveaux des malades. A vue de nez, chaque patient apprenait ainsi ses obligations. Le temps que le soleil virevolte, Awono Awono s'animait de nouveau :

– En vérité, vous êtes des animaux sans aucune vie spirituelle ! Il m'est plus facile de guérir un chien que vous !

Il louvoyait entre les nattes où des petites mères gaspillaient ce qui leur restait de vie à aider leurs descendants souffrants dans des soins pénibles. Elles badigeonnaient, permanganataient, compressaient, nettoyaient. Cette pourriture cuisait dans le soleil et c'était un véritable cauchemar olfactif. Madame Zambo, une vieille au visage si flétri qu'il en était effacé, soulevait les maigres jambes de son fils. « Faut que t'essayes d'expulser cette merde », lui disait-elle. Elle tâtait son ventre ballonné : « Voilà quinze jours que t'as pas chié ! » Elle glissait un pot sous son cul et sa voix rauque de femme des forêts bruissait :

— Vas-y, Étienne ! Pousse ! Pousse ! Et je te dis de pousser !

Étienne haletait sous le pagne et on voyait les extrémités de ses fesses noires au-dessus de la bassine. Sous l'effort, ses joues gonflaient, des grosses veines saillaient de son front. Un chat hargneux se faisait entendre du fond de son gosier. Quelque chose descendait jusqu'à son bassin creux, s'affaiblissait jusqu'à disparaître.

— Je n'y arrive pas, gémissait Étienne. Ça veut pas sortir.

— Prends ton temps, mon fils, suppliait sa mère. Tu as la vie devant toi.

— Un petit effort Étienne ! renchérissait l'assistance.

— Courage, garçon ! répétait-on. Sois brave !

Deux grosses larmes glissaient sur les joues d'Étienne. Certains malades serraient les mâchoires. D'autres grinçaient des dents. On lorgnait méchamment Awono Awono. Visiblement, ses pensées étaient ailleurs. Il sortait de la foule dans une multitude de pas chancelants et s'en allait converser avec les éléments de la nature.

Ce matin-là, le soleil était de ceux qui éblouissent et rendent les choses floues. Dans l'avenue principale, les pneus de l'automobile de Michel Ange de Montparnasse crissèrent et s'immobilisèrent : « Bordel de merde ! » gronda le gouverneur. Au milieu de la chaussée, une petite vieille qui avait failli se faire écraser tremblait de tous ses membres et observait ses avocats éventrés, atterrée. « T'es aveugle ! tonna de nouveau le gouverneur. La prochaine fois que tu te mettras sur ma route, je t'écraserai ! » Puis, il redémarra sur les chapeaux de roues.

351

Tandis que la petite vieille ramassait ses avocats répandus dans la poussière, les gens écoutaient Awono Awono dans une transe morose. Comme à son habitude, il tituba dans la foule, lorsque madame Zambo se tint devant lui, décidée à lui broyer la cervelle.

— Pourquoi mon fils ne chie-t-il pas ?

Sans répondre, Awono Awono l'écarta.

— Au nom du Seigneur, ne laisse pas mon fils dans cet état ! Je t'en supplie !

Ces mots durent buter sur la nuque du guérisseur et obstruer sa route, telle une montagne. Il observa un point dans le ciel.

— Ce soir, dit-il sans se retourner, je commencerai le traitement de ton fils.

Les bras de la vieille virevoltèrent dans l'air comme les ailes brisées d'un oiseau. Elle était si soulagée qu'elle aurait pu prendre son envol.

— Alors ? lui demanda une femme à la tête méchante. Il demande combien pour soigner ton fils ?

La vieille ouvrit sa bouche édentée et nous eûmes le temps de contempler ses amygdales :

— Rien ! dit-elle. Zéro franc !

Mes compatriotes en furent si étonnés qu'ils se mirent en groupes. Ils commentèrent l'événement en se fixant au fond des prunelles. Ils conclurent d'une même voix :

— Ne pas prendre de l'argent pour l'exercice de la médecine est une connerie de nos jours, comme tout le reste d'ailleurs, entendit-on.

Et parce qu'on commençait à craindre Awono Awono, on persifla :

– Il est très intelligent, ce type. Comme ça, il ne doit rien à personne en cas d'échec.

Cette nuit-là, la lune étincelait et des curieux se regroupèrent dans la concession de Madame Zambo. Leurs yeux luisaient dans le noir et leurs voix étaient comme ces fracas des eaux souterraines.

De grandes feuilles frémissaient sur les branches des arbres comme des papillons. Un vent se leva et fit frissonner des omoplates. Les gens se mirent à raconter des histoires, et à mentir effrontément sans le moindre scrupule. Chacun avait connu au moins un charlatan dans sa misérable vie. Leurs narrations n'avaient ni queue ni tête, mais c'était un jeu nécessaire pour s'encourager mutuellement à rester afin de vivre en direct les faits. Une forme apparut. La foule se fendit si brusquement qu'on faillit écraser un vieillard. C'était Awono Awono. Il se pétrifia, désorienté comme une antilope prise au piège des phares d'une voiture. Madame Zambo éclata d'un rire du nez et se précipita pour accueillir celui qui, croyait-elle, avait le pouvoir de sauver son fils.

– Bienvenue, dit-elle, et, comme il ne répondait pas, elle piaula encore : *Welcome*, et comme il se taisait, elle battit des mains : *Wilkommen !* Elle lui saisit le bras et l'entraîna dans la chambre du malade.

Une lampe-tempête l'éclairait faiblement. Une peau de chèvre noire, posée à même le sol, sentait. Pantalons et pagnes moisissaient sur des clous fixés au mur. Sur une petite table en rotin, trônaient des onguents, des potions, des cadavres de grenouilles, et cet ensemble dégageait une odeur de putréfaction.

— Jetez-moi cette merde ! gronda le guérisseur. Le bien n'entre jamais dans un lieu sale !

Madame Zambo ne perdit pas de temps. Elle justifia la malpropreté des lieux en usant des mots de vieille qu'elle utilisait depuis un demi-siècle ! Ils étaient des gens propres. La maladie a l'art de tout salir ! Elle entassa les objets dans un panier en osier tout en racontant sa vie qui ressemblait à celle de toutes les vieilles :

— J'ai eu douze enfants. Il ne me reste que mon petit Étienne pour m'enterrer.

Ces babillages agaçaient Awono Awono. Il déshabilla le malade, s'assit à son chevet et commença sa thérapie.

Il ferma les yeux, inspira, expira pour expulser son énergie et la transmettre à Étienne. Ce n'était pas encore le traitement proprement dit mais un déblayage du terrain.

— Maintenant mon petit gars, dit-il sans quitter Étienne du regard, tu vas me raconter tes saloperies et toutes tes crapuleries !

Un grand silence se fit dans la chambre. Étienne trembla et ses tremblements se répercutèrent sur mes compatriotes amassés dans la cour.

— Veux-tu parler, vermine ! hurla Awono Awono. Penses-tu réellement que tu mérites de vivre ? Si oui, que promets-tu de faire pour améliorer le sort de tes semblables ?

Étienne fondit en larmes. Il n'éprouvait pas de remords. Il pensait seulement à une époque où il tenait sur ses jambes, où il courait la forêt à la poursuite de quelque lièvre, où son estomac était capable de digérer n'importe quoi : deux bassines de haricots rouges à l'huile de palme ;

354

trois cervelles de singes à l'étouffée ; dix-neuf litres de vin de palme et où il jouissait de toutes sortes de bonnes choses.

Ce voyant, Awono Awono crut à un repentir sincère. Il sortit de son boubou couleur des champs un onguent et se mit à le masser énergiquement tout en répétant les mêmes choses sur l'amour du prochain, de Dieu et de la nature. Il travaillait les muscles du malade avec la dextérité sensuelle d'une geisha mais lui arrachait d'atroces gémissements. A trois pas, Madame Zambo encourageait son fils à répandre ses péchés, à déverser ses vices, afin que le destin lui rende sa santé.

— Tais-toi maman, râla le jeune homme. J'en ai assez, assez de vivre !

Son petit crâne décharné tressaillit. Son menton en pointe menaça de s'envoler. De la salive dégoulina de sa bouche. Awono Awono souleva sa tête et l'obligea à avaler une potion de sa préparation puis lui administra un lavement. Quelques instants plus tard, on entendit une série de gargouillements péteux.

— Ce sont les mauvais esprits qui s'échappent de son ventre, dit le guérisseur à Madame Zambo qui commençait à lui jeter des regards inquiets. Aide-moi à le soulever.

Ensemble, ils mirent le malade debout. Étienne tenait à peine sur ses jambes maigriottes. Sa tête dodelinait. Ses bras passés autour du cou du guérisseur et de celui de sa mère semblaient sans vie.

— Tiens bon, fils ! l'encourageait sa maman. Tu sais que je suis là... que je serai toujours là.

Le guérisseur lui fit poser un pied après l'autre, l'obligeant à faire plusieurs fois le tour de la pièce. A la fin, le malade était si exténué qu'il s'écroula sur le lit, la bouche

355

grande ouverte, cherchant sa respiration. Puis il s'endormit. Awono Awono ne laissa pas de répit au constipé. Il entreprit de nouveau son travail de kinésithérapeute, pétrit diverses parties de son corps si efficacement qu'Étienne s'agita dans son sommeil.

— Une bassine, vite ! cria Awono Awono, et il eut juste le temps de la glisser sous le malade qui expulsa ses premiers excréments.

Étienne chiait comme chient les bébés, sans honte. La mère, à petits pas de vieille, courait vider le pot. Mes compatriotes amassés dans la cour se pinçaient le nez.

— Alors ? interrogeaient-ils.

— C'est un génie, rétorquait Madame Zambo avec une telle joie que sa figure rajeunissait au sens propre du terme. Un véritable savant !

— Un savant parmi les Étons ? s'extasièrent les Étons. Du jamais-vu !

Lorsque Madame Zambo ressortit avec sa dernière bassine à caca, sa jeunesse récemment acquise s'était sclérosée. Bien avant qu'on ne la questionne, elle prit les devants comme pour neutraliser son malheur :

— Il va crever, mon fils, mais sain ! Il n'aura plus cette merde **dans** le corps, ajouta-t-elle en regardant méchamment **les** excréments.

Les gens s'éparpillèrent et se réconfortèrent mutuellement : « L'essentiel, c'est qu'on a vu de nos propres yeux que c'était un charlatan », disaient-ils. Personne ne voulait reconnaître la fascination que le guérisseur exerçait sur chacun. Leur attitude me rappelait celle de ces amoureux qui, effrayés par la puissance de leurs sentiments, défiaient l'être aimé avant de s'abandonner.

Durant les huit jours qui suivirent, le guérisseur s'enferma en tête à tête avec son malade. Au café-bordel où Fondamento de Plaisir gagnait sa croûte grâce aux petits vices de chacun et aux puces des autres – moi aussi, soit dit en passant –, on tournoyait autour du pot. « Alors ? demandait ma patronne à ses clients. Vous n'allez pas écouter votre prophète aujourd'hui ? » Depuis la venue d'Awono Awono, son chiffre d'affaires chutait vertigineusement. Les hommes baissaient leurs têtes chenues et se saoulaient. Elle se dressait aussi impressionnante qu'une montagne et ses tresses s'envolaient sur sa nuque.

– Vous n'êtes que des imbéciles que le premier charlatan venu pourrait duper !

Elle était sans doute l'une des seules de la ville – avec les Blancs bien sûr – à ne s'être pas laissé tromper. Bien sûr, disait-elle, je n'ai pas d'instruction, je ne sais pas prononcer des paroles aussi belles et intelligentes qu'Awono Awono. Elle tapait du poing sur une table. Des hommes sursautaient, des verres se renversaient.

– Mais qui vous a sauvés de dix mille déprimes ? Elle les doigtait et éructait : Qui a permis à vos sexes de ne pas devenir escargots, grâce à mes filles ?

Je courais essuyer, ramasser, et reprenais des commandes. Elle se rasseyait en retroussant ses pagnes sur ses cuisses pulpeuses et bougonnait entre ses dents, transmettant sans s'en rendre compte sa haine d'Awono Awono à toute la ville.

Au fil au fil, les sentiments haineux de Fondamento à l'égard d'Awono Awono se propagèrent à toute la ville avec une force déconcertante.

— Ce charlatan va envoyer Étienne au ciel, sans passeport, se moquait-on.

Dès que le guérisseur pointait son nez à la fenêtre pour respirer un brin d'air frais ou contempler l'azur, une insulte ou un jet de pierres l'accueillait. Des chiens aboyaient. Des ânes se cabraient. A sa vue, les poules pondaient jusqu'à cinq œufs en guise de protestation. Awono Awono refermait *illico presto* la fenêtre. Les enfants donnaient des coups de poing dans le portillon de bois qui résonnaient comme des coups de feu.

— Je reconnais là des vrais Étons, disait Fondamento de Plaisir, un sourire extatique sur ses lèvres. Ils ont retrouvé leur bon sens !

Le bon sens revint, comme un cancer en rémission. Nous fûmes terrassés le neuvième jour après qu'Awono Awono se fut enfermé avec Étienne. Le soleil brillait, des serpents d'eau nageaient dans les rivières. Des lièvres sortaient des terriers. En ville, des hommes se donnaient des bonjours fatigués. Des chiens qui fondaient leur survie sur les poubelles des Blancs couraient à petits pas, museau au sol. Dans ce brouhaha des jours ordinaires, un cri fendit l'air :

— Il est guéri !

Là-bas dans le ciel, le soleil se figea. Un homme, qui n'était pas sur ses gardes, faillit passer sous un chariot. Des chevaux hennirent.

— Qui est guéri ?

— Étienne est guéri !

Le verre que je nettoyais glissa de mes mains et se fracassa. Fondamento de Plaisir avala son thé de travers, hoqueta, toussa, puis regarda ses mains, perplexe.

— Ça n'existe pas les soins par énergie ! dit-elle.

358

Elle sortit en chancelant, telle une poivrote, et je la suivis.

Des gens jaillirent de leurs cases et se précipitèrent chez Madame Zambo. Lorsqu'ils virent Étienne assis sous la véranda, « Seigneur ! » s'exclamèrent-ils, puis ils se turent. Certes, on pouvait compter les côtes du malade, mais il était vivant. Ses proéminences stomacales avaient disparu. Seule la peau flétrie du ventre témoignait de l'ancien état de siège excrémentiel. Il mangeait de la bouillie de maïs et ses mains tremblaient lorsqu'il portait sa cuillère à sa bouche.

– Mange, mange, mon petit ! l'encourageait sa mère.

Awono Awono était debout, les jambes croisées, le torse appuyé au mur. Ces jours et ces nuits à veiller le malade, à le sermonner, à le soigner l'avaient épuisé, littéralement épuisé. Il marmonna entre ses dents :

– Voilà le retour des lâches !

Les hommes enfoncèrent leur tête dans leur cou. Les femmes observèrent distraitement leurs sandales. Les enfants se contentèrent de se gratter comme pris de violentes démangeaisons. Toute cette marée noire stagnait silencieuse, parce qu'aucun de nous n'était désormais capable de voir les dieux dans les flammes ou de se métamorphoser en serpent boa.

– Vous ignorez la générosité, dit le guérisseur. Comment voulez-vous que la miséricorde vous prenne en pitié ? Pouvez-vous me le dire, espèces de traîtres ?

Dans la foule, une femme fut prise d'une crise d'hystérie, on la calma. Fondamento de Plaisir secoua ses énormes fesses : « Qu'est-ce qu'un médecin qui ne réclame pas d'argent, hein ? Un charlatan ! » On la fit taire d'un geste de la main. Awono Awono devint un dieu et, dès lors, il fut interdit de se moquer de lui.

Les réunions reprirent de plus belle. Awono Awono ne disait rien de nouveau, n'empêche, il créait un pôle d'attraction irrésistible. Moi aussi j'assistais à ces réunions et éprouvais de la dépendance. Je me trouvais malade, gravement malade. Je souffrais de solitude, quoique j'eusse quelques amants, qui disparaissaient lorsqu'ils avaient fini de se soulager. J'eus des jumeaux et je connus mille difficultés pour identifier leur géniteur.

Ma maladie n'intéressait personne. Je n'agonisais pas. Je n'étais pas fibromateuse. Je n'étais pas cancéreuse. Je n'avais pas les jambes enflées : « Ça va, Édène ? » me demandait-on. J'acquiesçais et tout allait pour le mieux dans le plus merdique des mondes, d'autant que lorsque arrivèrent les petites pluies chaudes on pouvait mettre sur le compte d'Awono Awono trois cas de guérison de cancer. Sa réputation traversa les montagnes, chevaucha les collines pour se perdre dans les confins les plus reculés du pays. On raconta qu'il était un envoyé de Dieu. On disait que lorsqu'il parlait ce n'était pas lui mais Jésus qui utilisait ses cordes vocales. Ses séances attirèrent l'attention des Blancs. Ils l'observaient de loin à travers leurs jumelles : « Un spectacle de sauvage pour les sauvages ! » Le soir, ils se réunissaient les uns chez les uns et commentaient l'événement avec moult mépris : « Comment voulez-vous qu'ils s'en sortent en croyant en de telles absurdités ? » demandait madame Michel Ange de Montparnasse, et sa peau se craquelait outrageusement sous la muraille de son fond de teint. Madame Simone Dessot, la femme du médecin en chef, qui lisait *L'Aurore* où qu'elle se trouvât, jetait brus-

quement son journal sur une table basse : « Il faut empêcher ces réunions mystérieuses », proposait-elle. Et son
énorme chignon roux menaçait de s'écrouler sur ses épaules. Notre gros médecin en chef souriait dans sa barbe,
tandis que sa femme ajoutait : « C'est ainsi que s'organisent
des rébellions, c'est moi qui vous le dis ! » Michel Ange de
Montparnasse haussait les épaules : « Faut savoir lâcher du
lest afin de mieux contrôler ses troupes. »

Monsieur Tristan, un jeune interne envoyé spécialement
en Afrique afin de parfaire sa science, déhanchait sa maigre
silhouette. « C'est quand même étrange, disait-il. J'ai
consulté moi-même un des cancéreux qu'il a guéris. Il
faisait tourner son verre et le liquide scintillait entre ses
doigts tremblotants. « C'est curieux ! »

Fondamento de Plaisir, qui s'enfonçait avec frénésie dans
les mesquineries des affaires courantes, décida brusquement
d'écouter les galimatias d'Awono Awono.

C'était une fin d'après-midi. Le long des allées construi-
tes par les Blancs, des orangers explosaient ; des bougainvilliers offraient leurs couleurs au destin ; des flamboyants
souriaient au crépuscule. Çà et là des ombres s'étalaient
pour se venger du trop-plein de soleil. Au loin, la Sanaga
remuait en petites vagues si nuageuses qu'on eût dit un lit
de sable. Ma patronne arriva vêtue de noir. Je la vis et eus
un mauvais pressentiment : « Qu'est-ce qu'il y a ? demandai-je d'une voix enrouée. Qu'est-ce que tu fous là ? » Elle
méprisa mon audace, s'assit à même le sol : « Faut savoir
s'adapter, très chère ! » Elle ferma les yeux comme pour
laisser les paroles du guérisseur envahir les moindres recoins
de son organisme. Awono Awono ne se montra pas parti-
culièrement lyrique : « En vérité, je vous le dis, les flammes

descendront du ciel ! Elles brûleront les impies dont l'égoïsme colonise les moindres cellules ! » Il n'y avait rien de nouveau dans ses paroles, et le soir tombait, rapide comme à son habitude. L'opacité formait des paquets enveloppés d'ombres mystiques qui encerclaient notre attention.

– Attendez, maître ! cria quelqu'un.

J'écarquillai les yeux et me sentis perdue, ignorant où j'étais et ce que je faisais là. Je vis Fondamento de Plaisir agenouillée devant Awono Awono.

– Maître, supplia-t-elle, et le maître lui abandonna négligemment sa main afin qu'elle la couvrît de baisers. Voulez-vous me faire l'honneur d'une petite visite dans ma modeste demeure ?

Une lueur de vanité flamba dans les yeux du guérisseur. Il retira ses doigts et se rembrunit :

– Des tas d'obligations m'attendent, petite femme.

Puis il s'éloigna en titubant. Sept heures de paroles, des nuits à haranguer des malades pouvaient terrasser n'importe qui, même un dieu. Il regagna sa petite cabane nauséabonde, au bord de l'étang.

Et la petite femme était d'humeur à massacrer trois zébus. Elle marcha à grandes enjambées, que dis-je ? elle bouscula des gens, expédia des coups de pied aux chiens et vola littéralement jusqu'à la maison :

– Ce monde va de travers !

Elle tenta de redresser l'univers de toute sa masse graisseuse à coups de paroles, de ficelles et d'intrigues. Comme un chasseur avisé, elle étudia les caractéristiques physiologiques et psychologiques d'Awono Awono. D'abord mielleuse, comme si elle se souciait de son bien-être : « Tu connais ce guérisseur depuis longtemps ? » demandait-elle à Untel de ses clients. Mais encore : « Tu crois qu'il aime les femmes ? » Et ceci et cela.

On répondait à sa curiosité parce qu'on avait des gonocoques à cacher, des fièvres jaunes à dissimuler. On connaissait un oncle qui tenait d'un voisin d'une tante que. Fondamento de Plaisir consignait ces informations : « Qui vivra, verra et dira », lançait-elle, parce que nous étions à l'aube d'un événement colossal, que dis-je, magistral !

Les jours suivants, habillée de rouge passion ou de jaune cocu, de vert complexe ou de bleu hypnotique, elle enjambait des éclopés. Ses parfums capiteux les agressaient et elle prenait la place la plus proche du guérisseur. Après tout, elle était en bonne santé ! Eux, avec leurs jambes déformées, leurs estomacs gonflés, leurs douleurs à vous éclater les os se grattaient en lui jetant des regards haineux. Elle écoutait attentivement les diatribes d'Awono Awono. Il les projetait avec force, les fondait ensemble dans un délire de feu. Nous l'écoutions heureux comme ces drogués qui se shootent en se disant : « Que c'est dégueulasse ! Mais c'est cool ! » mais qui néanmoins continuent à se droguer. Quand les sermons s'achevaient, Fondamento de Plaisir se précipitait sur le dieu, l'air ingénue tel un lièvre qui fourre son museau dans son terrier.

« Est-ce que le maître voudrait me faire l'honneur d'une petite visite chez moi ? » quémandait-elle. Elle suppliait : « Juste une petite minute ! »

Invariablement le maître déclinait son offre : « Trop de boulot ! » Il consultait une montre invisible à son poignet : « Une autre fois, peut-être... »

Fondamento de Plaisir n'était pas la seule à s'intéresser

au dieu. Monsieur Tristan, le jeune interne, s'intéressait aussi à Awono, mais à la manière hypocrite des Blancs. Il se trouvait toujours comme par hasard à quelques mètres de nos réunions. Son casque colonial vissé sur son crâne bataillait avec le vent. Un sourire indéfini étirait constamment ses lèvres. De sa main blanche comme aseptisée et qui donnait l'impression d'être abstraite, il écrivait des signes sur un carnet. On ne faisait pas attention à lui parce que l'homme blanc n'était plus quelque chose de miraculeux. Bien avant la fin des réunions, il allait retrouver son monde à foie gras et à champagne, où l'on diffusait d'une main les idéaux colonisateurs et de l'autre la science, où chacun discourait sur les difficultés qu'il avait eues à faire comprendre à ses boys les règles élémentaires de savoir-vivre. Le jeune interne s'asseyait dans un coin et buvait verre sur verre.

— Ainsi, vous avez encore rendu visite à ce charlatan ! se moquait Michel Ange de Montparnasse. Combien de cancers a-t-il guéris aujourd'hui ?

— Comment un esprit scientifique comme le vôtre, Tristan, peut-il se laisser influencer par ces âneries ? s'insurgeait le médecin en chef.

— Des médecines parallèles ont toujours existé, disait-il prudemment. Par ailleurs, le guérisseur présente tous les signes de la schizophrénie, mais c'est un excellent orateur.

— Cela n'en fait pas un médecin, vous en convenez avec moi ?

Tristan rougissait.

— Bien sûr, chef ! Mais... il serait intéressant d'étudier le phénomène de plus près.

Le médecin chef éclatait de rire, et les autres riaient aussi par stimulation.

– Nous sommes là pour les éduquer et non pour les maintenir dans l'obscurantisme ! C'est ça notre rôle civilisateur !

L'assistance applaudissait et leurs visages grimaçaient sous les lumières du gaz où voletaient des insectes de nuit. Ils titubaient à moitié ivres, s'approchaient du jeune interne.

– Faut sortir ces négreries de votre cerveau, petit, lui suggéraient-ils.

Des Européennes, vêtues de soie laquée, couvertes d'énormes diamants, se penchaient jusqu'à avoir leurs seins sous le nez de l'interne et leurs parfums capiteux l'agressaient :

– Vous avez un bel avenir devant vous, lui disaient-elles. Inutile de l'hypothéquer à défendre les inepties de ces sauvages !

Et on sentait sourdre une menace.

Moi, moi qui vous raconte cette histoire, je me demandais vers quelle folie nous expédiait le pouvoir d'Awono Awono. Je ne fus pas longue à en prendre toute la dimension. Dès la fin des petites saisons des pluies, lorsque les herbes mortes ressuscitèrent, que les baobabs étalèrent leurs branches vertes pour dominer l'immensité forestière, un lion mugit quelque part parce qu'Awono Awono venait d'accepter l'invitation de Fondamento de Plaisir.

Puisqu'il ne fallait pas être égoïste, que nous étions censés être frères et sœurs, les nègres s'invitèrent. Trois groupes se formèrent : le premier rang était constitué d'hommes qui jouissaient de leurs trente-deux dents. Ensuite venaient des femmes et cette fournée dégageait des odeurs de cuisine et de lait. Mêlés dans une même douleur rhumatismale, suivaient des vieillards, des mômes braillards et des malades gémissants fermaient la procession.

On arriva au café-bordel dans un brouhaha de jour de fête. Awono Awono descendit six taitois de vin de palme. Chacun de ses gestes était objet d'admiration : sa manière de tenir son verre ; le cheminement de la spirituelle boisson à travers son gosier et jusqu'à sa façon de roter.

Awono semblait vaseux, ne regardait rien, ne disait rien. Il avait les yeux fixés sur sa bouteille, ce qui ne signifiait pas qu'il la regardait. Quand il avala de travers, toussa, il s'écria : « Voilà les conséquences du vice, mes frères ! » Puis il entra dans un mutisme si profond que même les oiseaux de nuit furent étonnés : « Laissez-le à un repos bien mérité », décréta Fondamento de Plaisir. Les gens s'en allèrent à contrecœur. Ils se mirent encore en petits tas de six ou sept sur les chemins à commenter les événements, assez mécontents d'un hypothétique ascendant de Fondamento de Plaisir sur le guérisseur.

Tandis que la négrerie prédisait des catastrophes à Awono Awono s'il tombait sous la coupe de Fondamento de Plaisir, chez les petits Blancs, des drames politico-colonisateurs s'ébranlaient. Entre deux tchin-tchin à la santé de la France, quelques souvenirs nostalgiques de Notre-Dame de Paris. Les expatriés se saoulaient au bonheur de la négrerie. Le jeune Tristan cheminait entre les grands de notre cambrousse en quête d'une oreille amicale pour parler d'Awono Awono :

— Quand je suis arrivé ici, lui dit Michel Ange de Montparnasse, moi aussi je me suis laissé embobiner par les pratiques de ces gens ! Tout ceci te passera !

Le médecin chef l'envoya cueillir des mangues.

– Rassurez-vous, mon petit ! S'il existait un remède miracle contre le cancer, je l'aurais découvert avant ce fou ! se vanta-t-il.

Tristan se mit debout si violemment qu'il renversa une chaise. Sa voix se fit ignominieuse :

– Comme ça, vous affirmez que seul l'homme blanc détient la connaissance ?

– Oui.

Le jeune interne doigta son chef et dit les choses qu'il ne fallait pas :

– Vous n'êtes qu'un borné et un conservateur ! Des plaques rouges s'installèrent sur ses joues. Vous dénigrez d'autres civilisations pour instaurer votre domination !

Tristan sortit de la pièce. Deux boys qui montaient la garde s'écartèrent car ils comprirent que ce pestiféré venait d'être exclu de la belle famille coloniale. Ils claquèrent la porte derrière lui.

Au café-bordel, j'étais si abasourdie par le flux des événements que je sortis. La voix des Étons faisait écho dans la nuit. Une lune ébréchée dardait ses ombres sur la ville. Je m'assis sous la véranda et évoquai maman et papa si fortement que j'eus l'impression qu'ils apparaissaient, que j'entendais leurs reproches : « Regarde-toi donc, hurlaient leurs voix. T'es une fille indigne ! » Une forme surgit dans mon dos et je sursautai.

– T'as peut-être rien remarqué, me dit Fondamento de Plaisir, mais nous avons un invité de marque.

L'invité de marque bredouillait Dieu seul savait quoi,

plongé dans un demi-sommeil, s'éveillait aussitôt et reprenait ses borborygmes.

– Va donc puiser de l'eau pour son bain, m'ordonna Fondamento de Plaisir. Prépare également une pépé-soupe.

Je m'empressai et ma patronne s'agita. Elle l'aida à se déshabiller. « Faut une femme pour s'occuper de toi », lui susurra-t-elle en lui frottant le dos. De la cuisine, j'entendais le clapotis de l'eau lorsqu'elle plongeait ses mains dans la bassine : « Qu'est-ce que je ferais d'une femme ? protesta Awono Awono. Il y a un bail que je n'en ai pas touché ! » La daurade mijotait et j'entendis Fondamento de Plaisir dire : « Faut couper tout ça ! » Elle prit une lame.

Quand je revins au salon avec une assiette où surnageaient de gros morceaux de poisson entourés d'oignons en lamelles et de messepe, je crus m'être trompée de planète. Awono Awono brillait comme de la fausse monnaie. Il était enveloppé dans un pagne propre et son crâne luisait. Il souriait béatement à Fondamento qui l'enguirlandait de flatteries. Je posai la nourriture sur la table et disparus dans ma chambre.

Je m'écroulai toute vêtue sur mon lit, entre mes deux jumeaux. Je regardai le plafond. Des lézards blancs s'entrepoursuivaient ; quelques cafards voletaient par-ci par-là et la lune jouait à sauve-qui-peut dans la forêt. Je m'absorbai dans la contemplation de ces éléments pour ne pas laisser mon cœur s'enflammer de tristesse : Fondamento de Plaisir était la réussite, moi, l'échec. Je n'avais pas encore rencontré El doctor, celui qui m'aimerait quoiqu'il fût marié. Il me donna le meilleur et m'apprendra à adorer vivre dévêtue.

Pour l'instant ma laideur froissait mon destin et contre cela, croyais-je, je n'y pouvais rien.

Des minutes s'écoulèrent, une heure peut-être, et la porte de ma chambre s'ouvrit sur une Fondamento de Plaisir à faire bander trois mouches. Elle portait une robe de chambre rose bonbon, décorée de plumes violettes. Ses lèvres violemment maquillées ressemblaient à un cul de poule. Elle fit craquer ses vertèbres et me regarda comme un crapaud.

– Mets du sable dans ma nourriture et je te tue, vu ? me menaça-t-elle.

– Mais…, bredouillai-je, surprise.

Et sans s'expliquer, elle s'en alla, laissant derrière elle des senteurs vaporeuses qui me titillèrent les narines. Qu'avais-je fait pour susciter son inquiétude ? Qu'escomptait-elle d'une relation avec Awono Awono ? Avec l'expérience, la compréhension qu'elle apporte, je remarquerai que les relations n'étaient pas toujours de l'ordre du profit immédiat et qu'elles pouvaient être beaucoup plus complexes. Qu'un homme d'affaires avisé investissait à moyen ou à long terme.

Cette nuit-là, je m'endormis et m'éveillai sans cesse. La lune jouait avec les étoiles et j'ouvris les yeux en sursautant. De la chambre de Fondamento de Plaisir, me parvenait la voix d'Awono Awono : « L'amour est la seule chose qui vaille sur cette terre damnée », prêchait-il. Il bavardait à intervalles réguliers. « Essaye de dormir mon maître, le suppliait Fondamento de Plaisir. Une dure journée t'attend ! » Ce n'est que des mois plus tard qu'elle lui dirait d'un ton sans courbettes : « Veux-tu te taire, oui ! Je dois travailler demain, moi ! »

Dès cette nuit-là, une association étrange naquit, fondée

sur d'autres intérêts que la sexualité puisqu'ils n'étaient pas amants. C'était l'association du Bien et du Mal, du don de soi et de l'égoïsme, de la générosité et de la cupidité. Si Awono Awono était un dieu, Fondamento de Plaisir se décréta Lucifer, son archange. D'une part, elle déployait ses ailes protectrices et Awono s'y nichait – « Allez-vous-en ! » lançait-elle aux malades, et sa voix tonnait comme un canon : « Vous voyez pas que le maître est fatigué ? » – et, d'autre part, elle intercédait en faveur de certains d'entre eux. C'était toujours la nuit, lorsque les lampes-tempête embrasaient les fenêtres de la maison. Elle laissait alors sa tête se poser mollement sur les épaules du guérisseur et s'aventurait à petites touches.

– T'as vu dans quel état est la fille de Suzana ? lui demandait-elle. Elle soupirait. La vie est injuste ! Elle est si gentille !

Le guérisseur bâillait et se grattait férocement.

– Arrête de me brader la salade !

Comme par hasard, le dieu s'intéressait au cas de Suzana. Fondamento de Plaisir ne disait pas ouvertement qu'elle avait de l'emprise sur le guérisseur. Elle laissait juste entendre au détour d'une conversation qu'elle avait glissé deux mots sur la petite.

Et le tam-tam téléphone s'occupa du reste, en éclats de sous-entendus. On flatta la péripatricienne ; on lui offrit des tissus de Lomé et des pagnes de Hollande ; on glissa discrètement des liasses de billets entre ses mains. Et l'archange protestait : « C'est trop ! Je ne peux accepter ! Je n'ai suivi que mon cœur ! » Ils insistaient et ses doigts devenaient fébriles. « Juste pour pas vous vexer », disait-elle en enfouissant l'argent dans son soutien-gorge. Elle me regardait durement.

– Viens pas mettre du sable dans ma nourriture !

Amen.

De son côté, Tristan, qui croyait tenir une occasion de rabattre leur caquet à ses compatriotes prétentieux, assista à toutes les réunions. Il prenait des notes. Il interrompait le dieu en pleine diatribe, posait des questions sur tel onguent, sur la composition de tel philtre ou telle plante :

– Pas d'importance les recettes, répétait sans cesse le dieu. C'est du cœur dont il est question, vous comprenez ?

– Comment voulez-vous que vos techniques de soins puissent être appliquées à l'échelle mondiale si vous ne donnez pas leur composition exacte ?

– C'est quoi le monde ? interrogeait à son tour le guérisseur.

Tristan haussait ses épaules :

– L'humanité dans sa globalité, pardi !

– Sans séparation du vrai de l'ivraie ?

– Quand un homme est couché face dans la poussière, comment distinguer s'il est bon ou mauvais ?

– L'homme qui a un bout de cœur trouvera toujours le moyen de regarder un coin du ciel, tranchait le dieu.

– Je vous ferai connaître dans les plus hauts milieux scientifiques d'Europe, disait Tristan en suivant le guérisseur. Je ferai de vous un important personnage ! Vous allez venir avec moi en France !

– Seul l'amour est important, rétorquait le dieu.

Ces réponses redoublaient l'enthousiasme du jeune interne : « Voilà un grand homme ! » clamait-il. Il s'en allait

371

à grands pas, ensorcelé par l'Afrique. « Ils verront, ces mer-
deux de petits Blancs, lorsque... »

Et il se voyait déjà avec Awono Awono à Paris ou à
Londres, à New York ou à Berlin. On les ovationnait dans
les grands colloques scientifiques.

Les Nègres étaient furieux de la présence de Tristan
auprès du dieu, mais la crainte des représailles collait leurs
langues à leurs palais parce qu'il était blanc. Fondamento
de Plaisir mesura le danger que représentait Tristan avec
une précision de microscope.

— Ces Blancs veulent tout nous prendre ! dit-elle un jour
à ses clients.

C'était si vrai qu'un silence de mort tomba.

— Ils recherchent parmi nous les éléments les plus pro-
ductifs pour les soumettre !

Re-silence, mais je sentis monter dans le public une
vague de rébellion. Fondamento de Plaisir fixa le ciel, et
c'était la première fois que je la voyais observer un point
aussi élevé.

— On ne se laissera pas faire !

Et c'était une sentence.

Les jours suivants, les gens se regroupèrent autour
d'Awono Awono et constituèrent une masse si compacte
que le jeune interne ne put l'approcher : « Pardon, disait-
il. S'il vous plaît. Laissez-moi passer ! » Il y avait une
vague panique, une cohue de pas feutrés qui provoquait
le resserrement des rangs autour du guérisseur. Quand le
grand maître disparaissait, la foule dans un lent mouvement d'algues se dispersait. « Où est le guérisseur ? »
demandait l'interne, dégouttant de sueur. Les Nègres
haussaient leurs épaules et lui montraient l'immensité

forestière. « Sais pas, patron ! » Ils se curaient les dents.
« Sais pas ! » Tristan courait jusqu'à l'orée de la forêt,
demi-tournait en soufflant du nez. « Vous l'avez pas vu ? »
demandait-il. Invariablement, il recevait le classique :
« Sais pas, patron ! » Il s'en allait en maugréant contre ces
Noirs incapables d'avoir un minimum de sens de l'obser-
vation.

Il faisait nuit et la pluie tambourinait dans les chéneaux.
Les éclairs déchiraient le ciel. Le vent frappait les fenêtres
et les arbres tombaient morts. Awono Awono était plongé
dans son mutisme, qui préludait toujours à de grandes
envolées verbales. Des papillons de nuit voletaient. Je
confectionnais quatre grosses nattes à Fondamento de Plaisir. Je n'aimais plus la coiffer parce qu'au fil des ans ses
cheveux s'étaient couverts de mèches blanches pas faciles
à dissimuler. Soudain, on frappa à la porte et nous louchâ-
mes vers l'entrée : « J'y vais », décréta Fondamento.

C'était Tristan. Il était trempé comme une soupe et
claquait des dents.

– Je peux entrer ? quémanda-t-il. Juste une minute.

– Il n'est pas là, dit Fondamento.

D'un geste inattendu, elle le repoussa et claqua la porte.
Elle reprit sa place comme si cet événement n'avait jamais
existé. Les battements de la pluie se mêlaient aux allées et
venues de l'interne sous la véranda. Il piétina de longues
minutes, lorgna par les fentes.

– C'est un complot ! dit-il. Un complot !

Le lendemain, alors que nous étions réunis à écouter les
éternelles blablateries d'Awono Awono, une étrange pro-

cession passa. En tête du cortège, on reconnaissait la haute silhouette de Michel Ange de Montparnasse entourée de notables colons blancs et tout ce beau monde portait des vêtements noirs, des gants et des chapeaux.

– Qui est mort ? nous interrogeâmes-nous.

Le cortège nous dépassa et nous vîmes Tristan ligoté sur un brancard.

– Il est fou, nous dit simplement l'un des infirmiers-brancardiers.

De chaque recoin, chacun y alla de son commentaire : « Un Blanc qui se mêle des affaires des Noirs, ça se fait pas ! » Mais encore : « J'avais deviné que c'était un malade mental, rien qu'à regarder ses yeux », etc. Awono Awono ne dit rien qui vaille et demeura prostré. Lorsque nous décidâmes d'accompagner Tristan jusqu'au bateau qui emportait sa folie en Europe, le guérisseur éclata d'un rire assassin et ne bougea pas. Quand les voiles du bateau se tendirent dans une harmonie sensuelle, nous secouâmes nos pagnes : « Adieu, l'ami ! » Les Blancs, eux, agitaient des mouchoirs blancs. Madame Dessot se mouchait bruyamment : « Quel gâchis, Seigneur ! » Fondamento de Plaisir pleurnichait : « Pauvre, pauvre gamin ! »

Cette hypocrisie me révulsa. Plus tard, je compris que nous détestions Tristan parce qu'il perturbait nos habitudes. Mais, son départ brusque nous faisait perdre le cours normal de nos sentiments... On n'avait plus personne à haïr !

Cette nuit-là, Awono Awono m'envoya donner sa nourriture aux chiens : « J'ai pas faim. » Fondamento de Plaisir bavardait avec la légèreté propre aux femmes toujours maîtresses de leurs émotions : « Mange un peu, mon maître.

T'as besoin de reprendre des forces. » Cette légèreté cachait l'immense bonheur qui palpitait dans son cœur : son pire rival voguait vers Marseille. Le maître affectait une expression rêveuse, comme quelqu'un qui attend que quelque chose se produise. De temps à autre, il se cabrait comme un fauve qui captait un bruit.

– Vous avez entendu ? demanda-t-il.

– Quoi ?

– Le vent. Le vent de la haine !

Sa voix était si théâtrale que nous éclatâmes de rire. Nous ne pouvions plus nous arrêter. Tout en riant, Fondamento de Plaisir alla ouvrir la porte et la brume du soir entra par grosses vagues.

– Voilà ce que cela donne de vouloir fréquenter les hautes sphères, marmonna le guérisseur entre ses dents.

Il répéta cette phrase.

Fondamento me chuchota que ce type crachait dans la soupe :

– Mais regarde-le donc !

Le guérisseur avait changé : sa peau s'était emplie de chair et il arborait un double menton ; ses vêtements étaient propres et le bien-être faisait luire son crâne.

– C'est la vie ! lui dis-je.

La vie s'exprima trois heures plus tard dans sa splendeur chaotique. Je fus réveillée par des gémissements : « Oui, oui ! Encore ! » Je collai mon œil par un trou et crus avaler ma langue : Fondamento de Plaisir était à quatre pattes. Awono Awono la chevauchait avec violence. Il transpirait et gémissait : « Chienne ! C'est ce que tu voulais, hein ? » J'étais pire qu'un ébahissement. J'avais de l'expérience et n'ignorais rien de ce qu'un homme et une femme pouvaient faire ensemble. Mon étonnement venait d'un double constat : qu'ils baisassent pour la première fois était déjà un choc, mais que le dieu hurlât de telles grossièretés était à vous briser le sens commun.

Je regagnai mon lit, perplexe. Qu'est-ce qui avait poussé Awono Awono à coucher avec Fondamento ? Chaque fois que je surprenais les yeux du demi-dieu sur les formes épanouies de ma patronne, c'était comme s'il regardait une montagne enfouie dans les bruines au lointain. Alors, qu'est-ce qui justifiait ce changement d'attitude brusque ? J'essayai d'en identifier les causes, de les analyser, en vain. Je m'endormis au petit matin, épuisée, une main en conque sur mon sexe.

Une tempête siffla. « La maison brûle, hein ? » demandai-je sans savoir où j'étais. Fondamento me tirait du lit et les premiers rayons de soleil m'agressaient. « Avant de me voler, dit-elle, il faudrait d'abord me couper la tête. » Ses mains tremblaient et ses yeux sortaient de leurs orbites : « Rends-moi mon argent ! » J'en fus si sonnée que j'eus l'impression de cauchemarder. « Quel argent ? » demandai-je. Sans me lâcher le bras, elle me traîna dans son alcôve. « Je l'avais posé là ! » dit-elle en soulevant un panneau de bois derrière un mur. Elle rentra de nouveau dans ma chambre : « Tu ne m'auras pas ! » Elle éventra mon matelas de paille, brisa la lampe et mit en lambeaux mes pagnes : « Ce sont tes complices qui ont l'argent, c'est ça, hein ? ! Où sont-ils ? Où sont-ils cachés ? » Je haussai les épaules : « J'en sais rien, moi ! » Fondamento de Plaisir posa ses mains sur sa tête : « Voleuse et bête avec ça ! Elle sait pas où sont ses complices ! »

Des concessions voisines, les pilons des femmes tombèrent : « Qui a volé ? » Et avant que je ne puisse me justifier, une foule bigarrée et braillarde s'était rassemblée devant le café-bordel : « Édène a dévalisé sa mère avec toutes ses économies. » On se donnait des coups de poitrine offusqués : « Après tout ce qu'elle a fait pour elle ? Quelle ingratitude ! » Les langues des vieillards se recourbaient sur leurs chicots : « Où va ce monde Seigneur si on peut plus faire confiance à sa propre progéniture ? » Je crus que mes os tombaient en poussière et s'entassaient à mes pieds. Tous ces gens dont les lèvres humides béaient, dont les odeurs s'entremêlaient étaient pour moi un cauchemar auditif. « Faut la jeter en prison jusqu'à ce qu'elle avoue son crime ! » proposa quelqu'un. L'assistance leva des poings menaçants : « C'est ça, ouais ! » Je maudissais ma chance, mais l'avais-je seulement connue dans ma chienne de vie ? C'est alors qu'elle se dessina sous la forme d'un homme au ventre rebondi comme celui d'un bébé parce que tout ce qu'il ingurgitait était immédiatement réduit en bouillie.

— Mais où est donc Awono Awono ? s'étonna-t-il. Je l'ai pas vu !

Le temps que l'absence du dieu rebondisse d'esprit en esprit telle une évidence, mon cœur cessa de battre. Un cercle se forma autour de Fondamento de Plaisir et on la somma de s'expliquer : « Il est sorti, dit-elle. Peut-être qu'il est parti chercher des médicaments pour ses malades ? » L'homme au ventre imposant répliqua : « Dans ce cas, le mieux est d'accuser personne, du moins pour le moment. » Il me regarda au milieu du front comme désireux de transpercer mes pensées. « C'est peut-être lui qui a ton pognon. »

Les gens excrétèrent et suintèrent leur déception : ils

voulaient m'emprisonner et vite fait ! Je ne comprenais pas cette haine. Je n'avais jamais posé envers aucun d'eux un acte mal fait. Fondamento de Plaisir arpentait le café-bordel : « Ça peut pas être lui ! C'est un grand bonhomme ! » Quand le soleil commença à montrer des signes d'épuisement, des sceptiques doutèrent : « C'est curieux, dirent-ils. C'est la première fois qu'il ne vient pas à une réunion. » Lorsque les étoiles scintillèrent sans que nous ayons eu des nouvelles de notre dieu, Fondamento de Plaisir fit pivoter son derrière. « Il doit avoir une urgence quelque part, dit-elle. Il ne saurait tarder. »

Le lendemain les gens vinrent constater l'absence d'Awono Awono : « Il l'a eue ! » dirent-ils, avec tendresse. Ceux qui avaient couvert de cadeaux ma patronne entrèrent dans le café à la queue leu leu.

– Qu'est-ce..., bégaya Fondamento.

Bien avant qu'elle ne réalisât, ils investirent sa chambre avec une éclatante énergie : « Maintenant que... », firent-ils, et ils reprirent leurs présents. Elle tenta de les convaincre de ne rien prendre. Elle vanta les qualités du dieu : « Ne vous inquiétez pas. Il va revenir, parole ! » Ils la cajolèrent un peu : « Bien sûr, qu'il va revenir, rétorquèrent-ils. Juste question de précaution ! » Un chauve qui lui avait versé de l'argent afin que le maître soignât sa mère empila les chaises : « Question de précaution ! » Un autre ramassa son lit : « Au cas où... » Une femme entassa la vaisselle et son fils l'aida à la transporter : « On n'a rien contre toi, mais l'argent, c'est l'argent ! » Fondamento de Plaisir tournoyait entre ces étranges créanciers et suppliait : « Vous me connaissez, n'est-ce pas ? J'ai toujours tout fait pour le bien de notre ville, n'est-ce pas ? » Elle leur faisait des clins d'œil pour qu'ils se rappellent ces instants de sensualité absolue. Mais la mémoire des gens semblait s'être torpillée. A cinq heures, le café-bordel était vide comme un trou. Les maîtresses à petits cadeaux qui bossaillaient pour ma patronne ramassèrent leurs corps : « Il est temps que je me trouve un mari » et, dès ce jour, elles passèrent devant le café-bordel à petits pas comptés en regardant ailleurs. Fondamento de Plaisir s'écroula sous la véranda, elle était pire qu'un étourdissement.

Moi qui vous raconte cette histoire, je n'avais que ma personne et mes jumeaux à transporter. Pourquoi serais-je restée après tout ? Je fis trois pas en avant, un enfant dans mon dos, l'autre au bras gauche.

– Où vas-tu, toi ? me demanda Fondamento d'une voix ténue. Je t'aime. Je n'ai que toi au monde.

Mes chairs se raidirent : Fondamento de Plaisir, j'en étais convaincue, n'avait aucun sentiment. Elle n'avait aimé ni mon père, ni ses amants d'hier, ni ceux d'aujourd'hui. Quant à moi, qu'avais-je été pour elle ? Son esclave. Ces années de ma vie qui avaient disparu comme un morceau de bois que le fleuve emporte me firent frissonner :

– Retrouver mon destin, dis-je sans la regarder.

Je m'en allai à pas lents, dans le crépuscule, tandis que le vent poussait au loin ses protestations : « Tu ne peux pas m'abandonner maintenant ! Je n'ai que toi, ma chérie ! » Puis, elle retroussa ses pagnes et retrouva toute sa vigueur : « Vous allez tous revenir me manger dans les mains ! » promit-elle.

Promesse sans valeur, car l'on déserta définitivement le café-bordel. Les mois suivants, elle batailla ferme contre les toiles d'araignées qui envahissaient son bar et l'on raconta qu'Awono Awono n'était qu'un brigand de grands chemins sans une raclure d'ongle de talent de guérisseur. On s'asseyait où bon semblait et on le maldisait. On n'eut à son égard aucune reconnaissance comme si l'on voulait lui faire payer sa bonté.

Fondamento passa deux années à lutter contre les chiendents qui envahissaient son café-bordel et l'on raconta qu'Awono Awono était en prison à Douala pour vol à main armée. Lorsqu'un arbre poussa en plein milieu du café-bordel avec une telle force qu'il transperça le toit, Fondamento de Plaisir décida qu'il était temps de reposer ses vertèbres. « J'étais une grande dame, dit-elle en souriant aux étoiles. J'étais belle, j'étais riche, j'étais crainte... » Quand ses oreilles commencèrent à bourdonner, que ses genoux, ses bras, ses hanches devinrent raides et qu'elle-même sut que sa vie partait en lambeaux, elle sourit encore : « J'étais quelque chose, vous savez ? » C'était bien ainsi.

Plus tard, un marchand aussi riche que pingre passa par chez nous. Il mangea notre nourriture et but notre vin. Comme il ne voulait pas nous rendre la pareille en nous invitant à aller trinquer au nouveau café-bordel, il nous raconta l'histoire étrange d'un clochard qu'il avait rencontré à l'orée d'un bois, à des milles d'ici. La description de la ville où les faits s'étaient déroulés ressemblait en de nombreux points à la nôtre. Il dit que cet étranger y avait guéri des malades. Il dit qu'une tenancière l'avait ensorcelé et que, soucieux de sauver son âme, il avait dû s'enfuir. Il dit qu'avant de disparaître, le guérisseur avait ramassé toutes les économies de la bordeleuse et les avait distribuées aux pauvres, quatre villages plus loin.

– On a soif, dit quelqu'un dans l'assistance.

Le marchand déroula sa langue sur sa bouche lippue.

– Je parierais que ces événements se sont passés ici.

– Jamais vu quelqu'un de ce genre, par ici, répondîmes-nous. On a soif !

Le marchand caressa sa barbe et regarda autour de lui en fronçant ses sourcils :

– C'est curieux. J'aurais juré que... Il leva les bras au ciel avant d'ajouter : Sans doute des délires d'un agonisant. Figurez-vous que je l'ai enterré avant de continuer ma route. Je n'allais quand même pas laisser les vautours le dévorer !

Furieux, il nous invita à aller trinquer au nouveau café-bordel et nous n'en demandions pas plus. Et c'était mieux ainsi.

Seizième veillée

Qui n'a point de dents...
Ne saurait exiger de la viande à table.

Que l'homme blanc avait pactisé avec le diable. Ceci explique cela qu'il fabrique des machines à voler, à rouler et à vapeur qui broient le sens du merveilleux ; ceci explique cela : qu'il foule le dos de la mer, arrache à l'Ourse et à Orion leurs secrets et mette des sceaux sur les étoiles ; ceci explique cela : qu'il converse avec les Pléiades et les chambres du Sud. Quand il n'eut plus rien à faire, il s'ennuya et inventa l'amour pour occuper la vacuité de son âme.

En dehors des émotions d'Assanga pour Biloa – à mettre sur le compte des diableries –, de mes quelques bribes de sentiments pour Chrétien n° 1 que je regrettais – cette conne, c'était bien moi ? –, l'amour semblait ne pas exister. Nous vivions dans le plus beau pays du monde : celui d'hommes héroïques, capables d'ouvrir le ventre d'un frère et de regarder les fourmis mangas se nourrir de ses intestins jusqu'à plus faim, et l'amour était à jeter aux orties. C'était la terre d'hommes généreux capables de découper leur plantain en autant de tranches qu'il y avait de personnes dans l'univers. C'était l'humanité des femmes soumises, tendres et câlines, qui ne trompaient leurs maris qu'à l'ombre des persiennes baissées... Parce que l'amour appartenait à l'homme blanc et, dans ce pragmatisme à la bananière, nous croyions avoir trouvé notre place.

Cela se passait quelques années après la Seconde Guerre. La France proclamait sa victoire avec exaltation. Elle plantait dans nos ventres le mythe jubilatoire d'un avenir glorieux en tricolore. Qu'importait le passé, nos enfants morts, nos hommes aux jambes explosées par des bombes, nos souffrances d'épouses ou de mères endeuillées ?

– Vous devez être fières de vos fils morts pour la patrie ! avait dit Michel Ange de Montparnasse. Dans les toutes prochaines semaines, nous dresserons un monument à leur mémoire !

Une salve d'applaudissements avait accueilli ce discours. Nous étions heureux, du moins ainsi l'avait décidé Michel Ange de Montparnasse. Les gens souriaient, s'embrassaient parce que nous avions chassé l'ennemi hors de nos frontières : « Vive la République ! » Nous ignorions où se situait la Normandie ou le Poitou-Charentes : « Vive la France ! », parce que la connaissance des lieux et le sens de l'Histoire étaient dérisoires.

Des nuages déchirés s'en allaient vers le nord lorsque je quittai mon cabanon. Ils étaient d'un bleu-gris comme les robes délavées des vieilles veuves. Un jour qui ressemblait à s'y tromper aux autres : les seaux à corde gémissaient dans les puits. Quelques chariots faisaient de temps à autre fuir la volaille éparpillée le long des routes. Des hommes jouaient du lido et rêvaient au sac d'argent que la France enverrait en reconnaissance de leur participation à cette guerre : « Moi, quand j'aurai mon argent, dit un jeune borgne ancien combattant, je ne voyagerai qu'en avion, première classe garantie ! » D'autres à la voix fatiguée par l'alcool, revêtus de vieilles tenues de combat, faisaient cliqueter leurs bottes en déblatérant sur une probable nouvelle guerre : « On va gagner la prochaine guerre, c'est moi qui vous le garantis ! »

A les écouter, j'avais l'impression qu'une bataille était prévue pour demain, qu'ils étaient là à bivouaquer : « Je t'en embrocherai moi, des Boches ! » disait l'un en secouant son sabre rouillé. On entendait des : « Général Chouette ordonne », et des : « Messieurs les officiers supérieurs ont décidé de se réunir... » Ils chantaient *La Marseillaise*, applaudissaient eux-mêmes, s'engueulaient beaucoup, pour tout, pour rien. Puis, ils baissaient le ton. Des femmes écrasaient des arachides en s'échangeant des blagues : « Ça va madame Édène ? » me demandaient-elles en faisant de grands signes de croix pour conjurer le sort, parce qu'un type qui m'avait aimée pendant quelques mois était mort. « Mes condoléances ! »

Laissez-moi ici faire une douce glissade vers ces instants de joie.

Il s'appelait El doctor. Il avait abandonné sa femme et ses enfants pour m'aimer. Durant la période de mes amours, j'étais heureuse, comme recroquevillée dans l'utérus de ma mère. Il m'aimait et je nageais dans un liquide régénérant. Il me disait « chérie-amour-adorée », et c'était la voix féerique de l'univers que j'entendais. Ensuite, nos gémissements s'élançaient entre les lambeaux du ciel, se lovaient comme des serpents dans les futaies, avant de se détendre.

Pourtant l'amour n'était pas nègre. Je n'avais jamais dit à El doctor : « je t'aime ». Il m'avait ouverte à l'allégresse des grands sentiments. Aujourd'hui encore, aux pires moments de mon existence, je ressens sa chaleur et mon cœur revient en arrière : « Je t'aime-amour-chérie-adorée. » Aujourd'hui encore, alors que de nombreux visages que j'ai connus dans ma vie et les émotions qu'ils drainaient ont disparu, lorsqu'au loin j'entends des jeunes gens jeter en l'air des cris de joie, que tel jour de Noël, mes petits-enfants chantent et boivent, son souvenir fond sur moi, m'envoûte et me laisse aussi légère qu'une hirondelle à la pointe d'un épi de maïs.

L'amour est sans doute la plus belle invention de l'homme... Blanc ? Mais ce n'était qu'une parenthèse, fermons-la.

L'Église Chrétienne du Renouveau se trouvait dans une allée fleurie au fond d'une cour. C'était une maison de forme pyramidale construite par le pasteur. Quelques croyants l'avaient peinte à la chaux. Dans la cour, des gens vêtus de blanc parce qu'ils croyaient avoir lavé leurs vêtements dans le sang de l'agneau bavardaient. « Quand est-ce que va arriver l'argent biblique que la France va nous envoyer ? » Mais encore : « Quand est-ce qu'on va dresser le monument aux morts ? » Et dans un délire qui transformait la déraison en raison, ils spéculaient, avec la ténacité de ceux chez qui l'attente exacerbe le désir. Je les laissais dans leurs destinées où l'or du ciel tombait à terre, là où le ciel touchait la terre, et pénétrai dans l'édifice.

Quelques veuves étaient assises au premier rang, parce que nous avions des choses à nous faire pardonner : c'était de notre faute si nos compagnons avaient eu des crises cardiaques ; notre faute leur cirrhose du foie ; notre faute encore leur cancer des intestins ; notre faute s'ils souffraient de vieillesse, parce que selon la légende c'était à cause des mille tracasseries des femmes si les hommes mouraient. A droite, le tronc d'une Vierge noire reposait sur un socle. Plus loin des saints sur papier peint vous obligeaient à changer de cœur, mais comment faire ? Sur un autel, un Christ bouffé par la vermine vous mettait la pression. Une vieille brisait ce qui lui restait de vertèbres à envoyer des prières au ciel avec de grands gestes.

Je m'assis et les anges aux sept trompettes firent sonner leurs instruments. L'église s'emplit dans une précipitation recueillie. La vieille arrêta de prier sans quitter sa position devant l'autel. Le pasteur, monsieur Jésus Oukouassi, un grand Nègre aux lèvres rouges, prit place derrière un pupitre vermoulu et des gens se signèrent. Il se racla la gorge, puis sans préambule lut l'Apocalypse de saint Jean. Sa voix nous assourdissait comme venant d'outre-tombe. Il parla de la prostituée fameuse qui avait forniqué avec les rois de la terre. Il dit des royaumes où l'on se mordait la langue de douleur. Il raconta des dragons qui donnaient leurs pouvoirs aux bêtes monstrueuses pour détruire le monde et je sentais l'imminence des châtiments. Il eut juste le temps de ravaler sa salive qu'une femme habillée d'écarlate et de pourpre jaillit de la foule : c'était Maria-Teresa de

387

Avila, épouse du pasteur Oukouassi devant Dieu et les hommes. Son cou de poulet brinquebalait sous le poids de faux colliers en or ; des pierres précieuses tout aussi fausses alourdissaient ses maigres poignets ; ses tresses montées en montagne étaient d'une sévérité extrême. Elle s'avança lentement et ses talons s'enfonçaient profondément dans la terre, floc-flac. Dès qu'elle fut devant l'autel, elle serra ses cuisses comme pour se protéger d'un viol.

– Je suis Babylone, dit-elle d'une voix de toute petite fille, et j'eus l'impression de vivre une illusion. Oui, ajouta-t-elle, j'ai couché avec la plupart des hommes ici. Elle fit trois pas, s'arrêta devant un homme habillé comme un pingouin et sa voix se fit mugissante : Toi, Ékassi, t'as couché avec moi à la dernière réunion... dans les toilettes !

La bouche d'Ékassi s'ouvrit et se referma. Un vent gémit dans les feuillages. Une étoile se trompa et scintilla dans le soleil. Mon déjeuner ballotta dans mon estomac. J'ouvris la bouche et mes vomissures éclaboussèrent le pantalon de mon voisin. Il ne s'en aperçut pas. Une voix féminine retentit au loin et sa légèreté sembla se moquer de tous les fardeaux de la terre.

Maria-Teresa de Avila doigta un homme marié qui, disait-on, était plus fidèle à son épouse qu'un chien à son maître :

– Toi, Martin Belinga, dit-elle en retroussant violemment ses lèvres, tu m'as prise derrière la case ! Elle posa ses mains sur ses hanches : Tu vas pas le nier, n'est-ce pas ?

Une sueur de panique jaillit des pores de Belinga.

– Mais elle est folle ! protesta-t-il.

Nous étions si interloqués que nous n'avions plus d'opinion. Elle passa d'homme en homme, en faisant froufrouter ses vêtements pourpres, étala au soleil ce que naturellement occultait la nuit. Mais lorsqu'elle prit à partie monsieur Esoh et son fils Luther, je crus me trouver dans un repaire d'oiseaux dégoûtants.

– Vous deux, cria-t-elle, vous m'aviez baisée un soir derrière cette porte !

Un mugissement jaillit de la foule. Les voix des femmes trompées s'élevèrent : « Salauds ! Imbéciles ! Traîtres ! » Elles se précipitèrent sur leurs maris, prêtes à larguer des amarres, en quête de vertiges ou de démons : « Tu vas me le payer, fils de pute ! » Les premières gifles atteignirent les abominables. Mais comme chaque effraction depuis l'insulte jusqu'au meurtre a son prix de revient, pour cette impertinence, les femmes reçurent des coups de poing en pleine figure. Par exemple, sa gifle coûta deux molaires à madame Esoh ; madame Belinga eut les yeux pochés ; madame Ékassi toussa tout son sang et en mourut quelques mois plus tard.

Monsieur Jésus Oukouassi, notre pasteur, s'était laissé tomber sur un banc. Son corps semblait l'avoir abandonné. Mais lorsqu'il se décida de réagir, nous crûmes qu'il allait nous dire que son épouse avait entre les jambes des pustules purulentes, ce ne fut pas le cas ! Nous crûmes qu'il allait nous dire que son lit était couvert de grosses mouches vertes, rien du tout ! Nous crûmes qu'il allait nous dire qu'il suffisait d'approcher sa femme de quelques centimètres pour sentir les exhalaisons de la viande en putréfaction... Rien.

Il se leva comme un fou et, d'une voix à faire rire les démons, il s'exclama :

– Faute avouée... Faute pardonnée ! Ma femme est une sainte femme ! dit-il, et sa voix était plus douce que les pleurs des veuves éplorées. Il chialait de reconnaissance monsieur le pasteur Jésus cocufié : « Dieu est grand ! Merci Seigneur. » Il levait les bras au ciel, se prosternait : « Louons notre Seigneur qui a vaincu le mensonge ! »

A l'extérieur des grenouilles coassèrent pour célébrer la venue de l'orage. Des nuages tourbillonnèrent. Les premières gouttes s'abattirent sur les maïs. Les crapauds se cachèrent sous des racines. De leur terrier des lièvres admirèrent les perles de pluie qui rebondissaient sur les feuillages et les herbes folles revigorées agitèrent leur minois trempé.

A l'intérieur, la femme du pasteur regarda les flammes de l'incendie qu'elle venait d'allumer.

– Nous allons repartir sur des bases saines ! dit-elle en faisant tournoyer entre ses doigts une mèche de ses cheveux. Nous allons tout restaurer, ajouta-t-elle.

Je fixai les blancs des yeux parce qu'elle ne semblait pas saisir l'immensité du drame qu'elle avait provoqué. Elle agissait comme ces gens qui parlent de la mort en disant : « Je meurs de faim ou je meurs de soif, je meurs d'aller aux toilettes », inconscients de la dimension définitive de celle-ci.

Quand je quittai l'Église Chrétienne du Renouveau, le soleil avait chassé la pluie. Ma tête était en flammes : était-ce ainsi que l'Afrique se bâtira, sur le reniement et l'extrême imitation ? me demandai-je. Se construira-t-elle en réduisant à néant les petits bonheurs pour des grands leurres ? Je n'avais jamais ouï dire que la femme d'un pasteur blanc avait fait une confession publique menaçant ainsi l'équilibre social. Je pressentais que nous allions droit à la catastrophe, mais qui étais-je pour donner mon avis ? « *Je suis un Nègre qui apprend le français aux petits Français de la France »*, dira un jour un poète nègre blanchisé. Quelques Noirs aux esprits entravés par les chaînes de l'esclavage et de la colonisation seront fiers de cette phrase qui en réalité relate l'accomplissement d'un rite de possession semblable à une messe noire sur le corps vivant de l'Afrique. Une parodie d'autoconsécration démoniaque puisqu'elle fait du Noir le Blanc, du Blanc le Noir. Plus tard, l'Afrique se croira indépendante. Mais elle ne sera qu'une vierge sage qui, au lieu de vivre pieusement dans la pénombre du sanctuaire, tirera des feux d'artifice au ciel pour concurrencer les nébuleuses de l'Occident.

Un homme affranchi du péché d'esthétisme m'attendait sous la véranda. Le soleil illuminait des souvenirs de vérole sur son visage. Ses jambes à force de courir porter les convocations s'étaient transformées en bûchettes. Des touffes de poils apparaissaient çà et là sous sa culotte et ses yeux globuleux étaient à vous tétaniser le sang. Son humour pied à terre vous faisait oublier l'espace d'un moment qu'il n'était que la bouche patentée des flics, des bourreaux et autres forces de l'ordre qui vous abîmaient l'existence.

— Ah, madame Édène, tu crois que je bouffe des pierres ou quoi ? Tu m'as fait attendre !

Un souffle fétide traversa l'odeur des fruits mûrissant sur les arbres et vint m'envahir. Une mouche se posa sur mes lèvres, cherchant à rentrer dans ma bouche. Je la chassai d'un geste.

— Pour ce à quoi tu gaspilles ta vie, tu peux bien pourrir !

A ces mots, son cou fit comme un papier d'emballage froissé.

— C'est méchant de me parler comme ça, madame Édène. Je t'aime, moi !

Son « je t'aime » sonna si faux que tout mon visage en trembla.

— Accouche et fiche le camp d'ici ! dis-je violemment.

— T'es attendue au tribunal, demain matin ! dit-il en me donnant un papier bleu.

En réalité je ne me souviens plus s'il me dit au revoir en partant, ni quelle direction il prit, ni combien de temps je restai figée sous la véranda. Pour quel vol, quel viol, quel meurtre me traînait-on devant les tribunaux ? Je n'étais rien et je savais que l'habit faisait le moine. L'expérience de la vie m'avait appris qu'on ne respectait que ce qui s'impose : l'apparence. Un clochard n'est jamais innocent alors que les preuves d'une culpabilité ne conduisent pas forcément l'homme puissant à la potence. Il n'y a pas d'amour, seuls les faits témoignent de son existence. Il en va ainsi du pouvoir, de la justice, de l'amitié et des émotions qui régissent les relations humaines. Le reste n'est que simple joliesse destinée à satisfaire la convoitise spirituelle.

Je connaissais les méthodes expéditives de Michel Ange de Montparnasse. En matière de justice, un excès d'angoisse m'envahit. Je calculai le nombre de battements de cœur qui m'étaient nécessaires pour faire ma valise. Je voulais m'enfuir mais le fait que j'avais été aimée par El doctor m'encouragea à affronter mon destin. Malgré son décès, ces mots d'amour qu'il avait prononcés autrefois se posaient encore sur moi pour recréer un double de moi-même. Mon double me caressait, me rassurait. Cette sensation de réunification onirique me rendait la digne représentante de la femme-flamme ou de la femme-mère qui apparaissent dans les mythologies des peuples. Dorénavant j'étais capable de péter devant les hommes.

Mes enfants revinrent de leurs jeux.

– J'ai faim, maman ! dit Jumeau n° 1 en tirant sur mon pagne.

– Paraît qu'un jour la faim disparaîtra de la surface de la terre, fils, lui répondis-je en essuyant la morve de son nez.

– C'est triste que la faim disparaisse, protesta-t-il, et deux larmes roulèrent sur ses joues. J'aime tellement avoir faim !

Je rotai pour ne pas éclater de rire et une colombe s'envola dans les airs. Cette innocence donnait à l'humanité son sens. « Peu importe ce qui se déroulera au tribunal, me dis-je. Qu'ils me pendent ! Qu'ils me guillotinent ! Qu'ils me brisent les os comme du verre ! Jamais ils ne m'enlèveront la vue de cette araignée qui descend le long du mur, ses pattes repliées sur son abdomen, le fil dans son dos s'allongeant au fur et à mesure. »

– Si on allait se promener au bord de la rivière ? proposai-je aux enfants, parce que finalement la vie était belle et qu'elle méritait d'être pleinement vécue.

– Chouette, alors !

On disait que...
Que quoi ?

Le lendemain le soleil se levait et j'avais déjà enfilé mon joli pagne rose. Mes enfants avaient lavé leurs mains et brossé leurs dents au charbon. Ils se tortillaient sur les chaises, engoncés dans leurs habits du dimanche qui leur interdisaient de donner libre cours aux jeux salissants ou aux éclats de rire qui accompagnaient systématiquement leurs courses-poursuites.

– Où va-t-on maman ? ne cessaient-ils de me demander.

A l'époque, nous estimions qu'un enfant n'avait besoin que de deux choses : manger et dormir. Je respectai ce précepte et me tus. Toute explication, croyais-je, aurait creusé dans leurs esprits des grottes où surgiraient des monstres de feu et des dragons aux mille têtes. Ils tendaient l'oreille au moindre bruit. On eût dit qu'ils essayaient de s'échapper d'une prison. Je regardai les toits de chaume et les nuages aux couleurs changeantes ocre et gris. Mes yeux se voilèrent de larmes.

– C'est pas grave, hein, maman ? demanda Jumeau n° 1 en saisissant brusquement ma main.

– On t'aime maman ! dit Jumeau n° 2.

Nos pensées se rencontrèrent et ce fut un moment doux.

La foule s'était amassée en une haie dense devant le tribunal, le bâtiment ne mérite pas de description tant il était lourd. Des militaires allaient et venaient sur le perron, leur fusil suspendu à l'épaule. Des gens surplaçaient dans la cour ; d'autres s'arrêtaient et s'enquéraient ; d'autres encore se hâtaient parce qu'ils craignaient d'être appelés à témoigner au cas où il s'agirait d'une vilaine affaire. Mais, lorsque je vis les gens de mon village, j'eus un coup au cœur, me cachai pour mieux les observer.

– Chut ! dis-je aux enfants.

Certaines choses avaient changé. Gazolo dirigeait notre peuple et les vertèbres de Gono la Lune la faisaient souffrir. Mes frères étaient papas, mais courtisaient des gamines plus jeunes que leurs propres filles. Papa et maman n'échappaient pas à la règle et, à force de vivre ensemble, ils avaient fini par se ressembler. Ils étaient chauves. Leurs visages étaient burinés et sur leurs mains desséchées des veines saillaient comme les racines d'un manguier sauvage. Ils étaient tout debout à quelques pas, si proches l'un de l'autre que leurs têtes se touchaient presque. J'eus l'impression de vivre une illusion et ne bougeai pas.

— Tu as maigri, Andela, dit papa en posant une main sur les épaules de ma mère. Tu avais douze ans quand je t'ai connue, n'est-ce pas ?

— Treize, rectifia maman en fronçant ses sourcils. Depuis quand Assanga, te préoccupes-tu du temps qui passe ?

— Quand je t'ai vue, j'ai compris tout de suite que je voulais que tu sois ma femme. Tu ne le regrettes pas, j'espère ?

— Que veux-tu que je te dise, au juste ? Que je t'assure que je prendrai soin de ta mémoire après ta mort ? Que je m'occuperai de tes objets chéris ? Si t'es là parce que tu as quelques inquiétudes à ce sujet, tu peux mourir tranquillement.

Papa lui tourna brusquement le dos et je perçus la douleur de ses os. Il passa devant nous sans nous voir en grommelant entre ses dents. Maman leva ses yeux et observa. Je suivis son regard pour voir quel point du ciel elle fixait. La tête ployée, elle regardait avec une intensité douloureuse comme pour marquer dans sa mémoire je ne sais quel phénomène à travers un trou situé trop haut.

— Nous avons senti ton odeur, Édène, dit brusquement maman. Pourquoi te caches-tu ?

— Je ne me cachais pas, mentis-je en sortant de derrière les arbres. Qu'est-ce qui se passe ? demandai-je.

Elle se détourna sans me répondre. Gazolo s'approcha, croisa ses bras en homme très sûr de ses droits et m'observa de biais en mâchant bruyamment une noix qu'il recracha dans la poussière.

— C'est de ta faute ! cria Opportune des Saintes Guinées en bondissant sur moi. Madame a voulu vivre au-dessus de sa condition et maintenant nous sommes obligés de laver le linge sale en public !

— Qu'ai-je fait de mal ? demandai-je, abasourdie.

— Elle demande ce qu'elle a fait ? dit Opportune des Saintes Guinées en prenant les gens à témoin. Elle met le bordel partout et elle s'interroge, ironisa-t-elle.

Ainsi donc, elle m'en voulait et je voyais surgir une haine trop longtemps couvée dans nos poitrines. Voici venu le temps des règlements de comptes, et je ne l'avais pas prévu.

— Oui, c'est de ta faute, accusa Opportune des Saintes Guinées. Qu'avais-tu à quitter ton mari, hein ?

Des braises jaillirent de mon visage et mes joues chauffèrent.

— Voilà ma bâtarde de sœur qui me donne des leçons ! J'aurais dû rester avec mon mari, c'est ça ? demandai-je. Tu savais que Chrétien n° 1 était mon amant ! Tu ne t'es pas gênée pour entrer dans son lit et devenir sa femme, n'est-ce pas ? J'aurais dû rester avec son vieux père, c'est ça ? Non, ne réponds pas... J'aurais couché avec Chrétien n° 1 quand tu aurais eu tes règles. J'aurais évité ainsi qu'il s'intéresse à d'autres femmes plus dangereuses pour l'équilibre de ton ménage. J'aurais servi dans cette foutue famille de domestique et de paillasson ! Cela t'aurait arrangée, n'est-ce pas ? Tu es la plus perverse des femmes !

L'auditoire resta sans voix. « Des dépravés ! » murmura-t-il. On attendait de ma sœur une réplique cinglante. Elle dit d'une voix étouffée :

– C'était pas sérieux, ce qui s'est passé entre vous !

– Ah oui ? Ce que tu éprouvais était de l'amour et moi, ce n'était pas sérieux ? Ton joli physique te donnait le droit d'avoir des sentiments qui m'étaient interdits ? Cela ne t'est pas passé par l'esprit que je puisse l'aimer plus fort que toi ? Que je l'idolâtre aussi tendrement que toi ? Ton égoïsme t'a rendue aveugle, ma pauvre fille !

– Assez ! cria maman. Elle tremblait comme si elle avait eu de la fièvre : Vous allez tuer votre père !

Un grand silence s'appesantit dans l'assistance comme une chape de brouillard. Dans le ciel, un épervier tournoya et je vis mes gamins égarés, l'œil torve, parce qu'ils ne saisissaient rien à ces histoires qui s'étaient passées bien avant leur naissance. « Venez », leur dis-je.

La salle d'audience dégageait une grande chaleur et nous fit regretter des hivers que nous ne connaissions pas. La salle bruissait, semblable à une ruche. Un militaire m'escorta jusqu'au premier banc. Je pris place à la rangée de gauche tandis que Gazolo s'asseyait dans la rangée à droite. Un nain joufflu jaboté comme un prince fit saillir les veines de son cou et siffla :

– La cour !

Les gens se levèrent et Michel Ange fit une entrée royale, à vous glacer le sang. Il portait une toge rouge, couverte de décorations. Sa perruque blonde étincelait. Ses bottes cliquetaient à chaque pas. Il s'assit et sa toge s'étala autour de lui comme les flots d'une mer ensanglantée. Il avait tous les pouvoirs et rendre la justice faisait partie des grands moments de sa vie qu'il sublimait lorsqu'il était sublimé comme le poète inspire lorsqu'il est inspiré.

– Affaire Gazolo contre Édène B'Assanga, épouse Gazolo ! clama-t-il d'une voix tonitruante.

Au lointain, un vol d'oiseaux siffleurs entamèrent leur concert et nous nous avançâmes, déjà soumis à ces rites de domination.

– Stop ! cria Michel Ange, parce qu'au-delà d'une certaine distance nous risquions de souiller un cercle divin. Stop ! répéta-t-il.

Nous nous arrêtâmes, pot de fer contre pot de terre. Il fronça ses sourcils broussailleux, prit son inspiration parce qu'il devait rendre irréfutable aux yeux de tous la suprématie de sa justice.

– Édène B'Assanga !

– Oui, patron !

– Vous êtes l'épouse de Gazolo ici présent ?

– Non, monsieur !

– Attendez : c'est bien marqué sur les rapports de la police que vous êtes la fille du chef Assanga et l'épouse de Gazolo ?

– Oui, à la première question ! Non, pour la seconde !

Un murmure de désapprobation monta depuis le fond et s'éparpilla jusque dans mes oreilles : « Quel scandale ! Quelle honte ! » Gazolo posa ses mains sur sa tête : « Je suis trahi par ma propre femme ! » hurla-t-il comme un loup blessé. « Silence ! » dit Michel Ange de Montparnasse. Il fessa la table et répéta : « Silence ! »

Les voix s'effacèrent peu à peu sans calmer les tourments

de la pensée, comme la flamme de la bougie aide à pénétrer l'ombre sans révéler son mystère.

– Pourtant, reprit Michel Ange de Montparnasse en se raclant la gorge, Gazolo, ici présent, prétend que vous avez abandonné le domicile conjugal. Il réclame la restitution de sa dot ainsi que la paternité de vos enfants.

– Il n'est pas le père de mes enfants ! protestai-je.

Comme à son habitude, le Commandant balaya mes paroles comme on chasse une mouche, tss ! tss ! Un tambour roula et la sentence surgit de ses lèvres tels les gestes du danseur en un mouvement de tout son être.

– Aussi... aussi... la cour vous déclare... coupable et accorde entière satisfaction au plaignant.

La foule applaudit pour des raisons diverses. Les uns parce qu'ils s'illusionnaient sur le respect que Michel Ange de Montparnasse avait de nos traditions. D'autres parce qu'il m'arrivait malheur et que le malheur des autres nous fait prendre conscience de notre bonheur. D'autres encore, parce qu'il fallait bien ovationner. Gazolo jubilait : « Je savais qu'on pouvait compter sur la loi de sa République ! » se vantait-il. Ma coépouse exultait : « Qui sème le vent récolte la tempête ! »

La terre s'agita sous mes pieds. M'enlever mes enfants était une punition si inhumaine que je ne pouvais l'accepter. Dans un grand déploiement de déraison, je doigtai mon tortionnaire et m'exprimai sans ambages :

– Toi, monsieur Michel Ange de Montparnasse, tu as bien épousé une fille de mon village, que je sache.

Deux taches rouges apparurent sur les joues du juge.

– Tais-toi, malheureuse !

Il parla au vent, tant je voulais pousser la logique de

l'absurde dans laquelle colonisés comme colonisateurs vivions.

— Non ! Je ne me tairai pas Michel ! Tu as épousé Espoir de Vie. Tu as eu des enfants avec elle ainsi qu'avec d'autres femmes de mon village, souviens-toi !

A ce point de mon réquisitoire, Michel Ange se leva et secoua sa tête si violemment que sa perruque tomba sur ses yeux : « Outrage à magistrat ! cria-t-il. Arrêtez cette femme ! » Les militaires ne bougèrent pas, l'élan coupé par ce qu'ils entendaient. J'en profitai pour instaurer définitivement la suprématie de mon point de vue.

— Ou tu es polygame et, dans ce cas, tu dois récupérer tous ces cafés au lait que tu as plantés partout. Ou ce mariage coutumier n'était que distraction et parodie donc sans validité. Auquel cas...

Il me regarda, interloqué. Puis il se leva en titubant : « Qu'est-ce qu'on marque, patron ? » demanda le greffier. Comme s'il réalisait enfin que cette scène pouvait saper les fondements de son pouvoir, Michel Ange de Montparnasse remit sa perruque à l'endroit. Il fit chatoyer ses plumets et proclama sa décision à haute et intelligible voix afin que nul n'en ignore la terreur de par les mondes connus et inconnus :

— Nous, Michel Ange de Montparnasse, gouverneur de Sâa, décrétons nul et non avenu tout mariage non transcrit dans les registres d'état civil de la mairie de la République française. Par conséquent, nous déclarons l'accusée Édène B'Assanga non coupable des charges qui pèsent contre elle. La séance est levée !

La foule applaudit parce qu'il fallait bien applaudir, ou

tout simplement parce qu'il faisait si chaud qu'on préférait observer les étendards des mains qui flottaient dans le vent.

J'embrassai mes enfants. Des larmes de joie dégoulinaient de mes joues : « Tu perds rien pour attendre », menaça Gazolo. J'avais gagné mon procès. Plus tard seulement je m'apercevrais que ce bonheur-là, je le devais à ce même système colonial qui nous avait dépouillés de tous nos biens, terres, femmes et enfants compris, ce qui donnait du piment à la farce.

Dès le lendemain, papa décida de mourir comme s'il voulait éviter de prendre ce chemin de la folie dans lequel le continent noir s'engouffrait. Il sortit une natte dans la cour, s'y allongea en décidant que son voyage sur terre prenait fin. Les Issogos vinrent le veiller. Ils fumèrent des cigarettes d'herbe. Ils burent du vin de palme. Ils croquèrent des noix et éclatèrent de rire trois fois en attendant que papa meure.

Ce n'était pas un bon jour pour mourir.

Ils revinrent les jours suivants, burent et fumèrent encore et encore, laissèrent tomber avec ironie les coins de leurs lèvres lorsque l'un d'eux évoqua le devenir de nos cultures. Mais lorsqu'un autre parla du confort futur que nous octroierait la France, Papa les regarda de ses yeux froids.

– Vous et votre luxe... je m'en moque ! dit-il, parce que ce n'était pas un bon jour pour mourir.

Treize jours passèrent et les Issogos se désolidarisèrent de l'envie de mourir de papa. Ils restèrent chez eux en prenant soin de choisir des fenêtres qui donnaient sur les arbres, les baobabs, les buissons, une haie de bambous. Ou tout simplement, ils se préparèrent du thé et regardèrent sans regarder le crépuscule descendre au-dessus du monde. Puis ils agrémentèrent leur séjour sur terre grâce aux cuisses de leurs femmes.

Et ce fut une bonne nuit pour mourir.

La lune illumina le ciel et le regard d'Assanga se fit flou. A ses oreilles, les murmures de la terre se transformèrent en musique céleste. Des hirondelles planèrent au-dessus de sa natte ; des nuages se frottèrent sur son visage et il leur adressa un sourire du cœur. Les oiseaux s'envolèrent et leurs ailes battirent au rythme d'un air familier. Papa choisit cet instant pour s'élever dans les airs. Il tournoya lentement au-dessus du village et regarda avec affection le rouge de la terre, les chemins sinueux, les cours des rivières, les champs de manioc. Il respira une dernière fois l'odeur de la bière de maïs et du vin de palme. Il s'envola dans le sillage des hirondelles. C'est ainsi qu'Assanga Djuli acheva son parcours sur cette terre.

Papa était étendu sur la même natte et deux fentes claires découvraient ses pupilles. Il serrait dans ses mains une poupée en paille qui avait appartenu à Akouma Labondance. Des mèches de cheveux de Biloa étaient posées sur sa poitrine. Maman chassait des mouches qui frétillaient pour entrer dans sa bouche.

– Je l'ai trouvé ainsi ce matin, me dit-elle simplement.

Mon Dieu que j'ai souffert par la suite à regarder l'humanité qui grouille, qui chante, qui baise tandis qu'il n'y a plus trace de mon père ! Dans cette cacophonie des existences, le regard d'Opportune des Saintes Guinées me persécutait : « C'est de ta faute, si papa est mort ! » C'était si injuste que j'en pleurai de rage. Autour de moi des gens pleuraient aussi : « On vient de perdre un grand chef ! Un sage ! »

Ses obsèques furent étranges. On ne rasa pas maman. On ne la fouetta pas. Elle se farda même les yeux quoiqu'elle fût si vieille. On enveloppa papa dans une natte et quatre hommes le chargèrent sur leurs épaules. On avançait à pas comptés et maman rendait grâces à Dieu parce qu'il faisait beau : « Il a même prévu un magnifique soleil pour son enterrement », gémissait-elle. Les membres de notre famille marchaient en se soutenant les uns les autres. Papa avait beaucoup d'amis et de connaissances : association des chefs de village, ligue des veuves pour le renouveau, marchands ambulants, j'en passe. Certains venaient par devoir, d'autres dans l'espoir de s'introduire dans les bonnes grâces de maman parce que son veuvage lui conférait désormais une autorité. Les uns par curiosité, les autres pour s'assurer qu'à leur enterrement, il y aurait beaucoup de personnes. Quand la terre recouvrit papa, ils défilèrent devant maman. « Courage », dirent-ils. Puis ils se regroupèrent par petits tas et chantèrent ses louanges, à mi-voix, disant qu'elle avait été une excellente épouse, qu'elle ne méritait pas un aussi terrible malheur. Maman, tête baissée, semblait ne pas les entendre comme le voulait l'usage. « Ces témoignages de respect ne sont que justice, me chuchota-t-elle. Je récolte les fruits de mes années de sacrifice. »

Les gens se dispersèrent avec le sentiment du devoir accompli. Je repris le chemin de mon cabanon. Au sommet des arbres, les oiseaux se taisaient. L'air était chaud comme une eau de cuisson. Je marchais et comme un artiste s'acharne à recopier consciencieusement un tableau, ma mémoire dessinait papa avec une exactitude exaspérante.

— Édène ? Tu es sûrement Édène ! dit quelqu'un avec toute la conviction dont une voix humaine est capable.

Une horde de sangliers traversa le sentier en couinant et disparut dans la forêt. La réverbération du soleil m'éblouit et je dus cligner plusieurs fois les yeux pour voir mon interlocuteur.

— Que fais-tu là ? demandai-je à Michel Ange de Montparnasse, étonnée de le trouver au bord du chemin.

Il resta silencieux, ses mains noueuses croisées et ses yeux rivés au sol. Pour la première fois, je remarquai chez lui cette usure particulière aux Blancs exilés sur nos terres et qui ne s'achevait qu'avec le retour au pays natal. Cette peau boucanée, ces yeux las aux paupières un peu enflammées, ces mains mouchetées, ces aisselles malodorantes où stagnait la sueur, lui aussi avait vieilli.

— Je voulais demander pardon à ton père, dit-il très vite. J'ai trahi son amitié, c'est pire qu'un vol, presque un meurtre. Plus le temps passe, plus cela me pèse.

J'en fus si estomaquée que j'en restai bouche bée.

— Tu sais, le plus cynique des hommes veut laisser des bons souvenirs dans les mémoires. Imagine que quelqu'un te dise que ton père était un mécréant, un assassin, que sais-je encore ? Que ressentirais-tu ?

— C'est étonnant que tu te soucies de ce que les Nègres pensent de toi, Commandant ! Que tu veuilles demander pardon à mon père me laisse perplexe...

Au loin, une colporteuse interpellait : « Beignets aux

haricots ! Achetez les bons beignets aux haricots ! » Il posa sa main sur mon bras et son alliance étincela dans le soleil.

– As-tu déjà aimé deux choses à la fois proches et inconciliables, Édène ? Toute ma vie, j'ai été l'otage de mon devoir envers la France et de ma passion pour l'Afrique. Cela fait plus de trente ans que je vis ici ! C'est devenu ma Terre.

Il y eut un remue-ménage dans la solitude de la rue. Un chariot chargé de plantains passa. Des esprits firent faire des folies aux herbes mortes dans le vent. Des amoureux s'engueulèrent : « Je ne veux plus te voir, tu m'entends ? dit une voix féminine. Plus question d'accepter ce bangala qui se promène partout ! » Michel Ange de Montparnasse promena ses doigts dans ses cheveux blancs et ses traits se contorsionnèrent sous l'effet d'une horrible grimace. L'espace d'un moment, il ressembla à un masque de carnaval avec quelque chose d'impudique.

– J'ai payé la dette que je devais à ton père ! J'ai sauvé la vie de sa fille, comme autrefois il avait sauvé la mienne ! Ta sœur Akouma Labondance est vivante.

J'éclatai de rire, puis j'entendis mon rire se transformer en sanglots.

– Inutile de raconter des bobards, dis-je. Papa t'avait déjà pardonné. De toute façon, il faut que je parte. J'ai pas comme toi cinquante domestiques à mon service.

Il posa une main réconfortante sur mon bras : « C'est vrai ce que je viens de te raconter concernant ta sœur. »

J'y avais rêvé ; jamais imaginé la réalisation du rêve. Dans l'étrange sentiment qui me saisit, l'exultation se mêlait à l'angoisse. La réalisation de ce souhait castrait ma douce douleur. Je m'éloignai, les yeux fixés à l'horizon, parce que ce qu'il venait de me dire était à vous exploser les sentiments : « J'aime cette terre et j'aimerais y être enterré, me crois-tu ? » cria Michel Ange de Montparnasse dans mon dos. Je restai dans mes propres préoccupations. La disparition d'Akouma Labondance avait éclaté mes pensées. Je m'étais accoutumée à l'idée de l'avoir à jamais perdue. Elle faisait partie des fantômes, difficiles à ressusciter sans provoquer des séismes émotionnels.

Question : Que faire de cette information, Seigneur ?

Réponse : Rien.

Morale de l'histoire : des années plus tard, je rencontrai Akouma lors d'un séjour à Douala. Elle s'était flétrie. Ses seins tombaient bas. Son compagnon la battait jusqu'à ce que ses mains blêmissent. Je me dis qu'il existe des situations où nous préférons la mort pour ceux qu'on aime à une vie de suie.

Trois semaines passèrent. Ce n'étaient pas encore les saisons de pluie, mais il pleuvait à torrents. Par moments les éclaircies étaient si vives, le ciel si bleu que le soleil donnait l'impression de rester là, indéfiniment. Ce fut par un de ces matins ensoleillés que Sâa donna sa quote-part à ces scènes inscrites dans la mémoire des petits Occidentaux comme une image d'Épinal.

Dès l'aube, on égorgea quantité de moutons, de chèvres, de poulets et de canards. Des cris de joie montaient dans l'air et faisaient éclater le génie de notre naïveté : « C'est aujourd'hui que la France va nous dresser le monument aux morts ! » Mais encore : « Elle a envoyé des cartons d'argent pour nous récompenser ! » Le phantasme était si puissant que tous y croyaient. Des hommes battaient des balafons et chantaient. Des femmes dansaient en poussant des youyous sous les applaudissements des enfants. Nos esprits accablés étaient assis aux pas des portes, soutenant leurs joues, malheureux. Et lorsque le soleil dépassa midi, qu'il commença à fléchir vers l'ouest, que les Nègres vêtus d'uniformes bleu-blanc-rouge se dirigèrent à la place des fêtes où ils étaient convaincus qu'ils allaient boire le vin des vignes qu'ils avaient plantées, nos esprits restèrent tapis dans l'ombre et je vis la terre s'ouvrir et en engloutir la moitié.

Il y avait foule. Des militaires montaient la garde autour d'une énorme tombe vide. Empilés les uns sur les autres, des cercueils en bois se dressaient dans le jour. « Qu'est-ce qu'il y a là-dedans ? » demandaient les gens tenus à distance par les forces de l'ordre.

– Ce sont nos morts !

– Rendez-moi mon fils, cria une femme.

– Tais-toi, ordonna un homme. Tu vas pas nous gâcher une si belle fête.

– Mon pauvre petit Pierre, pleurnicha une femme. Que ça doit peser lourd tous ces cercueils sur toi.

– Boucle-la, femme, dit un boiteux. D'abord, qu'est-ce qui te dit que ce n'est pas ton fils qui est au-dessus des autres ?

Et j'entendis nos esprits pleurnicher : « Depuis quand ne savent-ils plus que les morts ne sont pas morts ! »

Dès lors, il fut entendu que les cercueils et leur contenu n'avaient aucune importance. Néanmoins, les gens se piétinaient et s'insultaient, parce que ce matin encore ils étaient des pauvres au ventre vide, ils s'irritaient de voir que dès cet après-midi leur irritation n'aurait plus de raison d'être : ils allaient faire fortune. Les tambours retentissaient. Les chiens ajoutaient leurs aboiements à l'excitation générale. Des spéculateurs se frayaient un chemin et proposaient des affaires à faire prendre le large à Christophe Colomb : « J'ai une mine d'or en Andalousie qui te rapporte deux cents pour cent l'heure ! » Certains investissaient leurs biens qu'ils ne possédaient pas. D'autres, plus prudents, fronçaient leurs sourcils : « Paraît qu'on ne meurt pas si on dort sur son argent... »

Une clameur enveloppa la place. Là-bas sur la Sanaga une fumée grimpa en spirale dans le ciel et disparut. Des pas se firent entendre : « Une-deux ! » et nous vîmes descendant une pente un escadron vêtu d'apparat. Les cavaliers triomphaient sous le soleil, avec leurs chéchias rouges et leurs culottes beiges. Tout naturellement, ils nous sortirent des cris d'admiration et nous nous écartâmes pour les laisser passer. Michel Ange de Montparnasse, en uniforme, les accompagnait, la mine très solennelle. Des médailles cliquetaient sur sa poitrine tandis qu'il passait en revue sa troupe. Habillés de fête, les expatriés transpiraient leurs devoirs envers la République française. Ils s'alignèrent à quelques mètres de la tombe. Michel Ange de Montparnasse se racla la gorge, expectora et cracha un long discours. Nous ne comprenions rien au sens des mots, mais c'était bien. Bien, parce qu'on attendait la reconnaissance de la France ; bien parce que le mot patriotisme s'attroupait dans nos cervelles ; bien enfin, parce que lorsqu'il se tut, les Blancs applaudirent et nous aussi, par patriotisme justement.

Quatre militaires descendirent les cercueils les uns au-dessus des autres dans la tombe : « Mon pauvre Nana, dit une femme en se mouchant. Lui qui ne supportait pas d'être enfermé ! » Une autre perdit connaissance et personne ne l'aida. Mais lorsqu'on vit Michel Ange de Montparnasse faire le geste de s'en aller, un cri déchira les entrailles de la terre :

– Notre argent ! Où est notre argent ? hurla un homme.

– Notre argent ! Où est notre argent ? reprit la foule.

Le temps qu'il faut à un crachat pour s'écraser dans la poussière, un homme, comme un tigre affamé, sautait pardessus la barrière. « Donnez-moi mon argent, voleurs ! » Et ce fut la bataille générale. On bondissait sur les forces de l'ordre. Des tirs violents se mêlaient à des hurlements et à des bruits d'explosion. Un trompettiste se mit à jouer. Des gens tombaient sous les balles. Quelques gaillards désarmaient les militaires et écrasaient leurs crânes avec des cailloux : « On se calme ! On se calme ! » ordonnait Michel Ange de Montparnasse. Ses yeux se fermaient puis se rouvraient comme s'il chassait un cauchemar.

– Dieu de merde d'Afrique ! hurla le Commandant, et je vis son avant-bras bouger comme un énorme escargot dans la poussière.

– Ils ont blessé le Commandant ! cria un militaire. Tirez à vue !

Un coup partit derrière la nuque du paysan qui avait tranché le bras de Michel Ange. Sa cervelle péta en morceaux. Des centaines d'autres militaires surgirent. Les balles pétaradaient dans l'air. Les gens tournoyaient sur euxmêmes comme des toupies et s'écroulaient. D'autres s'enfuyaient ou se réfugiaient sous des corps. Moi aussi je courais et j'aperçus, protégés par une escorte de solides types, des Blancs et ce qu'il restait de Michel Ange de Montparnasse. « C'est injuste d'être amputé de la sorte ! »

Le soleil tombait à l'ouest, lorsqu'il n'y eut plus rien à tuer. Le trompettiste souffla encore dans son instrument, mais du sang coulait de son nez ainsi que des commissures de ses lèvres. Çà et là gisaient des cadavres d'hommes, de femmes et d'enfants sur lesquels serait tiré un trait rouge, afin que s'ébauche le progrès de l'Afrique, en ligne tordue vers l'avenir.

On enterra le bras de Michel Ange de Montparnasse avec des honneurs militaires. Il s'envola vers l'Europe : « Que vais-je devenir loin de cette terre ? » gémissait-il. Il fut bien obligé de partir. Comme les colonisés, il laissait dans l'aventure des bribes de son sang, des morceaux de ses folies, ses espoirs et ses temples de grandeur : « Ce n'est que justice », me dis-je alors, vengeresse.

Quelquefois, alors que je suis assise sur ma vieillesse, je pense à El doctor, le seul homme à m'avoir aimée, et ce souvenir m'envoûte, me laissant dans un engourdissement bienheureux. Quand je reviens à la réalité, je sens ma langue s'empâter. Une amère nausée me monte à la gorge. J'expectore mais mon crachat se suspend à mes lèvres. Alors, je colle mon oreille au sol. J'entends les voix des premières Afriques, j'entends leurs conteurs et leurs légendes. J'entends la voix de Michel Ange de Montparnasse, j'entends les viols, j'entends les cris de l'enfantement. S'ensuivent de longues minutes de silence. Puis un chœur jubilatoire qui va en s'amplifiant : c'est la voix inviolée de l'imaginaire africain qu'aucune domination ne soumettra puisqu'elle ne saurait la nommer ; ce sont les voix croisées des sang-mêlé qui clament : « Nous sommes l'humanité puisque nous sommes métis ! »

Le décryptage de ces dernières voix dépasse mon entendement. Je m'assois sous ma véranda et je reste longtemps silencieuse.

Tournons donc ces pages de mon incompréhension du nouveau monde et de son nouvel ordre.

On disait que...
Que quoi ?

C'était une époque rêvée où les tiges de maïs étaient d'argent et leurs épis d'or. On plantait dans les jardins les plus beaux arbres et les plus agréables fleurs. Il y avait des oiseaux posés dans les arbres. Il y avait des lions, des lièvres, des hyènes et tous les animaux de la Création : chacun d'eux partageait un morceau d'humanité.

C'était une époque rêvée où les dieux parlaient aux hommes, où la parole était écriture et œuvre d'art, connaissance et mémoire éternelle.

Les dieux étaient si iridescents, si environnés de douces sibylles que nous nous laissions porter dans un univers où tout était enchantement et où l'être ne connaissait pas la souffrance. Flottant dans les airs, on touchait du doigt les grottes sacrées et les terres saintes. On jouait avec les faunes, des êtres doués de beauté et de générosité. La nourriture y était si abondante qu'elle nous coupait la faim. Les ruisseaux avaient la couleur dorée de l'or et les animaux par-

411

laient le langage des hommes. Les désirs étaient exaucés avant qu'ils ne soient prononcés et les hommes vivaient en paix.

A moins que ce passé prestigieux du continent noir n'ait été que simple tour de bateleur.

DU MÊME AUTEUR

Aux Éditions Albin Michel

LE PETIT PRINCE DE BELLEVILLE
MAMAN A UN AMANT, Grand Prix littéraire de l'Afrique noire
ASSÈZE L'AFRICAINE, Prix Tropique – Prix François-Mauriac de
  l'Académie française
LES HONNEURS PERDUS, Grand Prix du roman de l'Académie
  française
LA PETITE FILLE DU RÉVERBÈRE, Grand Prix de l'Unicef
AMOURS SAUVAGES
COMMENT CUISINER SON MARI À L'AFRICAINE

Chez d'autres éditeurs

C'EST LE SOLEIL QUI M'A BRÛLÉE, Stock
TU T'APPELLERAS TANGA, Stock
SEUL LE DIABLE LE SAVAIT, Le Pré-aux-Clercs
LETTRE D'UNE AFRICAINE À SES SŒURS OCCIDENTALES, Spengler
LETTRE D'UNE AFRO-FRANÇAISE À SES COMPATRIOTES, Mango

La composition de cet ouvrage
a été réalisée par Nord Compo
à Villeneuve-d'Ascq,
l'impression et le brochage ont été effectués
sur presse Cameron dans les ateliers
de Bussière Camedan Imprimeries
à Saint-Amand-Montrond (Cher),
pour le compte des Éditions Albin Michel.

Achevé d'imprimer en décembre 2001.
N° d'édition : 20257. N° d'impression : 015621/4.
Dépôt légal : janvier 2002.